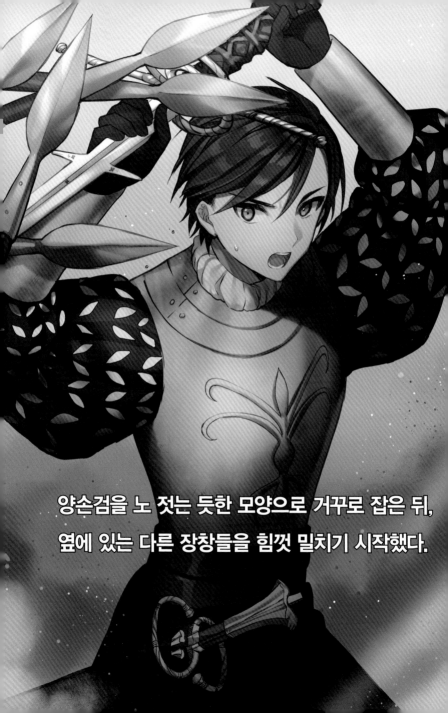

양손검을 노 젓는 듯한 모양으로 거꾸로 잡은 뒤,
옆에 있는 다른 장창들을 힘껏 밀치기 시작했다.

"이만큼 내꺼!"

피도 눈물도 없는 용사 1

박제후   GAMBE

피도 눈물도 없는 용사

프롤로그

참 지랄 맞은 난이도의 게임이 있었다.

제목은 <인류의 수호자>. 발매하자마자 전세계 차트를 정복하고 수많은 폐인을 양산한 사상초유의 대작이다.

몰락해가는 제국을 노리는 마왕들과 싸워 인류를 수호한다는 내용이다. 혀를 내두를 난이도이지만 가장 완벽한 가상현실 게임이란 찬사를 받으며 전세계에 두터운 팬을 확보하고 있었다.

그런데 이 <인류의 수호자>에는 탁월한 게임성만큼이나 악명 높은 점이 있었다.

바로 지금까지 누구도 해피엔딩을 본 사람이 없었다는 것. 현재 전세계 팬들의 가장 큰 관심사는 언제쯤 돼야 해피엔딩을 보는 게이머가 나올까였다.

사람들의 입에 오르내리는 자가 여럿이었는데, 그중 가장 강력한 후보가 바로 나 한제우다. 대한민국의 22살 게이머인 내가 이 게임의 세계랭킹 1위였기 때문이다. 이 게임은 따로 플레이어들끼리 대결하는 게 아닌지라 게임 속에서 업적 점수로 랭킹이 집계된다.

현재 내 업적 점수는 5억 4,562만 점.

2위가 1억 9,213만 점이니 비교할 수 없이 앞서 있다.

하지만….

"에이! 시발."

나는 침상에 쓰러지듯 누워서 괜히 베개를 내던졌다. 요 근래 입에서 욕이 떨어진 적이 없다.

그도 그럴 게, 세계 랭킹 1위인 나도 해피엔딩을 못봤기 때문이었다. 이 게임에 도전한 지 2년째지만 도저히 답이 없었다. 솔직히 날 향해 쏠리는 세계인의 관심도 점점 버거워졌다. 답답한 마음에 멍하니 인터넷을 살폈다.

- 야, 솔직히 한제우 별 거 아니지 않냐?

- 세계 1위면 뭐하나. 나나 한제우나 게임 못 깨는 건 똑같은데.

- 내 말이.

게임 기사에 달린 리플을 보니 한숨이 절로 나왔다. 이 자식들이 남의 속도 모르고. 내가 얼마나 해피엔딩에 목매고 있는지 모를 거다. 진짜, 해피엔딩을 보기 위해서라면 뭐든 할 각오였다.

"아니, 무슨 이런 거지같은 게임을 만들어서…."

매번 이렇게 투덜거리지만, 자나 깨나 <인류의 수호자> 생각뿐이다. 가상현실 세계는 현실과 시간의 흐름이 다른데, 난 벌써 그 속에서 100년을 보냈다.

머릿속에 있는 무수히 많은 나노봇이 가상세계의 가속된 시간을 견딜 수 있게 해줬기 때문이다.

그동안 나는 누구보다 빠르게 새로운 공략들을 발견해내었다. 업적점수 신기록을 갱신해 나갈 때마다 사람들은 탄성을 질렀고 내 실력에 전율 했다.

나는 이 게임을 그만둘 수 없었다.

- 그나저나 한제우 새 공략 안 올리나?

- 이러니저러니 해도 마왕 공략법을 거의 다 찾아낸 게 한제우 걔잖아.

- 그렇긴 하지. 한제우 아니었으면 상위권 마왕 아직도 못 죽이고 있었을 걸?

이 자식들이 병 주고 약 주나.

깔 때는 언제고 다시 찬양모드야.

"아, 배고파."

장시간 게임을 한 후라 그런지 심한 허기가 느껴졌다. 그제야 창밖을 보고 새벽임을 알 수 있었다. 나는 컵라면을 뜯어 물을 부었다. 잠시 기다리니, 곧 먹음직스러운 냄새가 올라온다. 따뜻한 수증기가 뺨을 간질이는 느낌도 좋았다.

"음?"

<인류의 수호자> 공식 홈페이지에 새로운 이벤트 소식이 떴다는 글이 올라왔다.

"뭐야? 이거. 일반 캐릭터 플레이?"

이벤트 소식을 읽던 나는 막 입에 넣은 라면 면발을 주르륵 흘리고 말았다. 그 이벤트란 게 말도 안 되는 황당한 내용이었기 때문이다.

인류의 수호자 플레이하는
유저 분들을 위한
특별한 이벤트를 진행하고자 합니다.
기존에 선택 가능한 수호자 캐릭터가
아닌 일반인 캐릭터로 세계를 도전해 보세요!

일반인 캐릭터로 플레이하여,
6개월 동안 가장 높은 업적 점수를 세운
플레이어가 우승하게 됩니다.
우승 상금은 250억!
누구나 참가 가능합니다.

상금이 어마어마했다.

2045년 현재, 아무리 물가가 많이 올라 억 단위가 수십 년 전 같지 않다고 해도, 이정도면 평생 팔자를 고칠 돈이었다.

나라고 혹하지 않을 리가 없다. 하지만 이벤트가 너무 괴상하지 않나. <인류의 수호자>는 그 사악한 난이도 때문에 시작부터 최상위직인 '수호자'를 고를 수 있게 해놓았다.

플레이 가능한 수호자 캐릭터들을 보면.

- 인류용사: 어둠에 영혼을 판 자.

- 적룡기병: 적룡 테르시아의 약혼자.

- 강철 선제후: 철혈의 정치영웅.

- 구마축사의 대주교: 사마를 퇴치하는 자.

등등. 하나 같이 이름만 봐도 대단해 보이는 직업이었다. 하지만 그런 수호자 클래스로도 못 깨는 게 이 게임인데, 일반인으로 어디까지 가나 대회를 연다고?

뭐냐, 이 변태적인 컨셉은? 누가 주최한 건지 모르겠지만 세계 랭킹 수위권의 플레이들을 능욕하려고 만든 게 틀림없었다.

"이상한 짓만 한다니까 운영자 새끼들."

바로 신경 껐다.

세계 랭킹 1위의 위엄과 체면이 있지, 일반인으로 플레이했다가 무슨 봉변을 당하려고? 안 그래도 내가 언제 망하나 기다리는 놈들이 투성이다.

삽질 한 번 했다가는 흑역사로 박제되어 두고두고 인터넷에 떠돌 거다. 나는 다 귀찮아졌기에 누운 김에 그대로 잠들었다.

하지만, 사람들은 세계 랭킹 1위를 가만 놔두지 않았다.

- 한제우 쫄았냐?

- 한제우 새끼 꼬리 말고 도망간 거 보게.

- 딱 보니까 각이 안 나온 거지. 나가서 개망신 당하느니 모른 척하겠다 그거.

- 아니, 난 솔직히 이해 가는데? 수호자로도 쳐 발리는 게임을 일반인으로 어떻게 깨?

이벤트가 시작되고 한 달이 지나자 인터넷 게시판은 온통 날 씹는 얘기로 가득 찼다. 비난의 요지는 세계 랭킹 1위가 왜 이런 재미난 이벤트에 참가 안 하냐는 거였다.

"이 자식들이 진짜…."

혈압이 올라서 뒷목을 잡았다. 나라고 혹하지 않았던 건 아니다. 하지만 이벤트가 시작되자마자 얼마 뒤에 속속 뜨기 시작한 업적 점수를 보고 미련 없이 마음을 접었다.

현재 최고 스코어가 7,923점이다.

세상에. 7,923점.

대체 뭐하고 다녔기에 7,923점 밖에 안 나오냐. 내가 수호자 캐릭터로 수립한 5억 4,562만 점과는 하늘과 땅처럼 아득한 차이였다.

참고로 저 7,923점을 기록한 애가 세계 랭킹 2위란다. 나한테는 부족하지만 게임 방송에도 자주 나오는 유명한 놈이다. 내심 녀석의 실력을 인정하고 있었던 터라 더 충격적이었다.

기가 막혀서 말이 안 나왔다. 역시 불참하길 잘했다. 게다가 이 게임은 한 번 죽으면 끝이다. 일반인으로 플레이하다가 어디서 날아온 짱돌에 맞아 죽으면 게임 오버란 소리.

참고로 세계 랭킹 3위는 일반인 플레이에서 업적 점수는 0점을 받았다. 길가다 소똥을 밟고 미끄러져 후두부가 깨져 죽었단다. 지금 전세계적으로 뜨거운 조롱거리였다.

다들 세계랭킹 3위를 소똥킬이라고 불렀다. 결국 그는 지금까지 쌓은 커리어를 포기하고 아이디를 새로 팠다고 한다. 어딜 가도 소똥킬, 최고의 플레이 소똥! 이라고 놀리니 그럴 수밖에.

두렵다. 두려워서 이벤트에 참가할 자신이 없었다.

이벤트 3개월이 지나자 날 향한 조롱은 더욱 노골적이 됐다. 인터넷 게임 방송에서까지 야유를 보냈다.

- 한국의 한제우는 비겁합니다. 자기 명예 때문에 이 모험을 거절하고 있죠. 10위권 랭커 중에 아직도 이벤트를 무시하고 있는 건 그뿐입니다. 고추를 잘라버려야 합니다.

스웨덴의 유명한 피디파이란 게임 채널 운영자 놈이 요즘 틈만 나면 날 씹어대고 있었다. 이 빌어먹을 놈의 채널이 뭐가 좋은지 구독자가 수천만이라, 아주 나는 전세계적 겁쟁이로 전락 중이었다.

"그래, 시발. 나간다. 나가."

으득.

이가 절로 갈렸다.

바보도 아니고 무턱대고 나갈 수는 없지 않은가. 나사를 풀려면 당연히 드라이버가 있어야 한다. 지금 랭커들의 행동은 내가 아주 힘이 세니까 드라이버를 못 찾아도 손으로 풀 거라고 하는 거나 마찬가지다.

바보 같은 놈들.

현재 나는 일반인 플레이로 이 세계에서 승리할 방법을 남몰래 연구하고 있었다. 하지만 자료가 너무 부족했다. 이벤트에 참가한 다른 이들의 일반인 플레이는 대회 규칙상 자세한 사항은 공개가 안 된다.

아무래도 후발 주자가 유리해 지기 때문이었다. 오로지 나 자신의 지혜로 이 문제에 대처해야 했다.

　세계의 지식과 비밀을 파헤쳐서 일반인이 어떻게 해야 성장할 수 있는지 찾고 또 찾았다. 그렇게 다시 3개월가량이 흘렀다. 이제 이벤트 끝이 얼마 남지 않은 상황이었다.

　침식도 잊고 해법에 몰두한 사이, 이제는 나를 향한 조롱조차 시들해져갔다. 하지만 나는 마침내 세계의 비밀 한 가지를 알아냈다.

　"해냈다! 내가 발견했다고!"

　그래, 이거라면 일반인으로 시작해도 분명히 가능성이 있다. 이제 모두를 놀라 게 해줄 차례였다.

　이벤트가 끝나기 일주일 전.

　나는 SNS에 짧은 문구를 남겼다.

　- 참전합니다.

　그걸로 충분했다.

　그날 인터넷은 열광하는 게이머들로 뒤집어졌다.

I. 붉은 용의 열매

이벤트는 주최 측에서 마련한 장소에서 참가해야 한다. 개발사인 아퀼라 소프트웨어의 한국 지사로 가면 된다. 나는 준비를 해서 출발했다.

"뭐야?"

별 생각 없이 갔는데 건물 앞에 게임 기자들이 장사진을 치고 있었다. 그들 태반이 아는 얼굴이었다. 아무래도 세계 랭킹 1위이다 보니 기자들을 만날 일이 많았다.

"왔다! 한제우다!"

"한제우씨!"

기자들이 우르르 몰려왔다. 그 덕분에 예정에도 없는 기자회견을 해야 했다.

"이제야 참가하게 된 이유가 뭔가요?"

"흠… 그간 나름대로 해법을 찾아 헤맸습니다."

"그 말씀은 뭔가 방법을 찾았다는 건가요?"

"맞습니다."

"오오오오! 그게 뭡니까!"

기자들이 엄청난 관심을 보였다. 하지만 알려줄 생각은 없다.

"노코멘트 하겠습니다."

"아니, 그러지 마시고! 제발!"

특종이라 생각해서 기자들은 좀처럼 포기하지 않았다. 하지만 나는 입을 다물었다.

"일단 게임 끝난 뒤에 말씀드리겠습니다."

그렇게 끊고 대회장으로 들어갔다.

"한제우님, 환영합니다. 기다리고 있었습니다."

책임자로 보이는 한 중년의 신사가 안에서 날 맞아줬다.

"안녕하세요. 한제우입니다."

"저는 아퀼라라고 합니다."

"아!"

눈앞에 인간 같은 존재가 <인류의 수호자>를 만든 인공지능 초지성체인 아퀼라였다. 이 중년신사의 외형은 아퀼라가 사용하고 있는 안드로이드 중 하나인 것 같다.

"언제나 한제우님의 플레이를 흥미롭게 지켜봐 왔습니다. 이번 이벤트에 참가해 주셔서 감사합니다."

"해피엔딩을 못 본 건 저도 별 차이 없는데요."

"하하하. 그렇게 말씀하지 마십시오. 한제우님의 플레이는 다른 분들과 다르게 특별합니다."

아퀼라는 오늘 내 방문이 정말 기쁜 듯했다.

"플레이 동안 한제우님은 이곳에서 머무실 겁니다. 신체에 이상이 없게 각별히 주의를 기울일 테니 걱정하지 말아주세요."

"알겠습니다. 바로 시작하기로 하죠."

"일단 그 전에 한 가지 팁을 알려드릴 게 있습니다. 참가자 전원에게 알려드리는 거니 부담 없이 들어주세요."

아퀼라의 말에 의하면 일반인으로 플레이는 어려운 일이지만 한 가지 장점이 있다고 했다. 바로 그것은, 선택 가능했던 수호자 캐릭터가 세계에 모두 출현한다는 점이었다.

원래 수호자 캐릭터를 하나 고르면 다른 수호자는 세계에 출현하지 않고 사라진다. 마치 한 하늘에 태양이 여러 개일 수 없는 거처럼.

하지만 주인공이 일반인이 되면 그 선택 가능했던 수호자가 모두 출현하게 된다는 것.

"이 부분을 잘 활용하면 성과가 있을지도 모릅니다."

"수호자가 많아지니 마왕을 상대하는데 유리하겠군요?"

내 물음에 아퀼라는 알 듯 말 듯한 미소를 짓는다.

"그건 알 수 없는 일이지요."

"네? 어째서요?"

궁금해서 더 물으려 했으나 아퀼라는 대회 규정상 그건 말해줄 수 없다고 했다.

"참, 하나 궁금한 게 있군요. 한제우님이라면 대회 1등은 무난하시라 생각합니다. 혹시 업적 1등 이후에도 게임을 계속 하실 생각이 있으신가요?"

저렇게 말하는 거 보니까 뭔가 메리트가 있는 것 같다.

"네, 저는 기왕 시작하면 게임오버 전에는 끝낼 생각이 없습니다."

남들에게 말 못했지만 해피엔딩에 한이 맺힌 게 나다. 일반인 플레이에선 모든 수호자가 출현한다고 하니, 혹시 새로운 돌파구를 찾을 수 있을지도 모르고. 그리고 내가 찾아낸 비장의 한 수를 시험해 보기 전엔 게임을 끝낼 생각은 없었다.

  "아주 좋습니다. 그렇다면 여기서 약속드리죠. 만약 일반인으로 해피 엔딩까지 달성하면, 대회 우승 상금과 별개로 저희 아퀼라 소프트웨어에서 특별한 상품을 드리겠습니다."

  "그건 꽤 기대되네요."

  대화로 얻을 정보는 더 없었다. 이제는 몸으로 부딪칠 수밖에. 나는 근처에 있는 가상현실 인터페이스에 몸을 뉘였다.

  "시작하겠습니다."

  "무운을 빕니다. 한제우님."

  아퀼라의 인사와 함께 게임이 시작됐다.

  막상 시작하자 장엄한 인트로 영상도 없고, 환영도 없었다. 원래 수호자로 시작할 때는 왕이 백성과 함께 나와서 환영해 준다. 그리고 인류의 미래를 부탁해 온다.

  하지만 일반으로 시작하자….

  웬 시골마을이었다.

  "애, 발러야. 소똥 좀 치워라."

  옆에서 늙은 아저씨가 내게 거대한 포크 같은 갈퀴를 신경질적으로 쥐어주더니 등을 떠미는 행동이 기분 나쁜 행동거지였다. 나는 자연히 그가 내 숙부란 걸 알 수 있었다.

일단 외양간으로 향하며 재빨리 캐릭터 창을 열었다.

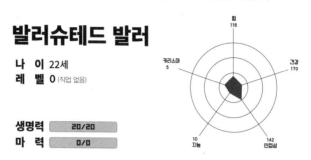

발러슈테드 발러

나 이 22세
레 벨 0 (직업 없음)

생명력 20/20
마 력 0/0

힘 118
건강 170
민첩성 142
지능 10
카리스마 5

뭐, 뭐냐?

이 건강만 좋은 시골 청년은. 능력치가 심하게 절망스럽다. 각오는 했지만 눈물이 날 정도다. 이러니 세계 랭킹 3위가 길 가다 소똥을 밟고 죽은 건가.

무서워서 외양간에 갈 자신이 없었다. 일단 지도 창을 열어봤다. 여기가 어딘지 알아봐야 했다.

"음… 슈판다우구나."

현재 위치는 제국 북부에 위치한 슈판다우라는 깡촌이었다. 근처에 도시가 있긴 했지만, 일단 내가 있는 곳은 촌구석이다.

이제 어떻게 하지?

나름대로 비장의 한 수를 준비했지만, 그 전까지 넘어야 할 산이 많았다. 일반인으로 살아남으려면 필요한 만큼까지 성장해야 한다.

다행히 나는 이 세계의 지식을 많이 알고 있었다. 되짚어 보면 일반인의 파리 목숨으로 뭔가 힘을 얻을 수단이 있을 텐데….

"크…."

한참 지도를 봐도 답이 안 나왔다. 알아도 답이 없다고 할까? 사실 드래곤 하트 같은 기연이 어디 있는지 잘 안다. 문제는 기연이 있는 곳은 그만큼 강력한 몬스터가 지키고 있다.

하지만 칼 한 자루 없는 지금은 어쩔 방법이 없었다. 고민만 깊어지는데 눈앞에서 별이 보였다.

퍽!

"이 녀석! 소똥 치우라고 했잖아!"

돌아보니 숙부란 작자가 성을 내고 있었다. 아이고, 내 신세야. 궁시렁 거리며 농기구를 들고 외양간으로 향했다. 가서 캐릭터 창에서 이 발러란 청년의 간략한 기록을 읽어보았다.

"음…."

발러가 어릴 때 부모님이 모두 돌아가셨다. 그 후 숙부에게 맡겨져서는 노예처럼 부려지고 있었구나. 어쩐지 태도가 조카를 대하는 느낌이 아니더라니.

고얀 놈이었다.

나는 소똥을 치우는 시늉을 하면서 오늘 밤 바로 야반도주를 하기로 했다.

밤이 됐다.

"드르렁! 드르르렁-!"

숙부 놈의 코고는 소리가 요란했다. 나는 조심스레 움직였다.

이미 저녁쯤에 짐은 다 꾸려놓은 상태였다. 밤까지 기다린 이유는 숙부의 돈을 훔치려고 했기 때문이다. 발러는 숙부가 돈을 감춰놓은 위치를 알고 있었으나 워낙 쫄보라 엄두를 못 냈겠지.

살금살금.

발끝으로 움직여 숙부의 방에서 조심스레 가구를 뒤적였다. 그리고 묵직한 돈주머니를 찾아냈다.

차르륵.

소리로 보아 안에 동전이 가득 든 게 틀림없었다. 나는 주저 없이 그것을 챙겨서 집 밖으로 튀었다.

사방에 가득한 밀밭이 달빛을 받아 반짝이고 있었다. 그나저나 집에서 하던 거랑 달리 게임이 엄청 리얼하다.

"그냥 현실 같은데?"

나는 현실과 차이가 없는 주변 환경에 감탄하며 부지런히 달렸다. 발러는 건강하고 체력이 좋았다. 곧 마을 경계인 작은 개천이 나타났다. 난간도 없는 작은 목재 다리를 건너면 이 깡촌의 끝이었다.

"이놈! 이 썩을 놈아!"

그때 뒤쪽에서 밤하늘을 아련하게 울리며 덩치 큰 사내가 쫓아오고 있었다. 숙부였다. 완전히 잠든 줄 알았는데 자기 돈 사라진 건 귀신같이 알아챘다. 나는 어쩔까하다가 다리 가운데 서서 그를 기다렸다.

"이 배은망덕한 개새끼가! 키워준 은혜도 모르고 돈을 들고 튀어! 헉! 헉!"

숨을 몰아쉬는 그는 살기등등했다. 날 쳐 죽이려는지 묵직한 육척봉까지 가지고 왔다. 저 육척봉으로 맞으면 머리가 깨져 바로 죽는다. 이런 깡촌에서 노예 같은 놈 하나 죽는다고 누가 신경 쓰지도 않을 터. 저놈이 살심을 품었구나.

하지만 나를 너무 물로 보는 거 아닌가. 아무리 직업도 없는 0레벨이라고 하나, 과거 영웅으로 겪었던 무수한 전투 감각이 남아 있다.

배 나온 아저씨가 휘두른 육척봉에 맞아 죽을 내가 아니었다. 게다가 발러는 민첩성도 높은 편이었다.

"어디 맛 좀 봐라!"

부우웅!

살벌한 기세로 내리찍어 오는 육척봉. 하지만 나는 재빨리 피해냈다. 일반인의 몸이라 아슬아슬하긴 했지만 나쁘지 않았다.

"어쭈! 이게 피해!"

설마 그럴 줄 몰랐다는 듯 더욱 날뛰는 숙부. 하지만 이 아저씨는 무술을 배운 것도 아니었다. 어두운 밤에 힘을 잔뜩 줘 휘두르는 저 일격은 무척이나 조잡하다. 그는 거리도 제대로 잡지 못하고 가만있는 내 발치를 때리기까지 했다.

나는 재빨리 육척봉을 잡아채서는 버텼다. 그러자 숙부는 분노를 감추지 못했다.

"이놈! 이 개새끼가!"

결국 육척봉을 놓더니 주먹을 크게 휘두르며 달려든다. 나 같은 건 맨손으로도 때려죽일 수 있다고 생각한 모양이다. 하지만 나는 살짝 몸을 숙여 피했다. 그러자 그는 자기 회전력을 이기지 못하고 빙글 돌며 아래로 떨어졌다.

첨벙!

"으아아앗!"

야밤에 찬물에 빠지자 놀라서 허우적댄다. 허리까지 밖에 안 빠지는데도 죽는다고 난리다. 어이가 없어서 보던 나는 육척봉으로 그를 두들겨 패기 시작했다.

퍽! 퍼억! 퍽!

"으아악! 이 새끼가! 끄아아악!"

비명이 야밤을 울렸다. 일부러 머리는 안 때렸다. 머리를 때리면 죽어버릴 테니 어깨만 때렸다. 그는 처음에는 악으로 버티다가 너무 아픈지 개천을 가로질러 도망가기 시작했다.

나는 그를 뒤쫓았다. 그리고 달리면서 육척봉을 내리찍었다.

"으아악! 아악!"

그때마다 숙부의 비명이 일대의 밀밭을 울렸다. 마치 돼지 멱따는 소리 같았다. 결코 봐주지 않았다. 내가 뒤통수를 얻어맞았던 것 때문만이 아니다.

발러라는 캐릭터로 플레이하게 되면서 점점 그가 겪었던 기억과 감정이 밀려왔기 때문이었다. 지난 날의 설움이 장난이 아니었기에 대신 갚아줄 요량이었다.

이 자는 자기 조카를 가축처럼 굴렸던 쓰레기였다.

"끄아악!"

결국 육척봉에 당해 그가 땅바닥 쓰러졌다. 온 몸을 부들부들 떠는 게 아마 앞으로 몇 달은 누워서 시름시름 앓아 누울 것이다.

원래 매 맞은 후유증이란 게 상당히 오래 간다. 목숨이나 건지면 다행이다.

"퉷! 똑바로 사쇼!"

나는 침을 한 번 뱉어주고는 돌아섰다. 야밤에 쫓고 쫓기는 추격전을 했지만 꽤 기분이 괜찮았다. 게다가 청년의 숙부가 가진 재산을 몽땅 훔쳐 나왔으니 한동안 걱정 없겠다.

일단 서쪽으로 방향을 잡았다. 그곳엔 하벨 강이 범람해 만들어진 늪지가 있는데, 거기에 일반인인 내 꼴로도 얻을 수 있는 강력한 영약이 있었다.

영약만 얻는다면 일반인의 파리 같은 목숨은 더는 걱정하지 않아도 좋을 것. 역시 내가 플레이하니까 일반인인데도 처음부터 술술 풀리는구나. 슬쩍 업적 창을 켜봤다.

<모험가로의 첫 출발! +10점>

배 나온 일반인을 쓰러뜨린 것치고는 엄청 높은 점수였다. 나중에 가면 오거를 잡아도 1점도 안 오르는 걸 고려해 볼 때, 시골 청년이 모험의 첫 발을 내딛는다는 것에 큰 가산점을 준 듯했다.

"좋아. 빠르게 진행하자고."

육척봉을 어깨에 진 채 경쾌하게 달빛 아래를 달려 나갔다.

그 뒤, 꼬박 이틀이 걸려 하벨강에 도착했다. 이 일대는 강이 범람해 만들어진 늪지대가 넓었다.

이 늪지대는 마족에게 점령된 땅이라 조심해야 한다. 거대한 늪지대는 다섯 곳으로 나눠져서, 각각의 늪지마다 '늪지의 마녀'라는 두목들이 군림하고 있었다.

보통 이들은 '하벨의 다섯 마녀'라 불렸다.

"여기로군."

내가 온 곳은 다섯 늪지 중 하나인 군겔 늪지. 마족어로 끈적거리는 늪이란 뜻이다. 이곳에는 헤쥬쥬란 마녀가 살고 있는데, 그 마녀가 상당히 특이하다.

바로 마족의 고대사를 매우 좋아한다는 것. 그녀는 이걸 문제로 내서 맞추는 자에게는 영약을 상품으로 주고, 틀린 자는 잡아먹는다.

나는 과거 게임에서 용사로 플레이할 때 헤쥬쥬의 문제를 맞힌 뒤 상품을 받은 적이 있었다. 헤쥬쥬가 무슨 문제를 내는지, 정답이 무언지 알고 있다는 말씀. 영약을 따 놓은 당상이었다.

무서운 늪의 마녀를 만나야 한단 사실에 공포를 느꼈지만, 솔직히 욕심이 컸다. 영약 하나만 먹으면 이 비루한 일반인의 신분에서 벗어나 제국을 종주할 자격이 생길 테니까.

그런데 늪지 앞에서 우연히 한 괴물 사냥꾼을 만났다.

"청년이여. 물러가라. 이 앞은 온갖 악의로 가득 찬 마굴이다."

그는 피와 진흙을 잔뜩 뒤집어 쓴 게 늪지에서 한바탕 사냥을 한 기색이다.

"게다가 늪지의 주인인 헤쥬쥬가 어제 여행을 끝내고 돌아온 상태. 나 역시 서둘러 도망쳐 나왔다."

이 괴물 사냥꾼은 늪지의 주인인 헤쥬쥬가 자리를 비울 때마다 들어가서 마족을 사냥하는 것 같았다.

꽤나 수완이 좋은 남자구나.

"말씀은 감사합니다만, 캐야 할 약초가 있어서."

적당한 핑계를 대고 그를 지나쳤다.

이제 문제는 괴물이 득실득실한 이 늪지를 어떻게 안전히 통과하냐인데, 의외로 해결책은 간단하다.

늪지의 마녀에게 공물을 바치는 자가 지킬 규칙만 준수하면 된다. 나는 과거의 경험 덕에 잘 알고 있었다. 공물은 발러의 숙부에게서 받은 돈이면 되겠지.

"그럼 가 볼까."

뚝.

개암나무 가지를 꺾은 뒤, 정해진 길을 따라 걸었다. 이 개암나뭇가지가 공물을 가져왔다는 약속의 표시였다.

그르르릉. 크르륵.

안개로 가득 차 보이지 않는 늪지 너머에서 알 수 없는 소리가 끊임없이 들려왔다. 괴물들이 보고 있는 게 확실했다. 하지만 마녀에게 바칠 공물을 갖고 와서 덤벼들지는 않는다.

쩝쩝.

거대한 주둥이와 혀를 가진 괴물이 아쉬운 듯 입맛을 다시는 소리도 들렸다. 히익, 소름이 돋는다. 하지만 애써 무시하고 걷다보니, 헤쥬쥬의 오두막에 도착했다.

"공물을 바치러 왔습니다. 늪의 마녀님."

문을 열고 들어가자 먼저 온갖 악취가 날 맞아준다. 수많은 잡동사니가 가득한 안에서 마녀 헤쥬쥬가 커다란 솥에 무언가를 끓이고 있었다.

"귀찮은 놈!"

공물이란 걸 알 텐데도 태도가 심드렁한 걸 보니 지금 하는 일을 방해받아 짜증난 것 같았다. 솥안에는 녹색 빛깔 띤 수상한 액체가 악취를 내며 끓고 있었다. 호기심이 일었다.

"그게 무엇입니까?"

"흥! 네깟 놈이 설명해 준다고 알까?"

그래도 헤쥬쥬는 자기 작업에 관심을 보이는 게 싫지 않은 듯 조금 설명해줬다.

"이것은 내가 개발한 산성폭탄이다. 산성과 폭탄이 합쳐지면 더욱 강력한 게 나올 게 틀림없다! 흐흐히히힛! 이것만 성공하면 부자가 될 것이다!"

"대단하십니다."

일단 열심히 아부했다. 다행히 마녀는 싫지 않은 기색이다.

"당연하지! 혹시라도 이걸 건들지 않게 주의하라. 큰 사단이 날 것이야."

"물론입니다."

"아무튼, 무슨 공물을 가져온 것이냐?"

미리 준비한 돈주머니를 공손이 바쳤다. 그러자 헤쥬쥬는 길고 더러운 손톱이 자란 손으로 주머니를 끌러보고는 해죽 웃는다.

"제법 쓸만한 금액이군. 그래, 무얼 원해서 공물을 가져온 거지? 지난 번 마을에서 공물을 바친 게 얼마 되지 않는데."

역시 날 근처 마을 주민으로 착각하고 있었다. 늪지를 통과하는 규칙을 알고 있으니 그럴 수밖에.

"늪의 마녀님. 제가 부탁하고 싶은 건, 마녀님이 내시는 문제를 풀고 상품을 받고 싶습니다."

"뭐엇?"

헤쥬쥬는 생각지도 못한 말을 들었다는 듯한 표정이다.

"재밌구나. 얘야. 설마 네놈이 문제를 맞힐 수 있다고 생각하는 것이냐? 실패하면 네놈을 잡아먹을 것이다. 지금이라도 헛소리였다고 한다면 이 공물을 봐서 용서해 주겠다. 썩 꺼져라!"

손사래를 치는 그녀에게 나는 다시 한 번 부탁했다. 평소에 문제에 관심이 많아 목숨을 걸 정도라, 꼭 마녀님의 문제에 도전해 보고 싶다. 라고 간청했다.

"참으로 이상한 아해로다. 좋다. 그러면 못 내줄 것도 없지."

헤쥬쥬는 사악한 표정을 감추지 못했다. 이미 그녀의 머릿속에는 내가 죽은 목숨인 것 같았다.

"감사합니다."

"감사는 무슨 감사. 마침 일하느라 배가 고팠는데 내가 더 감사하구나. 낄낄낄. 자, 그럼 들으라. 고대 역사에 관한 문제 총 세 가지다."

"네."

"나가 족(族)의 대마도사 그람의 지팡이에 새겨진 금언은 무엇이냐?"

헤쥬쥬는 자신만만해 했다. 그녀의 질문은 마족들 중 일부만이 접할 수 있는 고급 지식이었다. 인간이 나가 족 대마도사의 금언을 어찌 알겠는가. 그것도 고대에 살았다는.

나는 게임을 하면서 강력한 마족과 싸우기 위해 그들의 역사와 문화에 대해 집요할 정도로 연구했다. <인류의 수호자>는 매우 어려운 게임이라 엄청나게 공부해야 했다.

솔직히 저 늙은 마녀 헤쥬쥬보다도 마족의 비밀에 정통할 거다. 내게 저딴 건 하품이 나올 지경이다.

"은혜는 두 배로, 원한에는 열 배로."

바로 대답하자 헤쥬쥬는 놀라서 눈이 휘둥그레졌다.

"뭐? 뭐엇? 어찌 인간 놈이 그걸 알고 있는 거지!"

"공부 좀 했습니다."

"미, 믿을 수 없다. 우연이겠지. 다음 문제다. 400년 전의 마왕 파투카님의 무덤은 어디에 있나?"

설마 이건 모르겠지라는 자신만만함이 헤쥬쥬에게서 느껴졌다. 대놓고 틀리라고 낸 문제였다. 저 답안은 어지간한 고위 마족도 모르는 거니까.

"마계의 숨겨진 비경인 렘 골짜기 깊은 곳에 있습니다."

"뭐어!"

이번에도 바로 대답하자 헤쥬쥬는 전신을 격동한다. 부르르 몸을 떨던 그녀는 지팡이로 나를 가리키며 흥분한다.

"네놈은 뭐냐! 어떻게 그걸 아는 거야!"

"다음 문제나 주시죠."

"이놈!"

헤쥬쥬는 진지한 표정으로 이번에야 말로 모를 만한 문제를 내겠다는 듯했다. 이어진 질문도 마족 전문가인 내겐 너무 쉬운 거였다.

"현재 제국을 무대로 활동하고 계신 마왕은 총 몇 분이시냐?"

"서른세 분입니다."

온갖 마왕이 날뛰고 있지만 흑막에 가려져 있는 존재들도 여럿이다. 모두 파악하기란 쉽지 않은 일. 하지만 수없이 이 게임을 했던 내가 총 수를 파악하지 못할 리가 없다. 단번에 서른셋이라고 말하자 헤쥬쥬는 넋이 나가버렸다.

"어찌⋯ 뭐 이런 놈이 다 튀어나왔는가."

손을 덜덜 떨면서도 품에서 주머니를 하나 꺼내는 헤쥬쥬.

그녀는 내게 그걸 툭 던졌다.

"여기에 천고의 영약으로 불리는 용의 열매가 들어있다. 아무리 너 같은 쓰레기라도 취식한다면 다시 태어나게 될 터. 흥! 갖고 가거라. 문제를 맞춘 자에게 내준다는 건 내 이름을 걸고 한 약속이니 어길 생각은 없다."

"감사합니다."

헤쥬쥬가 건네준 용의 열매를 주워들었다. 과거 용사로 할 때 이 뒤에 헤쥬쥬를 쳐 죽였지만, 지금은 그럴 힘이 없으니 얼른 후퇴하자.

"그럼."

서둘러 물러나려는데 갑자기 헤쥬쥬가 날 부른다.

"잠깐."

불길한 예감에 돌아보니 헤쥬쥬가 날 보며 악귀 같이 웃고 있었다. 그리고 그녀의 마법 지팡이가 이쪽을 향한 상태다.

"약속대로 용의 열매는 건네줬다. 하지만 순순히 보내준다고 한 적은 없다."

이상한 일이었다. 과거 용사로 왔을 때, 용의 열매를 받고 그대로 끝이었다. 이런 식으로 치사하게 나오지는 않았다.

아니, 설마 지금 내가 만만해서 그런가? 용사 때는 힘이 강해 보이니까 어쩔 수 없이 가만있었던 거고?

"이건 약속이 다르잖습니까!"

"약속을 어긴 적은 없다!"

헤쥬쥬는 일갈하며 마법지팡이에서 광선을 내게 쏘았다. 그걸로 끝이었다. 혼이 날아가는 기분이 드는 동시에 정신을 잃어버렸다.

"끄응….."

이 신음은 아마 내 입에서 나오는 것 같다. 몸이 천근만근 무겁고 힘들다. 근처에서 시끄러운 소리가 들려와 억지로 눈을 뜰 수밖에 없었다.

"킥킥킥! 오랜만에 포식을 하겠어! 아주 군침이 돌아!"

"아직 어려서 살이 연하고 맛나겠군. 쭈그렁탱이 늙은이는 냄새가 나고 맛이 없지."

상황이 금방 파악이 됐다. 식은땀이 흘렀다. 나는 실눈을 뜨고 앞을 보았다. 그러자 추악하게 생긴 마녀 다섯이 거대한 솥을 가운데 두고 신나게 떠들고 있었다.

아니, 시발. 이게 무슨 상황이야. 보아하니 날 솥에 요리해 먹을 작정인 것 같았다. 주변을 보니 이곳은 지하 토굴이었다. 굴 안에는 수많은 인간의 뼈가 쌓였고 온갖 잡동사니가 가득했다.

"윽."

서둘러 움직이려 해봤지만 팔이 뒤로 묶여서 어림도 없었다.

손을 더듬어서 뭐가 잡히는 게 없는지 가늠해 보았다. 그러다 부러진 뼈 같은 날카로운 게 손에 닿았다.

하지만 다음 순간 뱀을 본 개구리처럼 굳을 수밖에 없었다. 마녀 하나가 날 노려보고 있었다. 심장이 떨어질 뻔했다.

"이거 깼네?"

"뭐?"

날 노려보는 마녀의 말에 일제히 고개를 돌린다. 하나 같이 추악한 외모였다.

"조금만 기다리렴! 아가! 네 뼈와 살을 발라서 맛있게 먹어줄 테니!"

"낄낄낄! 저놈 심장은 내꺼야!"

"그럼 넓적다리는 내거!"

"네년은 늘 그 퍽퍽한 살을 좋아하더라!"

그들은 솥에 넣을 각종 향신료나 재료를 가지고 다투기 시작했다.

"수컷들은 노린내가 난다고. 로즈마리를 잔뜩 집어넣어야 해!"

"시끄러! 내가 로즈마리 향을 싫어하는 거 모르냐! 이년아!"

가만 보니, 아직 내가 성찬으로 화하려면 시간이 있는 듯했다. 어떻게 해야 하지? 일단 저 하벨의 다섯 자매란 마녀들에 대해 필사적으로 되짚어봤다.

저 다섯이 겉으로 보이는 것과 다르게 매우 사이가 안 좋다는 걸 기억해냈다. 서로가 서로에게 추악한 질투를 감추지 못하는 사이다.

저들의 이름은 각각 헤쥬쥬, 칼두라, 푸굴, 군다, 올다이다. 늪

의 마녀들은 유명한 토벌 대상이었기에 게임을 하면서 어떻게든 한 번씩 부딪쳤었다.

나는 그때 들었던 마녀들의 대사를 기억해냈다. 그리고 이들을 이간질시킬 수 있음을 깨달았다.

슥슥.

그리 생각하는 와중에도 등 뒤로 묶인 손을 움직여, 날카로운 뼈로 밧줄을 자르고 있었다. 그러고 보니 완전히 알몸이잖아? 이거 사람이 아니라 고기 취급이네.

툭!

마침내 손을 묶었던 줄이 끊어졌다. 나는 여전히 묶인 척하면서 입을 열었다.

"그나저나 이상하군요."

설마 내가 입을 열 줄은 몰랐다는 듯 마녀 모두가 날 돌아본다.

"뭐? 이놈이 뭐래?"

"헤쥬쥬님께선 푸굴님은 안 부른다고 하셨는데 어째서 부르셨나요? 푸굴님이 너무 많이 먹어서 잔치를 망칠 거라 하셨잖아요?"

"아니? 이 미친놈이 무슨 소릴!"

헤쥬쥬는 당황했지만 푸굴이란 마녀는 이미 얼굴이 붉으락푸르락 해진 상태다. 그녀는 조상이 오거의 피를 갖고 있어 유난히 덩치가 거대했다. 다른 마녀들은 깔깔거리며 재밌어 했다. 나는 이 틈에 계속 입을 놀렸다.

"군다님. 얼마 전에 마법 시약을 도둑맞지 않으셨습니까?"

"어? 맞는데! 어찌 알지!"

"그거야 헤쥬쥬님이 자기 패밀리어를 써서 훔쳐간 거지요. 저기 있는 두꺼비의 배를 갈라보십시오. 잃어버린 물건이 나올 겁니다."

한 번 기세가 오르자 과거 퀘스트를 하며 얻었던 기억이 잔뜩 되살아났다. 나는 되는대로 막 던졌고 결국 마녀들은 서로 머리 끄덩이를 잡아당기기 시작했다.

"이년아! 왜 네년 두꺼비 배에서 내 물건이 나와!"

"그걸 내가 어찌 알아!"

"이 도둑년아!"

"이 우라질년아!"

늪지를 다스리는 다섯 마녀가 추하게 육탄전을 벌이기 시작했다. 그나마 마법은 안 쓰는 건, 선을 넘지 않겠다는 불문율이겠지. 여기서 마법을 쓰면 공멸이니까.

나는 그 틈에 벌떡 일어났다. 그리고 등을 보이고 있던 헤쥬쥬를 힘껏 밀어버렸다.

"죽어!"

바글바글 물이 끓고 있는 커다란 솥으로 말이다.

풍덩!

끓는 물속에 마녀 헤쥬쥬가 쏙 빠졌다.

"끄아아아아!"

찢어지는 비명이 터졌다. 나는 그걸로 그치지 않았다. 헤쥬쥬가 놓친 지팡이를 들고는 물에서 튀어나온 그녀의 이마를 내리쳤다.

"씨발년아!"

퍽!

"끄악!"

제대로 얻어맞은 헤쥬쥬가 물속으로 다시 잠수했다. 하지만 다시 빠져나왔고 나는 다시 내리쳤다. 울분이 폭발하고 있었다.

"이 좆가튼 년아! 뭐! 잡아먹는다고!"

퍼억!

그 순간 우지끈! 하면서 마법 지팡이가 부러졌다. 그리고 고장 난 마법 지팡이에서 제멋대로 불길이 치솟기 시작했다.

화르륵!

그것만이 아니었다. 피융! 피융! 소리가 나면서 마법지팡이의 부러진 부분에서 불꽃놀이 폭죽 같은 게 쏴지기 시작했다.

"끄아아악!"

마녀 하나가 머리가 불타서는 발버둥을 쳤다. 사방이 난장판이 됐다. 나는 지팡이를 마녀들에게 내던진 뒤, 탁자에 있던 시약 무더기 전부를 양손으로 쓸어 불 속에 쳐 넣었다.

콰아아아! 쾅! 카아앙!

연달아 폭발이 일어났다. 지하 토굴이 아수라장에 빠졌다.

"이 썩을 년들! 니들 오늘 다 죽었어!"

치욕적으로 잡아먹힐 뻔했다는 분노 때문에 나는 완전히 돌아버렸다.

콰앙! 캉! 카앙!

시약이 불과 만나자 사방에 불꽃이 튀었다. 마녀들은 놀라서 제자리에서 펄쩍펄쩍 뛰었다. 나 역시 온몸이 따끔해서 제 자리에서 개구리처럼 뛰어댔다.

"인간 주제에 감히!"

한 마녀가 정신을 차리고 으르렁거렸다. 서둘러 주변을 보니 1층으로 올라가는 입구가 보였다. 튼튼해 보이는 사다리가 놓여 있었다. 두말할 것도 없이 그쪽으로 달렸다.

"어딜!"

마녀 하나가 주문을 걸어왔다. 그래서 급한 대로 앞에 머리에 불이 붙어서 정신없는 마녀 하나를 붙잡아 방패 대신 내밀었다.

퍼엉!

연기가 터지더니 그 마녀는 순식간에 스컹크로 변해버렸다. 나는 그걸 주문을 쐈던 마녀에게 내던졌다. 그러자 스컹크는 놀랐는지 방구를 뀌었다.

"아악!"

얼굴에 정면으로 스컹크의 방구를 맞은 마녀는 비명을 지르며 뒤로 쓰러졌다. 이제 주저할 게 없었다. 전력으로 내달렸다.

"어딜 이놈! 팔다리를 뜯어주마!"

그때 내 앞에 키가 2.5미터는 되는 거대한 마녀가 두 팔을 벌리고 막아섰다. 오거의 피를 이어받은 푸굴이었다. 그녀는 힘이 세서 마법보다 상대를 두 팔로 짓이겨 버리는 걸 좋아했다.

그렇다고 멈출 수는 없는 법. 전력 질주해 푸굴이 날 붙들려는 순간 슬라이딩을 했다. 그리고 그녀의 다리 사이로 쏙 빠져나갔다.

"이 쥐새끼 같은 놈이!"

분노한 푸굴이 몸을 돌리려는 그때 나는 주변에서 부지깽이 같은 걸 발견하고는, 그녀의 엉덩이에 힘껏 찔러 넣었다.

"끄아아악!"

오거처럼 덩치 큰 마녀가 펄쩍 뛰었다. 그 바람에 푸굴의 몸에서 뭐가 떨어졌다. 묵직한 가죽 배낭이었는데, 한 눈에 그건 중요한 걸로 보였다. 그래서 이 와중에도 챙겨 목에 걸고는 사다리를 기어 올라갔다.

"헉! 헉!"

걸음아 나 살려라 하며 올라가던 그때 마녀 하나가 내 발목을 잡았다.

"산 채로 구워주마!"

아, 젠장! 거의 다 올라왔는데. 바둥거리며 버티던 나는 필사적으로 손으로 주변을 더듬었다. 뭔가 묵직한 게 잡히자마자 휘둘러서 마녀의 이마를 내리쳤다.

"크아악!"

거의 주문을 완성했던 마녀는 비명을 지르며 사다리에서 굴러 떨어졌다. 간신히 1층에 도착했다. 그리고 주변을 정신없이 살폈다.

이대로 도망쳐 봐야 늪지에서 따라잡힐 거야.

다급히 사방을 보니, 커다란 솥이 눈에 들어왔다. 그래, 저게 산성폭탄이라고 했지! 망설일 것도 없이 젖 먹던 힘을 다해 솥을 옮기기 시작했다.

치이익!

맨살에 산이 튀었지만 그런 아픔을 신경 쓰고 있을 틈이 없었다.

"크아아!"

있는 힘껏 기합을 지르며 솥을 밀어 내용물을 지하에 쏟아 부었다. 그리고 그 순간 전력으로 문으로 달려 나갔다. 헤쥬쥬의 말이 맞다면 저건 폭탄이니까.

불길이 가득한 지하로 쏟아졌으니 어찌될지는 뻔하다.

"으아아아아!"

지금 이 순간만큼은 100미터 육상 신기록을 세운 선수처럼 늪지의 길을 가로 질렀다. 그리고 그때, 둔중한 폭음이 터져 나왔다.

쿠와아아아앙!

늪지 일대가 울리는 대폭발이었다. 등 뒤에서 살이 다 타버릴 것 같은 열기가 날 덮쳤다. 결코 발을 멈추지 않았다.

그나마 운이 좋은 건, 늪지의 괴물들이 대폭발에 놀랐는지 혼비백산해서 흩어지고 있단 거였다.

두다다다다!

그 틈에 알몸으로 미친 듯이 늪의 길을 가로질렀다. 그런데 그때 눈앞에 믿을 수 없는 시스템 메시지가 떴다.

<군겔 늪의 마녀 헤쥬쥬를 쓰러뜨렸습니다!>
<푸아 늪의 마녀 칼두라를 쓰러뜨렸습니다!>
<군군 늪의 마녀 푸굴을 쓰러뜨렸습니다!>
<쥬아 늪의 마녀 군다를 쓰러뜨렸습니다!>
<보궁 늪의 마녀 올다를 쓰러뜨렸습니다!>

뭔가 정신없는 메시지였다. 나는 전력질주하면서도 그걸 살폈다.

<총 경험치 +323,760을 얻습니다!>

뭐? 30만이 넘는 경험치라고? 깜짝 놀랐다. 저 정도 경험치면 일반 클래스의 캐릭터가 단번에 30레벨까지 찍을 수 있는 막대한 양이었다. 그것만이 아니었다.

<늪지의 마두인 하벨의 다섯 자매를 전멸시켰습니다! >
<업적 +5,000이 오릅니다!>

단번에 업적 5천? 세상에 이럴 수가. 아무래도 일반인으로 엄청난 짓거리를 해서 파격적인 수치를 받은 듯했다.

나는 이 한 번의 승리로 지난 반 년간 일반인 플레이 대회에서의 최고기록의 턱 밑까지 따라갔다. 역시 이 몸이야. 내가 하면 뭔가 다르다니까.

흥분도 잠시 몸이 점점 무거워지고 눈앞이 침침해지기 시작했다. 마침 늪지대를 벗어난 나는 비실비실 거리는 몸 그대로 쓰러지고 말았다.

아무래도 탈출 과정에서 이곳저곳 다쳤나 보네. 흥분해서 몰랐나 보다. 아… 엄청났는데 벌써 이대로 끝인가? 아쉬움이 가득해졌지만 점점 눈이 무거워졌고 시야가 암전했다.

"으으으…."

죽을 것 같다. 일반인으로 들어와 생고생을 하는구나. 나, 아직 살아있는 걸까?

"끄윽…."

한참 앓다가 간신히 눈을 떠보니 주변에 모닥불이 타닥타닥 타고 있었다.

"오, 일어났군."

인상이 날카로워 보이는 사내 하나가 다가왔다.

"여긴?"

"내 오두막일세. 자네가 늪지에 쓰러져 있기에 데려왔지."

"아… 감사합니다."

그런데 사내가 낯이 익었다. 어디서 봤더라?

"아! 그 괴물 사냥꾼이시군요."

헤쥬쥬를 만나러 가기 전에 마주쳤던 괴물 사냥꾼이었다. 설마 그가 날 구해줄 줄이야.

"그렇네. 대체 무슨 일이 있었던 건가? 전신에 상처와 화상이 심하더군. 늪지의 대폭발은 뭐고?"

"그게… 으으윽…."

온몸이 타는 듯 아파왔다. 그제야 내가 심한 화상을 입었다는 걸 자각할 수 있었다. 그러자 괴물 사냥꾼이 무언가를 내밀었다. 붉은 색의 커다란 열매였다.

"이건?"

"붉은 용의 열매라 불리는 영약이지. 이걸 먹으면 용골이라는 단단한 육체를 얻게 된다네. 불에도 강한 저항력을 얻고. 지금 자네 꼴이 단번에 치유될 걸세."

"…이 귀한 걸 왜 제게?"

"자네 걸세. 모르겠나? 자네가 목에 건 주머니에서 떨어졌네. 처음 보고 얼마나 놀랐는지 몰라."

아니, 그게 무슨 소리야? 붉은 용의 열매라고? 나는 괴물 사냥꾼이 보여준 주머니를 보고 그제야 알 수 있었다. 저 주머니는 급박한 와중에도 뭔가 비범해서 챙긴 것이었다.

붉은 용의 열매는 아마 그곳에 들어 있었던 모양이다. 뭐지, 이거 완전 이득인데? 원래는 헤쥬쥬에게서 용의 열매를 얻으려 했다. 그런데 용의 열매보다 상위인 붉은 용의 열매를 얻었다.

붉은 용의 열매는, 늪지에서 자라는 용린수에서 500년에 한 번 맺는 천고의 영약이다. 그 용의 열매 시리즈는 늪지의 마녀들이 독점하고 있었다. 다섯 개의 늪지에서 서로 다른 속성을 가진 용의 열매가 자라난다고 했다.

듣기로는 마왕들에게 상납한다고 하던데 하나 꼼쳐 놓은 게 있었나 보다. 이렇게 대박이 터질 수가. 한데 그것보다 영약을 앞에 두고 초연한 괴물 사냥꾼의 태도가 놀라웠다.

"제게 돌려주시는 겁니까? 얼마든지 빼앗을 수 있으셨을 텐데."

"뭐, 나라고 욕심이 없어서 그런 게 아닐세. 나는 이 늪지에서 오래 사냥을 했지. 그 덕에 오래 전에 검은 용의 열매를 얻은 적이 있네. 자네가 알지 모르겠지만 용의 열매는 속성이 달라도 중첩되는 효과가 없어. 내겐 무의미한 길세."

"그래도 팔면 엄청난 돈이 될 텐데."

"하하하. 그깟 재물이 탐났으면 이런 곳에서 괴물 사냥이나

하고 있지 않았겠지."

참 특이한 인물이로다.

나는 눈앞의 사내에게 호의를 느꼈다.

"성함이 어떻게 되십니까?"

"루드라고 하네. 자네는?"

"발러입니다."

"좋네, 발러. 일단 그 붉은 용의 열매부터 먹게나. 자네 상태가
안 좋아."

나는 고개를 끄덕이고는 붉은 용의 열매를 섭취했다. 그러자
뱃속이 부글부글 끓어오르더니 전신의 기력이 폭발한다.

<붉은 용의 열매를 섭취했습니다!>

<강한 힘을 지닌 용골이 됩니다!>

<생명력 +200, 힘 +100, 민첩성 +120 건강 +150이 향상됩니다!>

세상에! 엄청난 능력치 상승이었다.

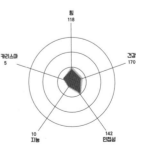

발러슈테드 발러

나 이 22세
레 벨 0 (직업 없음)

생명력 220/220
마 력 0/0

이 극적인 변화에 나는 입이 떡 벌어졌다. 힘 118이면 그야말로 괴력이다. 그 힘세다는 오거의 완력 평균치가 100이다. 그런데 지금 시작하자마자 오거 급의 힘 수치를 얻은 셈이다.

과연 천고의 영약이었다. 일반인이라 암담했는데 빠르게 성장해 나갈 기반이 생긴 것이다.

"축하하네."

괴물 사냥꾼 루드는 따뜻한 미소로 날 축하해줬다. 그는 날카로운 인상과는 다르게 꽤 친절하고 호감이 가는 남자였다.

"감사합니다."

"그것보다 말일세. 늪지에서 대체 무슨 일이 있었던 건가?"

나는 몸도 낫겠다, 그가 건네주는 음식을 먹으며 사정을 설명했다.

"세상에!"

루드는 완전히 몰입해서는 계속 감탄사를 터뜨렸다.

"믿을 수가 없네! 정말 대단해! 내 평생 늪지의 마녀 하나조차 쓰러뜨리지 못했건만 자네는 그들 모두를 죽여 버렸으니."

"운이 좋았던 거죠."

"운이라고 할 게 아니네. 극한 상황에서 그런 판단력이라니. 실로 놀랍구먼."

이야기를 다 들은 루드는 말없이 혼자 깊은 생각에 잠겨 있었다. 그러다 한참 뒤 진지한 태도로 내게 말해왔다.

"혹시 자네, 괴물 사냥꾼의 기술을 배워볼 생각이 없나? 나도 이제 슬슬 힘이 부쳐서 이 기술을 물려줄 사람을 찾고 있었다네. 한데 오늘 자네의 비범함을 보니 마음이 동하는구먼."

그리 말하면서 그는 덧붙였다.

"대신 뭔가 자네에게 의무를 부여하고자 함은 아닐세. 이 늪지에서 마족을 사냥하는 일을 이어받아 달라는 것도 아니고. 자네도 나름대로 할 일이 있겠지. 안 그런가? 자네의 눈빛은 굳건하고 반짝이는군. 이런 자는 무언가 깨지지 않는 신념이나 목표가 있는 법이지."

"할 일이 있습니다."

루드는 과연 그럴 줄 알았다는 듯 고개를 끄덕인다.

"내가 바라는 건, 자네가 제국을 오가면서 한 번이라도 마족에게 괴롭힘 당하는 백성을 배운 기술로 구해주길 바라네. 단 한 명이라도 구할 수 있다면 이 기술을 전하는 보람이 있겠네."

인연이로구나. 잘 된 일이었다.

현재 나는 엄청난 경험치를 얻고도 직업이 없는 0레벨이라 레벨 업을 못하고 있었다. 괴물 사냥꾼 같은 희귀한 직업을 얻는다면 경험치를 투자할 수 있겠지. 그걸 떠나서도 루드란 사내가 상당히 괜찮다는 생각이 들었다.

"스승님으로 모시겠습니다."

그는 껄껄 웃으며 기뻐했다.

"좋네. 하하핫."

이 세계에 들어와서 첫 직업으로 괴물 사냥꾼을 찍게 되었다이 게임은 기본적으로 멀티 클래스를 지원한다.

능력만 있으면 직업을 추가로 가질 수 있다. 우선 괴물 사냥꾼으로 진행하면서 좀 더 높은 경지를 노려볼 작정이었다.

"잡다한 스킬을 많이 익히는 게 좋을까? 몇 가지 스킬을 달인의 경지로 익히는 게 좋을까?"

수업이 시작되자마자 괴물 사냥꾼 루드, 내 스승님이 묻는 말이었다. 나는 지난 경험에 의해 대답했다.

"후자가 낫습니다. 전자가 유용하고 다재다능할 거로 보이나 실제로 위기에 몰린 인간은 그리 융통성있지 못합니다. 늘 평소 의지하던 기술을 꺼내기 마련이죠."

루드는 동감한다는 듯 고개를 끄덕인다.

"옳다! 그런데 발러 자네는 전투 경험이 없어 보이는데 경험 많은 전사처럼 말하는군."

"숙부께서 용병이셨습니다. 이런저런 얘기를 많이 해주셨죠."

적당히 핑계를 대자 그는 납득했다.

"나도 자네 숙부의 의견에 동의한다네. 그러니 자네에겐 내가 가진 기술 중 좋은 것만 집중해서 알려주려고 하네. 나머지 잡다한 건 시연해 보이는 것 정도만 하지. 견문을 넓힐 수는 있을 테니까."

"알겠습니다. 스승님께서 정해주신 기술을 주력으로 삼아 숙달하고 또 숙달하겠습니다."

내 태도에 만족한 루드가 가장 먼저 알려준 건 '괴물 추적술'이었다.

"숲 안으로 들어가 아무 곳에나 숨어보게. 나는 30분 뒤에 자네를 따라가지."

루드는 실습으로 보여주려는 모양이었다. 나는 흥미가 동했으므로 열심히 숨었다. 솔직히 찾을 수 없을 정도로 숨어 루드를 감탄하게 할 속셈이었다.

"여기 있구먼. 제법 잘 숨었네. 하하하!"

하지만 그는 산책 나온 노인처럼 주변을 두리번거리는 것만으로도 날 찾아냈다. 좀 황당하고 분한 기분이 들어 다시 숨어보겠다고 했다.

"좋네. 자네가 원하는 만큼 얼마든지. 숨는 것 역시 기술이네. 놀이 같은 상황으로 우리는 이 기예를 숙달하고 있음을 잊지 말게."

그는 금세 다시 나를 찾아냈다. 그날 하루 종일 그런 상황을 반복하고 나서야 결국 포기했다.

"스승님, 어떻게 찾은 건지 부디 알려주십시오."

"얼굴에 궁금함이 가득하구먼. 제자의 그런 얼굴을 보고 한 수 풀어놓는 게 스승의 즐거움이지. 껄껄껄."

루드는 그날부터 추적술 노하우를 모조리 설명해주었다. 발자국 흔적과 냄새, 소리 등으로 상대를 따라잡는 어려운 기술이었다.

"너무 질린 표정 짓지 말게. 완벽히 익히는데 5년도 빠르니까."

미안하게도 나는 그의 상식을 부숴줄 작정이었다. 내게는 엄청난 경험치가 있다. 그걸 써 레벨 업을 하면 스킬 포인트를 얻는다.

마녀들을 처치해서 얻은 스킬 포인트로 단번에 이 추적술을 획득할 생각이다. 어차피 이론은 다 배웠으니까.

"좋아."

그날 밤 나는 단번에 괴물 사냥꾼을 레벨5까지 올렸다. 그리고 스킬 포인트를 추적술에 모조리 썼다.

<축하합니다! 괴물 추적술을 숙련10단계까지 완성했습니다!>

스킬 숙련은 1~10단계까지 있는데, 10단계가 되면 완성이다.

이제 마스터를 했으니 앞으로 유용하게 쓰이겠지. 나는 다음날 루드에게 괴물 추적술을 다 익혔다고 말했다. 그러자 루드가 배를 잡고 웃어댔다.

"자네가 호승심 강한 젊은이란 건 알고 있네. 하지만 너무 서두르지 말게나."

안 믿는 게 당연했다. 이 세계의 주민인 그에겐 갑자기 레벨을 올려 스킬을 찍는다는 개념 자체가 없으니까. 그래서 나는 바로 시연해 보이겠다고 했다.

"그리 자신있는 건가? 그렇다면 노력한 걸 보기로 하지."

루드는 내 말을 믿는 눈치는 아니었다. 하지만 그는 자신이 먼저 숨고 얼마 안 되어 내가 찾아내버리자 놀란 기색이 역력했다.

"어, 어찌 날 찾아낸 거지? 운이 좋았나 보군. 하지만 또 한 번은 어려울 걸세."

루드는 자존심이 좀 상한 듯한 표정으로 다시 숨었다. 이번에는 작정하고 숨었기에 찾는데 꽤 힘이 들었다. 하지만 한 시간 만에 그를 발견할 수 있었다.

"자, 자네!"

루드는 정말 놀란 듯 벌어진 입을 다물지 못했다.

"어떻게 이럴 수가 있지?"

"스승님께서 잘 가르쳐 주셨을 뿐입니다."

"천재가 정말로 있다더니… 그게 진짜였군. 허허! 내가 5년이나 익힌 기술은 어찌 자네는 일주일 만에 통달한 것인가? 설마 내가 말해준 걸 다 기억하는 겐가?"

"물론입니다."

루드는 더는 아무 말하지 않았다. 내 재능에 두려움마저 느끼는 얼굴이었다.

"자네를 감당할 수 있을지 모르겠네."

"그런 말씀 하지 마십시오. 스승님."

말은 그렇게 했지만 내가 이 15년 경력의 괴물 사냥꾼의 밑천을 완전히 털어 먹는 데는 불과 석 달 밖에 걸리지 않았다.

석 달 뒤 나는 괴물 사냥꾼 30레벨이 됐다. 30레벨이면 이 세계에서 한 가닥 하는 걸로 취급해 준다.

"할 말이 없네. 자네에게 5년 동안 기예를 가르칠 생각이었는데 석 달 만에 끝내버리다니. 내 평생 자네 같은 사람은 처음이네."

현재 내 스펙은 이랬다.

발러슈테드 발러

나 이 22세
레 벨 32 (괴물 사냥꾼)

생명력 570/570
마 력 0/0

힘 187
건강 230
민첩성 212
지능 39
카리스마 70

스킬

★ 괴물추적술 (숙련 10)	사냥 전문화
★ 약초학 (숙련 5)	★ 오크 (숙련 7)
★ 생존학 (숙련 5)	★ 오거 (숙련 7)
★ 화승총 사격 (숙련 5)	★ 트롤 (숙련 7)
★ 성박스 행해단 중급 검술 (숙련 10)	★ 다크엘프 (숙련 7)

루드에게 기술을 배우면서 한 가지 행운이 있었는데, 그가 황제가 허가한 5개의 공인 검술길드 가운데 하나인 성 막스 형제단 출신이란 점이었다.

그 덕분에 성 막스 형제단의 중급 검술도 통달할 수 있었다. 중급 검술이라고 하나 실제로는 A등급의 매우 강력한 검술이다.

길드원이 아니면 알려주지 않는 문외불출의 비기였는데 루드와의 인연으로 배운 셈이다. 이제 어디 가서 절정고수를 만나지 않는 이상 검으로 밀릴 일은 없어졌다.

"석 달 만에 이리 성장하다니 기이하기까지 하구먼. 자네 정도 성취를 이루려면 재능 있는 자가 10년은 노력해야 할 텐데."

말은 그렇게 하면서도 루드는 기쁜 기색이었다. 동시에 좀 섭섭해 하고 있었다.

"이제 떠나겠구먼."

"네, 좀 더 스승님 곁에 있고 싶습니다만 할 일이 있습니다."

"자네 같이 재기발랄한 젊은이를 어찌 이런 촌구석에 잡아놓겠나. 마음 가는 데로 떠나게."

"스승님…."

"자네가 늪지의 마녀들을 날려버린 덕에 이곳은 평화로워졌네. 늪지 안의 마물이 가끔 튀어나오긴 하지만 더는 마녀에게 아이를 공물로 바치지 않아도 되지. 자네는 큰일을 해준 걸세. 부디 또 다른 이에게도 선행을 베풀어 줬으면 하네."

나는 루드에게 깊게 절을 하며 그리 하겠다고 다짐했다.

"스승님을 만난 건 제 인생의 행운이었습니다."

정말 그랬다. 안 그랬으면 직업이 없어서 경험치가 날아갈 뻔했다. 0레벨 무직 때 경험치를 얻으면 한 달은 유지되나 그 안에 처리하지 못하면 증발한다.

한데 루드의 도움으로 희귀직도 얻고 경험치 문제도 해결했으니 이 고마움을 다 표현할 수 없었다.

"그런데 이제 어쩌려는가? 혹시 계획이라도 있는가?"

"일단은 용병이 되어볼 작정입니다."

내가 용병이 되려는 이유는 전장이야말로 영웅과 만나기 유리한 장소기 때문이었다.

"그렇다면 소개장을 써주지. 내 막역한 친우가 용병 일을 하고 있네. 이름은 레베 샬츠 일세. 붉은 수염에 호탕한 거한이지. 지금은 프랑크푸르트에 있을 걸세. 그를 찾아가 보게."

"감사합니다. 스승님. 이 은혜 잊지 않겠습니다. 나중에 다시 찾아뵙겠습니다."

나는 루드에게 깊은 감사를 표하고는 프랑크푸르트로 떠났다.

프랑크푸르트로 가서 레베 샬츠를 찾는 건 별로 어렵지 않았다. 그는 샬츠 상사로 불리는데, 나는 붉은 수염이 인상적인 이 사내를 도시의 광장에서 바로 발견했다

그는 병사를 모집하는 모병관 일을 한다. 북치는 소년과 피리 부는 병사를 데리고서, 광장에서 목청껏 소리치고 있었다.

"우리의 자애로운 황제 폐하의 권위가, 나 레베 샬츠! 란츠크네히트의 상사 계급이 부여한 특권과 의무로! 그리고 이 도시 의

회의 허락을 통해, 혈기 넘치는 용맹한 젊은이를 나라의 종복으로 모집하노라!"

내가 다가가자 그는 씩 웃는다.

"청년이여! 병사가 되고자 하는가!"

"그렇습니다. 일단 소개장이 있습니다."

"음? 소개장이라?"

의아해하며 내가 내민 편지를 읽어보는 샬츠 상사. 곧 만면에 미소가 가득해졌다.

"크하하하! 루드 놈의 제자였군! 아니, 그 녀석이 설마 제자를 거둘 줄이야. 좋아! 오늘 모병은 그만한다! 다들 돌아가! 나는 이 친구랑 거하게 한 잔해야겠어!"

화끈한 성격이었다. 친우의 제자를 만나자마자 일을 다 접어 버리다니.

"자자, 이럴 게 아니라 다른 용병들을 만나러 가보지. 소개해 주겠네."

"좋습니다."

우리는 함께 도시 밖에 있는 용병들의 주둔지로 갔다. 가보니 때마침 대회 같은 게 벌어지고 있었다. 깃털검(Federschwert)이라고 불리는 연습용 철검을 든 사내들이 서로 격렬하게 부딪친다.

"진중에서 대회라도 열린 겁니까?"

"비슷하네. 저건 정예병들의 조장을 뽑는 경기지. 물론 금화도 걸려있어. 자존심과 돈이 걸려있으니 다들 달아오른 거지"

아닌 게 아니라 함성이 연방 터지는 게 분위기가 사뭇 뜨겁다.

내가 시합에서 눈을 떼지 못하자 샬츠 상사가 씩 웃는다.

"자네 검 솜씨도 궁금하구먼."

"네?"

"뺄 것 없어! 루드 놈 제자면 헛 칼질을 할 리가 없으니까. 나가 보라고!"

"아니, 그런 문제가 아니라 신병인데요. 전…."

하지만 샬츠 상사는 그딴 건 아무 상관도 없다고 했다.

"돌격대 역할을 하는 정예병들은 일반 병사들과 기풍 자체가 다르네. 힘과 실력으로 모든 걸 해결해. 일반병은 조장이 되려면 실력에 짬밥도 있어야 하지만, 정예병은 오로지 칼 솜씨면 끝이야!"

"그렇습니까?"

"그렇다네! 정예병은 다들 쉽게 죽어버리니, 사실 짬밥이 제대로 쌓일 시간이 없거든!"

신병에게 터무니없는 소리를 하고 있는데, 이 양반.

"이놈들아! 여기 신병 받아라!"

샬츠 상사는 내게 깃털검을 쥐어주더니 등을 떠밀었다.

"뭐! 신병! 곧장 정예병이 될 셈이냐! 간이 크구먼!"

"청년이여! 이리 와서 한 판 어우러져 보자!"

돌격대라 그런지 하나 같이 우락부락한 상남자들로 가득했다. 그들이 모두 잡아먹을 듯한 시선으로 날 쏘아보고 있었다. 하지만 적의라기보다는 내 실력을 가늠해 보고 싶은 것 같았다.

"좋습니다."

나도 호승심이란 게 있다. 이렇게 된 이상 거절할 수 없다. 짐을 풀고 나서자 환호성이 터진다.

"젊은 친구가 화끈하군! 피떡이 된다 해도 원망치 말라."

"그쪽 걱정이나 하쇼."

날 상대하겠다고 먼저 나선 이는 관록이 느껴지는 30대의 용병이었다.

"이 몸은 공인 검술길드인 깃털 검객단에서 2년을 배웠다. 오늘 그 기예를 선보이고자 하노니, 그대는 긴장하… 으아악!"

장황하게 늘어놓던 그는 내가 날린 일검에 비명을 지르고 쓰러졌다. 주변에서 폭소가 터졌다.

"비겁해! 저 신병놈 엄청 비겁해!"

"전장에서 비겁한 게 어딨어! 잘했다! 신병!"

아무래도 내 행동은 비난보다는 호감을 산 모양이다. 칼을 들고 마주한 이상 허례허식을 필요 없다는 게 용병들의 사고방식인 것 같았다.

"이번에는 이 몸이 하지!"

다음 용병이 나섰는데 덩치가 오거를 떠올리게 거대했다. 그는 인사를 하자마자 덤벼들었다.

"크아아압!"

마치 산이 날 덮치는 것 같았다. 하지만 승부가 나는 데는 불과 3초 밖에 걸리지 않았다.

"크악!"

오거를 떠올리게 하는 사내가 볼썽 사나운 비명을 지르며 나가떨어졌다. 뭐지? 왜 이리 약해? 의아해 하던 나는 그제야 이들이 약한 게 아니라 내가 강한 거란 걸 깨달았다.

늪의 마녀를 전멸 시키고 얻은 경험치 단번에 레벨 업을 해버렸다. 게다가 좋은 스승 밑에서 배웠으니 용병들이 상대가 안 되는 게 당연했다.

아마 이들의 레벨은 5~10정도. 일반 병사라면 뛰어난 수준이지만 나는 이미 30레벨을 넘어섰다. 이러니 다들 내 검을 견디지 못하는 거다.

"야? 신병 장난 아닌데?"

"그, 그러게? 어린놈이 무표정으로 사람을 팬다."

"저거 걸물(傑物)일세."

용병들은 내게 흥미를 보이고 있었다. 내 실력을 보고 쉽게 나서지 못하는데 한 대머리 사내가 크게 웃으며 앞으로 나섰다. 주변에서 들리는 말로는 저 자가 강력한 조장 후보라고 했다.

"좋다! 이렇게까지 된 것. 이몸께서 고참병의 체면을 지켜야… 으아악! 사람 살려!"

시끄럽기에 검을 휘둘러 날려버렸다. 그러자 주변에서 환성이 터졌다.

"와아아아! 조장이다! 신병이 조장이 되다니!"

"이거 뭐야! 하하하!"

그 시끌벅적함의 와중에 샬츠 상사가 웃으며 내 어깨를 두들긴다.

"새로운 조장은 언제나 환영이네!"

2. 군공을 세우다

용병이 된 지 석 달이 흘렀다.

첫 날에 있던 검투 대회 탓에 나는 곧장 십여 명의 정예병을 이끄는 조장이 됐다. 실력이 탁월했던 탓이다.

석 달 사이에 한 번 전투를 겪었는데 나는 눈부신 활약을 선보였다. 그래서인지 누구도 날 신병이라고 무시하지 않았다. 그렇게 용병 생활에 적응하던 때에 두 번째 전투가 찾아왔다.

"이번엔 강철 선제후가 하르프하임에서 마왕과 한 판 붙으려나 보구먼. 군대를 모집하고 있어. 우리 중대(Fähnlein)도 합류할 예정이네."

샬츠 상사의 설명을 들으면서 나는 가슴이 뛰었다. 드디어 이 세계와 와서 선택 가능했던 수호자 캐릭터 중에 하나를 만날 지도 몰랐기 때문이다.

강철 선제후란 건 사실 별호로, 그는 팔츠를 다스리는 제국의 선제후 가운데 한 명이다. 하니 팔츠 선제후라 불려야 하지만,

별호인 강철 선제후로 통하고 있었다.

"알겠습니다. 저도 가겠습니다."

이번 하르프하임 전투는 강철 선제후의 데뷔 무대나 마찬가지였다. 이번 전투에서 그는 승리할 수도 있고, 패할 수도 있다. 그 결과에 따라서 스토리가 달라지기 때문에 유심히 상황을 지켜볼 생각이었다.

기회가 되면 강철 선제후와 인연을 맺을 수 있을지도 몰랐다.

한 달 뒤.

우리는 마왕에게 대항하기 위한 강철 선제후의 군대에 합류했다. 강철 선제후 군대는 그대로 진격, 북상해 오는 마왕 페자무트군대와 하르프하임에서 마주치게 됐다. 마침내 양 진영이 사생결단을 낼 준비가 끝났다.

"우리 중대는 적 중대가 점령한 저 언덕을 탈환하란 명을 받았다! 모두 전진하라!"

중대의 지휘관인 대위가 목청 좋게 소리쳤다. 우리 장창방진은 네모난 형태를 유지한 채 적에게 다가갔다. 그러면서 날개처럼 장창방진 양쪽에 자리 잡은 화승총병이 계속 사격을 가했다.

타다다당! 탕! 탕!

하지만 적의 반격도 만만치 않았다. 마왕군은 총알에 대한 답례로 마법을 연달아 날아왔다.

콰아아앙! 쿠앙!

사방이 피바다였다. 하지만 나는 장창병의 옆에서 차분하게 걸었다. 이윽고 우리 정예병이 돌격할 거리가 왔다.

"이 돼지 새끼들아! 모두 날뛸 준비를 해라!"

돌격은 샬츠 상사가 이끄는 듯 했다. 그는 주변을 슥 둘러보다가 날 발견하고는 고개를 끄덕인다.

"발러! 자네에게 거는 기대가 커! 만약 내가 쓰러지면 자네가 이끌어주게."

그 말에 돌격 준비를 하던 정예병들의 시선이 내게 쏠린다. 그들 역시 날 인정한다는 듯 고개를 끄덕인다.

"돌격!"

샬츠 상사가 선두에 섰다. 그러자 양손검과 할버드를 든 정예병들이 그 뒤를 따랐다. 다들 전장에서 구르고 구른 자들이라 총탄이 날아오는 와중에도 여유가 있었다.

처음에는 느긋한 속도였지만 점점 발이 빨라지더니 20미터 앞에 왔을 때는 전력질주가 시작됐다. 사방에서 용맹한 함성이 터져 나왔다.

"와아아아! 가자!"

"죽자!"

지금 우리의 공격 목표는 두꺼운 근육을 자랑하는 오크 장창병이다. 마왕군에서 흔히 볼 수 있는 병사들로, 억세고 힘이 좋아 인간보다 육체적으로 강인하다. 녹색 피부만 봐도 두드러기를 일으키는 인간이 한 둘이 아니었다.

"쳐라!"

샬츠 상사의 명령과 함께 우리와 오크 장창병들이 충돌했다.

퍽! 다닥! 퍽! 퍽!

병기가 부딪치는 소리가 요란했다. 오크들은 장창을 찔러가며 우리를 몰아내려 했고, 이쪽은 끈질기게 양손검을 휘둘러 장창을 때렸다. 그러자 장창이 파이면서 사방에 나무 파편이 튀었다.

나는 얼굴로 찔러오는 장창을 피한 뒤 한손으로 잡아챘다. 그러자 오크놈이 창을 빼앗길까 싶었는지 힘껏 버틴다.

"어림없다!"

놈의 장창을 겨드랑이에 낀 뒤, 검의 손잡이 끝에 달린 무게추로 힘껏 내리찍었다.

우지끈!

단번에 장창이 분질러졌다. 그러자 근처의 오크들이 보고 놀라서 비명을 질러댄다. 일부는 장창이 단번에 박살나자 눈이 휘둥그레진다.

나는 부러진 장창이 만든 틈으로 파고들었다. 그리고 양손검을 노 젓는 듯한 모양으로 거꾸로 잡은 뒤, 옆에 있는 다른 장창들을 힘껏 밀치기 시작했다.

"으윽!"

힘을 쓰자 장창이 한꺼번에 우르르 밀쳐졌다. 이건 지렛대의 원리를 이용한 것이기 때문에 오크들이 아무리 버텨도 소용없었다.

"좋아! 들어간다!"

내가 공간을 벌리자 다른 정예병들이 기다렸다는 듯 안으로 파고 들어 양손검을 내리찍는다. 오크가 아무리 터프하다지만 커다란 양손검 앞에서 버틸 재간이 없었다. 사방에 녀석들의 잘린 팔 다리가 날아다녔다.

"크아악!"

"쿠아아아!"

오크들의 장창방진 일부가 혼란에 휩싸였다. 우리는 그걸 놓치지 않았다.

"까버려!"

"존나게 밀어붙이라고!"

다들 양손검으로 장창을 밀치면서 기어이 틈으로 기어들어가기 시작했다. 특히 내가 검을 휘두르는 일대가 초토화됐다. 오거나 마찬가지의 힘을 가진 나다. 근육질 오크전사들이 내게 달려들었다가 맥을 못 추고 나가떨어졌다.

"크아아아! 괴물! 괴물이야!"

"오거의 힘을 가진 인간!"

나는 오크어도 익숙했기에 그들이 하는 말을 알아먹을 수 있었다. 그렇게 일대를 쓸어버리고 있는데 조원 하나가 달려와서 외쳤다.

"아군이 장창 밀치기를 시작했습니다!"

조원이 가리키는 곳을 보니, 어느새 언덕까지 올라온 아군이 오크들과 서로 죽어라 장창을 찔러대고 있었다. 아무래도 우리가 오크 장창병을 헤집고 날뛴 게 도움이 된 것 같다.

"이제 어쩌시겠습니까? 명령해 주십시오!"

그뿐 아니라 주변의 정예병들은 싸우면서도 이쪽을 보고 있었다. 방금 격전으로 샬츠 상사가 장창에 찔려 부상을 입은 상태였다.

"발러! 미안하지만 부탁하지!"

이제 지휘권은 내게 넘어왔다. 다른 정예병들도 소리친다.

"모두 발러 조장을 따를 겁니다! 명령을!"

"좋다! 알겠다!"

나는 조원들과 함께 군공을 노리기 위해 적극적으로 나서기로 결정했다. 군공을 세운다면 강철 선제후와 만날 수 있을지도 몰랐다. 현재 제일 좋은 목표는 명확했다.

"모두 들으라! 적의 군기를 탈취하겠다!"

내 말에 다들 깜짝 놀라는 기색이 역력하다. 군기는 적의 장창방진 가운데에 있다. 지금 적이 혼란상태이지만 극히 위험한 임무였다. 하지만 성공한다면 정말 커다란 군공이다.

"군기가 얼마나 중요한지는 말하지 않아도 모르는 이가 없을 거다! 지금 여기서 제일 맛있는 먹이란 말이다!"

병사는 자신들의 부대 깃발을 보고 모인다. 군기가 있기에 혼란스러운 와중에서도 길을 잃지 않는다. 한데 그 군기가 사라지면 부대의 사기와 결집성은 급락해 버린다.

"만약 적의 장창방진을 헤집은 지금의 기세를 살려 군기를 탈취한다면, 이 언덕 싸움에서 완승을 거둘 수 있다! 오크 놈들은 불리한 낌새를 느끼면 달음박쳐 버리니까!"

다들 이 탐스러운 목표에 의욕이 나는 모양이었다.

"내 선두에 서겠다! 따르라!"

"와아아아! 발러 조장님을 따르라!"

"그아아아! 가자!"

용기백배한 함성이 터지자. 우리는 그 기세로 성난 황소처럼 적에게 달려들었다.

"죽어!"

거대한 양손검이 빛을 번쩍일 때마다 오크의 머리가 깨져 나갔다. 우리의 그 무차별적인 돌격으로 사방에 피가 튀었다. 적도 우리도 여럿이 죽었다.

"허억! 헉! 헉! 조금만 더! 거의 근접했다!"

오크들은 훨씬 숫자가 많음에도 우리의 기세에 눌려 주춤거렸다. 나는 이때를 놓치지 않고 깊숙이 들어갔다. 그리고 마침내 군기를 들고 있던 놈에게 검을 휘둘렀다.

"쿠에에엑!"

군기를 지키는 자라 실력있는 전사였을 텐데, 내 일격을 버티지 못하고 목이 달아났다. 나는 떨어진 군기를 쥐어들고는 외쳤다.

"나! 슈판다우의 발러가 군기를 탈취했다!"

피가 잔뜩 묻은 군기를 들고 흔들자, 함께 돌입했던 정예병들이 환호성을 터뜨린다.

"와아아아! 만세!"

"발러 조장님이 군기를 탈취하셨다!"

처음보다 목소리가 많이 줄어들었다. 안타깝게도, 50여 명이 방진 안으로 뛰어들었는데, 남은 이는 30명이 안 됐다.

그들도 부상을 입어 피투성이였다. 하지만 군기 탈취에 성공한 탓에 다들 상기된 표정이었다. 이건 앞으로 10년 동안 맥주홀에서 실컷 자랑할 만한 무훈이었다.

"이제부터 버티는 게 중요하다! 군기를 중심으로 뭉쳐! 아군이 밀고 올라오고 있다!"

나는 살아남은 정예병들을 모았다. 애초에 여기까지 돌파할 수 있었던 건 지금 장창 밀치기를 하는 아군이 있었다. 우리 힘만으로 군기를 가지고 탈출할 수 있다고 생각하지도 않았다.

"좋아! 버티자!"

"살아남기만 하면 대박이다!"

다들 나랑 같은 생각이었다. 주변에 우글우글한 오크들을 상대로 악을 쓰며 버텼다. 하지만 상황은 기대대로 흘러가지 않았다.

"아군이 밀려나고 있습니다!"

조원 중 하나가 다급하게 외쳤다.

"아! 시발! 안 돼!"

녀석의 목소리에는 안타까움이 절절하게 묻어났다. 아군이 언덕을 점령하는데 실패하고 오크들의 반격을 받아 점점 쫓겨나고 있었다. 이대로라면 우리는 적군 한 가운데 외로운 섬처럼 고립되게 된다.

"우린 어쩌라고 이 새끼들아!"

"돌아오라고! 겁쟁이 놈들!"

설마 일이 이렇게 될 줄이야. 분명히 군기 탈취작전은 성공적이었다. 무모해 보였지만 멋지게 해냈다. 하지만 아군이 오크들에게 밀려 후퇴한다는 건 상정 밖이었다. 다들 당혹감을 감추지 못한 채 나만 쳐다보고 있었다.

"발러 조장님!"

이미 오크들은 양손검 두 개 정도의 거리에서 우리를 둥글게 포위한 상태다. 잠시 소강상태가 됐지만 탈출할 길이 보이지 않았다.

"어서 명령을! 에이! 까짓것!"

몇몇은 이미 옥쇄를 각오한 얼굴이었다.

"다 알고 있잖수! 용병에게 죽음이란 언제든 찾아올 수 있는 손님이란 걸! 물론 그게 오늘은 아니면 좋았겠지만!"

아마 다들 오래 전부터 이런 끝을 각오하고 있었겠지. 그렇다고 여기서 다 같이 죽자라고 외치고 싶진 않았다. 내가 끌고 들어온 이상 어떻게든 모두를 살리고 싶었다.

하지만 어떻게?

도저히 방법이 보이지 않았다.

"흐음….."

침음(沈吟)을 흘리고 있자 다들 내 결정을 재촉했다.

"조장님! 조장님을 원망 안 합니다! 저 좆같은 대위 새끼가 우리가 여기 있는데도 중대를 뒤로 물릴지 누가 알았겠습니까!"

"맞습니다! 기왕 이렇게 된 거 화려하게 끝냅시다요!"

내 조원인 막스랑 텔만이었다. 둘 다 검술이 뛰어나고 사자처럼 용맹한 병사들이었다. 나는 그들의 용기를 보고 더더욱 이런 곳에서 죽게 내버려 둘 수 없다고 생각했다.

"막스."

"네! 조장님!"

"불을 피워라!"

갑작스러운 명령에 의아한 표정을 짓는 막스. 하지만 옆에 있던 텔만이 부싯깃을 꺼내자 서둘러 기름통을 찾는다. 그리고 근처에 죽은 병사의 의복을 찢어서 횃불을 만들었다.

"이걸로 뭐하시려고?"

"불 붙여, 어서!"

"알겠습니다."

화르르륵.

횃불에 불이 붙자 그걸 받아 들고는 앞으로 나섰다. 그리고 오 크들을 향해 외쳤다.

"이 눈깔을 터뜨려버릴 새끼들아! 더 다가오면 네놈들 군기를 태워버리겠다!"

제국어를 알아듣는 오크 몇이 깜짝 놀라서 움찔하는 게 보였 다. 내가 군기에 불을 붙이려고 하자 오크들이 놀라서 팔을 휘저 으며 소리를 질러댔다. 결국 그들 중 장교 하나가 나와 제국어로 외쳤다.

"어리석은 짓하지 마라! 만약 군기를 태웠다가는 가만두지 않 겠다!"

"이런 시팔! 뭐? 가만두지 않는다고? 누가 오크 아니랄까봐 빡 대가리 같은 소리하고 자빠졌네! 어차피 죽일 거면서! 안 물러나!"

욕을 퍼부으면서 횃불을 흔들어댔다.

"이런 정신 나간 인간 새끼가!"

오크 장교는 당혹감을 감추지 못하고 있었다. 군기는 실용적 인 중요성도 중요성이지만 한 부대의 역사이기도 했다. 나는 슬 쩍 군기에 써진 글자를 봤다. 마족의 연호에 의하면 이건 22년이 나 된 군기였다. 어쩐지 넝마 같더라니….

"어디 한 번 와봐. 이 새끼들아! 호락호락 당하나!"

22년이나 부대와 함께한 역사 그 자체를 태우려고 하는 시도는 확실히 오크들의 허를 제대로 찔렀다.

"일단 진정하라. 인간. 군기를 돌려주면 그대들의 부대로 돌려보네 주마."

"누가 오크 새끼 아니랄까봐 입만 열면 구라가 술술 나오는구먼! 안 물러나!"

나는 그렇게 군기를 인질삼아 몰살의 위기를 버텨내고 있었다. 지금 내 목숨만 걸린 게 아니다. 어떻게든 남은 이들을 살려야겠다는 생각뿐이었다. 하지만 이걸로 오래 버틸 수 있을 것 같지는 않았다.

오크들도 바보는 아니다. 잠시 당황하긴 했지만 이제 막무가내로 나올 게 틀림없었다. 내 목숨이, 그리고 우리의 목숨이 얼마 남지 않은 초처럼 타들어가고 있었다.

오크 장창병들은 결코 넘을 수 없는 장벽처럼 사방을 둘러싼 상태였다. 우리는 독 안에 든 쥐다. 다들 물러난 아군의 중대를 향해 쌍욕이 내뱉는다.

"이 개새끼들! 지네만 살면 그만인가!"

"돌아가면 대위 놈의 좆을 잘라서 주둥이에 박아줘야 합니다. 입을 좆으로 막아줘야 다신 좆같은 명령을 못하죠!"

다들 궁지에 몰리자 그냥 돌격하고 죽자고 아우성이었다.

"발러 조장님! 이럴 바에는 먼저 칩시다!"

"맞습니다! 이대로 겁쟁이처럼 죽을 순 없습니다!"

답답함에 폭발하고 있는 것 내 모르는 건 아니다. 하지만 이대로 부딪쳐 봐야 전멸이다.

"돼지 새끼들아! 포기하면 죽는다고!"

나는 누구도 명령 없이 돌격하면 가만두지 않겠다고 으름장을 놓았다.

"아! 시팔! 그러면 어쩌라고!"

"뭐하자는 거요!"

여기저기서 거친 불만이 쏟아져왔다. 다들 극도로 몰려서 저런다. 이럴 때일수록 조장이 확신을 줘야한다.

"내가 어떻게든 방법을 찾겠다! 찾을 테니까 버티라고 개새끼들아! 모두 여기서 살아 돌아가야 하지 않겠나!"

병사들은 떠돌이가 많았지만 돌아갈 곳도, 기다리는 가족도 있는 자도 여럿이었다. 적어도 아군에게 버려지듯 죽을 놈들은 아니었다. 나는 석 달 사이에 그들과 많이 친해진 상태였다.

"반호르트! 딸이 얼마 전에 태어났다며!"

"그, 그건!"

"막스! 네놈 어머니는 어쩔 거냐! 오매불망 너만 기다리고 계시는데 여기서 뒈져 나자빠질 셈이냐!"

"크윽!"

"텔만! 네놈도 마찬가지야! 너도 슈판다우 깡촌 출신이라며! 언젠가 같이 돌아가야지!"

"조장님!"

나는 악을 써가며 모두에게 삶의 의지를 불어넣었다. 그때 다시 오크 장창병들이 몰려왔다. 저쪽 지휘관도 더는 휘둘릴 수 없다고 판단한 듯했다. 군기 손실을 각오한 모습이었다. 그렇다면 이제 군기로 협박하는 얄팍한 수단은 끝장난 셈이었다.

이제 도저히 어쩔 바를 모르겠다. 하지만 이럴 때일수록 허세가 필요했다. 다들 나만 보고 있었다.

"버텨! 버티라고! 그러면 내가 어떻게든 생로를 찾아줄 테니까!"

악을 쓴 게 먹힌 걸까? 그냥 죽자는 분위기가 일변했다. 다들 양손검을 사납게 휘두르며 저항한다.

"와아아아! 돌아가자! 돌아가자고!"

"그래! 여기서 뒈져버릴 수는 없지!"

다시 격전이 벌어졌는데 사기가 오른 탓인지 우리는 생각 이상으로 잘 버텨냈다. 결국 오크 쪽 지휘관이 아르퀘부스(화승총의 일종. 머스킷보다 짧고 가볍다)를 든 고블린 총병 12마리나 불러들였다. 이대로는 안 되겠다 싶었던 모양이었다.

"바리케이드 만들어!"

당장 죽은 오크 시체를 쌓아올리게 했다. 그리고 고블린 총병의 사격이 개시되는 순간 소리쳤다.

"숙여!"

타다다다당! 타당! 탕!

위험한 공격이었지만 바짝 엎드린 우리는 견뎌냈다. 총알이 방벽으로 삼은 시체의 갑옷을 때릴 때 카가강! 요란한 소음이 터졌다.

"좋아!"

"고블린 새끼들 별 거 아니네!"

우리가 버티자 오크 지휘관은 성질이 오른 듯 고블린 총병 12마리를 급하게 더 불러들였다. 이 게임 속의 총기는 구닥다리라 한 발 발사하려면 한 세월이다. 이미 사격한 놈들은 뒤로 물러나

탄을 다시 집어넣고 화약을 총신에 퍼붓고 있었다.

"조장님! 놈들이 한 번 더 쏠 모양입니다!"

다들 다시 쌓아올린 시체 뒤로 숨을 생각인 듯했다. 그리고 나역시 그러려고 했다. 한데 지난 경험이 내게 남과 다른 판단력을 부여했다.

과거 게임을 하며 전쟁을 총괄하는 장군으로도 플레이했었다. 덕분에 내 시각은 일개 조장의 것이 아니었다. 대국적으로 전쟁 전체의 상황을 파악할 수 있었다.

"총병이 옆에서 빠졌다! 그렇다면!"

퍼뜩 무언가 떠올라 주변의 시체 무더기를 밟고 위로 올라섰다. 그러자 옆에 있던 조원들이 깜짝 놀라 날 끄집어 내리려고 한다.

"미쳤소! 총구가 이쪽을 겨누고 있는데 왜 올라가!"

"조장님 끌어내려!"

하지만 그들을 무시하고는 장창방진 너머를 관찰했다. 그리고 우리를 가두고 있는 이 장창의 성벽 밖에서 원하는 걸 찾아냈다.

"내려오쇼! 왜 죽으려고 용을 쓰시오!"

나는 강제로 끌려내려 오자마자 외쳤다.

"뿔나팔 이리 내!"

"뿔나팔을 불어봐야 아군은 안 올 겁니다."

"달라면 줘 새끼야!"

빼앗듯 뿔나팔을 받아서 아군의 중대가 물러난 남쪽이 아니라 동쪽으로 불기 시작했다. 그리고 뿔나팔의 신호도 다른 이들은 모르는 것이었다.

　부우- 부우웅- 부우웅!

　부우- 부우웅- 부우웅!

　일정한 주기를 가진 신호에 다른 이들은 어리둥절한 표정이다. 막스라는 놈이 참지 못하고 묻는다.

　"뭐하는 거요? 음악이라도 연주하시오?"

　"멍청한 놈. 이건 기병돌격 신호다!"

　"뭐? 기병 돌격?"

　대답하기도 전에 다시 탄환이 날아들었다.

　타다다다당! 타다앙!

　이번에는 다친 인원이 여럿 나왔다.

　"아악!"

　"크앗!"

　제대로 된 엄폐가 아니라서 탄을 다 피할 수 없었다. 오크들은 우리의 비명을 듣고 기세를 잡았다고 생각했는지 다시 몰려들어왔다. 나는 제일 먼저 벌떡 일어나서 재장전한 권총을 앞으로 내밀며 외쳤다.

　"돼지 새끼들아! 이제 조금만 버텨라! 천운이 따른다면 여기서 나갈 수 있을 테니까!"

　"아까부터 무슨 소린지 모르겠습니다! 조장님!"

　"모르면 검이나 휘둘러! 멍청한 새끼야."

　"아! 시팔. 그건 알아먹겠네."

　다시 사방에서 장창이 찔러온다. 우리는 살려고 별 짓을 다했다. 양손검을 버리고 시체를 주워서 방패로 삼았다.

"버텨! 이길 생각을 하지 말고!"

"아놔! 언제까지 이래야 하는 거요!"

"그걸 내가 어떻게 알아!"

"이런 미친! 버티라며! 조장 새끼야!"

아직도 칼을 휘두르는 이는 다섯뿐이었다. 나머지는 쓰러져서 피를 흥건하게 흘리며 끙끙대고 있었다.

"하… 시발. 안 오는 건가."

이 정도 되자 나도 낙담할 수밖에 없었다. 그런데 그때 차갑고 맑은 목소리가 귀를 파고 들어왔다.

"포기하지 마라!"

우지끈!

어디선가 찔러온 마상창에 오크 셋을 꿰뚫은 뒤, 부서져 나무 파편이 산산이 흩날린다. 한 기사가 흙먼지를 일으키며 나타났다. 놀랍게도 기사의 군마는 새하얀 유니콘이었다.

기사는 내게 외쳤다.

"검을 들라! 세상에는 베어야만 열리는 길도 있는 법이니!"

그 말과 함께 기사는 팔을 교차해 안장에서 마상권총 두 자루를 뽑아서 양쪽에서 달려드는 오크들에게 쐈다.

타당!

순식간에 오크 둘이 머리가 뚫려 넘어졌다. 기사는 그걸로 그치지 않고, 빛나는 쌍검을 뽑아들더니 질풍처럼 주위의 오크를 휩쓸어버리기 시작했다.

"왔다!"

나는 기쁨의 탄성을 터뜨렸다. 뿔나팔로 기병돌격 신호를 보낸 게 딱 들어맞았던 거다. 곧이어 50여 명의 기사들이 이쪽으로 일제히 돌격해 왔다.

오크들은 장창과 총격으로 서둘러 막아보려 했지만 제대로 허를 찔러버렸다. 부러진 마상창이 사방으로 튀더니 오크 장창병이 비명과 함께 우르르 넘어간다.

"이게 어떻게 된 거요! 조장님!"

막스가 놀라움을 감추지 못한 채 묻는다.

"모르겠나! 저 오크 지휘관이 조바심을 내는 바람에 기회가 생긴 거다!"

"네?"

"우리가 계속 버티자 고블린 총병을 2열, 무려 24마리나 이쪽으로 빼왔다. 그러니 그놈들의 측면이 약해질 수밖에! 게다가 오크 장창병도 우리를 잡겠다고 대열이 흩어져 어수선 해졌잖아! 기병들에겐 더 없이 좋은 기회였을 거다!"

"세상에! 그걸 파악하고 아까 뿔나팔을 분 거요?"

"당연하지. 적과 아군의 장창방진이 서로 부딪치기 시작하면, 기병들이 약해진 곳을 노리려 승냥이처럼 돌아다니니까!"

아까 시체를 밟고 올라서 주위를 두리번거린 게 아군 기병대가 근처에 있는지 찾았던 것이다. 그러다 한 무리를 발견했고 즉각 뿔나팔을 불었다.

"세상에! 조장님은 어찌 그런 걸 다 아시오! 기병들에게 신호를 보내는 법도!"

막스 뿐만이 아니라 다들 놀라움을 감추지 못했다.

"그런 건 상관없잖나! 일단 여기서 나가자!"

돌격해온 기사들이 장창방진을 좌우로 갈라버리며 우리가 있는 곳까지 도착했다. 그들 중 하나가 외친다.

"살아있는 자가 몇인가!"

"부상자를 포함해서 총 열둘이오!"

"알겠다!"

그는 서둘러 조원들을 시켜 우리를 말에 태웠다. 나머지 기사들은 그 사이 혈전을 치르고 있었다.

타다다다당! 타당!

기사들이 마상권총을 일제 사격하자 오크들이 혼비백산해서 물러난다. 그들의 방진은 점점 엉망이 돼가고 있었다.

하지만 기사들은 자신들의 힘만으로 이 거대한 유기체인 장창방진을 쓸어버릴 수 없음을 잘 아는 것 같았다. 부상자를 말에 태우자마자 빠져나가기 시작했다.

"조장님!"

"조장님도 얼른 오시오!"

나는 조원들을 먼저 태우느라 가장 마지막에 남았다. 조원들을 우선하느라 태워줄 기사를 찾지 못했다. 다들 우르르- 빠져나가고 있었다. 나는 급한 대로 양손검을 버리고 군기만 갖고 달렸다.

정말 걸음아 나 살려라는 식이었다. 기사들이 지나가며 좌우로 갈라버린 오크들의 방진이 다시 합쳐지기 전에 빠져나가야 했다. 하지만 군기를 가진 탓에 주목을 너무 끌고 있었다.

그렇다고 어렵게 빼앗은 군기를 포기하긴 싫고, 목숨은 아깝고. 혼자 갈등을 하고 있을 때 뒤쪽에서 말발굽 소리가 들렸다.

"그대! 그대는 본인과 함께 간다!"

황급히 돌아보니 가장 처음 진입한 여기사였다. 그녀는 이쪽으로 말을 달리며 팔을 뻗어온다. 그 순간 놀라서 입이 벌어졌다. 다른 게 아니라 저 여기사의 정체를 알아봤기 때문이었다.

"세상에!"

그리고 보니, 이 여자! 하르프하임 전투에 참가하는 거였지. 강철 선제후에만 초점을 맞추고 있다 보니 생각지도 못했다.

갑자기 과거의 기억이 떠올랐다. 기사는 내가 항상 믿고 의지했던 존재다. 지난 100년간의 플레이에서 많은 시간을 함께했던 영웅. 저 유니콘 군마와 성녀와 같은 모습은 잊으려고 해도 잊을 수가 없다.

수녀기사(修女騎士) 발푸르기스.

그게 바로 장창방진에 뛰어든 저 기사의 정체였다. 세상일이란 참 모르겠구나. 지금의 나는 발푸르기스와 아무런 접점도 없는데, 그녀는 여전히 나를 위해 나타나다니. 일반인으로 플레이한 탓에 다시 만날 수 있으리란 기대도 접은 상태였었다.

"손을!"

발푸르기스의 도움을 받아, 나는 군기를 든 채로 그녀의 뒤에 올라탔다.

"허리를 붙잡거라! 빠르게 달릴 테니!"

발푸르기스는 그대로 유니콘을 몰아 바람처럼 나가기 시작했다. 중간에 오크들이 그녀를 낙마시키려고 장창을 수도 없이 찔러왔지만 모조리 쳐낸다. 실로 예술적인 경지에 오른 칼 솜씨였다.

아직 대전쟁이 터지기도 전인데, 이미 절정의 경지로군. 발푸

르기스는 삼국지로 따지면 조자룡급의 영웅이라고 생각하면 이해하기 편하다.

"조력에 감사드립니다!"

살았다는 생각 밖에 안 들었다. 죽음의 아가리에서 벗어난 흥분에 심장이 미친 듯이 뛴다.

"원래 다른 곳에서 장창방진을 공략 중이었는데, 뿔나팔 소리를 들었다. 그리고 그대들이 고립되어 용전분투하는 것을 보았지! 하지만 쉽사리 방진을 들이받지 못하고 있었으나 어찌된 일인지 측면의 총병이 줄어들었다. 그래서 나선 것이다!"

역시 내 예상대로 됐구나.

"구원에 감사합니다. 다 끝났다고 여겼는데 나리의 도움으로 애오라지 살아났으니."

"그대들은 충분히 그럴 가치가 있는 자들이었다. 적진 한 가운데로 들어가 군기를 탈취한 그 용기에 경의를 표하는 바이다."

발푸르기스는 귀한 신분의 여식이지만, 신분 고하로 사람을 판단하지 않았다. 그저 용기가 있나 없나로 상대를 평가하곤 했다.

"과찬이십니다."

"과찬이라. 그대는 오늘 전투에서 최초로 적의 군기를 빼앗고도 그런 소리를 하는구나. 자, 저길 보라!"

유니콘을 달리면서 발푸르기스는 옆을 가리켰다. 별 생각 없이 옆을 보던 나는 깜짝 놀랐다.

"와아아아아아!"

"만세! 만세! 만세!"

수많은 병사들이 나를 보고 함성을 지르고 있었다. 오늘 하르프하임에 모인 자들은 수 만. 아직 전투는 초입이었다. 아직도 적과 직접 부딪치지 않고 전진 중인 부대가 많았다.

　여러 개의 중대가 합쳐진 연대 급의 장창방진들도 일대 결전을 각오하며 이동 중이었다. 그런데 연대의 병사들이 나를 보며 환호하고 있었다.

　"그대는 마치 개선장군과 같은 대접을 받고 있구나. 모두 그대가 탈취한 군기를 본 것이겠지."

　"아….."

　그때 발푸르기스가 내가 물었다.

　"그대의 이름을 듣고 싶다."

　"슈판다우의 발러입니다."

　알았다는 듯 고개를 끄덕인 발푸르기시는 유니콘을 천천히 달리면서 근처의 병사들에게 소리쳤다.

　"들으라! 여기 슈판다우에서 온 발러가 용감하게 적의 군기를 탈취했다! 오늘 적의 군기를 탈취하는 자가 여럿 나오겠지만 가장 먼저 그 일을 행한 게 발러임을 기억하라!"

　그러자 일대를 메운 수많은 병사들이 내 이름을 외쳤다.

　"발러! 발러! 발러!"

　한 번 내 이름을 부를 때마다 주위가 쩌렁쩌렁 울리고 있었다. 장창병들은 잠시 멈춰선 채 장창으로 바닥을 두들겨 댔다. 구릉지가 쿵쿵! 울리는 느낌이었다.

　"발러! 발러! 발러!"

　전신이 덜덜 떨렸다. 이런 느낌은 어떤 영웅으로 했어도 지금까지 한 번도 느껴보지 못했던 거다.

"발러. 저들에게 화답해 줘야하지 않겠나."

발푸르기스는 일부러 말을 천천히 몰고 있었다. 나는 고개를 끄덕인 후 군기를 위로 들어보였다. 그러자 다시 한 번 일대가 떠나갈 듯이 환호성이 터졌다.

"와아아아아아 ─!"

함성과 함께 적을 향해 전진 중인 연대들에서 나를 향해 세레모니를 해줬다. 각 연대의 연대기를 내 쪽을 향해 기울여 경의를 표해온 것이다.

"아…!"

순간 소름이 쫙 돋았다. 연대 깃발로 경의를 표해주는 건 설령 대공이나 왕이 와도 해주지 않는 일이었다. 오로지 빛나는 무훈을 세운 자에게만 병사들이 자발적으로 보여주는 존경심이었다.

그때 갑자기 시스템 메세지가 떠올랐다.

<팔츠 선제후의 군대가 당신을 인정합니다!>
<명성이 +80이 오릅니다!>
<병사들이 당신에 대해 이야기합니다!>
<업적이 오릅니다! +2,000>

뭐야? 명성이 80에 업적치가 2,000이나!

"이건, 과분한 영광이군요."

"그렇지 않다. 그대가 누리기 충분한 것이지. 그것보다 얼른 상처를 치료해야겠군."

"아닌 게 아니라 앞이 흐릿하게 보입니다."

의식하지 못하고 있었는데, 이제 보니 몸 이곳저곳이 엉망이었다.

"그럴 테지."

발푸르기스와 그런 얘기를 하고 있는데 한 기병이 빠르게 말을 달려 다가왔다.

"발푸르기스 경!"

"무슨 일인가?"

"선제후 전하께서 무훈을 세운 용병을 보고자 하십니다."

"물론 가능하다. 하지만 그의 부상이 심하다. 몸을 추스른 후에 본진으로 찾아가겠다고 전하라."

"알겠습니다!"

큰 도박이었지만 결국 내 생각대로 됐다. 드디어 강철 선제후, 그 위대하신 수호자님의 얼굴을 보게 되는 건가. 아퀼라는 분명히 수호자와의 관계가 일반인 플레이의 중요한 요소라고 했지.

"참, 선제후 전하께서 무훈을 세운 이들에게 치료소의 이용을 윤허하셨습니다."

"그것 잘 됐군."

이후 우리는 임시로 마련된 치료소에서 성직자들의 도움을 받았다. 하지만, 그들은 정말 목숨을 구할 정도로만 신성력을 발휘해줬다. 이 세계에서 치유력이란 귀한 것이라 어쩔 수 없었다.

군공을 세우지 못했으면 일반 병사로 이렇게 성직자의 치료를 받지도 못했을 거다. 앞으로 완치까지 몇 달은 정양해야 할 테지만 이 정도도 감지덕지였다. 목숨을 구한 샬츠 상사는 감격해서 내 손을 꽉 잡아왔다.

"고맙네. 발러. 자네가 아니었으면 나도 여기 없었을 걸세."

그는 눈시울이 붉어져 있었다. 이 거한은 생각보다 눈물이 많았다. 적은 눈 깜짝하지 않고 때려죽이면서도, 자기 부하들과의 정에는 약한 샬츠 상사였다.

얼마 전에 린츠란 놈이 죽었을 때 샬츠 상사가 자신의 반 년치 급료를 린츠의 고향 마을에 보내준 일도 있었다. 그래서 이 양반은 나보다 더 전장에서 굴렀으면서 몸에 걸친 장비를 제외하면 아직도 빈털터리였다.

"다 큰 어른이 울고 그러십니까?"

"에끼! 울긴 누가 울어! 하품을 좀 했을 뿐이야!"

생긴 건 삼국지의 장비가 따로 없는데, 부끄러운 지 허둥대는 꼴이 참 재밌다.

"상사님께선 언제나 제게 잘해주셨죠. 보답할 수 있어서 기쁩니다."

"아니, 내가 뭘 했다고. 다 자네가 잘했던 거지."

나는 그에게 쉬고 있으라고 했다.

"선제후 전하를 만나 뵙고 오겠습니다. 그분께 청하여 마을로 돌아가도록 할 테니 기다리십시오."

"고맙네. 정말 고마우이."

막스와 텔만 등, 살아남은 다른 병사들이 내 곁으로 우르르 몰려왔다.

"발러 조장님. 조장님 아니었으면 거기서 오크 놈에게 뒈졌겠지요. 이제 여벌의 목숨이니 앞으로 조장님을 위해 쓰겠습니다."

"조장님. 저도 마찬가지입니다. 재주 없는 놈입니다만 필요한 일이 있으면 부르십시오."

그들의 말에서 진심이 느껴졌다. 이들은 나를 진정한 동료로 여기고 있었다. 나는 병사들 하나하나와 손을 마주 잡았다. 서로 굳게 마주잡은 손에서 온기 이상의 무언가가 느껴졌다. 앞으로 이 인연, 소중히 하고 싶었다.

과거 나는 이들과 비교도 안 되는 영웅들과 관계를 맺어왔다. 거기에 비하면 한없이 약한 사람들이지만 어째서인지 더욱 정이 갔다. 그리고 일반인이라도 일반인이기에 할 수 있는 게 있지 않을까 하는 생각도 들었다.

"그럼 다녀오겠습니다. 아, 그런데 강철 선제후의 존함이 어떻게 되지? 막스."

간이침대에 누워있던 막스는 어이없다는 표정을 짓는다.

"아니, 조장님. 자기 전쟁군주의 이름도 모른단 말씀이십니까? 와, 이 양반. 칼이랑 돈 말고 나머지는 빵에 다 싸먹어 버렸나 보네."

전쟁군주(Kriegsherren)란 전쟁을 벌이기 위해 용병을 고용한 군주를 칭하는 말이다. 용병 입장에선 물주라고 할 수 있으니 그 이름을 모를 리가 없다. 그래서 서둘러 둘러댔다.

"갑자기 기억이 안 나서 그래."

막스는 그런 날 짠하다는 듯 보며 혀를 찬다.

"쯧쯧. 역시 칼 쓰는 것만 연습하면 대가리가 사람 자르는 거 말고는 텅텅 빈다는 말이 사실인가 봅니다. 그려. 역시 저는 조장님처럼 나이도 어린데 그렇게 되지 말아야겠습니다. 자기 부모 이름도 까먹을 양반이네."

"이 새끼가!"

"악!"

손가락으로 상처 부위를 살짝 찔러주자 놈이 자지러진다.

"으아악!"

"어서 토설하지 못할까."

"으앗! 필립입니다! 필립! 어찌 그 쉬운 것도 모르십니까."

"너 잘났다. 개새끼야."

필립이구나. 원래라면 플레이어가 정한 이름이 되는데 이번에는 인공지능이 담당하게 되면서 필립이란 이름이 부여된 것 같다. 일단 의복을 정돈한 뒤 막사를 나왔다. 밖에선 발푸르기스가 기다리고 있었다.

"그대와 같이 가지."

"배려 감사드립니다."

일부러 기다리고 있어 준 거다. 내 신분에 쟁쟁한 귀족들이 모여 있는 곳에 가야 하니 부담스러울까 싶어서 마음 써주는 게 보였다.

"배려는 무슨. 그냥 가는 길이 같았을 뿐이다. 크흠!"

티를 안 내려는 게, 정말 내가 알던 발푸르기스 그대로였다. 나도 모르게 웃음을 터뜨렸다.

"후후훗. 아, 으윽!"

웃다가 관통상을 당한 배가 아파서 몸을 구부정하게 숙였다. 치료하긴 했지만 무리하면 안 된다.

"괜찮은가? 하여간 못 말리겠군. 그런 몸으로 웃어대니. 아니… 그대는 참 특이하군. 내 신분이 높은 걸 모르지 않을 텐데 실실 웃으며 격의 없이 대하지 않는가."

눈앞의 발푸르기스는 내가 누군지 모르겠지. 하지만 내게 그녀는 언제나 함께했던 소중한 동료다. 그러다 보니 좀 허물없었던 모양이다.

"기분이 나쁘십니까?"

"아니, 신선한 기분이구나. 싫지는 않다. 격의 없다고 해서 그대가 무례한 느낌은 아니고."

나는 발푸르기스의 성격을 잘 안다. 자신이 인정하는 인물이 편하게 대하는 걸 고깝게 여길 리가 없었다. 잠시 발푸르기사와 눈을 마주쳤다. 투구를 쓰고 면갑을 내린 상태라 그녀의 깨끗하고 맑은 눈만 보인다.

누구보다도 고결하고 용기 있는 기사지만, 그녀에겐 경멸의 칭호도 함께하고 있었다. 직접 그녀의 면전에서 그 멸칭을 부르는 이는 결코 없지만, 많은 이들이 이렇게 소곤거린다.

추녀기사(醜女騎士) 발푸르기스.

탁월한 실력의 기사지만, 얼굴은 제국에서 제일 못생겼다는 소문이 돌았다. 그녀가 어떤 자리에서나 투구를 벗지 않는 게 못생겼기 때문이란 건 거의 정설이었다. 그래서 발푸르기스의 실력을 질투하는 속 좁은 사내들은 언제나 추녀기사라고 비아냥거리곤 했다.

그녀 역시 이런 경멸을 모르지 않았다. 그녀의 지고한 신분 덕에 함부로 무례를 범하는 이는 없었지만, 은연중에 배어 나오는 멸시를 알아채지 못할 리가 없다. 아직 16살에 불과한 그녀에겐 꽤 상처가 될 일이었겠지.

그런데 내가 그녀의 멸칭은 전혀 모른다는 듯, 그리고 신분도 신경 쓰지 않고 대하자 신기하게 느껴지는 모양이었다. 하지만 내가 노골적으로 계속 쳐다본 탓에 기분이 좀 상한 듯 입을 연다.

"그대도 내 추한 얼굴이 궁금한가?"

"아닙니다."

"그러면 어찌 그리 숙녀의 얼굴을 무례하게 쳐다보는가? 본인은 숙녀 취급도 받기 어려운 것인가?"

"그럴 리가 있겠습니까? 경의 눈이 참 아름다워서 보았을 뿐입니다. 무례했다면 진심으로 사과드리겠습니다."

"뭐? 뭐라?"

발푸르기스는 깜짝 놀란 듯 허둥거렸다. 살면서 눈이 예쁘다는 소리를 처음 들어본 듯했다.

"빈말이 아닙니다."

그녀의 연두색 눈동자는 빛을 잔뜩 머금은 보석처럼 반짝였다. 사람 눈이 저렇게 예쁠 수도 있구나 싶을 정도다.

"살면서 운이 좋아, 예쁘다는 엘프도 많이 보아왔습니다만, 경과 같은 눈을 가진 이는 없더군요."

그 말에 발푸르기스는 펄쩍 뛰었다.

"그! 그 무슨 말이더냐! 그대는 정말 이상한 자로군. 본녀를 희롱하겠다면 가만두지 않겠다!"

"저는 경께서 거짓이나 진심을 구분할 수 있다고 믿습니다. 자, 선제후 전하께서 기다리십니다. 어서 가시죠."

"말을 돌리기는…. 흥! 진짜 모를 자로다."

나는 그녀가 마련해준 말을 타고 지휘부로 향했다.

콰아아앙! 쾅! 쾅!

그 사이에도 중포가 사정없이 불을 뿜어내고 있었다. 구릉지에서는 온갖 함성과 비명으로 시끌벅적했다. 전투는 여전히 계속되고 있었다. 아마 앞으로 6시간 이상은 지속될 테지.

"저기에 있으시군."

발푸르기스가 가리키는 곳을 보니, 한 무리의 사람들이 말을 탄 채 언덕 위에서 아래를 내려다보고 있었다. 다들 퍼레이드에라도 나가는 것 같은 화려한 갑옷을 입고 있었다.

아마 저 가운데 있는, 진청색 판갑에 금을 장식한 갑옷을 입은 자가 강철 선제후인 것 같았다. 그리고 주위에 있는 자들은 가신단을 이루는 귀족들이고.

나는 그들을 보면서 묘한 감상에 빠져들었다.

원래 저 자리는 내 자리다. 이 하르프하임 전투는 강철 선제후란 수호자의 초반 스토리기도 하다. 오늘의 결과에 따라 그의 스토리가 갈라지는데, 패한다면 그는 앞으로 5년간 낭인으로 지내게 된다. 그리고 대전쟁이 일어나는 1618년에 화려하게 복귀한다.

이미 몇 번이나 플레이해봤다. 내가 저 자리에는 항상 가신단에 둘러싸여 있었는데, 오늘은 일개 병사의 신분으로 그를 만나게 되다니. 마음이 복잡했다. 그러다 나는 옆에 있는 발푸르기스를 살짝 쳐다보았다.

"아…."

무언가 떠올라 탄식이 터졌다. 그러고 보니 오늘 하르프하임 전투는 발푸르기스에게도 매우 중대한 날이었다. 스토리의 진행 여부에 따라 그녀가 사망할 수 있기 때문이다. 오늘 일이 어떻게 전개될지 아직 모르지만, 만약 발푸르기스에게 위기가 온다면 나는 그녀를 구하고 싶었다.

"존귀하신 전하(Seine Durchlaucht)!"

일단 말에서 내려 필립에게 예를 갖추면서도 머릿속이 부산하게 돌아가고 있었다. 선제후란 이름은 투표로 황제를 선출할 수 있는 그들의 신성한 권리를 의미한다. 다른 것도 아니고 황제 선출권이다. 제국에서 얼마나 끗발이 세겠는가.

선제후 정도면 그 위엄이 일국의 왕이나 마찬가지다. 하여 황제 다음가는 존칭인 '존귀하신 전하'라 하여 예를 갖춰야 한다.

"그대가 군기를 탈취했다는 용병인가?"

강철 선제후 필립이 날 흥미로운 표정으로 내려다보고 있다. 약관을 넘긴 지 얼마 되지 않아 보임에도 그 눈에는 비범함이 가득해 보였다. 마치 번들번들 빛나고 있는 용의 눈 같았다.

"그렇사옵니다. 이리 직접 불러주시니 소인이 감당하기 어려운 영광이나이다."

내가 예법에 맞게 말하자 그는 살짝 웃는다. 일개 용병 주제에 하는 짓이 재밌다는 얼굴이었다.

"이름이 발러슈테드 발러. 맞나?"

"네, 전하."

"그대의 용기는 실로 놀라웠다. 방진으로 육탄 돌격하여 군기를 빼앗다니 실로 성난 사자와 같구나."

"그리 말씀해 주시니 소인이 몸 둘 바를 모르겠나이다."

"아니다. 무훈을 세운 자는 그에 해당하는 상찬을 받아야 하는 법. 이번 일의 수훈자에겐 모두 상금을 내리겠다. 그대와 함께한 병사들에겐 100플로린을, 그대에겐 300플로린을 하사하겠다."

100플로린이면 장창병의 1년 연봉이다. 그 세 배를 받았으니 큰돈이었다.

"내려주신 은혜, 망극하나이다. 전하."

"당연한 조치일 뿐이다."

"전하, 한데 소인이 송구스럽지만 한 가지 청이 있나이다."

필립은 말해보라는 듯 고개를 끄덕인다.

"이번 싸움으로 인해 소인들이 심한 부상을 입었나이다. 전투가 한창인 때이지만, 동료들과 비텐바이어로 물러나길 청하나이다."

비텐바이어는 여기서 10킬로미터 정도 떨어진 도시다. 오늘 일이 단순히 전투의 승패를 파악하는 걸 넘어 발푸르기스의 목숨이 걸렸단 걸 안 나는, 한 발 빠져 대비할 작정이었다.

"상처를 입었다니 의당 그래야지. 걱정하지 말거라. 안 그래도 그리 조치할 생각이었다. 짐수레를 내줄 테니 동료들과 타고 가도록."

그나저나 이렇게 필립을 만남 김에 군사적인 조언을 해야 할까? 나는 이후 하르프하임 전투의 전개에 대해 모두 알고 있다. 오늘 싸움에는 두 가지 특이점이 있는데, 필립이 그걸 극복하면 승리고 극복하지 못하면 패하게 된다.

"흠…."

사실 이대로 그냥 물러나는 게 제일 현명하다. 쓸데없는 소리해 봐야 강철 선제후 필립과 그의 가신들의 신경을 긁을 뿐이다. 그렇지만 말이나 해보자는 생각이 떠나지 않았다. 발푸르기스도 발푸르기스지만, 다른 용병들도 걱정됐다.

"전하."

"더 바라는 게 있는가?"

"은상(恩賞)과 자비가 충분하신데 제가 뭘 더 바라나이까. 다만 전하께 이 미천한 소인이 한 마디만 올려도 되겠나이까?"

평소라면 이 지엄한 존재 앞에 이렇게 나설 수 없겠지. 군공을 세운 입장이라 가능한 상황이었다.

하지만 귀족들은 벌써 인상을 찌푸리는 게 보였다. 그냥 주면 주는 대로 받고 꺼지지 주제도 모른다고 생각하는 게 틀림없었다.

"안 될 건 없지. 무슨 얘기를 할 생각인가?"

"전하. 소인이 보기에 전하의 군대에 한 가지 걱정스러운 게 있어서 그렇나이다."

순간 필립의 얼굴이 살짝 굳는다. 내 말에서 무언가 조언하려는 기색을 민감하게 느낀 것 같다. 아마 그는 자신의 완벽함을 믿고 있는 모양이다.

그런데 신분도 낮은 자가 염려 가득한 말투로 무언가 꺼내려고 하자 기분이 상하는 것 같았다. 이런, 최대한 예의바르게 행동했는데도 이렇군.

게다가 나는 그가 열정적으로 꾸려온 군대에 문제가 있다고 지적했다. 아니나 다를까 필립은 살짝 빈정거렸다.

"호? 그것은 무슨 관점에서이더냐? 전술적 관점이냐? 정치적 관점이냐? 아니면…."

그는 날 보며 비릿하게 웃는다. 사람 좋은 인상 뒤에 숨겨진 야비함이 일순간 엿보인다.

"금전적 관점인가?"

주변의 귀족들이 웃음을 터뜨렸다. 다들 내가 주제도 모른다고 생각하는 모양이겠지. 몇몇은 노골적으로 날 씹기 시작했다.

비웃음을 터뜨리는 자도 보였다.

"군공을 세운 건 좋다. 하지만 네까짓 게 감히 전하의 군대를 걱정해?"

"어디서 알량한 정보라도 얻은 모양이지요. 받은 금에 만족하지 못하고 뭔가 더 타낼 속셈인가 봅니다."

나는 기분이 상한다기보다 좀 이상한 기분이 들었다. 강철 선제후는 수호자가 분명할 텐데 왜 저리 소인배 같은 모습일까? 도저히 수호자 클래스의 배포가 아니었다. 오늘 그와 혹시나 인연을 맺을까 싶어 온 나는 커다란 실망감을 느꼈다.

왜 이런 걸까? 내가 일반인을 택한 탓에 나타나는 특이점인가?

일단은 현재 상황에 대해 경고하는 게 우선이었다. 강철 선제후는 내 말을 들어줄 것 같지도 않았지만. 난처해 하고 있는데 뜻밖의 인물이 끼어들었다.

"전하. 모르는 사람 셋이 함께 길을 가도 그중에 반드시 스승이 있다고 했습니다. 한데 어찌 전하를 위해 봉사하는 검객의 말을 흘려 들으려 하십니까?"

더없이 기품 있고 아름다운 목소리. 그것은 불량배 같은 비아냥과 천박함으로 가득 찬 이곳의 귀족들을 꿈에서 깨어난 것 마냥 화들짝 놀라게 했다.

"흐음!"

"크흠!"

귀족들은 부끄러움을 느끼는지 괜히 헛기침했다. 자존심 강한 귀족의 특성상 저런 대놓고 다 들으라고 하는 일침에 기분이 상할 법도 한데, 누구하나 따지는 이는 없었다. 그도 그럴 게, 지금 입을 연 게 발푸르기스이기 때문이었다.

"영애께서 그리 말씀하신다니 알겠소."

그녀의 신분 때문에 필립도 조심스러웠다.

"영애라 칭하지 마시지요. 이 자리에 저는 한 명의 창기병으로 종군하고 있습니다."

"미안하오. 발푸르기스 경."

"전하. 저자의 말을 들어보시지요. 바른 말을 한다면 포상하고 그른 말을 한다면 군법으로 다스리면 될 일입니다."

"그 말이 맞소. 내 그리하지. 크흠!"

한 번 헛기침을 한 필립은 날 바라본다. 나는 발푸르기스의 도움에 눈빛으로 감사했다.

"용병이여. 무례를 사과하지."

"당치않나이다. 전하. 그저 소인의 말에 귀 기울여 주신다면 더 바랄 게 없습니다."

"좋다. 말해보게. 과인이 꼼꼼히 준비한 전장에서 무엇이 그리 걱정스러운지."

필립의 말에 그의 가신단과 기병들의 시선이 모조리 내게 쏠렸다. 일순간 그 압박감에 숨이 쉬어지지 않을 정도였다. 나는 슬쩍 눈을 돌려 필립의 뒤에 있는 음험한 사내를 쳐다봤다. 매부리코에 다소 신경질적일 것 같은 인상.

저자가 바로 오늘 필립이 패배하는 원흉인 프리드리히다. 필립의 숙부인 그는 오늘 조카의 뒤통수를 제대로 때린다. 적과 내통한 배신이었다.

그는 필립의 자리를 오랜 세월 노려왔다. 지금까지 잘도 사람 좋은 친족 행세를 해왔는데, 드디어 오늘이 본색을 드러내는 날이다.

그의 진갈색 눈동자가 마치 뱀처럼 날 훑어보고 있었다. 눈은 마치 '이건 뭐하는 버러지야?'라고 말하는 것 같았다. 지금 여기서 그의 배반을 얘기해야 할까?

고민하던 나는 속으로 고개를 저을 수밖에 없었다. 세상에 누가 믿겠는가? 프리드리히는 성격이 고약하지만, 제국 최고의 거부 중 하나다. 제국에는 돈이 필요한 사람이 많았다. 그래서 그는 그가 가진 금화의 높이만큼이나 주변의 신망을 쌓고 있었다.

반면 나는 일개 용병에 불과하다. 군기를 어지럽히고 고위 귀족을 모독한 죄로 참해질 게 뻔하다. 나는 감히 프리드리히에 관해 얘기할 수 없었다.

대신 전술적 관점에서 경고하기로 했다. 오늘 그가 패하는 원인은 배신과 매복이란 두 가지 요소 때문인데, 배신에 대해 얘기할 수 없으니 매복에 대해서라도 말하려는 거다.

"저길 보시옵소서. 전하."

나는 적의 우익이 자리 잡고 있는 구릉지를 가리켰다. 놈들은 거기서 아군을 향해 마법을 날리고 총질을 해대는 중이었다.

"전술적으로 중요한 위치이나이다. 아군이 저곳에 자리를 잡으면 마왕군에게 포격을 가하기 좋을 것이옵니다. 하지만 어째서인지 저길 지키는 구릉지의 병력은 허술하나이다."

내 말에 한 기병장교가 코웃음을 친다.

"흥! 누가 그걸 모를 줄 아느냐! 그 알량한 지혜를 자랑하러 왔나 본데, 우리는 이미 저 구릉지를 점령하기로 결정한 뒤다!"

기병장교의 말에 주변에서 웃음이 터진다. 그리고 노골적으로 깔보는 분위기가 다시 피어나던 그때 나는 고개를 저었다.

"그게 아닙니다. 나리. 저곳은 사지가 될 것입니다. 한데 어찌 들이받으시려고 하십니까?"

"뭐? 뭐라?"

정면으로 반박하고 나서자 당황하는 그. 설마 평민인 내가 귀족인 자신을 이렇게 대놓고 면박할 줄은 몰랐겠지. 그는 얼굴이 순식간에 벌게졌다. 뭐라 폭언이라도 쏟아부을 듯 입을 열려는 그를 필립이 손을 들어 막는다.

"호오, 어찌 그리 생각하느뇨?"

필립은 흥미를 보였다. 그렇지만 그 눈빛은 매우 날카로워 허튼 소리하면 가만두지 않겠다는 기색이 다분했다. 아마 여기서 저 구릉지가 수상한 이유는 그냥 소인의 감이옵니다, 라고 했다가는 목이 남아나질 않겠지.

"전하, 소인의 생각으로는 저 언덕 너머에 매복이 있음이 틀림없나이다."

"왜 그렇게 생각하느냐?"

필립의 물음에 실제 사례를 근거로 제시하기로 했다. 나는 오랜 시간 이 세계에 상주하면서 숙적인 마왕에 대해 많은 연구를 해왔다. 서열 12위의 마왕, 피와 죽음의 페자무트 역시 마찬가지. 나는 그가 인간을 상대로 벌였던 전투에 대해 면밀히 조사했었다.

"전하. 페자무트는 다른 마왕에 비해 제국의 군대와 회전을 치른 경우가 적사옵니다. 하오나 몇 차례 그 회전에서는 연전연승이었나이다. 이는 그 자가 매복에 실로 능하기 때문입니다."

"…계속 해 보거라."

"10년 전 토아 왕국의 국왕 로드리고 4세와 페자무트가 싸왔던 전투 역시 매복 작전이 승패를 갈랐습니다. 6년 전, 안할트 변경백과 페자무트의 싸움에서도 마찬가지였습니다."

내 말을 그때 필립이 받았다.

"2년 전 황제 폐하의 대리장군, 오이겐 공작을 패배시킬 때도 마찬가지였지. 그대는 전사(戰史)에 밝구나."

"과찬이시옵니다."

"그래, 과찬이겠지. 큭큭. 그대의 염려는 이해하나 과인은 당연히 그런 매복도 극복할 수 있느니라."

역시 이 새끼는 재수가 없구나. 만난 지 얼마 안 됐지만 벌써 저놈 목소리가 심히 거슬리기 시작한다. 그래도 매복에 굴하지 않는다는 저 자신감이 허세가 아닌 건 맞다.

강철 선제후의 능력이면 당황하는 군대를 추슬러 적에게 반격할 수 있겠지. 하지만 오늘, 권력에 눈이 먼 숙부가 널 조질 예정이란다. 그걸 모르고 웃고 있으니 보는 입장에서 속이 터지겠다.

수호자라고 해도 그는 아직 애송이에 불과했다. 강철 선제후라고 주변에서 떠받들어 주니까 세상이 다 자기 것 같겠지. 이 빡대가리 같은 새끼.

속으로 고민이 이어졌다. 하지만 나는 빠르게 결정했다. 일찌감치 그를 버리는 게 좋겠다. 나는 필립에 대신 발푸르기스를 선택하기로 마음먹었다.

필립은 실망감을 줬지만 발푸르기스는 영웅의 모습 그대로였다. 인연을 맺으면 앞으로의 행보에 커다란 도움이 될 터.

결정을 내린 나는 빠지기로 했다. 오늘 이 전쟁은 아수라장이 될 것이다. 수녀기사 발푸르기스를 구하기 위해서는 미리 준비할 게 많았다.

"전하. 소인이 주제넘게 나섰나이다. 이만 물러가고자 하옵니다."

나는 강철 선제후의 가신단 뒤쪽에 있는 한 늙은 장군과 눈이 마주쳤다. 그는 이쪽을 유심히 보고 있었다. 나는 그의 정체를 알아보고 깜짝 놀랄 수밖에 없었다.

아니! 저 사람은!

요한 체르클라에스 폰 틸리 백작이 아닌가!

저 전설적인 장군이 지금 여기 왜 있는 거지? 그 순간 깨달았다. 지금 중요한 인연은 필립 따위가 아니었다. 나는 오늘 무슨 일이 있어도 틸리와 안면을 터야겠다고 다짐했다. 다행히 그는 내게 관심을 보였다.

늙은 틸리의 얼굴에는 호기심이 엿보였다.

"천것들 상대하기 피곤하군. 좀만 잘해줘도 기어오르려고 하고."

필립은 들으라는 듯 중얼거리고는 말머리를 돌려 떠났다. 가신단과 호위기병들은 한껏 그의 비위를 맞춘다.

"전하. 칼밥 먹는 법밖에 모르는 무지렁이가 뭘 알겠습니까."

"신도 전하께서 군대를 부모처럼 염려하시는 걸 알고 있습니다. 빈틈이 있을 리 없으니 괘념치 마시옵소서."

선제후의 옆에서 불의한 자들이 아부를 떠는군. 이 무리는 오늘 패전하지 않아도 오래가지 못할 것 같았다.

"유감이구나. 그대는 군을 생각해서 한 발언이었을 텐데."

옆에 남아있던 발푸르기스는 필립의 태도에 괜히 자신이 미안해하고 있었다.

"어쩔 수 없는 일이죠. 아까 도와주신 것 감사합니다."

그녀의 가문인 바이에른 선제후 가는 필립의 팔츠 선제후 가와 친족이나 다름없다. 두 가문 다 비텔스바흐 왕가에서 갈라진 분파이기 때문이다.

필립이 발푸르기스를 우대하는 건, 단순히 그녀의 무력 때문만은 아니었다. 그녀가 그의 진중에 있기에 상황에 따라 막강한 바이에른 선제후의 도움을 기대해 볼 수 있었다. 그리고 이런 사정을 여기 있는 귀족들 중 모르는 이는 없었다.

그래서 그리 나설 수 있었지만, 분명히 부담이 없는 건 아니었으리라. 나는 그녀의 마음 씀씀이에 고마움을 느꼈다.

"당연한 일을 했을 뿐이다. 그리고 대신 사죄라고 하긴 뭐하지만, 이걸 받아다오."

"이건?"

나는 발푸르기스가 내민 것을 보고 놀랐다. 황금빛 액체로 가득 찬 유리병. 힐링 포션이었다. 이 세계에서 힐링 포션은 매우 값지다. 이 안에 든 금빛 액체는 같은 무게의 금보다 비쌀 정도다. 하나 가지고 있으면 여벌의 목숨을 소지한 셈이었다.

"이런 귀한 걸 받을 순 없습니다. 경께서 사과하실 일도 아니고요."

"꼭 그런 의미만은 아니다. 본녀는 바이에른의 귀족. 군공을 세운 자에게 포상함이 당연하다."

아직 내 몸이 온전하지 못한 걸 배려한 듯했다. 하지만 나는 그것 말고 딱 적당한 용도가 생각났다.

"감사히 받겠습니다."

"혹시 더 필요한 것이 없느냐? 본녀가 들어줄 수 있는 거라면 노력해 보지."

발푸르기스의 호의는 아마 내가 군공에 비해 정당한 대접을 받지 못했다는 생각에서 기인하는 모양이었다. 이 여자는 공명정대한 성격이라 선제후가 날 괄시한 걸 자신이 메우고자 하는 듯했다.

"그렇다면 군마와 화약 한 통을 얻고 싶습니다."

"군마는 왜?"

앞으로 기병이 되고 싶다고 하니 발푸르기스는 흔쾌히 한 필을 내줬다.

"이 아이는 내가 예비로 데리고 다니는 군마지. 하지만 미라 녀석이 워낙 튼튼해서 활약을 하지 못해왔다. 그러니 이제 자네에게 주겠다."

'미라'는 그녀가 탄 유니콘의 이름이었다.

"이렇게 훌륭한 말을 받아도 되겠습니까?"

나는 남는 말 하나 적당한 거 있으면 달라고 한 건데, 설마 자기 걸 줄 거라곤 생각도 못 했다. 고운 밤색 빛 윤기가 가득한 게 보통 명마가 아니었다.

"자네라면 그럴 자격이 있다고 생각하네. 발러. 이제 이 아이와 함께 전장을 누비게."

나는 깊이 묵례해 고마움을 표했다.

"자네는 총기병이 되려는가? 그렇다고 해도 화약통 하나를 다 받으면 운반하기도 곤란할 텐데."

"아, 그건 다른 이들 때문입니다. 비텐바이어에 동향에서 온 총병들이 도착했는데, 화약을 못 구해서 오늘 회전에 참전하지 못했다고 합니다. 한 통 가져다주면 그들에게 큰 도움이 될 것 같습니다."

내 말에 발푸르기스는 고개를 끄덕이더니 화약통을 반출하는 명령서를 써줬다.

"바이에른 선제후 가의 보급담당관에게 가보게."

"배려 정말 감사드립니다."

기병이 되고 싶다느니, 총병에게 화약통을 가져다주겠다느니, 사실은 다 핑계에 불과했다. 내가 군마와 화약을 원한 건 오늘 발푸르기스를 구하기 위해서였다.

아직 스토리가 그녀가 죽는 방향으로 흘러갈지는 미지수지만 비극을 막기 위해 최대한 대비할 작정이었다.

그녀는 관대하게 내게 베풀었고, 그 마음 씀씀이가 자신의 위기를 극복하게 할 거다. 확실히 구해낸다고 장담은 못 하지만 최선을 다해볼 생각이었다.

"그러면 아직 전쟁이 한창이니 이만 가보겠네. 후일 인연이

닿으면 보세나. 발러."

"무운을 빌겠습니다. 발푸르기스 경."

우리는 서로 일별하고는 헤어졌다.

나는 새로 얻은 군마에 올라탔다.

푸르륵.

군마는 잠시 투레질을 했지만, 순순히 따른다. 온순하고 교육
이 잘된 말이었다. 기마술이라면 이미 알고 있었다. 그때 누가
나를 부른다.

"이보게."

바로 요한 체르클라에스 폰 틸리 백작이었다. 잘 됐다. 안 그
래도 먼저 말을 걸려고 했는데 말이지. 틸리는 검은 갑옷에 잘
정돈한 백발이 노신사처럼 근사했다.

'갑옷 입은 수도사'라 불렸던 그는 마왕에 대항하는 인류 진
영에서 내놓은 최고의 명장이었다. 틸리 백작은 대전쟁에서 온
갖 영욕의 세월을 보낸다.

마왕 만스펠트, 마왕 할버슈타트를 격파한 건 그의 최고 수훈
으로 꼽힌다. 하지만 결국 마왕 발렌슈타인에게 패배하며 비참
한 최후를 맞이한다.

그의 군사적 능력은 마왕 발렌슈타인에게 비견할 만했으나
정치적 능력에서 차이가 심했다. 발렌슈타인은 전장 밖에서도
틸리를 압박했고 결국 최종적인 승리를 거머쥔다.

틸리는 육군 원수 자리에 오른 후 한가락 한다는 마왕들을 줄
줄이 털어먹으며 인류의 희망으로 떠올랐지만, 결국 발렌슈타인
이라는 거악 앞에서 패배하고 마는 것이다.

"부르셨습니까? 장군."

예의 바르게 응대하자 그는 사람 좋은 미소를 짓는다. 그는 훈련과 전투에선 매우 깐깐하지만, 평상시에는 호인이다.

"나는 강철 선제후의 막하에 객장으로 있는 요한 체르클라에스라고 하네."

내가 플레이할 때와 다르게 강철 선제후의 객장으로 있구나. 그런데 딱 봐도 중용 받지는 못한 모양이었다.

"저는 발러슈테드 발러입니다."

"반갑네. 다름이 아니라 자네와 잠깐 인사나 할까 해서 말일세."

"전쟁 중인데 괜찮으십니까?"

나는 한창 난리가 난 전장을 물끄러미 바라보았다. 수많은 연대가 연대기를 휘날리며 마왕군에게 전진하고 있었다. 틸리는 그 모습을 보며 순간 눈빛을 빛냈지만, 곧 씁쓸한 표정이 됐다.

"후후, 나 같은 늙은이가 낄 틈이 있겠는가."

어쩐지 그의 처지를 잘 보여주는 것 같은 말이었다. 대전쟁이 시작되고 그가 제국에 이름을 떨칠 때 이미 환갑이 넘어 있었다. 그렇다면 지금은 50대 중반이겠군. 그나저나 한눈에 봐도 틸리는 잉여란 느낌이 강했다. 휘하에 기병 몇 만 데리고 있을 뿐이었다.

"전하의 곁에 기라성 같은 인재들이 모여 있으니 본관이 낄 곳이 없더군."

자조적인 그의 말에 사정을 알만했다. 고지식한 그는 아첨하는 무리에게 쉽게 밀려났겠지.

"기라성 같은 아첨꾼들이겠죠."

내가 은근히 그 점을 지적하자 틸리는 크게 웃어재꼈다.

"뭐라? 하하하핫! 자네의 혀는 자네의 검 못지않은 날카로움을 지녔군!"

도대체 이해가 안 된다. 틸리 정도 되는 거물을 왜 객장으로 들여놓고 등한시하나. 틸리는 삼국지로 따지면 주유 급의 인재다.

당장 무슨 수를 써서라도 붙잡아야 되건만, 보석을 품에 두고도 모르는구나. 애송이 같은 필립 놈아.

틸리는 꼭 내가 등용해야겠다. 솔직히 당장은 무리겠지. 등한시되고 있다지만 그는 지금도 장군이다. 반면 나는 병사 중 조장에 불과하니 누가 누구를 등용한단 말인가.

하지만 후에 내가 거물이 되면 휘하에 들이지 못할 것도 없다. 이런 험악한 세계에서 승리하려면 뛰어난 인재들의 도움이 절실하다. 발푸르기스에 이어 틸리와 인연이 생기다니 운이 엄청 좋구나. 하루 만에 조자룡과 주유를 다 만난 셈이었다.

"그나저나 소인 같은 녀석에게 어찌 관심을 보이십니까. 장군."

"자네가 용병답지 않게 군재가 뛰어나서 그렇네. 나도 저 언덕이 수상하거든. 아니, 오늘 걸리는 게 한두 가지가 아닐세. 선제후께 조심스레 진언해 봤지만 소용없었네. 찬밥 취급당하는 객장 신세가 뭐 뻔하다만. 끌끌."

틸리는 대견하다는 듯 나를 보는 게, 재기발랄한 후학을 보는 선생의 얼굴이었다. 이거 난처한데. 아무래도 저 대단한 장군은 나를 군사적인 영재로 오해하는 것 같았다.

땀이 삐질삐질 흘렀다.

"과찬이십니다."

"과찬은 무슨. 그나저나…."

순간 틸리의 눈빛이 날카로워졌다.

"자네는 전하께 진언하지 못한 점이 한 가지가 있지 않나?"

"…그게 무슨 소린신지."

일단 잡아떼자 틸리는 미소를 짓는다.

"자네는 전사를 분석했다고 했지. 그렇다면 마왕 페자무트의 일정한 패턴을 파악했을 걸세."

"맞습니다."

"페자무트의 패턴이 매복 하나였나?"

압박감이 느껴졌다. 여기서 대답을 피하긴 어려울 듯했다. 괜히 거짓말을 하면 틸리는 내게 실망할 것 같았다.

"…아닙니다. 배신이 있지요. 적군을 분열시키는 방법이야말로 그가 가장 즐겨 쓰는 방법입니다. 사실 알려진 것과 다르게 페자무트는 겁이 많습니다. 매복과 배신, 이 두 가지가 전제되지 않으면 싸움에 나서지 않죠."

내 대답이 맘에 드는 듯 틸리는 껄껄 웃어댔다.

"100점짜리 대답이로다! 하하하핫! 본관이 이제야 말이 통하는 영재를 만나는구나!"

그러던 그는 내게 가까이 다가와 낮게 말했다.

"본관은 아까 자네가 누구를 슬쩍 봤는지 알아챘네."

"헉."

이거 완전 귀신이네. 귀신. 틸리는 내가 강철 선제후의 숙부인 프리드리히를 유심히 쳐다본 걸 눈치 채고는 전후관계를 다 파악한 모양이었다.

그가 천재인 건 알았지만 이 정도라니, 소름이 확 돋는다. 솔직히 말하면 돗자리라도 깔라 권하고 싶어졌다.

"걱정하지 말게. 자네를 추궁하고자 함이 아닐세. 그저 나와 같은 견해를 가진 이가 있다는 것이 반가웠을 뿐이야."

아마 틸리도 말은 못하고 어지간히 답답했던 모양이다. 이 양반도 하는 짓을 보니 오늘 일찌감치 전장에서 도망갈 것 같았다.

"장군…."

"아까 자네가 의심한 인물을 거론하지 않은 건 현명했네."

틸리는 고개를 끄덕끄덕하며 나를 본다.

"좀 더 넓은 그림을 볼 줄 아는 이라면 당연한 의심이지."

"…그렇습니까."

기왕 이리된 거 더는 내숭을 떨 필요도 없겠구나. 게다가 틸리 장군은 남을 밀고하고 그런 성격이 아니다. 나는 생각하던 바를 털어놓았다.

"전하(강철 선제후)의 부친께선 젊은 나이에 요절하셨죠. 당시 전하께선 어렸기에 숙부인 프리드리히 공작이 팔츠의 섭정을 맡았습니다."

나는 담담히 알고 있는 사정을 설명했다.

"처음에는 섭정에만 충실했지만 프리드리히 공작은 선제후 자리에 욕심을 내게 됩니다. 그는 어떻게 방법이 없을까 고민하다가, 후일 권좌를 물려줘야할 조카를 자기 아들로 입양하려고 합니다."

편법 중의 편법이었다. 당연히 태클이 들어왔다.

"그건 자신의 야욕 때문에 제국법에 위반한 처사였습니다. 결국 황제 폐하와 다른 선제후의 반발로 무산되긴 했습니다만, 그의 야심이 오래된 걸 짐작하기 어렵지 않았습니다."

내 말에 틸리는 진짜 놀랐다는 얼굴이 됐다.

"아, 아니! 자네. 어찌 그런 것까지 알고 있는 게야? 지금은 아는 자가 거의 없는 이야기인데."

설마 그런 숨겨진 얘기를 꺼낼 줄 몰랐던 듯, 이 침착한 장군은 눈동자가 커졌다. 그럴 수밖에. 이미 시간도 흘렀고, 당시 입양 건으로 황제와 선제후들이 방해를 놓은 건 알려지지 않은 비사다. 틸리가 이런 반응을 보일 만도 했다.

"혹시, 자네는 귀한 집안의 사생아인가? 용병으로 구르고 있지만 귀족가의 사정에 대해 잘 알고 있지 않은가. 게다가 아까 전하 앞에서도 예법에 어긋남이 없었네."

이거 오해가 더 단단해지고 있었다. 하긴, 내가 과거 강철 선제후로 플레이하며 그의 사정이나 귀족의 예법에 정통하다는 걸 모르는 틸리니, 저런 추론은 합리적이겠지.

나를 보는 그의 눈빛이 깊어졌다.

"범상치 않구먼… 범상치 않아. 어찌 명가의 자제가 용병으로 구르는 건가. 이런 재능이면 장군감인 것을."

대꾸할 말이 생각나지 않는다. 그래서 대강 얼버무리기로 했다.

"누구에게나 사정은 있는 법입니다."

어째 그 말이 오해를 더욱 증폭시킨 것 같았다. 틸리는 눈을 감은 채 자기 수염을 쓰다듬는다. 깊은 생각에 잠긴 것 같았다. 잠시 후 그는 내게 말한다.

"그 사연은 다 모르겠네만, 후에 군문의 길을 걷고자 한다면 본관을 찾아오게."

생각지도 않은 제안을 받게 됐다. 이 신분 높은 장군이 직접 나를 군에 출사하게 해준다고 한 것이다. 뭐, 그럴 생각은 없긴 하지만 신분상승의 기회가 열렸다.

나는 틸리의 배려가 기뻤다.

"부족한 소인을 좋게 봐주셔서 감사할 뿐입니다."

"자네에게 관심이 가 더 얘기하고 싶지만 전투가 한창이니 후일을 기약하세. 신께서 그대를 축복하시길."

그걸로 틸리와의 짧은 만남이 끝났다. 다른 건 모르겠는데, 내가 그에게 깊은 인상을 남겼다는 건 확실해 보였다. 그거면 충분했다.

나는 말머리를 돌렸다.

자, 그러면 이제 발푸르기스를 구할 준비를 하러 가자. 오늘 본 필립이라면 승전은 힘들어 보였으니까. 폭약통 하나를 통째로 쓰면 멋진 함정을 만들 수 있을 것 같았다.

"콰강! 하고 터지는 거지."

잘만 하면 아주 근사한 날이 될 지도 모른다. 발푸르기스도 구하고 마왕군의 거물도 쓰러뜨릴 생각에 나는 흥분을 감출 수 없었다.

3. 수녀기사 발푸르기스

서둘러 말을 몰아서 치료소로 돌아갔다. 샬츠 상사를 비롯한 부상병들과 인사를 위해서였다. 그들은 이미 짐수레에 누워서 비텐바이어로 갈 준비를 마친 상태였다.

"이제 오는군. 기다리고 있었네."

여전히 파리하지만 한결 나아진 안색으로 샬츠 상사가 날 맞이했다.

"함께 가세나. 어서 가서 맥주라도 한 잔 하고 싶네."

샬츠 상사의 말에 옆에 있던 막스가 고개를 흔든다.

"상사님. 몸에 바람구멍이 뚫리고도 맥주 타령이십니까?

"뭐! 이놈이!"

어쩐지 투닥거리는 그들의 모습에 안도했다. 자칫 잘못했으면 오늘 다들 벌판에 쓰러진 시체가 됐을 거다. 그런데 여기서 말다툼을 하고 있구나. 살아있다는 건 이렇게 좋은 거였다.

"미안하지만 동행할 수 없을 것 같습니다. 먼저 도시로 가 계십시오. 저는 볼일을 좀 본 뒤 비텐바이어에서 뵙겠습니다."

내 말에 샬츠 상사가 잠시 입을 다물더니 걱정스러운 얼굴이 됐다.

"몸조심 하게나. 기다리고 있을 테니."

"간단한 용무가 있을 뿐입니다."

"간단한 용무라면서 폭약을 한 통 다 가져가는가?"

"……."

역시 짬밥은 무시 못 하겠구나. 나는 샬츠 상사의 눈치에 쓴웃음을 지었다.

"별 일 없을 겁니다. 비텐바이어에서 뵙지요."

고개를 살짝 숙여 보인 뒤 말머리를 돌렸다. 그러자 뒤에서 막스랑 텔만이 소리친다.

"조장님! 기다리겠습니다!"

"맥주홀에서 한 잔 하셔야죠!"

나는 대답대신 뒤쪽을 향해 손을 살짝 들어 보인 뒤 말의 속도를 올렸다. 발푸르기스를 살리려면 할 일이 많다. 서둘러야 했다.

"이럇!"

군마를 몰아 향한 곳은 현재 회전이 벌어지고 있는 구릉지에서 왼쪽으로 3Km정도 떨어진 '깊은 숲'이다. 과거 강철 선제후로 플레이했던 경험 때문에 앞으로 일어날 일들을 잘 안다. 나는 이미 오늘 전투를 패배로 가정하고 움직이고 있었다.

그 정도로 필립의 모습이 실망스러웠다. 원래 스토리라면 패배를 겪어도 이후 재기하면서 인간적으로 성장하는 게 그의 스토리라인이다. 다시 돌아온 그는 일세영웅이란 말에 어울릴 정도가 된다.

한데 오늘 그가 보여준 모습을 보면 과연 그렇게 될지 의문이었다. 여러 가지로 미심쩍었지만, 그래도 수호자인데 싶어 아직 필립에 대해 희망을 완전히 버리진 못했다.

"여기로군."

목적지인 깊은 숲에 도착했다. 마왕군에게 쫓기는 필립은 추격을 따돌리려면, 이쪽으로 도망쳐 올 거다. 그러다 결국 숲 안에서 따라잡히게 된다. 그때가 발푸르기스의 목숨이 갈리는 순간이다. 나는 그때 개입하기 위해 움직이는 중이었다.

몇 번이고 진행한 스토리였기에 전투가 벌어질 숲속의 장소를 잘 알고 있었다. 그래서 미리 가서 함정을 설치할 작정이었다.

"큰 한 방이 되겠어."

화약통이 묵직하다.

충분한 위력이 나올 터였다.

"가자. 필리."

나는 발푸르기스에게 받은 군마에게 필리(Filly)란 애칭을 붙여주었다. 암망아지란 뜻이었다.

"페자무트!"

필립은 장검을 휘두르며 일갈했다. 드디어 자신의 손으로 마왕을 쓰러뜨릴 수 있게 생겼다. 늘 거물인 체하며 무게 잡는 그지만 지금만큼은 흥분을 감추지 못했다.

"받아라!"

팔츠 선제후 가의 가주에게만 전수되는 비전인 월영검법(der Mondschatten Schwert)이 마왕 페자무트에게 쏟아졌다. 마치 달 그림자 같은 그 기기묘묘한 기술에 페자무트는 고통에 찬 비명을 터뜨리며 물러난다.

"크아악!"

검은 피를 철철 흘리며 한쪽 무릎을 꿇은 페자무트. 그 모습에 강철 선제후 필립의 눈은 번뜩이는 희열로 가득 찼다.

'그래, 이건 장대한 서사시의 시작이다. 죽어라, 마왕. 네놈의 시체를 주춧돌로 삼아 비상하겠다.'

그간 제국 최고의 기린아로 이름을 떨친 필립이지만 본격적인 데뷔는 오늘이었다. 그런데 오늘, 마왕들 중에서도 쟁쟁한 서열 12위 페자무트를 쓰러뜨리게 생겼다. 어찌 기쁘지 않겠는가.

"큭… 팔츠에 젊은 용이 있다고 하더니, 과연 명불허전이구나. 본왕은 그대에게 놀라움을 금치 못하겠다."

"페자무트! 이 언덕을 보라! 이곳에 그대의 비석을 세워주겠다!"

다가올 승리의 환희가 필립의 말에서 느껴졌다. 한데 페자무트는 음산하게 웃을 뿐이었다.

"크크크큭…. 젊은 선제후여. 그대는 확실히 뛰어나긴 하네만 아직은 멀었구나. 젊은이란 젊음의 그 찬란한 빛 때문에 많은 걸 가려주지. 자네가 가진 미숙함과 성급한 같은 것들 말일세."

"뭐라! 크하하핫! 하지만 그대는 그 미숙한 젊은이에게 당할 것이다!"

필립은 일부러 크게 웃어재꼈다. 어쩐지 페자무트의 말에 불안감을 느꼈기 때문이었다. 그는 여유를 가장하면서도 서둘러 페자무트의 목을 치기로 했다.

한데 그때.

좌측에서 커다란 함성이 터져 나왔다.

"와아아아아아-!"

전쟁터를 진동시키는 고성과 함께 좌측의 중요한 언덕을 일시적으로 점령한 인간군이 혼비백산해서 밀려나고 있었다. 언덕 너머에 매복하고 있던 마왕군이 쏟아져 나온 탓이다.

생각지도 못한 적군의 습격에 선제후의 병사들이 우르르 무너지고 있었다. 필립은 그 꼴을 보며 순간 자기에게 조언을 했던 한 용병이 떠올랐다.

'설마 그 놈 말이 맞았던 건가!'

필립이 낭패감에 빠졌다. 하지만 그는 아직 자신했다. 이 정도는 자신의 용병술로 충분히 극복할 수 있다고.

"페자무트! 겨우 이 건가! 네놈이 감춰둔 수법이! 하하하핫! 당장 네놈의 목을 치고 수습해 보이마! 과인에게 이딴…."

"크크큭."

자신만만해 하던 필립은 페자무트의 음산한 웃음에 말문이 막혀버렸다. 본능적으로 위험을 느꼈기 때문이다. 안색이 굳은 필립을 보며 페자무트는 히죽 웃는다.

"이제야 좀 젊은이다운 얼굴을 하는군. 젊은이는 두 가지 얼굴을 가졌지. 자신만만한, 세상이 다 자기 것 같은 얼굴과 이상과 현실의 차이를 느끼며 좌절하는 얼굴이라네. 크크큭. 본왕은 속이 뒤틀린 존재라 후자를 명백히 좋아한다네."

"이놈!"

필립은 다시 월영검법을 펼쳤으나 이번의 페자무트는 달랐다. 유려한 솜씨로 마법 방어막을 전개하며 검을 모조리 받아냈던 것이다. 그는 찢어진 옷깃 사이로 흐르는 자신의 검은 피를 핥았다.

"이 정도 피는 흘릴 수 있다네. 우리의 잘나고, 잘난 젊은 용을 방심하게 하려면 말이야. 그리고 말일세, 본왕은 자네가 생각하는 것보다 훨씬 철저한 사내라네."

"또 무슨 망발을 하려!"

"크흐흐. 위기에 몰리면 그렇게 소리치는 버릇부터 고치길 바라네. 그건 심력만 낭비하고 별다른 도움이 안 되거든. 이기고 싶으면 냉정하게 생각하라고."

페자무트는 머리를 쓰라는 듯 손가락으로 이마를 톡톡 친다.

"아무튼 중요한 건 그게 아니지. 본왕은 말일세. 보기보다 겁이 많다네. 그래서 보통 한 가지 수법만으로는 만족하지 못하지."

그 말인 즉, 또 무언가가 준비되어 있단 소리였다.

"슬슬 시간인가. 자, 저길 보게나."

페자무트는 손을 뻗어 한쪽을 가리켰다. 그곳에는 필립의 숙부인 프리드리히가 이끄는 10여 개의 연대가 있었다. 그 모습에 필립은 다소나마 안심했다.

"숙부를 상대로 약점을 파도 소용없다! 네놈 생각 이상으로 노련한 분이니 쉽게 당하지 않을⋯."

부우우우웅! 부우웅! 부우웅!

길게 뿔나팔이 울린다. 일정한 주기를 가진 그 소리는 뭔가를 의미하는 신호가 틀림없었다. 하지만 필립이 알기로 그런 군사적 약속은 정하지 않았다.

"무, 무슨?"

대체 일이 어떻게 돌아가는지 모르겠다고 생각하던 그때 멀리서 숙부의 목소리가 들렸다. 거리가 있음에도 불구하고 아주 또렷하게.

"제국의 명예로운 병사들은 들으라! 선제후 필립이 자애로우신 황제 폐하를 상대로 모반을 꾸몄다. 하여 전날 폐하께서 본인에게 명하길 역도를 토벌하라 하시었다!"

필립은 자신의 숙부가 하는 말에 아연실색해졌다. 처음에는 대체 무슨 소리를 하는지 이해할 수 없었다. 하지만 숙부가 이끌고 온 군사가 마왕군과 협조해 자신의 군사를 공격하기 시작하자 정신이 나갈 것 같은 기분이 됐다.

"폐하께선 마왕 페자무트와 이미 평화협정을 조인하셨다. 허나 간악한 선제후 필립이 이 결단을 방해하고 제국의 혼란을 가중하기 위해 오늘의 전쟁을 일으킨 것이다! 하여 본인은 마왕의 군대와 연대하여 반역자를 토벌할 것이니 그대들은 폐하에 대한 충성심으로 따르라!"

"숙부!"

필립은 악에 받쳐 소리쳤다. 그러자 저 멀리있는 프리드리히가 반응한 것 같았다. 하지만 그는 곧 고개를 돌려버렸다.

"이, 이런 노망난 늙은이가!"

필립은 손발이 덜덜 떨렸다. 그 모습을 보던 페자무트는 껄껄 웃어댔다.

"그래, 그래. 숙부께서는 함정에 걸리지 않을 거라고 생각한 점은 맞겠지. 하지만 자네 숙부 자체가 함정이라면 어떻겠는가?"

"페자무트! 크아아압!"

분노로 돌아버린 필립이 전심전력으로 페자무트에게 달려들었다. 하지만 얼마 겨루지도 못하고 페자무트의 무력에 큰 부상을 입은 채 나가떨어졌다. 페자무트는 초절정의 마권사로 마법과 권법을 극성으로 익힌 자였다.

까앙!

요란한 소리와 함께 필립의 화려한 검이 부러져 나갔다.

"쿨럭!"

큰 충격을 받은 필립은 피를 한 바가지 쏟아냈다. 페자무트는 그 꼴을 보며 비웃음을 머금는다.

"흥! 팔츠 가의 가보이자 천하명검인 류블라냐를 들지 않은 걸 후회하라. 하긴, 네놈이 왜 그랬는지 알만하다. 류블라냐의 소박한 모양새가 마음에 차지 않았겠지. 그래서 금을 처바른 저 딴 쓰레기를 들고 나온 것이냐! 크하하하!"

어느새 페자무트의 말투는 경멸이 묻어나는 하대로 바뀌어 있었다.

"류블라냐를 들고 왔다면 본왕이 이렇게 쉽게 널 끝낼 수 없었겠지! 화려한 검을 들고 온 꼴이 무도회라도 나가는 귀부인 같구나!"

페자무트는 그대로 끝을 볼 심산인지 자신만의 기술인 '죽음의 손'을 펼쳤다. 그러자 그의 흉악한 손끝에서 독을 품은 검은 피가 뚝뚝 떨어지기 시작한다.

이것에 얻어맞으면, 온몸에서 시커먼 피를 뿜어내며 고통스럽게 죽게 된다. 치료법도 없었기에 사람들은 페자무트 이 잔혹한 공격에 치를 떨었다.

"네놈의 그 허영심을 후회하라!"

그렇게 필립의 숨통이 끊어지려는 그 순간, 근처에서 마왕의 간부들을 처리하고 있던 발푸르기스가 끼어들었다.

카앙!

발푸르기스는 쌍검을 교차해 페자무트의 가공할 손끝을 막아낸다. 그녀는 지금 밖에 기회가 없음을 깨닫고는 즉각 자신의 비기를 펼쳤다.

번쩍!

성스러운 기운으로 가득한 눈부신 빛이 터져 나와 페자무트를 덮쳤다. 발푸르기스는 '발푸르가 수녀회'의 수녀이다. 비록 세속수녀인지라 바깥 세계에서 칼을 휘두르고 다니지만, 매우 신앙심이 깊은 성직자임은 변함없는 사실이다.

그런 그녀가 자신의 신성력을 한순간에 모두 쏟아냈으니, 어둠에 속한 마왕이 입은 피해는 더 말할 필요도 없었다.

"크으아아악!"

페자무트는 격통으로 울부짖으며 물러났다. 그의 전신은 신성한 열기로 화상 입은 상태였다. 하지만 안타깝게도 발푸르기스에겐 페자무트는 쓰러뜨릴 신성력이 남아있지 않았다. 그녀는 간신히 필립을 추슬러서 탈출하기 시작했다.

"근위대! 전하를 호위하라! 후퇴한다! 길은 본녀가 뚫겠다!"

발푸르기스는 선두에 서서 아군의 배신으로 엉망이 된 전장을 가로질렀다. 하지만 그녀는 사방을 둘러보며 한탄했다.

"대체! 대체! 어디로 가야 한단 말인가!"

어느새 하르프하임은 죽고 죽이는 인세의 지옥도가 펼쳐져 있었다. 설상가상으로 마왕이 보낸 추격자까지 따라 붙었다. 서둘러 길을 찾아야했다.

그러던 그때, 그녀의 눈에 멀리 있는 숲이 보였다. 어차피 군을 다잡기에는 늦은 것 같았다. 이미 아군은 사방으로 도망치고 있었고, 필립 본인도 넋이 나가 버렸다. 더 망설일 틈이 없었다. 발푸르기스는 이를 악물고 숲으로 향했다.

"할 수 있는 한 과격하게 말을 몰라! 그대가 내일을 보고자 한다면!"

발푸르기스는 선두에서 질주했다. 저 깊은 숲에서, 무슨 일이 벌어질지 꿈에도 짐작하지 못한 채.

필립은 미친 듯이 말을 몰았다. 공포가 그의 뇌수를 가득 채우고 있었다.

'빌어먹을! 마력이 제대로 운용이 안 된다!'

페자무트에게 당한 여파인 듯 필립은 마력을 제대로 사용할 수 없었다. 이에 그는 심한 초조함을 느꼈다.

"이랏! 핫!"

처음엔 발푸르기스가 앞서 나갔지만 생존 본능에 지배당하고 있는 필립이 선두로 치고 나왔다.

"전하!"

그의 가신과 호위병들은 광인처럼 질주하는 필립을 따라잡으려고 악을 써야했다. 위대한 강철 선제후 필립은 살고 싶어서 자기 군대를 버리고 도망치고 있었다.

"전하! 이렇게 무작정 나아가면 더 위험합니다!"

참다못한 발푸르기스가 외쳤지만 그는 발작하듯 소리쳤다.

"과인을 잡으러 오고 있다! 과인을 잡으러 오고 있다!"

아닌 게 아니라 마왕군의 추격자가 쫓아오고 있었다.

"전하! 하지만 아직 전하의 기병들이 건재합니다! 차분히 대처하면 문제없을 것입니다!"

발푸르기스의 말에 주위의 가신들도 앞 다투어 동조했다.

"전하! 통촉하시옵소서!"

"대열이 길게 늘어지고 있습니다!"

마왕군의 추격자가 무섭다고 하나, 여기 있는 자들도 강철 선제후 곁에 있는 만큼 한가닥하는 걸물들이었다. 게다가 적의 수괴인 마왕 페자무트가 발푸르기스의 일격에 몸을 추스르려 물러난 상황. 질서정연하게 퇴각한다면 충분히 살아 돌아갈 수 있을 터.

하지만 공포에 빠진 필립은 그 말을 듣지 않았고 최악의 수를 뒀다. 모젤 강의 지류가 앞을 가로막자 그는 좌우로 허둥지둥 고개를 돌렸다. 그리고 다리를 발견하지 못하자 더욱 패닉에 빠져 버렸다.

"전하, 상류로 1킬로미터 가면 다리가…."

"도강한다!"

"네?"

갑작스러운 명령에 가신들은 아연실색해졌다.

"저, 전하! 물론 군마를 타고 도강하는 게 가능한 일이나, 지금 대부분이 중갑을 걸치고 있습니다. 게다가 강의 물살이 빠르니 크게 위험하옵니다!"

"시끄럽다! 5대조께선 도나우 강을 군마를 탄 채 건너셨다! 과인이 그걸 못할까!"

하지만 필립의 조상이 건넌 도나우 강은 물살이 빠르지 않았다. 게다가 그 당시의 군마는 기력이 가득한 상태였다. 발푸르기스는 다급하게 그걸 지적했다.

"지금 군마가 급히 전장을 이탈하느라 지쳐있습니다! 물에 들어간다면 필시 위험합니다!"

아닌 게 아니라 군마들은 수증기처럼 열기를 뿜어내며 급하게 숨을 몰아쉬고 있었다. 이 상태에서 차가운 강물에 뛰어들기란 무리였다. 그러나 필립은 더 대꾸하지 않고 강물에 뛰어들었다.

촤아아!

요란한 물소리가 나더니 곧 물밑으로 사라졌던 필립의 군마가 떠올랐다. 그리고 헤엄을 치며 사선으로 떠내려가기 시작했다.

"전하!"

가신과 호위병은 황망해서 뭍에서 흘러가는 필립을 쫓아갔다.

"빌어먹을! 이렇게 된 이상 어쩔 수 없다!"

"전하를 따르라!"

귀족이란 놈들은 체면에 살고 체면에 죽는 집단이었다. 더군다나 지금 뒤에서 마왕군의 간부가 눈에 뒤집혀서 달려오고 있었다. 그리고 지켜보니 필립의 군마가 예상 밖으로 제법 잘 나아가고 있는 않은가?

풍덩! 푸웅덩!

중갑을 걸친 기병들이 마구잡이로 강으로 뛰어들었다. 하지만 그들이 결정적으로 오판한 게 있었다. 지금 어떻게든 강을 건너가고 있던 필립의 군마는 평범한 녀석이 아니라 천하제일의 명마 가운데 하나였다. 그러니 악조건 속에서도 거뜬했던 거다. 반면 다른 이들은 물살에 떠내려가기 시작했다.

"어푸! 으아앗! 살려줘!"

"그으윽!"

군마와 함께 떠내려가는 기병은 어떻게든 살아보겠다고 주변의 동료를 잡아당겨봤지만 소용없었다. 같이 물에 삼켜질 뿐이었다.

귀한 신분의 전사들이 단체로 물에 빠져죽는 생지옥이었다. 그리고 정말 소수의 인원만이 반대편 강가에 닿았다. 경무장을 했거나, 기마술이 뛰어났거나, 운이 좋았던 경우다.

발푸르기스 역시 도강에 성공했는데 그녀의 군마가 영물인 유니콘이기 때문이었다. 그녀는 아직 4월의 추운 날씨에 온몸이 젖자 치를 떨었다. 갑주 안에 물이 들어차 움직일 때마다 쏟아져 나오고 있었다.

"전하, 이제 어디로 가시렵니까?"

발푸르기스는 지친 목소리로 물었다. 이제 필립의 곁에는 그녀를 포함해서 열 명뿐이었다. 처음의 당당한 모습은 온대간대 없고 다들 처량하기 그지없는 모습이었다. 물에 빠진 생쥐란 말이 딱 맞았다.

"숲으로 가겠소."

필립은 눈앞에 펼쳐진 '깊은 숲'으로 몸을 숨길 모양이었다. 다들 불안을 느꼈지만 반대하는 이는 없었다. 울창한 나무에 몸을 숨겨 추적자를 따돌리고 싶었다. 그들은 곧 우르르 숲으로 들어갔다.

하지만 문제가 있었다. 벌써 태양이 지고 있어 숲 안은 어두컴컴했다. 그들은 도무지 방향을 잡을 수가 없었다. 게다가 이곳은 인간이 드나드는 숲이 아니었다.

"전하. 같은 자리를 맴돌고 있는 듯합니다."

"이런 빌어먹을!"

그렇게 필립의 일행이 헤매고 있을 때 마왕군의 추격자들은 빠르게 그들을 따라잡았다.

"좀비견입니다! 전하! 놈들이 근처에 있습니다!"

그게 시작이었다. 좀비견 덕에 필립 일행을 발견한 추격자들은 즉각 공격에 나섰다.

"으아악!"

"아악!"

놀란 필립의 기병들은 혼비백산해서 사방으로 흩어졌다. 이미 사기가 꺾였다. 더 싸우고자 하는 이는 없었다. 좀비견은 사납게 군마의 뒷다리를 깨물어댔다. 필립은 자기 부하들이 습격받는 틈을 타 다시 도주했다. 발푸르기스는 그런 그를 꾸짖었다.

"주인된 자가 어찌 계속 꼬리를 말고 도망치십니까! 부하들의 비명이 들리지 않습니까!"

"과인의 목숨은 과인만의 것이 아니오! 과인이 돌아가지 않으면 후일 누가 저들의 원한을 갚는단 말이겠소!"

말은 그럴싸했다.

아니, 말만 그럴싸했다.

어느새 필립의 옆에는 발푸르기스 밖에 남지 않게 됐다. 이후 몇 차례나 마왕군의 공격이 이어졌고 그럴 때마다 필립은 이리 튀고 저리 튀고 사방으로 숲을 헤집었다.

꼭 사냥개에게 엉덩이가 깨물린 멧돼지 새끼마냥 뛰어댔다. 발푸르기스는 그런 그를 보호하느라 결국 상처를 입고 말았다.

"크크크. 제일 위험한 년이 다쳤구나. 이제 이 몰이사냥은 어린 아이의 손을 비트는 것보다 쉬워졌다! 크하하하!"

추격대를 맞고 있는 마왕군의 간부 헤작스가 숲이 쩌렁쩌렁 울릴 정도로 웃어댔다. 거대한 덩치에 박쥐 날개, 뿔을 가진 그는 악마적인 생김새를 가진 마족이었다.

"공을 세울 기회로다."

그는 수염을 쓰다듬으며 느긋하게 앞으로 걸어갔다. 앞에서 시끄러운 소리가 나는 걸 보니, 자신의 부하들이 또 한 번 도망자들을 따라잡은 모양이었다.

"이런 곳이 있었군?"

헤작스가 도착해 보자 그곳은 숲 안에 있을 거라고 생각 못한 제법 넓은 공터였다. 그곳에 사냥감이 있었다.

마침내 때가 왔다. 모든 준비를 끝내고 부서진 오두막에 몸을 숨기고 있던 나는 필립과 발푸르기스가 공터로 도망 온 모습을 보고 주먹을 꽉 쥐었다.

예상대로다. 그들은 곧 쫓아온 추격자들과 함께 난전을 벌이기 시작했다. 일단 섣불리 끼어들지 않고 그 모습을 지켜봤다.

자, 필립이여. 여기서 너는 어떤 선택을 할 건가?

만약 고결한 모습을 보인다면 너에 대한 아니꼬운 마음을 풀도록 하지. 이대로 물러나 멀리서나마 무운을 빌어주겠다. 하지만 발푸르기스에 뒤를 맡기고 도망간다면 꽤나 실망할 것이다.

"이런 곳이 있었군?"

그때 묵직한 발소리로 함께 거한이 출현했다. 악마적인 생김새에 화려한 갑주 차림인 그는 분명히 마왕군의 간부가 틀림없었다. 이름이 뭐였더라?

아, 기억났다. 헤작스였지. 페자무트는 공략할 때 몇 번이고 놈과 겨뤄봤다. 용사에게 썰리는 중간보스 느낌이라 별로 인상적이진 않았지만 꽤 좋은 아이템을 줘서 기억에 남았다.

나는 숨 쉬는 것도 잊은 채 전방을 주시했다. 그러면서도 필요한 준비를 했다. 부싯깃 통을 꺼내서 손목에 감은 화승에 불을 붙였다.

"후- . 후- ."

불이 꺼지지 않게 입으로 살살 화승을 불며 앞을 봤다. 그런데 필립은 내 상상을 초월하는 놈이었다. 원래 여기서 선택지는 두

가지다.

① 발푸르기스와 함께 싸운다.

② 발푸르기스에게 뒤를 부탁한다.

이렇게. 그런데 필립은 제3의 선택지를 택했다.

타앙!

짧은 총성이 울렸다. 필립의 쏜 총알이 발푸르기스의 허벅지를 관통했다.

"전하!"

발푸르기스가 비명에 가까운 소리를 터뜨렸다. 하지만 필립은 대답대신 다시 한 번 총을 쐈다.

탕!

이번에 그는 발푸르기스가 탄 유니콘을 쏴버렸다.

"이런 미친!"

깜짝 놀라 벌떡 일어났다. 필립은 내 생각 이상의 미치광이였다. 나는 약간이나마 그에게 기대가 남아있었던 게 후회스러웠다. 갑작스러운 총격에 부상을 입은 발푸르기스가 낙마하자 몬스터들이 악귀처럼 들러붙었다. 필립은 그 틈에 말을 몰아 정신없이 도망가 버렸다.

"아, 아니….'

충격에 일순간 말문이 막혔다. 그도 그럴 게 필립이 아무리 싸가지 없던 간에 수호자였다. 제국의 미래를 책임질, 인류의 수호자 가운데 하나가 자신을 여태 지켜주던 수녀기사를 쏴버렸다. 다친 채로 몬스터들의 미끼가 되도록 말이다.

이 무슨 쓰레기 짓이란 말인가!

그것도 보통을 한참 뛰어넘는, 선제후란 지고한 신분에 걸맞은 지고한 쓰레기 짓이었다. 나는 필립을 가만두지 않겠다고 다짐했다.

어차피 저 새끼가 이 숲을 벗어나서 어디로 갈지 잘 알고 있다. 예상 밖의 상황이 연출됐지만 목적지는 뻔했다. 하나 일단은 발푸르기스를 구하는 게 우선이다.

"타핫!'

발푸르기스의 기합성이 터져 나온다. 그녀는 쌍검을 휘둘러댔지만 이미 힘이 빠진 상태였다. 몰려든 마족과 마물들을 힘겹게 상대하고 있었다. 이대로라면 얼마 가지 않아 산 채로 찢길 듯했다.

"크하하하!'

뒤늦게 나타나 그 꼴을 지켜보던 헤작스는 무척이나 흥겨운 얼굴이었다. 더는 지체할 시간이 없었다. 이미 발푸르기스의 목숨이 경각에 달린 상황이다.

나는 미리 준비해 놓은 기름병 심지에 화승을 가져다 대고 입으로 불었다. 그럴싸한 화염병이 됐다. 그리고 망설이지 않고 나섰다. 다행히 발푸르기스만을 보던 마왕군 놈들은 내게 신경 쓰지를 못했다.

"음?"

헤작스가 날 발견했을 때는 이미 화염병을 들고 충분히 접근한 상황이었다.

"네놈? 무슨?"

가타부타 할 것 없이 화염병을 던졌다.

캉!

유리가 깨지는 소리와 함께 불길이 치솟는다. 당장 보기에 효과는 그것뿐이었다. 그래서인지 놀랐던 마왕군 몇몇이 웃음을 터뜨린다. 헤작스도 날 보더니 비웃음을 머금었다.

"잔당이 남아 있었나? 크크큭. 그런데 이런 조잡한 걸로 뭘……."

콰아아아앙!

대폭발이 일어났다. 어두워진 하늘 위로 높게 불기둥이 솟아오른다. 화약통 하나를 통째로 터뜨렸다. 중포에 넣는 화약보다 훨씬 많은 양이었다. 일대가 삽시간에 폭연과 열기로 뒤덮였다.

"발푸르기스 경!"

그 틈에 재빨리 발푸르기스에게 달려갔다. 사정없이 검을 휘둘러 근처에 있는 놈들의 머리를 쪼개버린 뒤 그녀를 부축했다.

"서두르십시오!"

"그대는!"

발푸르기스는 폭발에 쓰러져 휘청이면서도, 갑자기 나타난 내 모습에 깜짝 놀란 듯했다.

"발러가 아닌가! 그대가 여기 어찌!"

"그런 얘기는 살아난 뒤에 하셔도 늦지 않습니다!"

나는 그녀를 부축해 서둘러 움직였다. 그때 뒤에서 좀비견이

기괴한 소리를 내며 달려들어서 재빨리 허리춤의 권총을 뽑아 쐈다.

타앙!

이마가 관통당한 녀석이 그대로 지면에 주욱 미끄러지며 쓰러졌다.

"조금만 더 힘을 내십시오!"

"아니다! 그대의 목숨이라도 구하라! 이대로는 가망이 없다!"

발푸르기스는 나까지 죽을까 싶어 전전긍긍해 했다. 어서 가라는 듯 떠밀어대기에 억지로 부축하느라 애를 먹었다.

"가거라! 그대 같이 기개가 있는 사내가 여기서 죽는 건 싫다!"

확실히 지금 상황만 보면 그렇겠지. 내가 이것저것을 준비한 거다. 발푸르기스를 부축해 무너진 오두막까지 와서 그녀를 근처에 앉혔다.

"후우- 후우-."

발푸르기스는 힘겨운 듯 숨을 몰아쉬고 있었다. 출혈이 심한 듯 앉은 자리는 금세 피투성이가 됐다. 아무래도 마왕군 놈들을 빨리 처리해야 할 성 싶었다.

일단 앞을 보니 헤작스가 부상을 입은 듯 쓰러져 있었다. 나머지 놈들도 여럿 죽었다. 하지만 운 좋게 폭발을 피한 놈들이 이쪽을 향해 몸을 일으키고 있었다. 발푸르기스는 그 모습에 재차 소리친다.

"어서 달아나라! 본녀가 그대를 위해 시간을 끌겠다."

억지로 다시 일어나려는 그녀를 어깨를 눌러 앉게 했다. 그리고 허리춤에서 화승 한 줄을 꺼내서는 내 화승에 대고 바람을 불어 불을 붙였다. 그걸 그녀의 팔에 감아줬다.

"대체?"

대답하는 대신 나무판을 걷어찼다. 그러자 숨겨놨던 것들이 우르르 쏟아진다.

와르르르-.

그건 머스킷 총이었다. 총 열 자루나 된다. 발푸르기스는 갑자기 나타난 머스킷 총을 눈이 동그래졌다. 면갑의 틈새로 보이는데도 토끼눈이 된 걸 바로 알겠다. 후후, 그 정도 반응을 보여줘야 이쪽도 보람이 있지.

화약통을 묻은 뒤, 그것만으로 부족해 보이더라. 그래서 한 번더 군영에 다녀왔다. 이것저것 임의로 징발해 오느라 상당히 힘이 들었다. 쉽게 얘기하자면 훔쳐왔단 거다.

"모두 장전해 놨으니까 하나씩 잡고 쏘십쇼. 다섯 자루를 경에게 맡기겠습니다."

나는 미리 준비한 머스킷 지지대를 땅에 꽂았다.

푹!

나는 총신을 지지대에 얹고 심호흡을 하며 앞을 조준했다.

"총 열 발입니다. 신중하게 놈들을 정리합시다."

이미 마왕군의 마족과 마물들이 우리를 향해 달려들고 있었다.

"키에에엑-!"

마물의 끔찍한 괴성이 울릴 때, 첫 번째 탄이 발사됐다.

탕!

달려오던 오크 하나가 비명을 지르더니 뒹굴었다. 녀석이 놓친 검이 허공을 빙글빙글 돌다 떨어져 박혀서는, 파르르- 떨렸다.

타앙!

두 번째 발을 쏘았다.

"꾸엑!"

이쪽에 화승총을 겨누던 고블린이 풀썩 쓰러진다. 괴물 사냥꾼 루드에게 사격술을 제대로 배웠기에 내 솜씨는 탁월했다. 숙련 5단계가 빛을 발하고 있었다.

탕! 타당! 타앙!

옆에선 발푸르기스도 등을 오두막에 기대고 앉아서 부지런히 총을 쐈다. 그렇게 열 발을 모두 쏘자 남아있는 놈들이 없었다. 다 죽었거나 쓰러져서 피를 쏟아내며 꼼지락거린다. 하지만 안심하긴 일렀다.

"아직 거물이 남았군."

쓰러졌던 헤작스가 몸을 추스르고 일어났기 때문이었다. 그는 하반신이 폭발에 휘말려 엉망이었다. 허벅지 살덩이 한 뭉치가 날아가 끔찍하기 그지없었다. 그의 눈은 이미 분노로 돌아버린 상태였다. 헤작스는 한걸음씩 이쪽으로 다가오며 이를 간다.

"발푸르기스. 네년은 인질로 데려가려 했다만 지금 생각을 바꿨다. 최대한 고통스럽게 죽여주지. 내일 새벽이 올 때까지 숲이 네년 비명으로 가득하게 해주겠다. 감히 이런 곳에 함정을 만들어?"

원기(怨忌)가 뚝뚝 떨어지는 말에 나는 몸을 파르르 떨었다. 그와 내 격차는 심대했다. 용사로 플레이할 때는 페자무트와 싸우기 전에 거치는 중간 보스 정도였던 놈이, 지금은 심장이 얼어붙을 것 같은 공포를 느끼게 하고 있었다. 실제로 그의 실력이면 순식간에 나를 반으로 접어버리고 남는다.

"그리고 네놈!"

헤작스는 허리춤에서 흉흉한 철퇴를 꺼내 들며 나를 지목한다.

"어디서 굴러온 말 뼈다귀인지 모르겠다만, 네놈은 죽음의 안식도 허락받지 못할 것이다. 네놈의 삶을 생지옥으로 만들어주마."

저건 결코 농담이 아니다. 그의 상관인 마왕 페자무트는 피와 죽음을 관장한다. 사령술의 대가란 얘기다. 당연히 그의 부하인 헤작스 역시 사령술에 일가를 이뤘다. 아마 날 죽이고 언데드로 만들어 끝나지 않는 고통을 줄 작정이겠지.

"발러. 저 자의 말은 농담이 아니다. 부디 도망가라. 본녀가 어떻게든 시간을 벌 테니까."

이 와중에도 발푸르기스는 내 안위를 염려해 주고 있었다. 그런 그녀의 태도에 두려움에 빠졌던 나는 겨우 용기를 되찾았다. 그래, 오늘 여기에 왜 왔는지를 떠올리자. 이미 준비를 끝내놨다.

저 헤작스 놈이 쫓아올 것도 알았다. 그리고 폭발로 날려버리지 못할 경우도 대비하고 있었다. 열 자루의 머스킷은 졸개들을 처리하기 위한 안배일 뿐, 두목을 잡기 위한 건 따로 준비했다. 거물에겐 그에 맞는 물건을 써야하는 법이지.

"걱정할 것 없습니다."

"어찌 그대는 그리 태평한가! 쿨럭!"

발푸르기스의 몸 상태는 매우 안 좋았다. 나는 그녀에게 괜찮다는 듯 고개를 끄덕이고 헤작스에게 외쳤다.

"헤작스!"

"무엇이냐? 이제 와서 빌어봐야 자비는 없을 것이다. 차라리 뜨거운 사막에서 얼음을 찾으라."

"마족에게 자비를 구할 생각은 없다! 그럴 바에는 죽음을 기꺼이 받아들이지!"

"크하하하! 한줌도 안 되는 놈이 허세로구나! 네놈에게 무슨 수가 남아서 그리 당당한 것인가!"

헤작스는 크게 비웃으면서 철퇴로 땅을 내리찍는다.

쿠웅!

실로 묵직한 소리다. 저래서는 일격도 막아낼 수 없겠군.

"어디 총알이 남았으면 쏴보라! 결코 이 두터운 갑옷을 뚫지 못할 테니!"

헤작스는 캉! 캉! 소리가 나도록 자신의 흉갑을 두들겼다. 아닌 게 아니라, 덩치가 큰 헤작스는 딱봐도 엄청나게 두꺼운 갑옷을 걸치고 있었다. 인간이라면 입지도 못할 것 같았다. 아마 저런 규격 외의 물건은 해비 머스킷도 어림없겠지. 하지만 방법이 없는 건 아니다.

"크크크! 일단 네놈 주둥이부터 뭉개버린 뒤 시작해 보실까!"

헤작스는 더 기다리지 않고 달려들었다.

"발푸르기스 경! 시간을 좀 끌어주시오!"

"알겠다!"

이미 준비하고 있던 발푸르기스가 앞으로 튀어나가 헤작스를 막아섰다.

카앙!

그녀가 쌍검을 교차해 철퇴를 받아내는 사이, 나는 오두막의 낡은 문을 열고 안으로 들어갔다. 그리고 안에 감춰놨던 것을 힘껏 밀어서 밖으로 꺼냈다. 무게가 장난 아니었기에 이를 악 물어야 했다.

"끄으윽!"

내가 오두막 안에 감춰놓은 것은 다른 게 아니라 가죽대포였다. 현재 제국에서 운용하는 대포 중 가장 가벼운 것으로, 군마 한 마리면 끌고 다닐 정도였다.

가죽포라고 해서 가죽으로만 만든 건 아니다. 무게를 줄이기 위해 얇은 구리로 포신을 만든 뒤, 내구력을 위해 가죽으로 감싼 모습 때문에 가죽포라고 불린다. 경량화를 위한 시도였는데 당연히 포의 내구력은 형편없었다.

"하지만 지금은 아주 요긴하지."

가죽포가 아니었으면 필리를 써서 여기까지 가져오지도 못했다. 아무리 경포(輕砲)라고 해도 무게가 장난 아니다. 슐랑겔 같은 경포도 움직이려면 말이 여섯 필이나 필요했다. 그걸 생각해보면 이 가죽포가 얼마나 가벼운 물건인지 알 수 있었다. 하지만 내구도가 떨어질 뿐 그 위력만큼은 확실했다.

이미 안에는 화약과 1.4kg가량의 묵직한 경포탄을 넣어둔 상태다. 나는 조심스레 포신을 움직여 헤작스를 겨냥했다. 근거리에다 포신이 얇은 대포다.

게다가 목표는 덩치가 워낙 큰 놈이라 잘만하면 맞출 수 있을 터. 만약 빗나간다면 그야말로 죽은 목숨이다.

"크하하핫! 겨우 이 정도인가! 수녀기사!"

헤작스는 이쪽 상황을 눈치채지 못한 모양이었다. 나 같은 건 신경도 쓰지 않을 잔챙이라 그거겠지. 그는 궁지에 몰린 사냥감을 가지고 노는 포식자처럼 발푸르기스는 괴롭히는데 흠뻑 빠져있었다.

"발푸르기스 경!"

이를 주시하던 나는 완벽한 기회가 온 걸 깨닫고 소리쳤다. 그러자 발푸르기스는 검 하나를 헤작스의 얼굴에 집어던지더니 물러났다. 놀란 헤작스가 건틀렛으로 얼굴을 가린 순간, 대포의 심지에 불을 붙였다.

치지직!

쿠아아앙!

사방에 어둠이 깔려서 그런가, 유난히 대포에서 치솟는 불길이 컸다. 그리고 직사로 쏜 포탄은 헤작스의 흉부를 단번에 관통해 버렸다.

카앙!

흉갑이 깨져나가며 불꽃이 튀었다. 그리고 피와 살덩이들이 두두둑 떨어진다.

"이… 이 무슨…."

헤작스는 충격에 벌린 입을 다물지 못하고 있었다. 그의 가슴에는 주먹이 들어가고도 남을 바람구멍이 났다. 설마 갑자기 포탄을 맞을 줄은 상상도 못했겠지. 나는 그를 보고 비릿하게 웃었다. 더는 공포는 없었다. 지금 내가 용사는 아니지만 그 시절 하찮은 중간보스를 보던 기억이 되살아났다.

"총알이 남았으면 쏴보라며? 아, 이거 좀 미안한데. 내 총알은 좀 크고 무거워서 말이지."

내 말은 아주 궤변은 아니다. 이 시대의 포탄은 폭발하는 작렬탄이 아니라, 무식하게 큰 철구일 뿐이었으니까.

"갑옷이 단단하면 더 많은 화약, 더 큰 탄을 쓰면 될 문제지."

"…빌어먹을."

쿠웅!

묵직한 소리를 내며 헤작스가 큰 대 자로 쓰러졌다. 쓰러진 그의 몸에서 흘러나온 피가 일대에 흥건하게 퍼져간다.

"놀랍군…. 발러. 그대의 기지에 혀를 내두를 지경이다…. 설마… 저 자를 대포로 쏴 죽이다니."

발푸르기스는 검에 기대어 힘겹게 버티고 있었다.

"괜찮으십니까?"

"후우…."

길게 한숨을 내쉬던 발푸르기스는 더 견디질 못하고 앞으로 쓰러졌다. 나는 황급히 그녀를 품에 받아냈다. 당당한 기사가 지금은 제 나이 대에 맞는 소녀로 보였다. 그녀는 이제 겨우 16세였다.

"흐으읏…."

고통에 신음하는 소리에 마음이 아려왔다. 그러면서도 필사적으로 참으며 의연함을 보이려 한다.

"본녀는 여기까지인 것 같구나. 발러, 그대의 조력은… 평생 잊지 못할… 으윽… 부디, 그대라도 떠나도록…."

그녀는 그 말만 남기고 기절했다. 숨결은 당장이라도 끊어질 것처럼 가늘었다.

"발푸르기스."

나는 고개를 절레절레 흔들었다. 어쩌면 이렇게 하나도 안 변했을까? 나는 이 소녀에게 마음의 부채가 많다. 과거 회차에서 발푸르기스가 날 위해 죽은 게 한 두 번이 아니었기 때문이다.

"늘 미안하고 감사했다. 이제야 내가 널 구해주는구나."

품에서 힐링 포션을 꺼냈다. 이건 발푸르기스가 준 것이었다. 나는 포션병을 옆에 놓고 조심스레 발푸르기스의 흉갑을 벗기기 시작했다.

기절한 상태라 입에 흘려 넣는 건 무리다. 게다가 면갑을 들췄다가는 나중에 무슨 경을 칠지 알 수 없었다. 그녀는 자신의 얼굴을 노출하는 걸 극도로 꺼린다.

차라리 죽겠다는 정도라, 과거의 나조차 실제로 얼굴을 본 적은 없었다. 그러니 출혈점에 직접 포션을 들이 붓는 게 최선이었다. 치료 효과도 그쪽이 더 뛰어나고.

철걱. 철그럭.

흉갑의 전면부와 등판을 가리는 후면부의 고정을 풀고, 목가리개(Gorget)와 흉갑의 연결부도 풀러냈다. 그러자 흉갑은 반탄력이 느껴질 정도로 밀려 올라왔다.

"뭐, 뭐야? 안에 뭐가 들었나?"

작은 에어팩이라도 있는 것 같은 느낌에 나는 어리둥절해 하며 흉갑을 들어올렸다. 그리고는 깜짝 놀라고 말았다.

출렁. 출렁.

생각지도 못한 커다란 가슴이 그 굴곡이 드러냈던 것이었다. 그러고 보니, 갑옷 벗은 모습도 한 번 본 적이 없었구나. 갑옷 안에 받쳐 입은 누빈솜옷으로 눌려있는데도 이렇게나 솟아올라 있다니. 게다가 갑옷을 튕겨낼 정도의 탄력이라니? 세상에 이런 가슴은 듣도 보도 못했다.

하지만 황망함도 잠시, 피로 흥건한 누빈솜옷을 보자 그런 감상은 빠르게 사라졌다. 나는 누빈솜옷을 벗겨냈다. 그러자 새하얀 피부가 드러났는데 피 얼룩으로 엉망이 되어 있었다. 비릿한 혈향이 한가득 올라온다.

퐁!

서둘러 포션의 마개를 열고 환부에 쑤셔 넣고 들이 붓기 시작했다. 이 정도로 엉망이 될 때까지 싸운 건가….

"흐응…."

발푸르기스가 다시 신음을 흘렸는데 뭔가 한결 나아진 듯한 음색이었다. 고통이 경감된 듯했다. 그러다 속옷으로 간신히 가려져 있는 하얀 가슴 위쪽으로 시선이 갔다. 살짝 들린 목가리개 아래로 쇄골 부분이 보였는데, 무언가 불에 대인 것 같은 화상자국이 위로 이어져 있었다.

"흠…."

저게 발푸르기스의 비밀과 관련이 있는 거 같았다. 저 화상 자국으로 고려해 보건데, 그녀에겐 내가 모르는 사연이 있겠지. 갑자기 호기심이 치솟았다. 발푸르기스는 지금 힐링 포션의 영향으로 가사 상태나 다름없었다. 투구까지 벗겨볼 수 있을 터.

힐링포션은 마시면 즉각 전신이 회복되는 간단한 물건이 아

니다. 그렇게 편하면야 좋겠지만 실제로는 어림도 없다. 마시고 움직이면 제대로 치료가 안 된다. 근육이 가만히 있어야 제 위치에 이어 붙는다. 근육 뿐 아니다, 뼈마디도 힐링 포션을 복용하기 전에 반드시 바르게 맞춰줘야 했다.

그래서 힐링포션마다 다르지만 마시면 수면에 빠지게 하는 종류가 많았다. 그게 아니라면 몇 십분 동안은 바른 자세로 가만히 있어야 치료가 제대로 된다. 근육이 무슨 인공지능을 가진 것도 아니고 지 맘대로 움직여 제 위치를 찾아가거나 하지는 않으니까.

"음……."

나는 발푸르기스를 내려다보면서 고민에 빠졌다. 그러다 나는 고개를 흔들고는 누빈솜옷을 다시 입혀주기 시작했다.

"아니지, 아니야."

그녀를 존중하는 만큼 그녀의 비밀도 존중해야 한다.

철걱. 철그덕.

갑옷까지 제대로 입혀놓고 그녀를 반듯하게 눕혔다. 상처가 심하니 최소 30분은 깨어나지 않겠지. 나는 일단 그 사이에 주변을 수습하기로 했다.

"마침 군침이 도는 전리품이 있기도 하고 말이지."

손을 슥슥 비비면서 죽은 헤작스에게 다가갔다. 이 자식, 비싼 아이템으로 처바르고 다니는 게 걸어 다니는 은행이나 마찬가지였다. 아주 오늘 대박이 터졌다.

"과연 뭐가 나오려나."

'헤작스의 갑옷'과 '헤작스의 철퇴'는 고정 아이템이지만,

나머지는 등급에 맞게 랜덤으로 지급된다. 나는 기대에 부풀어 헤작스의 시체를 뒤지기 시작했다.

"어디 보자."

첫 번째로 나온 건 판타지 게임의 필수 아이템이라는 추가 인벤토리였다.

"마법 지퍼로군."

허공에 대고 이 지퍼를 열면 안에 물건을 집어넣을 수 있는 마법적인 공간이 열린다. 이 세계에는 지퍼가 존재하지 않는데, 유일한 예외가 이 마법 지퍼다. 일종의 오파츠다. 일단 나무판자를 하나 가져와서 마법 지퍼 안에 뭐가 들었는지 털어봤다.

와르르-.

"이야!"

금화와 보석이 쏟아져 나왔다. 역시 마왕군 간부답게 부자로구나. 감정을 해봐야 알겠지만 대강 봐도 2,000플로린이 넘어 보인다. 상당한 밑천을 얻었다. 그 외에 주머니에서 포션 두 개를 발견했다.

- 힐링 포션.
- 신체강화 포션.

목숨의 위기에서 구명줄이 돼줄 물건들이었다. 나는 이건 팔지 않고 잘 챙기기로 했다.

"좋은 게 하나 더 있군."

또 하나의 마법 아이템을 찾았는데 그건 움직이는 밧줄이었다. 마치 뱀처럼 움직이는 마법 밧줄로, 포로를 자동으로 묶는 등 다용도로 사용이 가능했다.

듣자니 수도의 귀족들 중에는 성적인 유희를 위해 쓰는 자도 있다고 했다. 어느 용도로 활용하던 기능성 아이템 중에선 최고 수준인 물품이다.

"음?"

마지막으로 나온 건 극악한 독과 해독제였다. 나는 각종 상위 직을 섭렵했던 안목 덕에 그게 뭔지 알아봤다.

- **독룡 후르구마의 이빨 독.**
- **독룡 후르구마의 이빨 독 해독제.**

이건, 게임 내에서도 다섯 손가락 안에 들어가는 극악의 독이다. 비싸기도 엄청나게 비싸다. 왜냐하면, 잘만 쓰면 영웅들도 골로 가게 할 정도였기 때문이다.

왜 이런 걸 헤작스가 가지고 있었을까?

후르구마의 독은 항상 가장 교활한 정치적 음모와 연관이 있었다. 지난 게임에서 이 독을 만날 때는 반드시 거물이 죽어나자 빠지곤 했었다.

설마, 헤작스는 자기 주인인 페자무트를 암살하려던 걸까? 진실이 궁금했지만 죽은 자는 말이 없는 법이니 알 길이 없어졌다.

독과 해독제는 잘 챙겼다. 이건 반드시 써먹을 수 있을 테니까. 아이템은 거기까지였다. 나는 헤작스의 철퇴와 헤작스의 갑옷도 챙겨서 마법 지퍼 안에 넣었다. 이 둘은 값나가는 마법 무구이다.

워낙 덩치가 큰 헤작스의 물건이라 내가 쓰진 못하니 팔아서 돈을 벌면 된다. 오거 같은 녀석에게 팔면 되겠지. 일단 그렇게 물건을 다 챙긴 나는 캐릭터 창을 열었다. 기대하는 바가 있어서

이다.

아나나 다를까, 헤작스를 잡아서 그런지 레벨이 2나 올라 있
었다.

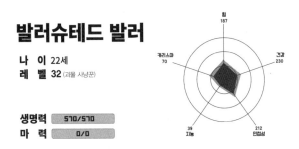

발러슈테드 발러

나 이 22세
레 벨 32 (괴물 사냥꾼)

생명력 570/570
마 력 0/0

힘
187

카리스마
70

건강
230

지능
39

민첩성
212

나름대로 상당히 만족스러운 스탯이었다.

"흐으음…."

그때 뒤쪽에서 나지막한 신음이 들려왔다. 발푸르기스였다.
이제 깨어나려는 것 같았다.

"발푸르기스 경."

"으으…."

"정신 차리십시오."

몇 번 말을 걸자 그녀는 의식을 되찾았다.

"…여기는?"

"기억이 안 나십니까?"

"아!"

발푸르기스는 깜짝 놀란 듯 일어나다가 격통에 비명을 지
른다.

"꺄으윽!"

"부상이 심하셨습니다. 무리하지 마시길."

"…대체 어떻게 된 건가?"

어떻게 죽어가던 자신이 회복한 건지 묻는 그녀에게 근처에서 구르고 있던 빈 물약병을 들어보였다.

"경께서 제게 주신 겁니다. 경을 구하는데 사용할 수 있어서 기뻤습니다."

"아!"

발푸르기스는 힐링 포션을 선물한 게 기억난 모양이었다. 그나저나 참 발푸르기스스럽다. 보상을 주는 것도 좋지만 자기 몫의 포션은 남겨놔야지 않나.

계산적이지 않은 게 그녀의 매력이긴 해도 옆에서 보면 솔직히 좀 답답할 때도 많았다. 하지만 천성이라 고칠 수 있는 것도 아니었다.

결국 그녀는 자신의 그런 고지식함 때문에 사망하곤 했다. 나는 발푸르기스의 죽음을 떠올리자 조금 울적한 기분이 됐다. 하지만 괜찮다. 이번에는 그녀를 구해냈다.

"발러. 목숨을 걸고 도우러 와준 것만으로도 고마운데, 금보다 귀한 걸 써 본녀를 구해줬구나. 이 얼마나 훌륭한 사내인가…."

드물게 발푸르기스의 목소리가 촉촉이 젖어들고 있었다. 나는 고개를 흔들었다.

"포션은 원래 경의 것이었습니다."

"그런 건 핑계도 되지 않는다. 힐링 포션을 팔았으면 한적한 곳에서 집 한 채 사서 편히 살 수 있을 것을."

그녀는 퍽 감격한 모양이었다. 언제나 감정을 절제하는 이 완벽한 전사가 이런 모습을 보이는 건 아주 드물다.

아마 아직 소녀티가 남아서 그런 거겠지. 이후에 발푸르기스가 한 명의 기사로 성장하고 나면 이런 한 때의 귀여운 모습은 사라진다.

심성이나 무술 실력이 완숙해지면 그녀는 마치 영웅담 속 기사처럼 기사도의 현신이 된다. 그때의 발푸르기스는 한 자루의 아름다운 검을 연상시키곤 했다.

나는 그런 가능성이 사라지지 않았다는데 기쁨을 느꼈다.

"그저 경의 고결함이 경을 구한 것입니다."

내 말에 발푸르기스는 가볍게 신음을 흘린다.

"아…."

뭔가 그녀의 머릿속에 중요한 게 스쳐지나가는 듯한 느낌이었다. 아마 지금 그녀의 내면에서 무언가 확립되고 있는 것 같았다. 어쩌면 나는 본의 아니게 발푸르기스라는 한 명의 기사가 만들어지는 과정에 일조한 건지도 모른다. 그렇다면 정말 영광인데.

"일개 용병이라 차별하지 않고 절 염려해 주셨지요. 경께서 제게 힐링 포션을 주지 않았다면 어찌 이런 일이 있었겠습니까."

"아니다! 그대에게 다시 큰 은혜를 입었구나."

발푸르기스는 연신 감사해왔다. 그녀의 이런 모습은 나도 처음 보는 거라 상당히 신선하게 느껴졌다.

"발러, 오늘 목숨을 빚졌으니 후일 반드시 내 목숨을 걸고 그대를 돕겠다."

"더없이 든든한 말씀이십니다."

나는 감사를 표현 뒤 빨리 자리를 벗어나자고 제안했다.

"사체를 처리하는 게 좋겠습니다. 여기 오래 있어봐야 좋을 게 없습니다."

우리는 근처에 널린 사체를 가져와 헤작스의 위로 포개기 시작했다. 그리고 나뭇가지를 가져와 쌓고 기름을 부었다.

"설마 전하께서 그런 행동을 할 줄 몰랐구나."

발푸르기스는 착잡한 듯한 말투였다.

"걱정 마십시오. 제가 그 일에 대한 대가를 치르게 할 것입니다."

이건 결코 농담이 아니었다. 나는 필립을 며칠 안에 죽여 버릴 작정이었다.

"발러, 필립은 보통 인물이 아니다. 섣불리 나서지 말거라. 후일 기회가 있을 테니 본녀와 함께 도모하자. 본녀도 오늘 일에 대해 그냥 넘어갈 생각이 없다."

발푸르기스도 배신감에 치를 떨고 있었다. 왜 아니겠는가. 그녀는 결사적으로 필립을 지켰다. 그런데 총을 쏴 낙마 시키고 자기만 도망가다니.

발푸르기스의 성격이면, 지켜달라고 요청하기만 하면 된다. 그녀는 불과 몇 시간 전까지만 해도 필립이란 존재가 목숨을 걸고 싸울 가치가 있다고 믿었었다. 기꺼이 그를 위해 희생했을 거다.

"그 자가 마왕과 싸울 인간의 희망이 될 거라고 생각했다. 본녀의 안목이 부족했구나. 하아⋯⋯."

본래는 그랬어야 했을 텐데, 어째서 이렇게 바뀐 걸까.

"이제라도 본성을 파악했으니 다행입니다. 후일 더 큰 일이 터질 걸 막았다고 생각하십시오."

나는 사체에 불을 놓았다.

활활 타올랐다. 끔찍했지만, 보기 좋았다.

"그나저나 경의 유니콘은 어떻게 된 건지 모르겠습니다. 싸움이 한창이라 챙기지 못했습니다. 죄송합니다."

"아! 아니다. 걱정할 것 없다. 발러, 그대는 유니콘에 대해 잘 모르는구나."

"음?"

"유니콘은 영물이다. 총에 맞자 환수계로 돌아간 것일 테지. 아마 며칠 뒤에 회복해서 되돌아올 거다. 지금까지 몇 번이나 있었던 일이다."

그렇다면 걱정할 필요 없겠다. 그나저나 엄청 편리한 탈 것인데. 군마가 전투 중에 다치는 게 제일 골치 아픈 문제다. 총탄이 날아다니는 전쟁에선 인간보다 말이 더 많이 죽으니까.

그런데 환수계로 돌아가서 자동으로 회복해서 온다니? 이 무슨 사기 아이템인가. 그래도 탐내봐야 소용없다. 유니콘은 전설처럼 순결한 처녀가 아니면 따르지를 않으니. 나 같은 시커먼 사내놈은 무슨 짓을 해도 유니콘의 마음을 얻지 못한다.

"이제 어디로 가시렵니까? 말이 없으시니 태워드리겠습니다."

나는 숨겨놨던 필리를 끌고 왔다. 그녀는 얼마 전까지 자기 말이었던 필리를 보고 반가워했다.

"너도 전 주인이 반가운가 보구나, 필리."

"세상에. 발러. 아무리 암말이라지만 이렇게 덩치 큰 군마에게 필리(암망아지)라고 이름 붙인 건가?"

"제 눈에는 망아지처럼 귀여워 보여서요."

필리는 털이 비단결처럼 고왔고 눈은 보석처럼 예뻤다. 나는 이 명마가 마음에 쏙 들었다.

"그대에게 주길 잘했군."

"하하하. 자, 어디로 가시렵니까?"

목적지는 대강 예상이 됐다. 아마 그녀는 곧장 바이에른에 돌아가겠다고 하지는 않을 거다. 여기로부터 하루거리에, 그녀가 소속된 '발푸르가 수녀회'의 본원(本院)이 있으니까.

"라인펠덴 근방으로 가고 싶군."

"발푸르가 수녀회입니까?"

발푸르기스는 고개를 끄덕였다.

"하루거리니 좀 부탁하겠다. 후일 바이에른에 돌아가면 오늘 일을 포함해 다 보답하겠다. 그대가 받아들이겠다면 남작의 위라도 주지."

발푸르기스는 바이에른의 후계자이다. 제국에서 몇 손가락 안에 들어갈 대귀족가의 차기 가주란 얘기. 남작 위 같은 거 하나 내리는 건 일도 아니었다.

"어찌 저 같은 낭인을 귀족의 반열에 들게 하려 하십니까."

"그런 말 하지 말거라. 발러 그대는 내가 본 어떤 귀족보다 명예로운 전사니까."

"과찬이십니다. 그 얘기는 후일 하지요."

스스로 올라가고 싶지만 준다는데 거절할 이유는 없었다.

"라인펠덴까지 경 같이 멋진 분을 모실 수 있다니 일생의 영광입니다."

"허! 그대는 아첨도 좀 할 줄 아는구나. 매끄러운 말솜씨는 본녀 같은 못난이가 아니라 아름다운 숙녀를 위해 남겨 두거라."

"어디 아름다움이 얼굴에만 있겠습니까?"

발푸르기스가 나를 주먹을 툭 친다.

"흥, 말이나 못하면!"

"하하하."

우리는 서로 한 번씩 목숨을 구했다. 그래서일까, 만난 지는 얼마 안 됐지만 금세 가까워졌다. 그나저나 시간을 좀 계산해 봐야겠구나. 지금 출발하면 내일 정오가 되기 전에 수녀원에 닿을 거다. 거기서 좀 쉬다가 돌아와 달아난 필립 사냥에 나서야 한다.

발푸르기스에겐 미안하나 나 혼자 처리할 작정이었다. 이 일은 더러운 일이었다. 내가 예전에 강철 선제후로 플레이했던 경험에 의하면, 대패 후 그는 집결지를 겸하는 안전가옥으로 도망간다. 그리고 거기서 사흘을 머문다.

아직 여유가 있다. 하지만 시간을 끌수록 필립의 주위에 패전 후에 몰려온 신하들이 늘어나게 된다. 되도록 빨리 가는 게 좋았다.

"자, 그럼 말에 오르시죠."

"고맙구나, 발러."

이번 발푸르가 수녀원 행은 단순히 발푸르기스를 데려다 주는 목적 외에도 의미가 컸다. 그 발푸르가 수녀회의 본원에는 외부에 알려지지 않은 성물이 하나 있는데, 나는 그걸 발푸르기스를 구해준 대가로 요구해 볼 작정이었다.

발푸르기스는 발푸르가 수녀회의 미래나 다름 아닌 존재다. 그런 그녀를 구했으니 한 번 말해 볼만하다.

그 성물은 '천사의 심장'.

캐릭터의 목숨을 한 몫 늘려주는 S등급 마법 물품이다. 언제 죽을지 모르는 지금, 그건 가장 귀하고 시급히 구해야할 물건이 됐다. 현재 그 천사의 심장은 발푸르가 수녀회의 대수녀원장인 안젤라가 갖고 있다.

"발푸르기스 경. 수녀원으로 가면 대수녀원장님을 뵐 수 있겠습니까?"

"그건 어렵지 않다. 안 그래도 그대가 본녀를 구했다고 하면 감사를 표하실 게 틀림없다."

기억이 맞다면 대수녀원장은 아마 안젤라라는 이름이었지. 과연 그녀에게 천사의 심장을 받아낼 수 있을까? 좀 공이 부족한 거 같기도 하고.

하지만 발푸르기스를 구한 지금이 아니면 기회가 없을 것이다. 정 난색을 표하면 내가 알고 있는 특급 정보를 몇 개 넘기면 된다. 발푸르가 수녀회는 마왕 페자무트와 대치 관계에 있다.

마왕 페자무트에 관한 정보 풀고 와야지. 나는 한 번 죽으면 끝이다. 그러니 무슨 짓을 해서라도 대응책을 마련해야 했다.

"이랴!"

나는 필리를 부지런히 움직여 라인펠덴으로 향했다.

흠, 그건 그렇고. 저 하늘 위의 몽실몽실한 구름을 보니, 발푸르기스의 경의 새하얀 가슴이 생각나는군. 뭐랄까, 크고 아름다웠었지….

"아, 그런데 말이다. 발러."

그때 뒤에서 발푸르기스가 말을 걸어왔다.

"네?"

"본녀를 치료해 준 건 좋은데, 그렇다면 설마 흉갑을 버, 벗, 벗겼던 것이냐?"

발푸르기스가 그녀답지 않게 수줍은 듯한, 잔뜩 떨리는 목소리로 물어왔다. 그제야 나는 16살의 어린 소녀가 남자 앞에서 옷이 벗겨졌다는 게 어떤 의미인지 깨닫고는 식은땀이 나기 시작했다.

뭐, 뭐라고 변명해야 하지!

갑자기 숨이 콱 막히는 기분이었다.

4. 거악과 만나다

결국 우리는 말에서 내려 마주섰다.

"어디까지 보았느냐?"

발푸르기스의 태도가 심상치 않았다. 솔직히 나가기로 했다.

"가슴의 반절을 보았나이다."

"흐익!"

발푸르기스는 깜짝 놀라하며 자신의 상반신을 손으로 가린다. 그러더니 부들부들 떨면서 따져온다.

"무, 무례한 놈! 몸을 보이면 결혼해야 하는 걸 모르더냐?"

이 세계에 100년을 지냈지만 금시초문이다. 내 경험에 의하면 귀족이란 부류는 남녀 모두 꽤나 정조관념이 없던데. 대체 바이에른 선제후 가에선 이 후계자에게 뭘 가르친 걸까.

"네? 제가 경과 결혼이라니요?"

내 말에 발푸르기스는 공연히 더 울컥한다.

"뭐? 맘에도 없이 본 것이더냐? 그렇다면 바이에른 선제후 직을 노린 것이구나! 이놈!"

이 세계에는 '살리카 법'이나 '귀천상혼'이 구현되지 않았다. 그래서 발푸르기스는 여성임에도 바이에른의 후계자이며, 자신보다 신분이 낮은 남자와도 결혼이 가능하다. 평민인 내가 그녀와 맺어지는데 제국법상 문제는 없었다.

"아니, 그런 게 아니오라."

부정하자 어째서인지 발푸르기스는 좀 들뜬 목소리가 된다.

"그, 그러면 결혼하는 것이냐?"

혼자 납득한 발푸르기스는 고개를 끄덕이기 시작한다.

"첫날밤이라도 투구만은 쓰고 있게 해줬으면 좋겠군. 나, 나머지는 모두 벗겠다. 본녀가 다른 건 몰라도 몸매만큼은 제국 제일을 자부하고 있으니…."

아니, 이게 무슨 엽기적인 상황이야. 첫날밤에 투구만 쓴 알몸의 신부라니.

"진정하십시오. 너무 멀리 가셨습니다. 그 환부가 벌어져서…."

나는 침착하게 당시 상황을 설명하기 시작했다. 그리고 왜 흉갑을 벗겨야 했는지, 그리고 물론 가슴이 크고, 아름답고, 멋졌지만 별다른 감정을 느끼지 않았다고 잘 설명했다.

그러자 어째서인지 발푸르기스의 어깨가 추욱- 늘어진다.

시무룩.

"그럼, 결혼 안 하느냐?"

잠시 들떴었던 그녀의 목소리가 비 맞은 강아지처럼 처량해졌다.

"안합니다."

"……우우. 가슴은 서방님이 될 분에게만 보여줄 작정이었는데."

나는 나름 좀 억울했다.

"반절만 봤어요."

"시끄럽다. 이놈! 하얗고 잘 부풀어 오른 밀빵을 반절만 먹으면 먹지 않은 것이더냐! 반절만 먹어도 가게에서 사야하는 걸 본녀도 알고 있다! 어디 반절타령이더냐!"

뭔가 개소리 같은데 반박하기 어려웠다. 역시 귀족가의 배우신 영애는 다른 건가. 하지만 저 역시 개소리라면 일가견이 있습니다. 영애.

"그 논리에 이의가 있습니다. 본디 밀빵에는 그 위에 놓여있는 건포도가 포인트입니다. 건포도가 없으면 아무리 '하얗고 잘 부풀어' 오른 밀빵도 심심한 법이죠. 그렇게 따지면 저는 건포도는 먹지 않은 셈입니다. 정중히 환불을 요청하는 바입니다."

내 말에 발푸르기스는 알쏭달쏭하다는 듯 고개를 기웃거린다.

"건포도? 하얗고 잘 부풀어 오른 밀빵 위에 올려 진 건포도?"

"…여성의 몸에도 그런 부분이 있잖습니까? 속옷에 가려 보지 못했으니 저는 책임질 지경까지 나아가지 않았다고 생각됩니다."

"뭐?"

그 순간 발푸르기스는 이해했는지 굳어버리고 말았다. 아마 지금 얼굴을 볼 수 있다면 입을 떡 벌리고 있지 않을까?

부들부들부들.

파들파들파들.

덜덜덜덜덜.

어째 심상치 않은데. 마치 터지기 직전의 폭탄과도 같은 느낌이었다. 슬쩍 도망가려니 이미 상대가 칼을 뽑은 뒤였다. 그리고 결국 그녀는 폭발했다.

"파렴치한 자 같으니라고! 네놈을 오늘 도륙을 내어 버리고 말겠다!"

거기에 발푸르기스는 무척이나 억울하다는 듯 악을 쓰며 덧붙인다.

"그리고 핑크색이란 말이다! 핑크! 건포도라니!"

두 시간 뒤.

나는 죽다 살아난 상황에 감사하면서도, 스탯창을 보며 기막혀 하고 있었다.

경험치가 +3,500이나 올랐다.

분노한 발푸르기스의 칼질을 피해 다닌 게 오거 세 마리를 잡은 것과 같은 경험치를 얻었다.

뭐, 뭐냐. 이 인간 경험치 자판기는?

물론 이 자판기는 편리하지만 목숨을 보존할 수 없다. 게다가 뒤끝도 있었다.

"잘됐구나. 그대. 이제 평생 나 같은 못난이 여자랑 같이 살 일이 없어져서. 투덜투덜."

필리의 뒤에 탄 발푸르기스가 아직 성이 안 풀린다는 듯 꽁알거리고 있었다.

"그런데, 경."

"아또! 왜!

뭐야.

말투에서 갑자기 기품이 없어졌다?!

"뭐냐고."

"…그, 그게 말입니다. 경은 수녀인데 결혼할 수 있습니까?"

"당연하지 않느냐. 본녀는 세속수녀. 결혼이든 연애든 마음대로다."

"그렇군요."

수녀란 직업에 무관심해서 처음 들었네.

"물론이다. 속가의 제자가 결혼도 못하면 수녀회에서도 용도에 맞게 굴리기 어려우니까."

꽤나 직설적으로 말하는군.

이 인간, 완전히 삐뚤어져 버렸다.

"게다가 본녀는 바이에른의 후계자다. 결혼을 못하게 된다면 숙부님께서 수녀가 되도록 허락해줬겠느냐?"

"그렇군요. 부디 좋은 짝 만나시기 바랍니다."

별 생각 없이 한 마무리 멘트였는데 그게 불난 집에 기름을 뿌리고 말았다.

"뭐? 하하핫! 그거 고맙구나! 아이 참, 고맙네!"

발푸르기스는 웃으면서 내 등을 마구 때리기 시작했다. 철장갑을 낀 채로 말이다.

"아악! 나 죽어! 수, 수녀가 웃으면서 사람을 패면 어떻게 합니까!"

"무슨 소리더냐. 안마다. 안마! 발러 그대가 본녀를 밤새 데려 오느라 피곤했을 거 아니냐. 본녀는 신을 섬기는 자로서 그대를 돌볼 필요가 있는 거다."

<타격에 견딥니다!>
<경험치가 +50이 오릅니다!>
<뛰어난 공격! 맞을 가치가 있습니다!
<경험치가 +100이 오릅니다!>
<매서운 악의에 견딥니다! 의지가 +1 오릅니다!>

뭐? 뭐야! 경험치가 계속 올라?

눈앞에 끝없이 올라가는 스탯창을 보며 황당해서 입이 벌어졌다. 나는 맞기만 해도 강해지는 남자인가!

"아픕니다! 이러다 레벨 업 해버리겠네!"

"안마는 원래 좀 아픈 법이다. 흥!"

다행히 발푸르기스가 그쯤 해뒀기에 나는 이상한 길에 눈을 떠서 이상한 방법으로 레벨업 하는 일은 없어졌다. 다행이다. 뭔가 내가, 내가 아니게 될 뻔했다.

나는 발푸르기스에 대해 참 몰랐구나. 소녀 시절에 그녀는 조금만 친해져도 이렇게 발랄하다니. 발푸르기스라면 늘 절제된 칼날 같은 기사만 떠올려 왔기에 이런 소녀의 모습에 기분이 묘했다.

언제나 내 곁에 있어준 동료에 대해서 너무 무심했던 게 아닐까. 그래서인지 이번에는 그녀에 대해 좀 더 알고 싶다는 생각이 들었다.

필리를 꼬박 달려 해가 중천에 떴을 때 목적지가 보이는 곳까지 도착했다.

"저기로군."

라인 강의 지류를 따라 그림 같이 멋진 초장(草場)이 펼쳐져 있었는데, 그 가운데 눈에 띄게 큰 언덕이 보였다. 아니, 언덕이라기보다 작은 민둥산이라고 해도 좋을지 모르겠다.

그리고 그 언덕 위에 커다란 성채가 자리 잡고 있었다. 저기가 바로 제국 서남부에서 이름 높은 발푸르가 수녀회의 본원이다.

"수녀원이 큰 성이라 이상한 것인가?"

발푸르기스의 물음에 나는 고개를 가로저었다.

"발푸르가 수녀회는 마왕으로부터 제국 서남부를 지키는 무력 단체가 아닙니까. 언제 적에게 공격당할지 모르는데 저런 성에 자리 잡는 건 당연하지요."

발푸르가 수녀회는 태생 자체가 백성들을 마왕으로부터 지키기 위해 만들어진 조직이다. 역사도 오래됐다. 그들은 지금까지 수많은 성직 전사들을 배출한 무예의 명문이다.

"제가 듣기로 발푸르기스 경을 향한 대수녀원장님의 신임이 엄청나다고 하더군요. 딸처럼 아끼신다고 들었습니다."

"분에 넘치는 사랑을 주고 계시지. 그분의 사랑에 보답하지 못할까 걱정이다."

"경께서는 잘하고 계시지 않습니까?"

내 말에 발푸르기스는 점점 가까이 다가오는 성채를 보며 한숨을 내쉬었다.

"모르는 소리다. 요즘 그분께서는 커다란 압박을 받고 계시다. 본녀가 그 짐을 덜어드려야 하는데 이리 패하고 돌아가는 꼴이라니."

발푸르기스의 목소리에는 힘이 없었다. 나는 궁금증이 일어났다.

"좀 더 자세히 들을 수 있겠습니까?"

"흠… 좋다. 외부에 떠들 얘기는 아니나 발러 그대라면 말해주지. 최근에 본 수녀회는 곤란한 처지에 빠져있다. 남쪽에서 세를 확장하며 올라온 피와 죽음의 마왕 페자무트 때문이지."

본디 페자무트는 제국의 남서쪽 경계 너머에 거주하고 있었다. 하지만 넓은 평야와 수원이 풍부한 제국의 서남부로 진출해 말썽을 일으키는 중이라고 했다.

이에 제국 서남부의 패자인 강철 선제후 필립이 군을 모아 결전에 나선 것이다. 발푸르가 수녀회 역시 한 몫 거들었다. 세속 수녀인 발푸르기스가 바이에른의 기사들을 데리고 참전했다.

그러나 결과는 패전. 설상가상으로 필립의 배신으로 발푸르기스는 죽다 살아났다. 결과를 보고하러 돌아가는 이 길이 얼마나 부담스럽겠는가.

"싸움에 지고 바이에른의 귀한 전사들 역시 잃어버리고 말았다. 다들 살아있으면 좋겠구나."

"걱정 마십시오. 자기 앞가림은 했을 겁니다."

"그럴까…."

뒤에 타고 있던 발푸르기스가 내 허리를 껴안으며 몸을 기대온다. 그녀에게서 피로와 슬픔이 느껴졌다. 달리 위로해 줄 말이 없었다. 그저 허리를 감싸고 있는 그녀의 손 위에 내 손을 포갔다. 그러자 발푸르기스는 조금 놀란 듯하더니 손을 마주 잡아온다.

"발러. 그대는 상냥하구나……."

"별 말씀을."

수녀원의 성문은 발푸르기스 덕에 곧장 넘을 수 있었다. 이곳이 여인의 땅이긴 하지만 남자는 못 들어오는 금남의 성지인 것도 아니다.

그건 어디까지나 수녀의 숙소가 있는 안쪽일 뿐, 성 바깥쪽은 남자도 제법 돌아다녔다. 장사를 위해 온 행상도 있고 치료를 받기 위해 온 환자도 있었다.

"북적북적하군요."

"저 건물로 가자. 그대를 손님으로 머물게 해줄 것이다."

한 근사한 건물이 있었는데, 다가가니 발푸르기스를 알아보는 수녀가 여럿이었다.

"앗! 자매님."

"발푸르기스 자매님이 오셨어!"

일대에 잠깐 소동이 일었다. 슬쩍 보니 발푸르기스는 이 동네에서 꽤나 인기인인 모양이었다. 아직 어린 수녀들은 꺅꺅 소리를 내기까지 했다. 그러다 한 깐깐해 보이는 중년의 수녀가 나타난 뒤에야 조용해졌다.

"어서 오세요. 자매님."

"지금 귀환했습니다. 저와 같이 온 발러에게 쉴 곳을 마련해주세요. 제 생명의 은인입니다."

"그렇군요."

까다로워 보이는 인상과 다르게 그녀는 내게 정중히 고개를 숙여 보였다.

"발푸르기스 자매를 구해주신 것에 감사드립니다."

"아닙니다. 그저 할 일을 했을 뿐입니다."

"머무시는 동안 편히 쉴 수 있게 조치하겠습니다."

나는 깃털 모자를 벗어 인사하며 감사를 표했다. 그렇게 나에 대한 이야기가 끝나자 발푸르기스가 다가왔다.

"발러. 일단 쉬고 있으라. 본녀는 대수녀원장님을 뵙고 찾아갈 테니. 목욕물과 음식이 준비될 것이다."

그리 말하며 그녀는 중년의 수녀에게 대수녀원장을 뵙겠다고 말했다. 한데 그 요청에 중년의 수녀가 당황하는 기색이었다. 중년의 수녀는 금세 표정을 추슬렀지만 나는 무슨 일이 있음을 짐작했다.

"발푸르기스 자매님, 여기서 할 얘기는 아니군요. 절 따라오시지요. 엘레나, 마리. 너희는 발러님을 안내해 드리렴."

내 옆에 아직 어린 수녀 둘이 달라붙었다. 무슨 사정인지 묻고 싶었지만 옆에서 방긋방긋 웃으며 옷자락을 잡아끄는 어린 수녀들 때문에 그럴 수도 없었다.

이따 발푸르기스가 돌아오면 물어볼 수밖에.

그 뒤 목욕을 하고 식사했다. 발푸르기스를 계속 기다렸지만 올 생각을 안 했다. 결국 침대에 누워 잠시 쉰다는 게 잠이 들고 말았다.

부스럭.

얼마나 잤을까? 인기척이 느껴지기에 눈을 떠보니 발푸르기스가 와 있었다.

"이런 미안하구나. 깨울 생각은 아니었다. 그대가 궁금해 할 것 같아서 잠시 와봤는데, 자고 있어서 물러날 생각이었다."

목소리가 좋지 않았다. 뭔가 일이 터진 모양이구나.

"발러, 그대에겐 미안하다. 대수녀원장님께 그대를 소개를 하고 보답하려 했는데 상황이 예상 밖으로 흘러가는구나."

"무슨 일입니까?"

몸을 일으키며 묻자 발푸르기스는 곤란한 듯 머뭇거린다. 일단 나는 의자를 권해 앉혔다.

"……."

그녀는 한동안 말이 없다. 외부인에게 쉽게 말할 수 있는 사안이 아닌 듯했다. 그러나 이대로 물러날 순 없다. 여기까지 와서 사정도 모르고 떠나고 싶진 않았다.

"저도 어느 정도 알 권리가 있다고 생각합니다."

내게 대수녀원장을 소개해 주기로 한 것을 두고 한 말이었다. 결국 발푸르기스는 백기를 들었다.

"알겠다. 그러면 어쩔 수 없지."

"대수녀원장님께 무슨 일이 있는 겁니까?"

"이 일은 절대 외부로 발설하면 안 된다. 발러."

"제 명예를 걸고 약속합니다."

발푸르기스는 살며시 고개를 주억였다.

"좋다. 사실 말이다. 현재 대수녀원장님께선 쓰러지셨다."

그건 눈치껏 알고 있다. 구체적으로 어떻게 된 거냐가 중요한 거지. 말없이 눈으로 묻자 발푸르기스는 고개를 끄덕인다.

"…대수녀원장님께서는 '어둠'에 당하셨다. 현재 상태가 안 좋으셔서 오늘을 버티지 못할 거라는 게 중론이다."

발푸르기스가 꺼낸 말은 예상보다 훨씬 충격적이었다.

"맙소사."

여기서 어둠이란 건 마족이 섬기고 있는 근본적인 힘을 말한다. 그리고 그 어둠이 구현된 게 '어둠의 대군'이라 불리는 불가해의 신적 존재들이다. 마왕과 마족들은 어둠의 대군을 섬기고 그들로 부터 힘을 받는다.

인간들이 신격에게 힘을 빌리는 것과 같은 이치다. 발푸르가 수녀회만 해도 '자애와 수호의 여신격 발푸르가'를 섬기고 있다.

발푸르기스의 힘도 여신격의 사랑을 바탕으로 한다. 애초에 발푸르기스란 이름 자체가 발푸르가 여신격에서 유래했다.

이것만 봐도 그녀가 얼마나 여신격의 총애를 받고 있는지 알 수 있는 부분. 그래서 발푸르기스를 게임 후반까지 잘 살리면 '발푸르가 여신격의 화신'이란 최상위직으로 전직하게 된다.

괜히 발푸르기스가 발푸르가 수녀회의 희망이라 불리는 게 아니다.

아무튼 그건 그거고, 상황이 영 이상하다.

"잘 이해가 안 됩니다. 발푸르기스 경. 여긴 발푸르가 수녀회의 본원입니다. 그 중심에 있는 대수녀원장이 어둠에 당할 수 있는 건가요?"

이게 얼마나 황당한 상황이냐 하면, 차라리 무균실에서 감기에 걸렸다고 하는 게 훨씬 납득하기 편할 정도였다.

이곳은 절정의 경지에 오른 고렙들 천지다. 평범하게 돌아다니는 할머니 같은 수녀가 50~60레벨의 괴수들이란 소리. 어둠에 속한 자들의 눈으로 보면 진정한 인세의 지옥이었다.

그런데 그 정점인 대수녀원장이 어둠에 당한다?

게다가 발푸르가 수녀회의 대수녀원장은, 언제나 '제국12궁(宮)'이라 불리는 제국의 절대강자 12명 중의 하나다.

발푸르가 수녀회는 수녀란 이미지와 다르게 마족을 박살내는 순수한 무력 단체이다. 여신격의 힘을 받은 이들은 구석에서 화단을 가꾸는 중년의 수녀조차 왕년에는 오크 목 좀 따고 다니던 분이란 소리다. 혹시 자기가 죽인 오크들의 목을 비료로 썼을지 누가 알겠는가?

"그대가 의아해 하는 것도 이해한다. 대수녀원장님께서는 잘 준비된 함정에 당하고 말았다. 내부의 배신자까지 있었지."

배신이란 말에 딱 바로 떠오르는 자가 있었다.

"페자무트가 수작질을 했군요?"

"아마 그렇겠지."

매복과 배신이란 두 가지가 갖춰지지 않으면 움직이지 않는 겁쟁이가 바로 서열 12위 마왕 페자무트이다. 강철 선제후 필립을 그렇게 보낸 놈이 대수녀원장에게도 똑같은 짓을 했던 모양이다.

"이런 말을 하면 기분 나쁘실지 모르겠습니다만, 페자무트는 꽤나 수완이 좋군요. 필립과 회전을 치르면서도 발푸르가 수녀회를 견제하는 공작까지 같이 진행하다니."

"본녀도 간담이 서늘한 기분이다. 마왕이란 존재들의 음흉한 수작은 정말 두려울 정도구나."

들어보니 사정은 이랬다. 마침 라인펠덴 근방에 어둠의 대군들의 성물로 보이는 물건이 발견됐다는 것. 보고자는 수녀회의 존경받는 원로 아나시스였다고 한다.

"그 아나시스가 배신자였고요?"

"그렇다."

어둠의 대군들이 남긴 성물이 마족에게 넘어가면 큰 일이 벌어진다. 그게 아니라도 그냥 둬도 대지를 오염시키고 사람들을 죽일 테니 내버려둘 수 없는 일이었다.

먼저 아나시스가 고위 수녀들과 파견됐는데, 임무에 실패한 후 수녀들을 잃고 돌아왔다고 했다.

"연극이군요. 연극. 같이 간 수녀들은 아마 그 아나시스란 자가 죽였을 겁니다."

"…발러. 듣지도 않고 꽤나 사정을 잘 짐작하는구나?"

"글쎄요. 배신이란 제게 익숙한 단어라서."

지난 세월, 무수히 마왕과 싸웠다. 아군의 배신 역시 수도 없이 겪었던 일이었다.

내가 영웅들 중 특히 발푸르기스를 좋아하는 이유는, 아무리 패색이 짙어져도 그녀만은 절대 배신하지 않기 때문이었다.

"그대는 참 특이하구나. 아직 젊은 청년이면서 때로는 백전노장처럼 말하니. 그대와 얘기하다 보면 본회의 원로님들과 말하는 느낌이다."

"누구에게나 사정은 있는 법이지요."

"……."

발푸르기스는 한동안 말없이 날 쳐다본다. 무슨 생각을 하는 걸까? 하지만 곧 그녀는 설명을 이어갔다.

"아나시스의 보고에 이번에는 대수녀원장님께서 직접 나가셨지. 본래라면 그러지는 않으셨을 거다. 하지만 페자무트의 군대가 가까운 거리까지 와 있는 상황. 근처에 있는 불안 요소를 빨리 제거해야 했다."

"그리고 매복에 당한 거로군요?"

"맞다. 페자무트의 주특기였지."

이번 매복은 특이하게도 숨어있는 마족이 아니었다고 한다. 바로 문제의 유물 자체가 매복이었다고. 애초에 그 물건이 페자무트가 준비한 함정이었던 거다.

"어둠을 정화하려는 순간, 어둠이 대수녀원장님을 집어삼켰다. 그리고 그 상황에서 배신자 아나시스의 공격을 받으셨지. 간신히 물리쳤지만 결국… 지금의 모습…."

발푸르기스는 괴로운 듯 말소리가 작아졌다. 나는 그녀를 가만히 안아 주었다. 그러자 발푸르기스는 저항 없이 내 품에 안겨 온다.

"괴롭다… 대수녀원장님께서… 그런 모습이… 어둠에 집어삼켜져서는…."

발푸르기스의 부친과 모친은 둘 다 일찍 돌아가셨다. 그렇다면 자신을 아껴준 대수녀원장을 부모처럼 따라왔겠지. 한데 그런 대수녀원장이 오늘을 못 넘길 거라고 하니 마음이 어떻겠나.

강철 선제후의 배신을 겪고 간신히 돌아오니 부모 같은 대수녀원장이 이런 꼴이다. 나는 이 가여운 발푸르기스의 멘탈이 남아날까 걱정스러웠다.

게다가 그녀는 아직 완성된 검이 아니다. 남들에게 보여주지 못하는 발랄함을 간직하고 있는 16세 소녀일 뿐이다.

"괜찮습니다. 다 잘 될 거예요."

나는 그녀의 등을 쓸어주며 생각에 잠겼다.

약간 이해가 안 되는 점이 있다. 대수녀원장이란 강자도 집어삼킬 어둠이라? 아무리 어둠이 힘이 강해도 그렇게는 안 될 텐데.

그녀는 어둠에 대항하는 법을 아는 전문가이다. 설령 어둠의 대군 중 최고위급인 '형언할 수 없는 암흑'의 힘에도 쉽게 당할 리가 없는데….

그렇다면 분명히 미지의 힘이 문제를 일으킨 거다. 어둠에는 많은 힘이 있다. 분명히 처음 보는 종류라 앗차! 하는 사이에 당해버린 게 아닐까 싶었다.

그렇다면 아마 내가 도움이 될지도?

나는 이 세계의 끝까지 가보았다. 그 끝에는 파멸이 있긴 하지만, 덕분에 마지막에서야 모습을 드러내는 미지와 신비를 거의 대부분 보았다.

만약 대수녀원장을 집어삼킨 어둠이 뭔지 알아낼 수 있다면, 파훼법도 찾을 수 있을 터.

"발푸르기스 경."

"응? 말하거라."

발푸르기스는 그리 말하면서도 더욱 내 품에 파고들어 왔다. 세상에, 이렇게 가녀릴 수가. 이 칼날 같은 여자가 내 팔 안에서 위로와 애정을 갈구하는 모습으로 매달리고 있다니. 보고도 믿기가 어렵네.

"제가 한 번 대수녀원장님을 보고 싶습니다."

"뭐?"

내 말에 놀란 기색이 가득한 발푸르기스. 여기서는 잘 설명해야 했다.

"저는 어둠에 대한 지식을 오래 쌓아왔습니다. 믿기지 않으실지 모르겠지만 고명한 스승님도 모셨죠."

거짓말은 아니다. 과거 '구마축사(驅魔逐邪)의 대주교'란 수호자 클래스를 할 때 내 스승님은 은거하고 있던 성인(聖人)이었다. 나는 그에게 비밀스러운 지식을 많이 배웠다.

"그게 정말인가?"

"제가 경에게 거짓말이나 하는 사람이었습니까? 우리 만남은 짧지만 그렇진 않았다고 생각합니다."

발푸르기스는 고개를 도리도리 흔든다.

"그럴 리가 없다. 발러 그대는 명예로운 사내다."

"그리 봐주셔서 감사합니다. 제가 나서서 무리한 일을 하겠다는 게 아닙니다. 그저 한 번 보게만 해주십시오. 어쩌면 제가 아는 지식이 도움이 될지 모릅니다."

내 말에 발푸르기스는 고심하더니 자기가 위에 보고해 보겠다고 했다. 아마 지푸라기라도 잡고 싶은 심경이겠지.

"부수녀원장이신 안젤라님에게 말해보겠다."

"음? 대수녀원장님의 이름이 안젤라 아닙니까?"

"아니다. 대수녀원장님은 마르가레타. 부수녀원장님이 안젤라다."

"아….."

나는 발푸르가 수녀회의 대수녀원장은 안젤라라고만 알고 있었다. 그렇다면 오늘 마르가레타가 죽는 게 확실하구나. 그녀가 죽으니까 부수녀원장인 안젤라가 자리를 이어받은 거였어.

수호자들의 스토리상 발푸르기스랑 이렇게 일찍 만날 일이 없으니 과거의 비사를 몰랐던 거다. 유일하게 강철 선제후로 플레이할 때만 그녀와 1613년인 지금 만나는데, 하르프하임 전투 이후 헤어지는 탓에 여기까진 알 수 없었다.

원래 발푸르기스는 20살이 넘은 이후에나 동료로 합류한다. 게다가 그녀는 자기 과거의 일을 좀처럼 얘기하는 법이 없으니 알지 못했던 게 많았다.

"후…."

절로 안타까운 한숨이 나왔다. 나는 과거 내 기억 속의 발푸르기스가 왜 그리 감정이 없고, 마왕과의 싸움에 모든 걸 바쳐왔는지 알 것 같았다.

아마 오늘 부모처럼 따랐던 마르가레타 대수녀원장의 죽음이 결정적인 원인이었겠지. 그리고 이후 그녀는 감정이 말라버린 채 복수를 위해 살았던 거고.

100년을 여행했어도 이 세계에는 모르는 이야기가 많구나. 심지어 그게 가장 가까웠던 동료의 과거였다니.

"제가 반드시 구해드리겠습니다."

나는 발푸르기스의 손을 꼭 잡고는 확언했다. 오늘 일은 여러 가지가 얽혀 있다. 천사의 심장을 구하는 일, 마왕 페자무트와 발푸르가 수녀회의 세력 구도, 수녀회의 후계 문제로 앞으로의 스토리에 미칠 영향 등.

하지만 내게 가장 중요하게 생각되는 건.

지금 젖은 눈동자로 나를 바라보고 있는, 아직 채 다 자라지 못한 이 수녀기사였다. 그녀를 위해 오늘 일을 해결하고 싶었다.

마왕과 싸우기 위해 어둠을 무수히 연구해 왔다. 설령 발푸르가 수녀회라도 내가 알고 있는 것에는 못 미칠 정도다. 그러니 분명히 도움이 되리라.

"바로 가죠. 같이 가서 얘기합시다."

당연한 얘기였지만 일개 용병이 대수녀원장을 보겠다고 나서자, 대수녀원장을 보호하고 있던 원로들이 펄쩍 뛰었다. 그리고 외인에게 수녀회의 비밀을 발설한 점에 대해서도 발푸르기스를 혼냈다.

"발푸르기스 자매. 그대가 아무리 대수녀원장님께 총애 받는다고 하여 이럴 순 없네. 어찌 잡인을 끌어들여 그런 천부당만부당한 짓을 하려는가!"

잡인이라니. 옆에서 듣는데 너무하네. 나는 발푸르기스의 도움으로 대수녀원장이 보호받고 있는 장소까지 올 수 있었다. 하지만 여기에는 수녀회의 날고 긴다는 수녀들이 진을 친 상태였다.

"예까지 외인을, 그것도 사내를 끌어들인 것만 해도 교리를 어긴 것입니다. 발푸르기스 자매. 그렇지만 자매께선 수녀회를 위해 노력해온 게 있으니, 지금 물러난다면 책임을 묻지 않겠어요."

"나 역시 같은 의견이네!"

무척 화내고 있는 것치고는 처벌하지 않겠다고 한다. 새삼 발푸르기스가 수녀회 내에서 차지하는 위치를 알 수 있었다.

"원로님들, 발러는 허튼 소리를 할 남자가 아닙니다. 어차피 이대로는 방도가 없지 않습니까? 그가 잠깐 본다고 해가 되는 일이 있겠습니까?"

"그걸 말이라고 하는가! 아무리 그대가 세속에서 왕과 같은 위세를 누린다고 해도 여기선 어림도 없네! 썩 물러가게!"

분기탱천한 원로 수녀들은 나를 쏘아보기 시작했다. 분명히 수녀들일 텐데 눈빛이 무서워서 악명 높은 늪지의 마녀들을 보는 것 같았다. 마치 사람을 갈아 마실 듯한 얼굴이었다.

"자네! 대체 무슨 언변으로 우리 작은 천사를 속인지 모르겠으나 신께서 보고 계심을 잊지 말게!"

그나마 수녀라서 저리 경고하는 거겠지. 보통 사람이었으면 쌍욕이 나오게 화난 것 같다. 그건 그렇고 원로들은 발푸르기스를 상당히 아끼고 있는 모양이군.

이런 와중에도 작은 천사란 애칭으로 부르는 걸 보니. 아마 그녀는 이 수녀회의 마스코트이자 아이돌적인 존재가 아닐까?

"제가 도움이 될 수 있는 건 사실입니다. 어찌하면 믿으시겠습니까? 수녀님."

"흥! 그리 주장하는 근거가 무엇인가?"

나는 여기서 그들을 꿀 먹은 벙어리로 만들 대답을 알고 있다. 어설프게 성인에게 배웠다고 해봐야 소용없다. 믿지도 않고 경을 칠거다. 이럴 때는 차라리 놀라서 굳어버릴 정도의 대답을 하는 게 나았다.

나는 한 걸음 앞으로 나서 말했다.

"칠마성전을 보았습니다."

"뭐?"

그 순간, 이 일대의 모든 수녀가 얼어붙은 것처럼 굳어버렸다. 아무래도 그럴 수밖에.

칠마성전은 천 년 전에 전설적인 성인인 '성 안토니오'가 집필한, 수많은 어둠의 종류와 그 어둠을 상대하는 법을 기록한 성유물이었기 때문이다.

실전된지 오래되어 그 존재조차 의문시되는 물건이다. 그것의 비밀에 대해 물으면, 현자들 중 가장 지혜로운 일부만이 아마 어둠의 대군 중 하나인 '발버둥치는 죽음'이 몰래 훔쳐 숨겼을 거라고 두려워하며 대답하곤 했다.

내게 비밀을 알려줬던 현자도 감히 그 얘기를 한다는 자체가 파멸을 부를 것이라고 생각하는 듯, 사방을 둘러보며 조심스레 말해줬다. 실제로 그 현자는 사흘 뒤에 원인 모를 발작으로 발버둥치다 죽었다.

그런데 내가 그걸 보았다고 확언한 것이다.

하면 나는 진짜 보았나?

그렇다. 딱 한 번, 정말로 그 책을 얻은 적이 있었다.

다들 놀라 입을 다물고 있던 그때 차분한 목소리가 끼어들었다.

"칠마성전이라고요?"

어쩐지 익숙한 목소리였다. 나는 고개를 돌려 막 방 안으로 들어온 인물을 바라보고는 나직이 신음을 흘렸다.

"아…."

풍채가 좋은 커다란 몸, 손자를 돌보는 할머니처럼 인자한 얼굴, 그녀는 내 기억 속의 대수녀원장인 안젤라였다. 현재는 부수녀원장이었지만.

"부수녀원장님."

주변의 수녀들이 고개를 숙여 인사한다. 나는 그녀를 보며 반가운 마음이 들었다. 과거 안젤라와는 마왕에 대항한다는 기치 아래 긴밀하게 공조했었으니까.

특히 발푸르기스의 사망 이후에 부쩍 가까워졌다. 발푸르기스는 내겐 동료였고 그녀에겐 딸이었다. 소중한 사람을 잃은 상실감이 우리에게 나이를 초월한 우정을 선물했었다.

"제가 보았습니다. 분명히 도움이 될 겁니다."

아마 안젤라라면 진지하게 들어주지 않을까 싶었다. 그런데 생각 외로 그녀는 버럭 화를 내는 게 아닌가?

"대체! 이 황당한 자는 누굽니까! 칠마성전이라니! 그 책은 천 년 전의 전설일 뿐입니다!"

안젤라의 호통에 주변에 있던 원로, 고위 수녀들이 모두 움찔한다.

"대수녀원장님이 위중한 이때에 일개 용병과 실랑이를 벌여야 하겠습니까?"

"아닙니다. 부수녀원장님."

"얼른 내보내세요. 발푸르기스 자매가 손님으로 데려온 모양이니 내쫓을 것까진 없습니다. 하지만 이런 내실로 오지 못하게 막으셨어야죠! 여러분!"

따끔하게 혼내는 안젤라의 태도에 순식간에 상황이 종료돼 버렸다. 나는 금세 허풍선이로 전락했다. 수녀 몇이 내게 달라붙는다.

"당신에게 따로 벌을 내리진 않겠습니다. 얌전히 머물다 떠나세요! 지금 본회는 위급한 상황입니다!"

나는 떠밀려 나가면서도 약간 의아해졌다. 기억 속의 안젤라는 누구보다도 온화하고 지혜로운 인물이기 때문이었다. 칠마성전을 언급했다고 이리 몰아낼 사람이 아니었다.

그런데 이렇게 윽박지르듯 쫓아낸다?

이상한데….

"칠마성전이라니! 세상이 흉흉하니 헛된 소리나 늘어놓는 사람들이 나타나는군요!"

심지어 대놓고 비웃기까지 했다. 그러자 내게 잠시나마 혹했던 수녀들이 모두 부끄러운 듯 고개를 숙인다.

"죄송합니다. 부수녀원장님. 저희 믿음이 부족했습니다."

잠깐 사이에 나는 저들의 관심에서 완전히 배제돼 버렸다. 갈 때 가더라도 억울해서 좀 따져야지 싶었는데, 그 순간 안젤라와 눈이 마주쳤다. 그녀의 차분한 눈은 무언가를 말하고 있었다.

아무래도 지금 상황에선, 겉으로 보이는 게 다가 아닌 것 같았다. 나는 결국 얌전히 자리를 떴다. 발푸르기스도 함께였다. 우리는 아무도 없는 조용한 복도를 나란히 걸었다.

"미안하구나. 수녀님들이 저렇게 완강하실 줄은 몰랐다."

발푸르기스는 고개 숙여 사과하며 어쩔 바를 몰라 했다. 그녀는 안타까워하는 기색이 역력하다.

"발러, 그대가 어둠에 대해 탁월한 지식을 갖고 있다고 했는데……. 대수녀원장님에게 도움이 됐을 텐데…."

"꼭 그렇게 실망할 일은 아닌 것 같습니다."

"응?"

난 대답 대신 앞쪽을 가리켰다. 거기에는 아까 보았던 원로 수녀 중 하나가 우리를 기다리고 있었다. 지름길로 앞질러 온 모양이다.

"저를 따라오시지요. 발러님."

이제야 일이 어떻게 돌아가는 건지 알 수 있었다. 이 원로 수녀는 분명히 부수녀원장인 안젤라가 보낸 이겠지. 아마 안젤라는 모두의 이목을 피해서 나와 만나고 싶은 듯했다. 우리는 곧 은밀한 장소로 안내되었다.

"예서 기다리면 오실 겁니다. 저는 이만."

얼마 지나지 않아 안젤라가 도착했다.

"부수녀원장님!"

발푸르기스는 어머니에게 애교를 부리는 딸처럼 가서 안겼다.

"원, 우리 말괄량이 아가씨. 수녀원에선 갑옷을 벗고 있으렴. 갑옷을 입고 안겨오면 이리 딱딱하고 차갑잖니."

"네, 알겠어요."

발푸르기스의 모습은 말 잘 듣는 착한 딸 같았다. 나는 그녀가 왜 이리 이 수녀회를 좋아했는지 알 것 같았다. 부모님을 일찍 여의고 형제자매가 없는 그녀의 공허함을 수녀들이 채워준 거겠지.

"발러님. 부수녀원장인 안젤라입니다."

내게 예의바르게 인사하는 모습은 과연 기억 속의 안젤라 그대로였다. 나 역시 깃털 모자를 벗고 허리를 숙여 인사했다.

"슈판다우의 발러입니다."

"발푸르기스를 구해주셨다고 들었습니다. 정말 감사드립니다."

"아닙니다. 애초에 경의 도움으로 제가 살았습니다. 구명의 은혜에 보답한 것뿐입니다."

"겸손한 분이시군요. 발푸르기스가 나선 이유를 알 것 같습니다."

역시 아까 모두 앞에서 보인 태도는 거짓이었구나. 안젤라는 내가 발푸르기스를 구해줬단 것만으로도 상당한 호의를 보이고 있었다. 덕분에 분위기는 생각 이상으로 좋았다. 하지만 대수녀원장의 상세가 좋지 않기에 바로 본론에 들어갔다.

"발러님. 칠마성전을 보셨다고요?"

"네, 보았습니다."

확언을 하자 안젤라는 살며시 고개를 끄덕였다.

"그렇군요…. 세상에 그런 일이. 전설 속의 성유물이 실존했었다니."

"제 말을 믿으십니까?"

"솔직히 쉽게 믿기는 어렵습니다. 하지만 거짓이라고 생각할 이유도 없지요. 그래서 이 자리를 만들었습니다."

역시 일 처리가 합리적이야. 같이 일하기 좋은 할머니라니까.

"그리고 이건 발러님의 안전을 위해서기도 합니다. 저희를 설득하기 위함이셨겠지만 칠마성전을 봤다는 얘기를 공개적으로 하시는 건 위험한 일입니다. 아직 수녀원에 배신자가 남아있는지 알 수도 없는 상황이고요."

"제가 경솔했군요."

만약 오늘 그대로 대수녀원장을 구했다면, 내 행적이 페자무트의 귀에 들어갔을 확률이 높다. 자기 흉계를 막은 자를 페자무트는 절대 용서하지 않겠지. 게다가 칠마성전의 내용은 마왕도 탐내는 지식이다.

나를 붙잡아 고문해서라도 그 내용을 토해내게 할 게 뻔하다. 안젤라는 그걸 예견하고는 아까 그리 행동했던 거다. 역시 지혜로운 자로구나.

"배려에 감사드립니다."

"아닙니다. 본회를 위해 나서주신 분이 위험에 처하게 할 수 없는 일이지요. 설령 칠마성전이 아니더라도 대수녀원장님을 구한 일은 비밀로 하는 게 좋습니다. 명성을 얻으시겠지만 페자무트의 원한을 사게 되실 테니까요."

은원의 굴레는 그 끝이 없다. 마왕의 노여움을 샀다가는 무슨 봉변을 당할지 상상하기도 싫었다. 아직은 마왕과 척을 질 때가 아니었다.

"발러님. 칠마성전을 보았다는 점을 제가 확인해 봐도 되겠습니까?"

당연한 일이다. 나를 존중하는 것과 그건 별개다.

"물론입니다."

내 허락이 떨어지자 어둠의 대군들에 대한 질문들이 쏟아졌다. 그것은 은밀한 지혜를 전승한 자들만이 알 법한 내용이었다. 한데 내가 막힘없이 대답하자 안젤라는 감탄을 감추지 못했다.

"약관이 넘은지 얼마 되지 않은 나이신데! 어찌 그런 깊은 지식을 쌓으시다니!"

나는 더 나아가, 안젤라에게 궁금한 것이 있으면 질문을 받겠다고 했다. 다른 이들이 이 광경을 보았다면 기가 막혀서 입을 벌어질지도 모르겠다. 발푸르가 수녀회의 부수녀원장은 지혜의 상징으로 불리는 존재였다.

그런 부수녀원장에게 일개 용병이 궁금한 거 있으면 물어봐라, 기회가 기회인만큼 알려주겠다는 태도를 보인 것이다. 옆에 있던 발푸르기스도 놀란 기색이었다.

"…발러. 그대의 지식은 어마어마하구나."

눈동자가 커진 건 안젤라도 마찬가지였다. 그녀는 처음에 시험감독관 같은 태도였지만, 이내 선생님에게 질문하는 학생과 같은 태도로 변했다. 나는 수녀회의 관심사인 마왕 페자무트에 대한 견해도 밝혔다.

"페자무트가 섬기는 어둠의 대군은 오랜 시간 비밀이었습니다. 하지만 오늘 대수녀원장님의 용태를 보면 알아낼 수 있을지도 모릅니다. 사실 짐작하는 바가 있습니다만….."

"아… 발러님의 지식은 경이롭군요."

안젤라는 입을 벌린 채 고개를 설레설레 흔들었다.

"정말로 칠마성전을 보신 거라 밖에 생각할 수 없네요. 지금 발러님이 말씀하신 것들은 수녀회의 비밀스러운 서고에 보관된 책에도 없는 내용이니까요."

그녀는 태도를 바꾸어 조심스레 묻는다.

"현인(賢人)께서는 누구십니까?"

아마 내가 그냥 겉보기와 다른 인물이라고 판단한 것 같았다.

"현인이라니요, 당치 않으십니다. 불학무식한 자일뿐입니다."

"저를 바보로 아십니까? 비록 속세와 인연을 끊은 수녀라 해도 평범한 용병이 위기에 빠진 수녀기사를 구하고, 칠마성전의 내용을 줄줄 외우고 있으리라 생각하지 않습니다."

"후일 언젠가 사정을 밝힐 날이 올 겁니다. 그저 인류의 수호에 힘쓰고자 하는 무명소졸이라고만 알아주십시오."

일단 선을 긋자 안젤라는 더 이상 묻지 않았다. 대신 내게 고개를 숙여보였다.

"이렇게 본 수녀회를 위해 나서주셔서 감사합니다. 지금 바로 대수녀원장님께 안내하겠습니다."

우리는 비밀 통로를 통해 대수녀원장이 머물고 있는 밀실로 향했다.

"안에 번을 서고 있는 자들은 제 휘하의 믿을 만한 수녀들입니다. 걱정하지 마시길. 오늘 발러님의 행적은 비밀에 붙여질 겁니다."

안젤라가 어떻게든 날 보호해 주고자 하는 게 느껴졌다.

"여기군요."

육중한 문 앞에 도착했는데 사악한 기운이 안쪽에서부터 넘실넘실 흘러나오고 있었다.

"마음을 단단히 먹으세요. 방안의 광경을 보고 자칫하면 큰 충격을 받을 수 있습니다."

안젤라는 나와 발푸르기스에게 축복을 걸어줬다. 강력한 어둠과 마주하게 되면 미치거나 죽어버릴 수 있기 때문이었다.

"들어가겠습니다."

안젤라의 안내로 안에 들어가 보니 작은 체구의 대수녀원장이 하얗게 빛나는 신성진 안에 누워있었다. 어째서인지 그녀는 어린 소녀의 모습이었다. 그리고 신성진의 근처에는 고위수녀들이 무릎 꿇고 앉아 끊임없이 기도를 올리고 있었다.

"아!"

나는 대수녀원장을 집어삼킨 어둠을 보고 탄식을 내뱉었다. 시커먼 어둠이 그녀의 가슴을 중심으로 마치 거미다리처럼 돋아나 있었다.

나는 곧장 그 어둠의 정체를 파악했다.

- 위대한 죽음의 기운.

- 거절할 수 없는 숙명의 주인.

"발러님, 알아보시는 겁니까?"

"…네."

설마 내가 보자마자 알 줄은 몰랐던 듯 안젤라는 당혹감을 감추지 못했다. 왜 아니겠는가. 수녀회의 날고기는 자들이 매달려도 정체가 뭔지 파악을 못했었으니. 하지만 지금 제일 동요하고 있는 건 나다.

"저것은… 어둠의 대군인 '무덤에서 웅크리고 있는 자'의 죽은 화신입니다."

수녀회에서 정체를 파악하지 못한 게 당연하다. 그도 그럴 게, 저 '무덤에서 웅크리고 있는 자'의 죽은 화신은 후반부의 중요 스토리기 때문이었다.

그런데, 어째서 여기 있는 걸까? 하지만 가장 내 관심을 끄는 건 그게 아니었다. 저 힘은, 플레이어가 흡수 가능한 종류였기 때문이다.

"죽은 화신입니까? 그것보다 '무덤에서 웅크리고 있는 자'는 들어본 적이 없군요."

"그럴 테지요. 인간들에게 알려지지 않은 어둠의 대군이니까요. 칠마성전을 본 이만 알고 있습니다. 묘지기의 왕이라고도 불리는 무덤을 관장하는 자입니다. 즉, 사령술의 힘을 다루는 존재지요."

"사령술! 어찌 그리 끔찍한…."

안젤라는 듣기만 해도 거북하다는 듯 성호를 그린다.

"저 힘은 '무덤에서 웅크리고 있는 자'의 화신인데, 오래 전 죽어 실체만 남은 껍질이로군요. 하지만 그 껍질조차 치명적이지요."

"그렇다면 저 사체가 대체 무슨 용도로 쓰이는 겁니까? 적을 저주해 죽이는 용도인가요?"

안젤라의 물음에 고개를 저었다. 대수녀원장의 상태만 보면 그렇게 보이겠지. 하지만 저 죽은 화신의 사체의 명확한 용도는 그게 아니었다.

"저것은 강력한 힘을 선사하는 '어둠의 성유물'입니다. 모든 마족들이 탐내면서도 꺼리는 것입니다."

발푸르기스는 의아하다는 듯 고개를 갸웃거렸다.

"탐내면서도 꺼린다? 이상하구나. 마족이란 힘을 얻기 위해선 부모조차 파는 자들이다. 설령 저주를 받는다고 해도 거리낌이 없을 텐데?"

"단순 저주 정도가 아니기 때문입니다. 저 얄궂은 사체는 힘을 주는 대가로 목숨을 요구하기에 그렇습니다."

이건 어둠의 성유물 중에서도 상당히 지랄 맞은 종류였다. 죽은 화신에 담긴 힘을 받아들인 자에게 능력을 주지만, 그 대신 목숨을 가져간다.

아마 쫄보인 페자무트는 저걸 손에 넣고도 사용할 방법을 찾지 못해 전전긍긍 했겠지. 그러다가 궁여지책 끝에 함정으로 쓴 모양이었다. 제법 머리를 굴려 괜찮은 방법을 찾아냈다고 자평하고 있겠지. 실제로 잘 먹히기도 했고.

하지만 특별한 방법을 알고 있다면 저 어둠의 힘을 받아들이면서 목숨을 보존할 수 있다. 나는 여기서 승부수를 던져보기로 했다.

"제가 저 힘을 뽑아내 대수녀원장님을 구할 수 있습니다."

"가능한 겁니까!"

"그게 정말인가! 발러!"

반색하는 안젤라와 발푸르기스. 하지만 여기에는 반드시 전제 조건이 필요했다.

"단, 제 요구를 들어주셔야겠습니다."

"그게 무엇입니까?"

나는 안젤라의 얼굴을 똑바로 보고 말했다.

"천사의 심장입니다."

아마 이들은 대수녀원장을 위해 천사의 심장을 쓸 계획을 세웠을지도 모르겠다. 하지만 대수녀원장이 어둠의 힘을 받아들일 리 없으니 결국 그녀를 두 번 죽이는 일에 불과하다.

반면 나는 다르다. 천사의 심장으로 대가를 치르고 어둠의 힘을 취한다.

이건 다시없을 기회였다.

내 기억이 맞다면, 저 죽은 화신을 흡수하고 얻게 되는 직업은 '피도 눈물도 없는 자'. 용사와도 맞먹는 사령술사 계열의 최상위 직업이었으니까.

나는 지금도 기억한다. 적으로 등장한 피도 눈물도 없는 자가 리치들의 호위 속에서 해골용을 타고 나타난 모습. 사방을 가득 채우는 죽음의 냉기가 모든 생명체를 얼려버렸었다.

그건 실로 장관이었다.

그는 망자의 왕이었다.

천사의 심장을 언급하는 바람에 한바탕 소란이 일었다. 나는 격앙된 반응을 보이는 안젤라에게 차분히 상황을 설명했다.

"저것은 두 가지 방법으로 처리가 가능합니다. 떼어내 옮겨서 새로운 희생자를 찾거나, 소유자의 몸 안에 안착시키는 겁니다."

"결국 천사의 심장은 도움이 안 되는 것이군요."

안젤라는 천사의 심장을 최후의 수단으로 생각 중이었던 모양이다. 대수녀원장이 죽으면 천사의 심장을 써서 살린다는 방법인데, 저 저주를 해결하지 못하면 아무 소용이 없다.

"맞습니다. 천사의 심장을 대가로 써도, 애초에 저 힘을 대수녀원장님에게 안착시키기란 불가능합니다."

대수녀원장의 신성력과 죽은 화신의 힘은 서로 충돌할 수밖에 없으니까.

"그러니 저걸 떼어내어 제 몸으로 옮기겠습니다."

"현인께서 새로운 희생자가 되겠단 말씀이십니까!"

"저는 대수녀원장님과 경우가 다르지요. 신성력이 없으니 천사의 심장을 대가로 써서 힘을 안착시킬 수 있습니다. 어둠을 제 몸에 봉인하는 것이죠."

안젤라는 그럴 순 없다고 나를 말린다.

"대체 어찌 그런 희생을 결정하십니까? 지금 자신의 말이 무엇을 의미하는지 알고 계신 겁니까? 그건 일생의 저주… 아니, 영혼까지 영겁도록 저주를 받겠다는 얘기입니다."

틀린 말은 아니지만 틀린 말이기도 했다. 누군가에겐 저주라도 누군가에겐 축복이다.

"저라고 저주 받은 채로 살아가겠다는 게 아닙니다. 저는 칠마성전을 보았고 어둠의 비밀에 대해 정통합니다. 분명 후에 저 힘을 떼어내 다시 봉인할 방법을 찾을 수 있을 겁니다."

"어찌 후일 저주를 풀 수 있다고 자신하십니까!"

"물론 발푸르가 수녀회에서 저를 도와주셔야지요. 그 일이 저 한 사람만의 힘만으로 되겠습니까? 여러분이 제 희생을 기억하고 도와주신다면 반드시 극복할 수 있을 겁니다."

"하지만 무고한 당신을 말려들게 할 순 없습니다! 설령 본회의 수장의 목숨이 걸렸다고 해도요."

안젤라의 올곧은 성품 탓에 받아들이기 힘든 제안이겠지. 그래서 나는 대의를 강조했다.

"다시 한 번 생각해 주십시오. 대수녀원장님은 제국 서남부에서 마족에 대항하는 태산북두입니다. 저분이 쓰러지면 백성들이 도탄에 빠질 겁니다."

실제로 게임 초반에 제국 서남부는 엉망이 된다. 강철 선제후가 패퇴한 뒤 그의 숙부인 프리드리히는 자기 보신에만 힘쓴다. 그리고 발푸르가 수녀회의 대수녀원장까지 사망하니, 이후 전개될 상황이 안 봐도 뻔하다.

수많은 인간들이 마족에게 학살당하고 노예로 팔려가게 된다. 만약 대수녀원장이 살아남는다면 그런 미래를 막을 수도 있을 터.

"그래도 안 된다! 발러!"

발푸르기스는 단호하게 반대했다.

"발푸르기스 경. 이 결정은 대수녀원장님을 위한 것만이 아님을 아시잖습니까?"

대의를 얘기하고 있지만, 실상은 내가 제일 이득이었다. 죽은 화신으로 얻는 힘뿐 아니라, 발푸르가 수녀회에게 큰 빚을 지게 만드는 셈이니까.

앞으로 제국 서남부를 안정시키려면 그들의 도움이 절실하다. 희생자인 척하면서 실속을 잔뜩 챙기는 게, 좀 얍삽한 방법이란 느낌이지만 도랑치고 가재까지 잡으려면 어쩔 수 없다.

죽은 화신의 능력에 발푸르가 수녀회란 뒷배까지 얻는 거다. 주저할 사안이 아니었다. 어쩌다 보니 일이 이렇게 되긴 했지만 냉정히 생각하면 천재일우의 기회였다.

"저를 걱정해 주셔서 감사합니다. 하지만 제국 서남부의 백성들을 생각해 주십시오."

옆에서 묵묵히 듣고 있던 안젤라는 급기야 눈물을 보였다.

"어쩌면 이리 고결한… 현인께서는 진정한 성인이십니다. 흐윽."

그녀만이 아니었다. 주변을 보니 방 안에 있는 다른 수녀들도 슬픔에 빠진 얼굴이었다.

윽.

저리 순수한 눈빛으로 날 보니 양심의 가책이 느껴진다. 마치 태양빛에 노출된 뱀파이어처럼 피하고 싶은 기분이었다. 내가 발푸르가 수녀회를 등쳐먹으려는 건 아니다. 서로 득을 보자는 게 아닌가.

이들은 대수녀원장을 구하고.

나는 어둠의 힘과 수녀회의 호의를 얻고.

제국 서남부의 평화를 지키고.

마왕 페자무트는 빅엿을 먹는다.

그야말로 일타사피.

망설일 필요 없는 최고의 해결책이다.

"발러, 제발 다시 생각하라!"

다만 발푸르기스를 설득하는 건 꽤 힘들었다. 그녀는 진심으로 걱정해주고 있었다. 나는 괜찮다는 듯 웃어보였다.

"저주 받은 몸이 되면 장가가긴 틀렸으니 경이 절 책임지시면 되겠군요."

"이 상황에서 농담이 나오는가! 그대는!"

분위기 좀 풀어보려고 했다 정색을 하는 바람에 본전도 못 건졌다. 옆을 보니 우리가 대화할 수 있게 다들 모른 척 기도를 하고 있었다.

"경의 심려를 끼친 건 사과하고 싶군요. 저를 생각해 주셔서 감사합니다."

"본녀가 책임지라고? 참, 잘 됐구나! 그대는 이제 나 같은 못난이랑 평생 살게 됐으니! 흐흑⋯."

애써 소리를 친 뒤 입술을 깨물어 눈물을 삼키려는 발푸르기스의 모습에 가슴이 먹먹해졌다. 세상에, 누가 있어 나를 이렇게 생각해 주겠는가.

가볍게 그녀를 안았다. 갑옷의 딱딱함에도 내 품에 안긴 그녀가 더없이 따뜻하게만 느껴졌다.

"얼굴은 못났지만 몸매는 제국 제일이라 하시지 않았습니까? 저는 첫날밤에 세상에서 제일 행복한 남자가 되겠군요."

"멍청이! 자매님들이 듣는다!"

발푸르기스는 설마 이런 소리를 할 줄 몰랐던 듯 화들짝 놀라서 날 밀어냈다. 아닌 게 아니라 주변에서 다 들은 뒤다.

"크흠!"

한 원로 수녀가 헛기침을 한다. 오랫동안 수련한 노 수녀임에도 민망한 표정이었다. 다른 이들도 마찬가지였다. 몇몇은 손부채로 얼굴을 부치고 있었다.

"정말 그대는!"

발푸르기스는 원망하듯 내 가슴을 때릴 뿐이었다. 나는 그 모습에 웃음을 짓고는 손뼉을 쳤다.

짝!

분위기가 일변했다.

"안젤라님. 천사의 심장을 가져다주십시오. 대수녀원장님을 반드시 구하겠습니다."

"⋯진정 하실 겁니까?"

내가 고개를 끄덕이다 결국 안젤라도 수락했다. 지금 이게 유일한 방법이었으니까.

천사의 심장이 도착하자, 나는 바로 의식을 개시하기로 했다. 가까이 가서 보니 대수녀원장의 상세는 생각보다 심했다.

그녀의 흉부에는 검은 구멍이 뚫려 있었고 그곳에서 거미 다리 같은 길쭉한 어둠이 징그럽게 돋아나온 모양새였다. 하지만 이것들은 죽어 움직이는 사체일 뿐, 규칙만 지킨다면 위험하지 않았다.

"모두 정숙하십시오."

주변에 알린 나는 마음을 가다듬기 위해 심호흡을 한 번 했다. 그리고 칠마성전에서 봤던 주문을 읊조리기 시작했다.

"죽은 별을 수확하는 자여."

"안식에 들려는 영혼을 들끓어 사라지지 않는 이처럼 집요하게 괴롭히는 자여."

"무덤에 웅크린 묘지기의 왕이여."

약속된 주문이 읊어지자 일대의 공기가 변하기 시작한다. 점점 안개처럼 짙은 어둠이 깔리며 신성진의 빛이 사라져간다.

실내의 온도 또한 급격히 내려가 갑자기 겨울이 온 것 같았다. 그것도 뼛속까지 시려오는 추위였다.

구우우우웅.

상상할 수 없는 먼 곳에서, 헤아릴 수도 없는 초월자의 의지가 다가오기 시작했다. 갑자기 숨이 막혀오고 현기증이 났다. 하지만 입술을 깨물며 버텨냈다.

그리고 그때, '무덤에서 웅크린 자'가 자신의 죽은 화신을 통해 말을 걸어왔다.

- 감히 누가 부르느냐.

단지 그는 말을 걸었을 뿐인데, 철퇴가 가슴을 때린 것 같은 충격을 느꼈다.

"큭."

- 어찌 필멸자가 이 몸을 불러냈지? 이 몸의 존재 자체가 비밀인 것을.

상황이 뭔가 안 좋았다. 무덤에서 웅크린 자에게서 노기가 느껴졌다. 플레이 초반부에 불러내면 뭔가 문제가 생기는 건가? 어쩌면 그는 아직 자신의 정체를 감추고 싶었던 건지도 모른다. 그런데 갑자기 소환한 탓에 화가 났을 수도 있다.

그의 계획대로라면 게임의 후반부에 세계에 출현하니까, 내가 일을 뭔가 꼬이게 한 게 아닐까. 자세한 건 알 수 없었지만 내지난 경험과는 달랐다. 의식이 과거처럼 무난하게 끝날 것 같지 않았다.

"나는 발러슈테드 발러. 죽은 화신의 힘을 원해 당신을 불러냈다."

용건을 말했지만 비웃음이 작렬했다.

- 뭐라? 크하하핫! 감히 네까짓 게! 이 몸의 힘을 원한다는 것이냐! 성좌를 누비며 별들의 죽음을 수확하는 이 몸의!

이대로라면 의식은 실패할 것 같단 직감이 들었다. 무덤에서 웅크리고 있는 자가 당장이라도 날 파멸시킬 것 같았다.

그는 아주 먼 곳에서 의식만이 도착한 상태라, 물리력을 행사할 순 없다. 하지만 소환자의 영혼을 잡아채 영겁의 고통에 빠뜨리는 건 가능했다.

- 벌레와는 더 얘기할 가치도 없다. 감히 주제도 모르고, 부를 수도 없는 호칭을 입에 담은 죄를 묻겠다.

무덤에서 웅크린 자는 내 영혼을 잡아채려 거미다리 같은 어둠을 뻗어왔다.

"꺄아!"

지켜보던 수녀들이 비명을 터뜨렸다. 나 역시 놀랐다. 상대가 이렇게도 포악하고 성품이 사납다는 사실에. 하지만 버텼다.

이 게임에 그의 지고한 힘보다 앞서는 대전제가 있기 때문이다.

[플레이어의 영혼은 지켜진다.]

나는 이 세계의 진짜 주민이 아니라 플레이어. 그리고 플레이어는 세계의 규칙을 벗어나는 몇 가지 특혜를 받는다.

그 중 하나가 광기를 일으키는 주문 따위에 면역이라는 점. 게임을 하는 플레이어의 정신에 문제가 생기면 안 되기 때문이었다. 같은 이유로 플레이어의 영혼(정신)에 간섭하는 것도 불가능하다.

- 아니? 혼을 잡아 뽑을 수 없다니?

벌레처럼 나를 짓이기려던 그는 처음으로 당황한 음색을 감추지 못했다. 이후 몇 번이고 거미다리 같은 어둠이 단두대처럼 내 정수리로 떨어졌다.

캉! 카앙!

하지만 그때마다 하얀 불꽃이 일며 튕겨나갔다. 그러자 이 지고한 이조차 놀란 기색이 역력했다.

- 대체, 네놈은 누구냐? 이 몸의 존재를 알고 있는 것부터 이상하구나.

무덤에서 웅크린 자는 내게 관심을 보이기 시작했다.

- 본디 필멸자는 이 몸의 권능에 저항하지 못한다. 이 법칙은 마치 금강석처럼 맑고 단단해서 결코 예외란 없는 것인데….

나는 그의 궁금증에 대답해줄 생각은 없었다. 플레이어란 걸 어떻게 설명하겠나.

"그건 중요하지 않다. 죽은 화신의 힘을 내게 넘기고 사라져라. 그것을 위해 당신을 불렀다."

하지만 상대는 호락하지 않았다. 협조적이지도 않았다.

- 닥쳐라! 우선 어찌 이 몸의 존재를 알고 불렀는지 토설하라! 안 그러면 여기 있는 모든 이들의 영혼을 찢어버리겠다! 왜 네놈은 건드릴 수 없는지 모르겠지만, 다른 녀석들도 같지는 않을 터!

사방으로 거미다리 같은 어둠이 뻗어나가 수녀들의 머리 위로 드리워졌다. 당장이라도 내리찍어 혼을 뽑아낼 것 같은 기세였다.

- 자, 말해라. 특별하고 어리석은 것아.

식은땀이 났다. 예상은 했지만 생각 이상으로 버거운 상대였다.

"알았다. 사실대로 말하지."

무덤에서 웅크리고 있는 자는 오랜 세월 정체를 감춰왔다. 그런데 이렇게 자신을 알고 부르기까지 한 인간이 있다는 것에 민감해질 수밖에.

"칠마성전을 보았다."

- 역시 칠마성전인가! 그 빌어먹을 책은 단단히 숨겨놨을 텐데! 어떻게 그걸 본 거지?

대답하기 까다로운 질문이 나왔다.

- 어떻게 본 것이냐!

내가 쉽게 대답을 못하자 무덤에서 웅크리고 있는 자는 사납게 다그친다. 당장이라도 수녀들의 영혼을 잡아가버릴 것 같았다. 하지만 이럴 때일수록 침착해야겠지.

현재 칠마성전은 발버둥치는 죽음이 보관하고 있는 걸로 생각된다. 그런데 그걸 보았다는 나란 존재가 나타났다. 무덤에서 웅크리고 있는 자의 입장에선 발버둥치는 죽음이 의심스러울 거다.

게다가 후반부 스토리에 대해 떠올려 보면 '무덤에서 웅크리고 있는 자'와 '발버둥치는 죽음'의 사이는 매우 험악하다. 그들은 필요에 의해 손을 잡긴 하지만, 궁극적으로는 상대방이 사라지길 원한다.

무덤에서 웅크리고 있는 자에게 힘을 받은, 사령술 최상위직인 '피도 눈물도 없는 자' 역시 발버둥치는 죽음을 섬기는 마왕을 공격했었다.

그렇다면 이간질하자.

이 불가해의 존재들이 양패구상하고, 상처를 입는다면 더없이 좋으니까. 물론 이간계에는 그만한 큰 위험을 동반하게 되겠지만 지금 이것저것 따질 때가 아니었다.

내가 위기를 벗어나려면 남을 구덩이로 떠미는 게 제일. 나는 결심을 굳혔다.

"발버둥치는 죽음이 내게 그것을 보여주었다."

- 뭐라!

분노가 가득한 목소리. 하지만 그도 내 대답을 예측하고 있었을 거다. 이미 칠마성전의 얘기가 나왔을 때부터 그는 발버둥치는 죽음을 용의선상에 올려놓고 있었을 테니까.

- 그가 왜 칠마성전을 보여준 것이냐!

주변에 깔린 어둠의 기운이 활화산처럼 끓어오르기 시작한다.

"내 어찌 알겠나? 그저 칠마성전의 내용을 기억하고 있었는데, 오늘 당신의 죽은 화신을 만나 써먹은 것이다."

나는 여기서 천연덕스럽게 거짓말을 덧붙이기로 했다.

"아마 나에게만 보여준 건 아닐 거다. 제국의 현자 여럿에게 대가를 받고 내용을 팔아넘긴 걸로 안다."

- 그 천박한 놈이 결국…….

무덤에서 웅크리고 있는 자는 내 말을 믿는 기색이었다. 아니, 완전히 답을 정해놓고 물었던 거 같다.

사실 지금 상황은 내가 재주 좋게 그를 속인 거라고 하긴 어렵다. 오랜 시간 동안 쌓인 그의 의심을 조금 부채질했을 뿐이다.

이들은 장구한 시간을 살아가기에 일희일비하지 않는다. 잠깐 사이에 세우는 계획조차 수백 년을 내다본다. 아마 지난 세월 동안 이 같은 일이 계속 이어져왔던 거겠지.

내 진술은 분명히 그가 길고 긴 세월 동안 쌓아올린 의심에 작은 돌 하나를 더 얹어 놓은 셈이다.

그런데 화룡점정이란 말이 있다. 용의 눈을 찍듯, 작은 것이지만 일을 마무리 짓는 게 있는 법이다.

- 좋다. 더는 이 천박한 놈을 용서하지 않겠다.

그리고 지금 칠마성전으로 그 화룡점정이 이뤄졌다. 마침내,

수천 년간은 숙고했을 듯한 결정이 지금 내 앞에서 이뤄진 것이다.

- 시기가 계산보다 빠르긴 하나 나서지 못할 건 없을 터! 그리고 네놈과 이곳에서 만난 것도, 이 몸조차 인지하지 못한 인과의 인연이라 생각한다.

구우우웅-.

원한을 가득 품은 거대한 어둠 사방에서 밀려왔다. 갑자기 맨몸으로 설원의 한파를 맞는 느낌에 이가 절로 덜덜덜 떨렸다.

- 네놈에게 이 몸의 힘을 허락하지! 한 가지를 약속하겠다면!

"원하던 바다! 약속이 무엇인가?"

- 발버둥치는 죽음의 후원을 받는 마왕을 모조리 죽여라!

마왕이란 어둠의 대군의 장기 말이다. 세계에 개입하고자 하는 어둠의 대군은 마왕이란 말을 움직여 수작질을 벌인다. 그들은 장기판 밖의 얼굴이 보이지 않는 흑막인 셈이다.

많은 마왕들이 자기가 누구에게 조종당하는지도 모른 채 야망을 불태운다. 하지만 영웅 역시 마찬가지다. 영웅은 신격의 장기 말에 불과하며 자기의 진정한 적이 누군지도 모른 채 싸운다.

무덤 속에 웅크린 자는 이미 발버둥치는 죽음을 향한 음모를 꾸미기 시작한 것 같다. 그리고 그 음모의 장기 말 가운데 하나로 내가 결정된 것이다.

불가해의 존재의 선택을 받은, 이것이야 말로 기연. 나는 이제 망자의 왕이 된다. 그리고 무덤 속에 웅크린 자를 위해 싸우게 될 것이다.

물론 진심은 아니다. 플레이어의 특권 때문에 어둠의 대군이라도 내 영혼을 속박하지 못한다. 나는 필요하면 언제든 무덤에서 웅크리고 있는 자를 배신할 속셈이었다.

- 명심하라.

- 서열 5위 허무의 마왕 쿨라크.

- 서열 7위 암흑창공의 마왕 파르자.

- 서열 14위 폭식과 탐욕의 마왕 헤르자모크.

- 서열 17위 악몽과 환상의 마왕 아뮤르.

- 이 넷을 죽이라. 이들이 발버둥치는 죽음의 후원을 받는 마왕이니!

생각지도 못한 정보를 얻었다. 서열 7위 파르자와 서열 14위 헤르자모크가 발버둥치는 죽음에게서 힘을 얻는 건 알고 있었다. 그런데 5위 쿨라크와 17위 아뮤르도 그랬다니.

어차피 내 입장에선 마왕들을 정리할 생각이니 기꺼이 받아들일 조건이었다. 그게 발버둥치는 죽음이 후원하는 마왕으로 포커스가 좀 좁혀진 것뿐이다.

나쁠 것 없었다.

아니, 무척 만족스러웠다.

"약속하지."

수락하자 사방의 암흑이 폭주하더니 날 해일처럼 집어삼켰다.

쿠아아앙!

그걸로 끝이었다.

<당신은 사망하셨습니다.>

하지만 나는 죽음에서 다시 일어날 것이다.

얼마나 시간이 지났을까?

몽롱한 상태에서도 의식이 돌아오고 있음을 깨달았다. 잠에서 깨기 직전이란 느낌이었다. 머릿속이 만화경을 보는 것처럼 빙글빙글 돌았다. 그리고 그런 혼란이 정점에 달한 순간 눈이 번쩍 떠졌다.

"후우-, 후우-."

온몸이 땀에 젖어 흥건하다. 악몽을 꾼 것일까? 아무 것도 기억나지 않는데…. 그러다 내가 한 번 죽었다는 걸 깨달았다.

"아… 의식을…."

무슨 일이 있었던 건지 모두 기억났다.

"되살아났구나!"

천사의 심장 덕에 죽지 않고 살았다는 사실에 몸을 파르르 떨었다. 안도의 한숨이 절로 나왔다.

주변을 둘러보니 깨끗한 침상이었다. 어두운 밖이 서서히 밝아지는 걸 보아 새벽이 오고 있는 것 같았다. 곧장 스탯창부터 열었다. 의식이 성공했다면 새로운 직업을 얻었을 터.

"아!"

- 피도 눈물도 없는 자(1레벨).

선명한 글씨가 모든 결과를 말해주고 있었다. 갑자기 가슴이 뜨거워진다. 일반인으로 시작했는데 이런 최상위직을 얻다니.

부르르.

나도 모르게 살짝 몸을 떨었다. 새 직업을 얻은 영향인지 능력치도 크게 올라 있었다.

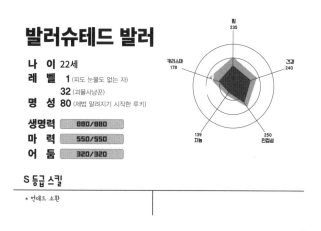

발러슈테드 발러

나 이 22세
레 벨 **1** (피도 눈물도 없는 자)
      32 (괴물사냥꾼)
명 성 **80** (제법 알려지기 시작한 루키)

생명력 `880/880`
마 력 `550/550`
어 둠 `320/320`

힘
235

카리스마
178

건강
240

지능
139

민첩성
250

S등급 스킬
* 언데드 소환

업적치 +50,000

전체적인 능력치가 무지막지하게 뛰어 있었다.

마력이 생긴 것도 좋았다. 마력 550은 중견 마법사라고 할 수 있는 완숙한 경지다. 이제 마법도 배우기만 하면 사용 가능하다.

게다가 전에 없던 '어둠'이란 수치. 이건 어둠의 대군에게 힘을 샘은 마족만이 갖고 있는 것이다. 하지만 죽은 화신을 받아들인 덕분에 내게도 생겨났다.

나는 잠시 손에 어둠의 힘을 집중해 보았다.

화르르륵- .

칠흑의 불꽃이 시커먼 연기를 피우며, 손목을 휘감고 타올라 손끝에서 사라졌다. 어둠의 힘이었다. 나는 인간이면서 마족의 힘을 손에 넣게 됐다.

S등급의 막강한 스킬도 얻었는데 <언데드 소환>이었다. 아마 처음에는 스켈레톤 전사 같은 기초적인 것만 소환할 수 있겠지만 숙련도가 오르면 해골용 같은 무지막지한 괴수도 부릴 수 있겠지.

뱀파이어로 호위병들을 꾸려볼까? 기왕이면 절세미모를 자랑하는 여성 뱀파이어들로 채워도 좋을지도…. 뱀파이어 쪽이 치명적인 매력의 미인들이 많으니까.

게다가 이 언데드 소환은 피도 눈물도 없는 자 1레벨에 얻는 기본 스킬에 불과했다. 앞으로 더 엄청난 것들이 많이 생기겠지. 기대가 컸다.

끼익.

그때 문이 열렸다. 접시에 물병을 든 수녀가 안으로 들어오더니 날 보고 깜짝 놀란다.

"발러!"

그녀는 곧장 달려와 내 품에 뛰어들었다. 수녀 복에 마스크를 써 얼굴을 가린 발푸르기스였다.

"발러! 깨어났구나! 어쩌자고 그리 무모한 짓을 한 것이냐! 이 바보 같은 자가!"

"이렇게 깨어난 걸 보니 다 잘된 것 같군요."

"그렇다. 그대의 의도대로 성공했다. 아! 일단 소식부터 전해야겠구나."

발푸르기스는 내가 쓰러졌던 사이에 무슨 일이 있었는지 설명했다. 대수녀원장은 저주에서 벗어나 상당히 회복했다고 한다.

"대수녀원장님께선 그대의 일에 대해 놀라움을 감추지 못하셨다. 설마 제국 서남부의 평화를 위해서 직접 저주를 뒤집어 쓸 자가 있을 거라고는 생각 못하신 거겠지. 수녀회에서 할 수 있는 모든 보답을 할 거라고도 하셨다."

암, 그래야지. 이번에 내가 고생을 좀 하지 않았나.

"발러, 대수녀원장님을 구해줘서 고맙다. 하지만 그대의 일 때문에 마음이 아프구나. 이 저주를 어찌해야⋯."

침울한 목소리에 나는 일부러 쾌활하게 대답했다. 발푸르기스가 슬퍼하면 나까지 울적해지는 기분이었으니까.

"부디 많이 신경 쓰십쇼. 경의 마음속에 제가 자주 떠오르면 영광이겠습니다."

"뭐?"

발푸르기스가 내 옆구리를 꼬집는다.

"그대! 이제 보니 바람둥이 같은 소리도 다 할 줄 아는구나. 대답해 보라. 혹시 어디 여자라도 있는 것이냐?"

"없습니다. 여자는 무슨."

심드렁하게 대답했는데 발푸르기스는 반색한다.

"그, 그래?"

어쩐지 기뻐하는 기색이었다.

"없구나⋯. 잘 되지 않았나⋯."

"잘 된 겁니까?"

"아, 아니다! 그대는 신경 쓸 것 없다. 어차피 그대는 내가 평생 돌봐줄 것이니까. 무, 물론! 저주 얘기다."

그런 얘기를 하고 있는데 갑자기 헛기침 소리가 들려왔다.

"흠! 발푸르기스. 세속수녀니 연애는 자유입니다만, 여기가 수녀원이라는 걸 좀 잊지 말아주세요."

"부수녀원장님!"

갑작스러운 안젤라의 등장에 나를 껴안고 있던 발푸르기스가 펄쩍 뛰었다. 황급히 물러나서 고개를 조아린다. 가슴을 눌러오던 탄력있는 무언가가 사라지자 무척 허전했다. 섭섭하기까지 했다.

"발러님. 몸은 괜찮으십니까?"

"네. 금방 회복되는군요."

"정말 다행입니다. 다시 한 번 감사드립니다."

"그나저나 저주 받은 몸으로 수녀원에 있어서 미안합니다."

"그런 말씀은 마세요. 발러님의 저주가 어떻든 발푸르가 수녀회는 환영할 겁니다."

감사 인사만 하러 온 것 같지는 않아서 무슨 일이냐고 물으니, 대수녀원장이 날 찾는다고 했다.

"깨어나면 모셔오라 하시더군요. 본인께서 직접 와야 맞으나 몸 상태가 좋지 않으시니 이해해 달라고 하셨습니다."

나야 죽었다 다시 태어나서 괜찮지만, 대수녀원장 쪽은 후유증으로 꽤 고생하겠지. 아마 한두 달은 거동이 불편할지도 모른다.

"당연히 몸 성한 사람이 가야죠. 바로 찾아뵙겠습니다."

"이번 일, 마왕 페자무트에 관해 논의하고 싶으시답니다."

잘 됐다. 나는 기꺼이 나섰다. 발푸르가 수녀회를 떠나면 페자무트를 만나러 갈 생각이었으니, 정보를 얻을 수 있으면 좋았다.

하면 내가 페자무트를 왜 만나려 하는가?

간단하다. 그에게 강철 선제후 필립을 팔아버리려고 하기 때문이었다. 현재 필립이 숨은 위치를 밀고하고 마왕군의 도움을 받아 사냥할 작정이었다.

그 가증스러운 필립에게 복수도 하고 마왕군에게서 보상도 챙기니 그야말로 꿩 먹고 알 먹기다. 그리고 이 기회에 페자무트랑 안면을 트는 것도 나쁘지 않다.

내가 지난 경험으로 내린 결론은. 비록 물리쳐야 할 마왕이라도 필요할 때는 얼마든지 이용해야 한다는 점이었다.

5. 영웅 사냥

대수녀원장이 있는 곳에 도착했다. 방 안에 들어가자 작은 소녀가 침상에서 몸을 일으켰다.

"왔나."

12세 정도로만 보이는 이 사람이 대수녀원장 마르가레타다. 나는 이 세계에서 온갖 이상한 사람을 봐왔기에, 그녀의 모습에 별로 놀라지 않았다. 신격의 힘을 받는 자들에겐 별 일이 다 있는 법이니까.

아마 어릴 때부터 늙지 않았겠지. 그녀의 실제 나이는 본인만이 알 거다.

"그대가 발러구나?"

대수녀원장 마르가레타는 약간 날카로운 인상이긴 했지만 인형처럼 예쁘게 생긴 미소녀였다. 투명하고 맑은 눈이 인상적이다. 성직에 오래있던 이 다운 오랜 수행이 느껴졌다.

"네. 슈판다우의 발러입니다."

"이리 와줘서 고맙다. 침상에서 은인을 맞이하는 무례를 용서해 다오."

마르가레타는 깊이 내게 고개를 숙여보였다.

"그런 말씀 안 하셔도 됩니다."

"발러. 그대가 해준 일에 진심으로 감사한다. 하지만 그대가 원할 때 언제든 저주를 내게 되돌려도 좋다. 본디 그것은 그대가 감당할 필요가 있는 게 아니니."

마르가레타는 만약 내가 저주를 봉인하지 못할 때를 얘기하고 있었다. 나는 고개를 저었다.

"반드시 방법을 찾을 것입니다. 걱정 안 하셔도 됩니다."

"본인 역시 그 방법을 전력으로 찾을 거다."

마르가레타는 침상에서 날 보며 깊게 한숨을 내쉰다.

"에효. 이 은혜를 대체 어떻게 갚아야 한단 말인가. 너무 큰 은혜를 입어서 어떻게 해야 할지 모를 정도다."

"제국의 평화를 위해서였습니다. 앞으로도 마왕을 막아내는 인류의 버팀목이 되어주십시오."

여기까지 생각한 대로의 대화였다. 겉은 12세 미소녀지만 수행이 깊고 올곧은 대수녀원장과 격식에 어긋나지 않는 대화. 솔직히 나는 만족했다. 발푸르가 수녀회의 대수녀원장은 엄청난 거물이다.

제국 공작도 함부로 못한다. 그런 여자에게 깊은 감사를 받았다. 콧대가 어찌 안 서겠는가.

하지만. 대수녀원장의 표정이 체면치레는 다 했다는 듯 갑자기 장난기 가득해지자 뭔가 불안감이 밀려왔다.

"흠, 뭐… 이 정도면 대수녀원장답게 잘 말한 거 같군."

고아한 성직자의 품위가 빠르게 증발해서는 뭔가 건들건들한 느낌이 되는 마르가레타. 옆에 있던 안젤라가 바로 끼어들었다.

"기왕 체통을 지키시는 거, 좀 끝까지 해보시죠. 발러님은 외인입니다. 본회의 수녀들처럼 편하게 대하시면 곤란합니다. 게다가 대수녀원장님의 은인이 아닙니까?"

그러자 마리가레타는, 어른 말을 안 듣는 시건방진 꼬마처럼 옆으로 비스듬히 누워서 안젤라의 말을 귓등으로 흘려버린다.

"거, 안젤라. 꼭 딱딱하게 격식을 차리지 않아도 이 고마움이 사라지는 건 아니다. 나는 발러에게 깊은 은혜를 느끼고 있다. 할 수만 있다면 이 몸의 순결이라도 주고 싶을 정도다."

"대수녀원장님!"

급기야 옆에서 듣던 안젤라가 비명을 질렀다.

"한 번 해본 말이다. 어차피 이 어린 몸은 맛이 없을 테지."

"그런 말씀이 아니잖습니까!"

"원, 알았다. 알았어. 넌 어린애가 매사 너무 딱딱하구나. 안젤라."

작은 미소녀가 주름살 많은 할머니에게 어린애라고 하는 모습에 나는 속으로 쓴웃음을 지었다. 그렇다면 저 마르가레타는 최소한 100살이 넘었다는 말이로구나.

"발러. 진짜 마음 같아서는 그대에게 몸으로라도 보답하고 싶지만, 본인은 신께 서원했으니 어쩔 수 없구나. 대신 발푸르기스는 어떤가? 저 아이 엄청나다!"

"대수녀원장님!"

이번엔 발푸르기스가 비명을 질렀다. 음…, 이 대수녀원장이란 여자의 캐릭터를 슬슬 알 것 같은데. 지금 몸이 상당히 아픈데도 저러면 평소에는 어떨지 상상이 안 간다.

슬쩍 옆을 보니까 인자한 안젤라가 뒷목을 잡고 있었고, 발푸르기스는 자신의 손가락으로 동그란 구멍을 만들어서 반대편 검지로 쑤시는 시늉을 하고 있는 대수녀원장을 잡아 말리고 있었다.

"제발 체통을 지키셔요! 대수녀원장님. 그리고 다음부터는 아무거나 집어먹고, 아무거나 막 열고 그러지 마시라고요!"

걱정 가득한 발푸르기스의 말에 마르가레타는 귓구멍을 손가락으로 후빌 뿐이다.

"이번에는 운이 좀 나빴을 뿐이다. 자꾸 잔소리하지 말거라. 귀염둥이야."

찰싹!

귀찮다는 듯 마르가레타는 발푸르기스의 엉덩이를 때린다.

"꺅! 대수녀원장님!"

"아, 왜 아픈 사람한테 소리는 질러? 그나저나 이 녀석, 엉덩이가 또 커진 거니?"

아, 감사합니다. 그게 엄청나다는 거군요.

"대수녀원장님!"

결국 참고 참던, 안젤라가 대수녀원장의 뺨을 길게 잡아당겼다.

"대체 이게 뭔가요! 본회의 체면이 엉망이잖습니까."

"으아! 아프다! 너무하지 않나!"

"너무한 건 대수녀원장님 예절이고요!"

그렇게 투닥투닥거리던 마르가레타는 갑자기 맑게 웃어댄다.

"하하하. 왜 좋지 않느냐?"

"네?"

"우중충한 것보다 이런 산만한 게 낫지."

"…대수녀원장님."

"최근 우리는 슬픈 일들을 계속 겪어왔다. 그만 우울해 하자그거다."

마르가레타는 짧은 기합과 함께 침상에서 뛰어내렸다.

"얍!"

그녀는 얇은 내의만을 걸치고 있었다. 놀란 안젤라가 황급히 위에 뭐라도 걸쳐주려고 하자 그녀는 거절했다.

"덥다. 이대로가 좋다."

"남자 앞에서 그런 차림새라니요!"

"별 상관없지 않느냐. 이런 꼬맹이 같은 몸을 보고 흥분할 리도 없으니."

마르가레타는 내 앞으로 와 섰다. 작고 아름다운 소녀가 진지한 눈빛으로 날 올려다보고 있었다.

"발러."

"말씀하십시오."

"지금 그대를 위해 울어줄 수 있겠지. 솔직히 그러고 싶은 심경이다. 너무 미안하고, 너무 고마워서 찔찔 짜고 싶단 말이다."

"그렇습니까?"

"그래. 그대가 날 어떻게 생각할지는 모르겠다만… 아니, 첫 인상은 별로겠지만 그래도 이 몸은 대수녀원장이니라. 좀 양심이 남들보다 심하게 있다. 그런데 본인의 저주를 대신 뒤집어 쓴 자가 눈앞에 있으니… 솔직히 이 마음이 견디질 못하겠구나."

마르가레타의 말에서 절절한 진심이 느껴졌다.

"몸이 어쩌구 쓸데없는 농담해서 미안하다. 하지만, 그대를 위해서라면 할 수 있는 건 모두 하겠다. 내 명예와 내 이름을 걸고서."

작은 그녀의 손이 내 손을 강하게 잡아왔다.

"지금 맹세하지. 무슨 짓을 해서라도 그 저주를 해제할 수 있는 방법을 찾겠다. 본인의 모든 걸 걸고 그대를 구하겠다."

"대수녀원장님."

"마리라고 부르거라. 그게 내 애칭이니."

"감히 제가 어찌….”

"마리다. 이후에 마리라고 부르지 않으면 대답하지 않겠다."

옆을 살짝 보니 안젤라가 눈으로 말하고 있었다. 대수녀원장은 똥고집이라고. 어쩔 수 없군.

"마리."

"호호호. 그래 좋구나. 발러, 그대는 마왕과 싸우는데 전력하고 있다고 들었다."

"맞습니다."

"그렇다면 본인의 남은 생, 그대의 목적을 돕기 위해 쓰마. 발러, 언제든 본인에게 조력을 요청하라. 그대를 기꺼이 돕겠다."

그리 말한 마르가레타는 안젤라에게 반지를 빼서 건넸다. 대수녀원장의 인장이었다.

"대수녀원장님! 이건!"

"그렇다. 오늘 부로 대수녀원장의 자리를 네게 넘기겠다. 안젤라."

안젤라는 설마 이럴 줄 몰랐다는 듯 눈이 휘둥그레졌다.

"아니 됩니다! 본회는 절대적으로 대수녀원장님의 힘이 필요합니다."

"어린애처럼 징징대지 말거라! 본인은 잘 안다. 안젤라, 네가 나보다도 더 잘할 수 있다는 것을. 이건 번복하지 않겠다. 본인은 이제부터 발러의 저주를 풀기 위한 연구에 들어갈 작정이다. 또한 마왕 페자무트를 쓰러뜨리기 위한 수련도 함께할 것이다. 하니 이 대수녀원장직을 유지하기는 어렵다."

아무래도 마르가레타는 제대로 칼을 뽑은 느낌이었다. 아직 수척해 보이는 얼굴이지만 눈빛만은 활화산처럼 이글거리고 있었다.

"이건 절대 번복할 생각이 없다! 본인은 결정했다. 따르라! 이게 대수녀원장으로서 마지막 명령이니!"

대수녀원장이 이렇게까지 나서자 안젤라도 어쩔 수 없었다. 그녀는 공손히 반지를 받았다.

"알겠습니다. 마르가레타 자매님."

"잘 부탁하지. 신임 대수녀원장님."

마르가레타는 안젤라는 한 번 껴안아 주더니 내 앞에 당당히 섰다.

"발러, 앞으로 본인의 목숨은 네 것이다. 헤아리기도 어려운 은혜를 베풀어줬으니 본인이 가진 걸 모두 주겠다."

그녀의 입장에선 내가 저주를 받아 영혼이 어둠의 힘에 저당 잡힌 걸로 알고 있다. 그러니 날 구하고 보답하기 위해 전력을 다하려는 거다.

"발러, 너도 힘을 키워라. 반드시 적당한 시기가 오겠지. 그때가 오면 우리 둘이 함께 가서 그 고약한 페자무트 놈을 담가버리자!"

음, 전직 대수녀원장님 입에서 엄청난 소리가 나왔는데. 담가버리자니.

"네가 페자무트를 치기로 결의할 때, 본인이 함께하마!"

그녀의 말과 함께 시스템 메세지가 떴다.

<새로운 서브 퀘스트, '마르가레타 이야기'가 열립니다.>
<레벨60이 넘으면 '폭풍과 몰살의 마르가레타'를 동료로 영입할 수 있습니다!>
<그녀는 당신을 배신하지 않습니다.>
<당신을 위해서 목숨을 걸고 헌신합니다.>

뭐? 뭐야? 이 여자, 동료로 들어오는 캐릭터였나? 한 번도 영입해 본 적이 없어서 당황하지 않을 수 없었다. 게다가 제국 서남부의 최강자가 함께하겠다고 먼저 제안해 오다니!

굉장해. 내가 레벨 60만 찍으면 마르가레타 덕에 페자무트를 손쉽게 때려죽일 수 있겠어. 아니, 그건 그렇고 말이야. 무슨 성직자 별호가 폭풍과 몰살이지…?

어쩐지 좀 불안한데. 내가 묘한 예감에 살며시 몸을 떨던 그때 얇은 속옷 한 장 걸친 마르가레타가 허리춤에 손을 얹고는 호탕하게 웃어댔다.

"좋다! 우하하핫! 귀찮은 대수녀원장직을 내던졌으니 이제 마족을 모조리 쳐죽이는 거다!"

어째 지금 모습만 보면 성직자가 아니라 사탄의 인형 같은 느낌이었다.

그건 그렇고 앞으로 스토리가 내가 알던 것과 많이 달라지겠구나. 원래라면 오늘 죽었어야 할 초절정의 강자인 대수녀원장 마르가레타가 살아남았다. 게다가 그녀가 날 위해 마왕과의 싸움에 전력하겠다고 맹세했으니, 이제 앞으로 어찌될지 모르겠구나.

그래도 한 가지 확실한 건. 앞으로 마왕 페자무트가 꿀잠 잘 날은 모두 사라졌다는 거다. 나 같아도 발푸르가 수녀회의 대수녀원장이 마왕을 죽이겠다고 원한을 불태우고 있다면, 하루도 편히 잘 수 없을 거다.

수녀가 약해보인다면 엄청난 편견이다.

발푸르가 수녀회의 쌍검술은 가히 제국 최강. 거기에 끝이 안 보이는 무한한 신성력까지 마구잡이로 쏟아 붓는 마족 대량학살 기계였다.

여신격의 총애를 받는 대수녀원장은 신성력 수치가 따로 없이 뫼비우스의 띠로 표시되어 있다. 사람이 아니라 기계다. 기계. 마족을 치킨 너겟 만드는 것처럼 갈아버린다.

그 공포란 본 사람만이 안다. 아군인데도 무서울 정도다. 참고로 발푸르가 수녀회의 자애는 어디까지나 인간과 유사인간, 요정 한정이다. 마족은 용서가 없다.

지난 기억에 의하면, 게임 후반부의 짤츠부르크 전투에서 오크와 오거, 나가 등 마왕군 8만을 산채로 땅에 파묻은 게 다 이 여자들이 주도했던 거다.

"간만에 몸 좀 풀겠군! 안젤라! 그런데 내가 50년 전에 테르오 산에서 날뛰던 적룡을 쳐죽이고, 그놈 뼈로 만든 쌍검은 어딨어?"

"창고에 있어요."

"얼른 꺼내줘! 칼 좀 예쁘게 갈아야겠어! 예쁘게 갈아야 예쁘게 썰리지!"

역시, 이 인형 같이 생긴 소녀는, 사탄의 인형이 맞는 거 같아.

대수녀원장의 침실에서 한바탕 소란을 피운 우리는, 수녀회의 비밀스러운 지하 봉인지로 향했다. 마르가레타가 가장 앞서 우리를 이끌었다.

"마리. 어디로 가는 겁니까?"

상당히 깊게 밑으로 내려왔다 싶은데 아직 더 남은 것 같다.

"봉인이란 원래 깊이 있는 법이야."

갑자기 지하로 내려오게 된 건 마르가레타의 강권이었다. 그녀가 자신과 수녀회를 도와준 것에 보답해야겠다고 했기 때문이다.

"가보면 안다."

이번에 발푸르가 수녀회에 와서 얻은 게 많았다. 사령계열 최상위직으로 전직하고, 제국 서남부 최강자인 마르가레타 영입

퀘스트까지 획득했다. 거기에 발푸르가 수녀회의 전폭적인 지원약속과 발푸르기스, 안젤라의 신뢰와 호감도는 덤이다.

솔직히 내 입장에서 더 바랄 게 없는 상황. 겸양을 보였지만 마르가레타는 단호했다. 그녀의 말에 의하면 보상은 물질적으로 하는 것이라고 선을 그었다.

뭐, 쓸만한 걸 준다면야 좋긴 하다만. 그런데 문제가 있었다.

이 수녀회에 있는 물건들이 하나 같이 신성계열의 비보였기 때문. 성검이나 성갑, 성의, 성관 등 하나 같이 성, 성, 성, 성이 붙어 있는 성스러운 거란 점.

사령술에 발을 들인 내가 쓰기에는 하나 같이 애매한 것들이었다. 못 쓸 거야 없겠지만, 디버프를 받으면서 쓸 수야 없으니까. 그래서 결국 이 지하의 봉인까지 오게 된 거다. 앞서가던 마르가레타는 아픈 것도 잊었는지 쾌활하게 웃는다.

"흐하하! 본인이 생각해도 참 명안이로다. 어둠에 물든 자에겐 본회에서 오래 전에 봉인한 사이한 물건을 주면 되는 것을! 보상도 하고 쓰레기도 처리하고⋯."

"네?"

뭔가 흘려들을 수 없는 중얼거림을 들은 거 같은데⋯.

"저주를 받은 이에게 저주받은 물건을 더하다니요. 이러다 제가 악에 먹히면 어쩔 겁니까?"

좀 따져보니까 앞서가던 마르가레타가 멈춰서더니 별 볼일 없는, 한껏 내밀어도 아무 소용없는 가슴을 당당하게 펴면서 말한다.

"발러 네가 그 정도 약해 빠진 녀석이라고 생각하지 않는다.

만약 그런 놈이라면 페자무트의 후장을 뚫어주기에 적합하지 않으니 얌전히 고향으로 돌아가라. 본인이 저주를 풀 방법을 찾은 뒤 연락할 테니."

"저기, 수녀의 입으로 후장을 뚫는다고 하지 말아주십시오."

"괜찮다. 혼나봐야 환속 밖에 더하겠느냐. 환속하면 시집도 갈 수 있으니 나쁠 것 없구나!"

아니, 그러면 당신 수녀 인생이 끝장난다고.

"모처럼 괜찮아 보이는 사내도 만났고."

마르가레타가 날 보더니 눈웃음을 친다. 하지만 저건 누가 봐도 장난질이었다. 눈웃음을 치면서도 힐끔힐끔 발푸르기스를 보고 있었다. 아니나 다를까, 곧 순진한 아가씨가 낚여들었다.

"마리 자매님. 길이나 안내하시지요."

발푸르기스는 어쩐지 목소리가 곤두서있었다. 그러자 마르가레타가 과장된 얼굴로 기가 막힌다는 시늉을 한다.

"어머나! 대수녀원장님이라고 그렇게 따르더니, 지가 맘에 든 남자한테 눈웃음 좀 쳤다고 마리 자매님이니! 세상에! 딸자식 키워봐야 소용없더니!"

그 말에 발푸르기스는 발끈했다.

"누, 누, 누가 맘에 들었다고 했나요! 발러님은 손님이시니 무례한 일은 삼가세요! 아니, 그 전에 수녀회의 어른이란 자각을 갖고 체통을 지키시는 겁니다!"

"뭐, 우리 작은 천사가 침 발라둔 것도 아닌 거 같은데, 본인이 기정사실로 만들면…."

"제, 제발! 손가락으로 구멍을 만든 뒤에 검지로 찌르지 마시라고요!"

고요하고 엄숙한 지하에서 갑자기 시장바닥 같이 변했다. 지하에 모셔져 있는 성인과 천사상이 우리를 내려다보며 황당해할 거 같았다.

마법 등불에 비춘 마르가레타와 발푸르기스의 그림자가 그림자 연극처럼 신명나게 움직이고 있었다.

"발러님. 제가 안내하지요. 저 둘은 무시하세요. 원래 바보 이인조입니다."

"……."

제국 서남부를 지키는 태산북두와 존귀하신 바이에른의 후계자. 거물이라고 할 수 있는 두 소녀는 여기서 바보 이인조로 통하고 있었구나. 진실이란 어찌 이리 항상 영웅적 품위와는 거리가 먼 것인가.

"자, 이쪽으로."

역시 믿을 건 안젤라 할머니뿐이야. 나는 바보 이인조를 버리고 그녀와 함께 이동했다. 5분 정도 더 내려가니 과연 누가 봐도 봉인으로 보이는 엄중한 문이 나타났다.

"여기입니다."

안젤라가 봉인의 문 앞에 손바닥을 대자 빛이 살짝 점멸한다. 그리고 육중한 소리와 함께 문이 열리기 시작했다.

"와!"

안에는 온갖 기괴한 물건들이 잔뜩 있었다. 공통점은 하나같이 사이하고 불길한 것들. 발푸르가 수녀회에서 그간 수거한 온갖 것들이 봉인지 안에 가득했다.

"별 게 다 있네요."

내가 비범해 보이는 검 하나를 살펴보자 안젤라 대신 마르가레타가 대답해 온다.

"그 칼은 내버려 두라. 쓸모없는 물건이다. 날카로워도, 소유자를 점점 미치게 만드는 효과가 있다."

"말다툼은 다 한 겁니까?"

"푸하! 누가 다퉜다고 그러나? 작은 천사와 나는 물과 물고기처럼 사이좋은 것을!"

과연 맞냐고 발푸르기스를 향해 눈으로 묻자 그녀는 삐친 듯 고개를 돌려버린다. 그러자 마르가레타가 울컥한다.

"저, 저 못된 것! 내가 지를 어떻게 키웠는데!"

또 싸움이 벌어지려 하자 결국 안젤라가 둘을 쫓아내겠다고 하고나서야 조용해졌다.

"크흠!"

괜히 헛기침을 한 마르가레타는 주변을 돌아보며 설명한다.

"여기에는 온갖 위험한 물건이 가득하지. 발러, 네가 원한다면 모두 줄 수도 있다. 하지만 대부분은 저주와 악의만 가득한 쓸모없는 것들이다."

그러면서 마르가레타는 내 손목을 잡고 안쪽으로 이끌었다.

"하지만 드물게 괜찮은 물건도 있지. 어디까지나 그대가 그 물건에 담긴 어둠을 이겨내야 한다는 전제가 있지만. 자, 저것이다."

마르가레타가 가리킨 건 한 벌의 아름다운 갑주였다. 검은 색으로 산화 처리한 물건으로 극히 정교한 형태였다. 수많은 철판을 조립해 착용자의 운동성을 극대화한 명품이었다. 그 검은 빛

깔이 참으로 영롱한 게 단순한 철판이 아니라 밤하늘을 잘라 갑주를 만든 것 같았다.

"드워프군요."

"알아보는구나. 역시 드워프가 아니면 이런 솜씨는 무리지."

"이것의 이름은 무엇입니까? 이런 귀물이라면 필시 이름이 있을 터."

"저주받은 태생이라고 불리더라. 마지막으로 입고 죽은 자가 알려줬지."

"……."

"참고로 자기가 17번째 주인이라 하더라고! 지금까지 입은 사람은 모두 죽었다고 했다. 어때? 근사하지 않나?"

어디가 근사한 건데. 하지만 마르가레타가 아무 생각 없이 내게 이 귀물을 권하지 않았을 거다. 아마 내게 안착한 어둠의 힘을 고려하면 괜찮겠다고 생각한 거겠지.

"걱정할 것 없다. 이 갑주가 아무리 대단해도 네 몸에 있는 힘에 비하면 아무 것도 아니니까. 나쁜 힘은 나쁜 힘으로 억제하는 거다."

현재 내 몸에 있는 죽은 화신의 저주가 너무 커서, 이 갑주에 있는 저주는 힘을 발휘하지 못한다는 얘기다. 좋아, 그렇다면 받아주지.

나는 손을 뻗어 아이템의 능력을 확인했다. 그리고 꽤 놀랐다. 뭐야? 이거 S등급 마법 물품이잖아! 초반부터 S등급 마법 물품을 얻다니, 이거 용사라도 이러지 않는데.

<저주받은 태생>
S등급 마법 물품.

완벽하게 구성된 이 한 벌의 갑옷은 자기보다 약한 자를 죽음에 빠뜨린다고 한다. 이 갑옷을 만든 드워프 장인은 갑주의 마법을 강화하기 위해 친구를 제단에 바쳤다고 한다. 그 뒤로 이 갑주는 저주받았다.

방어력+789
생명력+654
어둠+122
힘+32

저주 면역- '저주받은 태생'의 힘보다 낮은 수준의 저주를 무효화한다.
그림자 폭발- 사용자를 중심으로 지름 5미터의 범위 안에 강력한 충격파를 발생시킨다.

으아아, 스펙 엄청나다.

그런데 자세히 살펴보니까 원래는 건강이나 카리스마를 떨어뜨리는 효능이 있었다. 그리고 확률적으로 적에게 얻어맞는 피해를 3배로 증가시키는 저주까지 붙었다.

이러니 소유자가 죽어나자빠지곤 했던 모양. 하지만 나는 '피도 눈물도 없는 자'다. 이따위 갑주의 저주 따위는 씨알도 안 먹히는 최상위직인 거다.

"감사히 받겠습니다."

"앞으로도 그대에게 도움이 될 만한 물건을 찾으면 알려주겠다."

마르가레타는 내가 맘에 들어 하자 잘 됐다는 듯 고개를 끄덕인다. 뭔가 저주 받은 물건을 권하는 성직자란 그림이 묘하긴 하지만, 그만큼 그녀의 성품이 합리적이란 거겠지. 앞으로 마왕을 상대하는데 좋은 동료가 될 것 같다는 생각이 들었다.

"발러. 수녀원에 한동안 머물지 그러느냐? 본인이 은혜를 갚고자 손수 요리도 해주마."

"말씀은 감사합니다만, 급히 가봐야 할 곳이 있습니다. 차후에 다시 들리겠습니다."

"그런가. 어쩔 수 없지."

마르가레타는 이대로 보내는 게 제대로 보답을 다 못한다고 여겼는지 무척 아쉬워했다. 하지만 어쩔 수 없다. 이제 필립을 잡으러 가야 하니까.

필립은 안전가옥에서 사흘간 머문다. 늦지 않게 가서 해치워야 했다.

아침해가 뜨기 전. 아직 푸르스름한 하늘이 남아있을 때 발푸르가 수녀회를 떠나게 됐다.

"이랴."

필리는 이슬에 젖은 초지를 느긋하게 걸어간다. 녀석은 발에 적시는 촉촉함이 좋은지 흙길을 내버려두고 풀밭 위로 나아간다. 옆에선 발푸르기스가 유니콘을 타고 배웅을 나왔다.

어째서인지 침울한 기색이 그녀에게서 느껴졌다. 나도 이 귀여운 소녀와 헤어져야 한다는 사실에 아쉬웠다. 우리가 함께한 시간은 정말 짧다.

4월 12일에 만나 4월 14일에 헤어진다. 불과 이틀 밖에 안 되는 시간이었다. 하지만 그 사이 너무 많은 게 우리 사이에 생겨났다.

"배웅 나와 주셔서 감사합니다. 여기서 인사하면 적당하겠군요."

발푸르기스는 수녀회에서 잠시 머물다가 바이에른으로 돌아갈 거라고 한다.

"발러, 수녀회에서 기다릴 테니 용건을 보고 오면 같이 바이에른에 가지 않겠느냐? 그대에게 보답을 하고 싶구나."

나도 그녀와 같이 있고 싶었지만 어쩔 수 없었다. 대전쟁이 터지기 전에 일이 많았다. 발푸르기스와는 한동안 만나지 못하겠지.

"미안합니다. 저도 할 일이 있어서요."

발푸르기스는 아쉬워하면서도 고개를 끄덕였다.

"알겠다. 뜻을 품은 사내의 길을 막으면 안 되지. 그대가 사명을 갖고 있다는 걸 짐작한다. 부디 무운이 함께하길 바란다."

이해해줘서 고마웠다.

"그럼, 또 다시 만나죠. 무운이 함께하시길."

고개를 끄덕인 이후에 말머리를 돌리려는데 발푸르기스가 부른다.

"잠시만!"

마상에서 그녀가 손을 뻗어 내 말고삐를 잡는다.

"잊으신 게 있습니까?"

"아니다. 하지만 발러 그대에게 솔직해져야 할 것이 있긴 하지."

"네?"

발푸르기스가 날 속이거나 한 건 없을 텐데. 무슨 소리지? 의아해하는데 생각지도 못한 일이 일어났다. 발푸르기스가 갑자기 자기 투구의 연결 부위를 풀기 시작했던 것이다.

"아, 아니! 경!"

깜짝 놀랐다.

진짜로 깜짝 놀랐다.

발푸르기스는 투구를 벗느니 죽겠다는 여자다. 그녀와 많은 시간을 함께하면서도 저 투구 아래의 모습을 본 적도 없다. 아무리 전우애를 쌓아도 보여주려고 한 적조차 없다.

그런데 지금 벗으려고 하고 있어? 단순히 날 향한 호의 때문만은 아닌 게 확실했다. 호의나 호감은 이전에 더 깊게 쌓은 적도 많았으니까.

"…왜?"

"발러, 지금 그대에게 보여주려는 건 숙부님과 수녀회 일부 외에는 아무도 모르는 비밀이다."

"그런 걸 제게 알려주셔도 괜찮겠습니까?"

발푸르기스는 고개를 숙이고 투구를 벗으려는 손을 멈춘 채 속삭이듯 말했다.

"솔직히 본녀도 이 비밀을 알리는 게 좋을지 모르겠다. 하지만 이 마음이 그러라고 하는구나. 발러, 보아다오."

저렇게까지 말하니 거절할 이유는 없었다. 나도 늘 그녀의 비밀이 궁금했으니까. 고개를 끄덕이자 마침내 발푸르기스가 투구를 벗었다.

"아!"

입에서 절로 감탄이 터졌다. 아침 햇살에 반짝이는 그녀의 금발이 너무나 근사했기 때문이었다. 그리고 그녀의 얼굴. 수줍음을 참는 듯 입술을 살짝 깨물고, 볼을 잔뜩 붉힌 채 나를 바라보는 소녀의 모습에 넋이 나갈 것 같은 기분이 됐다.

이렇게 아름답다니. 어찌 인세에 이런 미모가 존재하는 것일까.

"발푸르가 여신격…."

무심코 아름답기로 유명한 발푸르가 여신격을 떠올렸다. 혹시 그녀는 여신격의 화신 같은 게 아닐까 하는 생각마저 들었다. 나는 지난 100년의 시간 속에서 이 세계의 수많은 미인을 보았다. 그런데 그 정점이 지금 눈앞에 있었다.

하지만.

하지만, 내 입에서 그녀의 미모를 향한 찬사는 나오지 않았다.

"……저주로군요."

"그렇다."

발푸르기스의 왼쪽 뺨의 반절, 턱의 일부가 저주로 시커멓게 일그러져 있었다. 전체 얼굴의 1/3정도가 엉망이었다.

이게 대체… 무슨 저주란 말인가. 이래서 그렇게나 얼굴을 가리고 다녔구나. 게다가 그 저주의 기운은 범상한 게 아니었다. 무언가 설명하기 어려운 기운이 느껴졌다.

나는 직감적으로 이 저주가 어떤 상위의 존재가 내린 것이라는 점을 알 수 있었다. 인간의 힘으로는 감히 건드릴 수도 없는.

"…수녀회에선 알고 있습니까?"

"물론이다. 대수녀원장님도, 부수녀원장님도 날 지켜주고 계

시지. 애초에 발푸르가 수녀회와 인연을 맺은 게 이 저주 때문이다. 숙부께서 날 수녀회에 맡기셨지."

"무슨 저주입니까?"

이런 건 칠마성전에서도 본 적이 없는 종류다. 발푸르기스는 그저 고개만 내저었다.

"미안하구나. 말해줄 수 없다. 이 저주에 그대도 말려들길 원하지 않아."

"그렇다면 어째서 보여주신 겁니까?"

내 물음에 발푸르기스는 잠시 망설인다. 그러다 어렵사리 입을 열었다.

"……그대도 저주 받았기 때문에."

"설마 저를 위로해 주고 싶어서 보여주신 겁니까?"

끄덕끄덕.

발푸르기스는 부끄러워하는 얼굴로 고개를 끄덕였다. 그녀는 나를 위로해 주고 싶었던 모양이다. 그래서 고민하다가 자기 얼굴을 보여준 거다.

뭐랄까, 약간 어린애 같은 발상에 나도 모르게 미소가 지어졌다. 아직 소녀일 때의 발푸르기스는 이렇게 귀엽구나.

하지만 이어진 말은 꽤 의젓했다.

"발러. 힘들겠지만 참아다오. 본녀와 수녀회가 그대의 저주를 풀 방법을 반드시 찾아내겠다. 그리고 알아다오. 그대처럼 저주를 품에 안고 살아가는 자가 더 있음을."

"발푸르기스 경."

"16세의 소녀도 이겨내고 있다. 그대는 본녀에 비해 훨씬 어

른이 아니냐. 늠름하게 이겨내 다오. 본녀가 반드시 그대를 지켜
주겠다."

아니, 자꾸 이렇게 귀여웠다 멋졌다 하면 제가 반할지도 모르
는데.

"그리고 얼굴을 보여준 게 꼭 이것 때문만은 아니다. 발러, 그
대는 본녀의 목숨을 구해줬다. 본녀가 어머니처럼 따르는 대수
녀원장님의 목숨도 구해줬다. 그런 그대에겐 진실해 지고 싶었
다. 그리고 그대라면….."

발푸르기스는 말을 흐리더니, 잠시 뒤 용기를 쥐어짜낸 듯한
얼굴로 속삭여왔다.

"본녀의 추한 면을 보고도 이해해주지 않을까 하는 기대도 있
었다."

나는 손을 뻗어 발푸르기스의 뺨을 살짝 어루만졌다. 투명할
정도로 하얀 피부 대신 검게 일그러진 부분을. 발푸르기스는 잠
시 움찔했지만 그대로 내 손길을 가만히 받아들인다.

"추하다니요? 경이 원해서 그 저주를 받은 건 아니잖습니까?
그런데 추할 이유가 있겠습니까?"

발푸르기스는 내가 자신의 외모에도 전혀 변함이 없자 퍽 감
동한 눈치였다.

"발러……. 고맙구나."

그녀는 내 입에서 기쁜 듯 웃어보였다. 세상에, 웃으면 이렇게
예쁜 여자였구나. 나는 순간 멍하니 발푸르기스를 바라볼 수밖
에 없었다.

그런데 그때.

<필요할 때 언제든 발푸르기스를 동료로 영입하는 게 가능해졌습니다!>
<당신은 그녀의 힘과 권력의 도움을 받을 수 있습니다!>

동료 영입이 가능하다는 메시지가 떴다. 그래도 나는 크게 놀라진 않았다. 과거 몇 번이나 본 것이기 때문이다. 하지만 지금은 그게 좀 더 특별하게 느껴지긴 했다.

아니, 이어진 발푸르기스의 말에 그 특별함이 단순히 감상만이 아님을 깨달았다.

"발러."

"네."

"알려주고 싶은 게 하나 더 있다."

듣겠다는 듯 고개를 끄덕이자 그녀는 말을 내 곁에 바짝 붙여오며 얼굴을 가까이 한다. 그리고 귓가에 간신히 들릴 만한 목소리로 소근거렸다.

"발푸르기스는 세례명이다. 여신격 발푸르가를 기리는 축제명을 발푸르기스라고 하지. 하여 그 축일을 이름으로 삼은 것이다. 본녀의 영명축일(Name Day)이 발푸르기스의 첫째 날이었기 때문이었다."

그녀는 수녀니까 아마 본명이 있으리라 생각은 했었다. 하지만 여태 들어본 적은 없었다.

"발러, 기억해다오. 본녀의 본명은… 샤르티에다."

"샤르티에. 사랑스러운 이름이군요."

"…그, 그런 건 아무래도 좋다. 그대만 기억해 준다면."

"잊지 않겠습니다."

발푸르기스는 목에서 무언가를 끌러 내게 줬다. 그건 그녀의 목걸이였다. 받아보니 아직 소녀의 체온이 느껴졌다.

"바이에른 선제후 가의 보물이다. 숙부께 받았지."

"이걸 왜 제게?"

"언젠가 다시 만날 것을 약속하는 증표다."

"그때 돌려드리면 되겠습니까?"

그러자 발푸르기스는 좀 불만스러운 표정이 된다.

"돌려줄 것 없다. 그대에게 주었으니 책임지고 간직하도록."

아무래도 잃어버렸다가는 뒷감당이 안 될 것 같은데.

"알겠습니다. 소중히 여기겠습니다."

내가 목걸이를 목에 걸자 발푸르기스는 만족한 듯 웃으면서 투구를 다시 뒤집어썼다. 그리고는 말머리를 돌렸다.

"그대가 찾아오길 기다리겠다! 꼭 다시 만나자!"

발푸르기스는 박차를 차 유니콘을 달렸다. 순식간에 그녀의 모습이 멀어진다. 나는 눈으로 배웅하다가 갑자기 뜬 시스템 메시지에 깜짝 놀랐다.

<숨겨진 스토리 '바이에른 선제후 가의 혈통'이 개방되었습니다!>
<샤르티에의 연애 루트가 개방되었습니다!>

뭐? 나는 깜짝 놀랄 수밖에 없었다.

발푸르기스는 연애 루트가 없다는 게 정설이었다. 애초에 연애 쪽으로 공략 가능한 캐릭터가 아니다. 이 게임에 정통하다고 자부하는 나 역시 들어본 적도 없다.

그런데 발푸르기스 연애 루트라고?

아니, 시스템 메시지는 샤르티에 연애 루트라고 적고 있다. 그렇다는 건, 그녀의 본명을 들어야 연애 루트가 개방되는 게 아닐까.

발푸르기스란 존재와는 아무리 유대가 깊어져도 연애 루트는 출현하지 않는다. 하지만 샤르티에를 만난 순간, 그녀와의 연애 루트가 개방되는 것인가.

나는 좀 더 자세한 정보를 위해 시스템 메시지를 눌러보았다.

<당신은 샤르티에의 정표를 받았습니다.>
<바이에른 선제후 가의 혈통 스토리를 완수한 후, 샤르티에의 저주를 해결한다면 당신은 그녀를 완전히 얻게 됩니다.>

발푸르기스 연애 루트를 타 엔딩을 보려면 아무래도 고난이 예상된다. 하지만 저 정도의 여자를 가질 수 있다면 도전해 볼만하다.

"후훗. 일이 재밌게 됐군."

나는 한껏 여유 있는 척했지만, 가슴팍에선 민망할 정도로 심장이 쿵! 쿵! 뛰고 있다는 사실을 감출 수 없었다.

누가 지금 내 꼴을 못 봐서 다행이군.

강철 선제후 필립을 잡기 위해서 마왕군을 끌어들일 작정이다. 그리고 보상을 얻을 수 있을 텐데 여기서 상, 중, 하의 결과를 얻을 수 있다.

일단 하책은 단순히 밀고하고 돈만 받아 챙긴 뒤 떠난다는 방안이다. 안전하긴 하지만 당연히 이건 반려다. 이런 대박 찬스에서 몸 사릴 수 없는 일이다.

그럼 중책은 뭐냐?

간단하다.

필립을 사냥하러 나선 마왕군과 함께 싸워 경험치를 나눠 먹는 것이다. 재수 좋으면 필립의 부하들이 흘린 템을 먹을지도 모른다.

나름대로 나쁘지 않은 방법이다. 하지만 이 역시 별로다.

그렇다면 상책은 뭐냐?

필립의 막타를 내가 치고 필립의 물건도 내가 다 처먹는 거다. 마왕군은 필립이랑 치고받고 고생만 하고 그 결과는 이 몸이 쏙 빼먹는 것.

그게 바로 상책이었다.

원래라면 이 상책의 방법은 쓰기 어려웠지만, 상황이 바뀌었다. 내가 피도 눈물도 없는 자의 힘을 얻었기 때문이다.

언데드 소환을 사용하면 나를 위해 싸울 병사들을 부를 수 있기 때문이었다. 아직 1레벨이라 이것만으로 필립과 졸개들을 깨부수긴 부족하지만, 최고의 결과인 막타 치기에는 충분히 활용할 수 있었다.

마침 전쟁 탓에 벌판에는 언데드 소환에 쓸 시체가 지천이었다. 인간과 오크들의 시체를 뜯어먹는 들개와 까마귀 무리 역시 가득했다.

"워, 워."

나는 필리를 멈추게 한 뒤 허리에서 마법봉 하나를 뽑아들었다. 사악한 마물의 뼈로 조각된 이 마법봉은 발푸르가 수녀회의 지하봉인지에서 갑주와 함께 챙겨온 것들 중 하나였다.

저주받은 물건이지만, 그깟 저주는 최상위직인 이 몸에겐 전혀 효과가 없었다. 피도 눈물도 없는 자가 아니라 저주를 씹어먹는 자라고 불러도 좋았다.

[마물 카르카의 뼈로 만든 마법봉.]

A등급 마법 물품.

어둠 +70 마력+50 카리스마+13

사용자가 언데드 소환을 쓸 때 +20% 더 많이 소환하게 도와줍니다.

이 마법봉은 사령술사들을 위한 물건이었다. 이것만 있으면 언데드 군대를 더 많이 부를 수 있다.

"좋아."

어쩐지 조금 설레는 기분이 됐다. 이 세계를 100년이나 여행해 봤지만 늘 정의의 히어로였기에 사령술은 처음이었다. 항상 언데드 소환을 하는 걸 구경만 했었는데 직접 한다고 하니 이게 꽤 흥미가 동했다.

다만 나는 아직 언데드 소환의 숙련이 아직 1단계라서 해골만 부르는 게 가능하다. 하지만 걱정할 건 없었다. 내게 어둠과 마력 수치는 많이 있다.

그리고 눈앞에는 시체가 천지였다. 마왕군의 진영까지 가기 전에 반나절 정도 시간이 있었으니 나는 여기서 언데드 소환의 숙련도를 올릴 작정이었다.

"일어나라! 나의 군대여! 그대들의 뼈마디를 일으켜라!"

우우우웅!

어둠의 연기가 갑자기 내 팔에서 휘몰아친다. 이에 격동을 느끼는 듯 죽은 시체들이 들썩들썩 거렸다.

"그대들의 주인이 여기 있나니!"

나는 준비된 어둠의 힘을 시체들에게 쏘아내며 외쳤다.

"병사로 온 죽음의 투사들이여, 그대들의 주인 앞에 진을 짜라!"

사방에 음습한 어둠이 깔리더니, 지옥에서 마귀가 울부짖는 것 같은 소음과 함께 해골들이 일어났다.

쿠에에에에!

언데드들은 검은 어둠을 사방에 뿌리며, 자신들의 죽음에 대한 원독을 터뜨렸다.

"분노하라! 너희를 죽음의 구렁텅이로 밀어낸 존재들에 대해! 그리고 감사하라! 너희에게 복수의 기회를 준 내게!"

키에에에에!

해골들은 기성을 지르며 호응해 왔다. 나는 절대적인 충성을 바칠 해골들을 보면서 만족하고 고개를 끄덕였다. 총 24마리로, 원래 20마리였으나 마법봉의 보조로 24마리가 소환됐다.

각자 생전에 쓰던 장창이나 화승총을 들고 있었는데, 시험 삼아 이들을 움직여 보았다.

"음, 역시……."

예상하던 대로 움직임이 뻣뻣하고 자연스럽지 못했다. 아무래도 숙련1단계에 바로 소환할 수 있는 해골의 한계인 것 같았다.

어쩔 수 없지. 나중엔 데스나이트 같은 것도 부릴 수 있으니 차근차근 올라가는 수밖에.

일단 숙련1단계에서 소환 가능한 건 해골 말고도 좀비와 좀비견이 있었다. 좀비는 해골보다 내구력은 좋지만 둔하다. 그리고 좀비견은 전투력은 별로지만 다용도로 쓸모 있다.

그나저나 한 번에 얼마나 언데드를 소환할 수 있는지 궁금한 걸. 따로 설명이 없었으므로 한계까지 실험해 보기로 했다.

"병사로 온 죽음의 투사들이여, 그대들의 주인 앞에 진을 짜라!"

이번에는 좀비만 24마리를 불러냈다.

"그워워워-."

영화에서 많이 보던 좀비들이 병사의 장비를 들고 기괴한 몸짓으로 흐느적, 흐느적거린다.

"윽!"

48마리가 되자 현기증이 나서 머리가 핑- 돌았다. 순간 앞이 흐릿하게 보일 정도였다. 아직 숙련도가 낮아 48마리는 상당히 힘든 일이었다. 하지만 나는 더 쥐어짜고 싶었다.

이 세계에서 승리하려면 독한 맘을 먹고 자기 자신을 갈아야 했다. 이 정도면 됐다고 생각하는 순간 패배할 테니까.

"병사로 온 죽음의 투사들이여, 그대들의 주인 앞에 진을 짜라!"

구우우웅!

다시 검은 연기가 일대를 휘감자 이번에는 해골 14마리가 출현했다. 근처에 우연히 어떤 군인이 데려온 개의 사체가 하나 있어 좀비견도 한 마리 나왔다. 나는 녀석이 귀여워 보여서 샘이라고 이름 붙여 줬다.

낑낑!

어째서인지 좀 불쌍해 보이는 인상이었다. 근처의 뼈 하나를 주워서 던지자 신나게 쫓아가는 꼴이 귀여웠다. 이걸로 내 주위에는 60마리의 해골과 좀비가 드글드글했다.

주륵.

코피가 터져서 줄줄 흘렀다. 지금은 이 정도 숫자가 한계인 것 같다.

히이이잉!

그때 필리가 투레질을 하며 언데드에 대한 거부감을 보여서 달래느라 혼이 났다.

"필리, 괜찮아. 저놈들은 널 해치지 않는다."

나는 필리의 목덜미를 두드려 주면서 한 가지 이상함을 느꼈다.

왜 약탈자들이 보이지 않는 거지?

보통 전투가 끝나면 상대방의 장비나 물자에 대한 대규모 약탈이 이어진다. 여기서 다들 한밑천 챙기는데, 이렇게 하고도 여전히 건질만한 것들이 전장에는 널려 있다.

그래서 군대가 떠나고 2차 약탈이 이어진다. 부랑아나 지역 주민, 혹은 이런 일을 전문으로 하는 자들이 몰려든다.

한데 어째서인지 사람은 안 보이고, 말 그대로 파리만 날리고 있었다. 없으면 사령술 연습을 하기야 편하지만 나는 이런 이레귤러한 상황을 별로 안 좋아한다.

오랜 경험에 미루어 뭔가 문제가 있다는 얘기니까.

"흠⋯."

주변에 해골들을 뿌려 정찰이라도 해볼까 하던 그때, 쿵! 쿵! 소리가 나며 땅이 울리기 시작했다. 그리고 구릉지대 너머에서 거대한 무언가가 얼굴을 내밀었다.

"헉!"

깜짝 놀라서 하마터면 들고 있던 마법봉을 놓칠 뻔하다. 흉악한 얼굴을 내밀며 나타난 건 거대한 드래곤의 머리였기 때문이다.

정확히 말하면, 드래곤은 아니고 땅 드레이크라고 불리는 용의 아종 중 하나였다. 외형은 갈색 비늘로 뒤덮인 날개 없는 드래곤이라 보면 비슷했다. 덩치가 어마어마해서 몸무게만 해도 코끼리 10배까지 나가는 녀석이다.

진짜 드래곤과 다르게 멍청하고 마법도 못 쓰지만 저 탁월한 덩치와 단단한 비늘 덕에, 땅에서는 깡패로 통하는 놈이었다. 저 놈이 한 번 지나가면 마을이고 뭐고 남아나질 않았다.

"시체를 먹으러 왔구나."

이제야 왜 약탈자들이 안 보이는지 알겠다. 안 온 게 아니다. 쫓겨 가거나 모두 잡아먹힌 게 틀림없었다. 땅 드레이크의 입가는 피로 번들거렸다. 놈은 움직이는 것 모두 관심을 보이는 성격이라 내 언데드들에게도 탐욕스러운 눈빛을 빛냈다.

안 되겠다.

재빨리 언데드 군대에 명령을 내렸다.

"장창병! 장창 세워! 총병! 사격 준비!"

해골과 좀비들이 살아있던 때의 본능에 따라 움직였다. 나는 재빨리 필리를 몰아서 뒤쪽으로 물러났다. 사령술사는 기본적으로 지휘통솔이다.

일단 해골과 좀비들로 그럴 듯한 방진을 구성할 수 있었는데, 언데드 조종은 처음이라 땅 드레이크랑 붙으면 대강 어떨지 감이 안 잡혔다.

그때 시스템 메시지가 떴다.

<피도 죽음도 없는 자의 새로운 스킬인 언데드 통솔을 얻습니다!>

오? 언데드를 상대로 지휘력을 발휘했더니 생긴 건가? 스킬을 읽어보니 내 지휘 하의 아군 언데드의 능력이 올라간다는 것이었다. 일단 언데드 통솔의 숙련1단계라 효과는 이랬다.

<당신의 반경 100미터 안의 언데드는 생명력 +10%, 방어력 +10%, 공격속도 +5%를 얻습니다.>

끼에엑! 쿠에!

언데드 병사들이 뭔가 새로운 힘을 느끼고 흥분해서는 포효한다. 그들은 장창을 세우고 머스킷 총을 땅 드레이크에게 겨냥한다. 그 순간 땅 드레이크가 쿵쿵거리며 돌진해 왔다.

"총병 사격개시!"

타다다당! 타다당! 탕!

내 명에 총병들이 일제 사격을 가했다. 하지만 땅 드레이크의 단단한 비늘에는 머스킷 탄이 전혀 안 먹혔다. 놈은 그대로 장창병을 들이받았다.

우지끈! 콰아아앙!

결과는 한 순간이었다. 장창의 나무봉이 모조리 꺾이며 해골들은 폭발하듯 터져나갔다. 압도적인 재난 앞에 방진 따위는 무의미했다. 지켜보던 나는 넋이 나가버렸다.

"아아……."

모든 게 내 눈에는 한없이 느려보였다. 허공에 무수한 뼈마디와 부서진 창대가 비산한다. 한 방에 몰살이었다.

길이 15미터에 코끼리 10배 몸무게를 가진 땅 드레이크는 덤프트럭이 갖다 박는 것보다 훨씬 위력적으로 가여운 내 언데드들을 박살냈다.

쿠아아앙!

삼단목 같은 두꺼운 꼬리가 일대를 때리자 그나마 남아있던 언데드 총병들까지 오체분시되어 하늘로 날아오른다.

깨갱-!

개가 울부짖는 소리에 쳐다보니 유일한 좀비견인 샘이 하늘로 날아오르고 있었다.

"안 돼! 샘!"

그게 나와 샘의 마지막이었다. 순식간에 부하들을 모두 잃었다.

부들부들.

이 증오스러운 땅 드레이크 놈 절대 용서하지 않겠다, 라고 마음속으로 생각했지만 몸은 솔직했다. 가여운 샘이 파편이 되어 비산한 순간 박차를 가해 도망쳤던 것이다.

"이랴! 이랴!"

땅 드레이크는 단번에 나의 군세를 박살내고는, 근처에 주저앉아 시체들을 느긋하게 씹어 먹고 있었다.

우득, 오득, 오드득.

아주 맛있게 먹는다.

"저, 저! 망할 놈!"

언데드 소환 기술도 저 대자연의 분노 앞에선 소용이 없는 걸까? 그런데 그때 스탯창이 갱신된 게 보였다.

<언데드 소환 숙련2단계에 오르는 게 가능합니다!>
<스킬 포인트를 소모합니다.>

오? 벌써 2단계네?

S등급 스킬부터는 경험치만으로 숙련도를 좌르륵- 편하게 올리는 게 불가능하다. 직접 사용해서 일정 조건을 달성해야만 한다. 그래서 S등급 스킬의 숙련도를 올리는 건 쉽지 않은 일이었다.

다행히 스킬 포인트는 쓰지 않고 모아놓은 게 충분했다. 즉시 언데드 소환 숙련2단계를 눌렀다.

<축하드립니다! 언데드 소환 숙련2단계가 되셨습니다.>

<해골전사, 독좀비, 그림자를 소환하는 게 가능해집니다!>

좋아. 새로운 언데드를 부릴 수 있게 됐다. 이렇게 된 이상 저 땅 드레이크랑 다시 한 판 붙어볼 의욕이 생겼다. 나는 적당한 장소로 도망쳐서 언데드 소환을 시작했다. 전장은 넓고 시체는 사방에 많았다.

"병사로 온 죽음의 투사들이여, 그대들의 주인 앞에 진을 짜라!"

총 세 번을 강행했고 이번에는 쌍코피가 터졌다.

숙련2단계에 오르자 이번에는 총 70마리를 소환하는 게 가능했다. 더 강해진 언데드임에도 말이다.

해골전사는 1단계 때의 해골에 비해 민첩성과 힘이 크게 강화된 발전형이다. 또한 시체가 생전에 지녔던 기술도 상당히 따라할 수 있었다.

독좀비는 몸에서 독을 연기처럼 뿜어내는 강화판 좀비였다. 이 녀석은 인간 병사랑 싸울 때 달라붙게 해서 문지르기만 해도 큰 피해를 줄 수 있는 훌륭한 놈들이다.

그림자는 힘은 약하지만 들키지 않게 숨거나 누군가를 미행하고 정찰하는데 능하다. 또한 일정확률로 물리 공격을 무효화하기 때문에 잘 죽지도 않았다.

"좋다! 나의 군세여! 가서 그놈의 땅 드레이크를 토벌하자!"

키에에엑! 쿠에에!.

상당히 해볼 만하다. 나는 70마리나 되는 언데드에 어깨에 절로 뽕이 차올라서 개선장군마냥 거들먹거리며 행진했다. 그리고 다시 땅 드레이크를 발견하자마자 외쳤다.

"죽여라!"

내가 명령에 땅 드레이크가 몸으로 대답해 왔다.

쿠아아아앙! 콰아아아! 쿠아아아앙!

대지가 폭탄이 떨어진 것처럼 울렸다. 성난 땅 드레이크가 머리로 땅을 찍는 소리였다. 무슨 거대한 철추가 떨어지는 것 같다.

"서, 설마… 저기 바닥의 하얀 부스러기가… 내 해골전사들인가?"

다들 가루가 돼버렸다.

눈물이 주르륵 흘렀다. 명색이 내가 피도 눈물도 없는 자인데 오늘 피, 눈물이 줄줄 흘러내리는구나.

아군은 열심히 싸웠지만 유효타라고 할 만한 것도 없었다. 중간에 해골전사 하나가 장창을 땅 드레이크의 비늘 사이에 찔러 넣어 피를 좀 나게 했는데, 오히려 성질만 돋워서 더 빨리 전멸했다. 나는 이번에도 부리나케 도망쳤다. 필리의 다리가 빨라서 정말 다행이었다.

"흐……."

이 지경이 되자 사는데 회의가 느껴졌다. 언데드 70마리면 강력한 전력이다. 그런데 그걸 다 인절미 콩가루처럼 날려먹었다. 속이 상해서 숨이 턱턱 막힌다.

"고, 고구마를 먹고 체한 기분이다. 사, 살려줘….."

하지만 이대로 물러날 순 없었다. 다시 상태창을 보니 성과가 있었다.

발러슈테드 발러

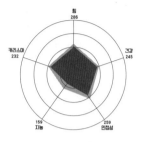

나 이 22세
레 벨 2 (피도 눈물도 없는자)
　　　　32 (괴물사냥꾼)

생명력 `1564/1564`
마 력 `2150/2150`
어 둠 `542/542`

아이템 가중치

* 저주받은 태생
* 마룡 카르마의 뼈마법봉

| 생명력 +654 | 어둠 +112 | 힘 +32 |
| 어둠 +70 | 마력 +50 | 카리스마 +13 |

<언데드 소환 숙련3단계에 오르는 게 가능합니다!>
<스킬 포인트를 소모합니다.>

오기가 솟았다. 나는 즉각 숙련3단계를 찍었다.

<축하드립니다! 언데드 소환 숙련3단계가 되셨습니다.>
<구울 도살자, 언데드 스파이더, 고스트를 소환하는 게 가능해집니다!>

벌써 3단계라니! 기쁘긴 한데 성장이 너무 빠르단 생각이 들었다. 단순히 많이 소환해서 그런 것 같지는 않았다. 잠시 고민하던 나는 주먹으로 손바닥을 때렸다.

그렇다!

이건 엄청난 강적과 전투경험을 얻고 있기 때문에 숙련도가 급격히 오른 게 틀림없다. 저 강력한 땅 드레이크와 전투 자체가 귀한 경험이었다.

가만? 그렇게 생각해 보니까 이거 최고의 수련 환경이 아니냐? 주변에는 시체가 넘치고, 타겟은 아무리 때려도 안 죽는다. 세상에 이보다 사령술을 수련하기 좋은 조건이 어디에 있을까.

그 순간 나는 마음이 편해졌다. 역시 원효대사님의 말씀이 맞았다. 모든 건 마음먹기 마련이었다.

저 땅 드레이크가 아니었다면 어찌 순식간에 숙련3단계 다다랐겠나? 나는 흡족해하며 언데드 소환을 준비했다. 어둠 수치가 부족했기에 마법지퍼에서 어둠의 크리스탈을 꺼냈다.

이것도 발푸르가 수녀회의 봉인지에서 가져온 다량의 물품 중 하나로, 어둠을 회복시켜주는 소모품이다.

빠직.

건틀렛으로 쥐어 부수자 시커먼 영기가 피어오르더니 내 입 안으로 빨려 들어온다. 갑자기 몸에서 힘이 넘치기 시작했다.

<어둠 수치가 +500 회복합니다.>

"널 꼭 죽여 버릴 거야. 땅 드레이크."

앞서 전투는 허무하게 당했지만 이번에는 다를 거다. 구울 도살자는 정말로 강력한 전사다. 그리고 언데드 스파이더 역시 그 사악함으로 이름 높았다. 놈들은 입에서 강산성의 액체를 토하고 꼬리에선 강력한 거미줄을 뿜어낸다. 실로 다재다능하다.

마지막으로 고스트는 그림자가 더 강해진 버전이다. 물리 공격을 반절 이상 무효화 해버리는 데다가 특유의 냉기 데미지까지 입힌다.

이들 셋이 모이면 아주 강력한 조합이 될 터.

"병사로 온 죽음의 투사들이여, 그대들의 주인 앞에 진을 짜라!"

이번에는 100마리의 언데드들이 소환됐다.

구울 도살자가 50마리.

언데드 스파이더가 30마리.

고스트가 20마리였다.

"크하하하핫! 쿨럭!"

너무 무리를 했더니 입에서 피가 줄줄 쏟아져 나왔다. 하지만 나는 웃음을 그치지 않았다. 누군가 내 이런 꼴을 보면, 피를 흘리면서도 광기에 찬 웃음을 감추지 못하는 악의 챔피언이라고 두려워 할 것 같았다.

"가자! 얘들아!"

이번 리벤지는 자신 있었다. 검은 갑옷을 입은 나는 언데드 100마리를 이끌고 당당히 행진했다. 그야말로 백귀야행과도 같은 광경이구나.

놈들 잡을 수 있다면 천하의 영약을 얻을 수 있다. 바로 드레이크 하트다. 드래곤 하트에는 미치지 못하지만, 그 힘을 흡수하면 마력이 껑충 뛰어오를 게 틀림없다. 탐욕이 가슴 속에 피어올랐다.

"좋아! 쳐라!"

땅 드레이크와 세 번째 전투가 벌어졌다.

다섯 시간 뒤.

"이… 빌어먹을 놈이… 사람 생고생하게 하고."

입에서 욕설이 떠나지 않고 있다. 그 원인은 저놈의 땅 드레이크였다. 어쩌다 이 바닥의 깡패랑 만나서 고생도 이런 고생이 없구나.

하지만 결론부터 말하자면, 결국 놈을 쓰러뜨렸다.

"축하드립니다! 주군!"

내 옆에서 땅 드레이크의 피를 잔뜩 뒤집어 쓴 뱀파이어들이 큰 소리로 외쳤다.

"음."

나는 거만하게 한 번 고개를 끄덕이고는 손을 들어보였다. 그러자 주변에 있는 150여 마리의 언데드들이 괴성을 지른다.

키에에에엑!

뱀파이어, 스펙터, 구울 도살자, 언데드 스파이더 등이다. 싸우다 보니 결국 숙련4단계까지 올라서 이제 뱀파이어, 스펙터 같은 놈들을 소환하는 게 가능했다.

숙련3단계에서 자신만만하게 끌고 왔던 언데드 병사 100여 마리는 전멸하긴 했지만 꽤나 성과를 거뒀다. 이전과 다르게 딜이 들어가서 땅 드레이크의 힘을 빼놓는데 성공했던 것.

이후 몇 번이고 그 과정을 반복한 나는, 결국 숙련4단계에 올라 뱀파이어와 스펙터를 잔뜩 불러내 땅 드레이크를 해치웠다. 다행히 이미 밤이 된 탓에 뱀파이어나 스펙터를 불러도 문제가 없었다.

"훌륭한 성과였다. 뱀파이어들이여."

"과찬이십니다. 주군."

확실히 뱀파이어가 강력하긴 했다. 땅 드레이크의 거대한 앞발이 뱀파이어 무리 위로 떨어질 때, 지켜보는 입장에 아찔하더라. 또 육편으로 화하는 건가 싶었는데 그 순간 뱀파이어들은 박쥐나 연기 같은 걸로 변해 귀신 같이 피하더라.

스펙터 역시 강력했다. 주변을 떠다니며 계속 땅 드레이크의 생기를 빨아먹는 탓에 놈의 체력을 떨어뜨리는데 큰 공을 세웠다.

"조금만 기다리십시오. 주군. 제가 드레이크 하트를 주군에게 바치겠나이다."

뭣보다 뱀파이어들은 말이 통해서 좋았다. 해골, 좀비와는 다르게 생전의 능력을 다 갖고 있는데다가, 뱀파이어 특수 능력까지 더해져 죽기 전보다 더욱 강했다.

거친 용병이었던 그들은 모든 게 끝장인 줄 알았는데 언데드로 새로운 삶을 부여받자 무척 기뻐했다. 안광이 흉흉한 게 또 뭔가 싸움판을 벌이고, 누군가의 재산을 약탈할 생각이 가득해 보였다.

스걱스걱. 퍽! 퍽!

아까부터 뱀파이어들이 양손검을 들고 드레이크의 뱃가죽을 가르고 있었다. 몇몇은 드레이크 하트를 가리고 있는 갈비뼈를 신 나게 내리치는 중이다.

맘 같아선 저 땅 드레이크도 언데드화 하고 싶었지만, 워낙 크고 강한 생물이라 아직 무리였다. 나중에 숙련도가 쌓이면 거대 생물의 언데드화를 해볼 작정이었다. 언데드 땅 드레이크의 등에 바퀴를 뗀 마차를 올려놓은 뒤 타고 다니면 좋을 것 같은데.

"흐음, 지루하구나…."

내 한 마디에 뱀파이어들이 화들짝 놀란다. 그 중 생전에 장교였던 뱀파이어가 얼른 날아가더니 병사 뱀파이어들의 엉덩이를 걷어찬다.

"주군께서 속도를 원하신다! 돼지 새끼들아! 어서 움직여!"

그사이 옆에선 스펙터 하나가 둥둥 떠서 공손히 부채질을 해주고 있었다. 섬뜩한 원기를 풍기고 있긴 했지만 외형은 꽤나 미인이었다. 아마 오늘 죽은 병사의 영혼은 아닌 것 같다.

"좀 더 세게 부쳐 보거라."

"네, 나리."

스펙터의 모습이야 일반인들이 보면 지려버릴 정도로 무섭지만, 나는 직업 탓인지 그들이 가진 공포의 기운에 아무 영향도 받지 않았다. 오히려 스펙터들이 내 기운에 쩔쩔매며 어쩔 바를 몰라 했다.

"주군! 주군! 드디어 빼냈습니다!"

뱀파이어들이 손에 커다란 드레이크 하트를 들고 서둘러 뛰어온다. 한 번 뛸 때마다 10미터는 뛰어오르는 게 과연 뱀파이어답단 생각이 들었다.

"좋다. 수고가 많았구나. 이쪽으로 내밀거라."

나는 뱀파이어가 들어 올린 드레이크 하트를 향해 손바닥을 뻗었다. 그리고 그 힘을 흡수하기 시작했다.

우우웅!

드레이크 하트가 마력으로 진동하면서 새하얀 빛을 뿜어낸다. 나는 남김없이 그것을 흡수했다. 그리고 얼마나 지났을까 새로운 메시지가 떠올랐다.

<마력이 550 ⇨ 2,100으로 오릅니다!>

드레이크 하트로 인해 마력이 2천을 넘었다. 마력 2천은 대마법사의 경지를 의미했다. 비록 아직 마법은 못 쓰지만 마력만큼은 대마법사급이 된 것이다.

잠시 집중해서 마력을 운용해 보자 나를 중심으로 심후한 기파가 요동쳤다. 망토가 펄럭일 정도였다.

구우우웅.

뱀파이어들은 모두 황급히 무릎을 꿇고 외쳤다.

"큰 성취를 감축드립니다! 주군!"

"감축드립니다! 주군!"

다른 언데드들도 일제히 무릎을 꿇고 머리를 조아렸다. 나는 만족해서 고개를 끄덕였다. 땅 드레이크를 죽인 탓에 레벨도 하나 올라 있었다.

능력치가 많이 올라가는구나. 과연 수호자 클래스와 맞먹는 최상위직의 위엄이었다. 그뿐 아니라 신 스킬도 생겼다.

바로 S등급 스킬인 [피눈물 흡수]였다. 스킬명은 거창한데 에너지 드레인 계열 능력이라고 보면 된다. 다른 게 있다면 에너지 드레인을 하고 희생자를 언데드 종복으로 만들어 버린다는 것에 있었다.

"아주 좋군."

뜻하지 않게 땅 드레이크를 만나 횡재했다. 고생했지만 성과가 훌륭했으니 흡족하다. 다만 시간이 많이 흘러 일정이 빠듯해졌다. 나는 서둘러 마왕 페자무트의 주둔지로 가려다가 멈칫했다.

"잠깐…."

내가 굳이 마왕군을 끌어들이려는 건 필립을 나 혼자서 사로잡는 게 불가능했기 때문이다. 그런데 상황이 달라졌다. 원래라면 내 주변에는 해골이나 좀비 정도만 있어야 할 텐데, 땅 드레이크 때문에 뱀파이어와 스펙터를 소환할 수 있게 됐다.

이 정도 전력인데 굳이 번거롭게 위험을 감수해가며 마왕군의 힘을 빌려야 할까?

"아니지, 아니야…."

나 혼자 들이쳐서 필립과 부하들을 쓸어버리는 게 낫다. 그렇게만 한다면 경험치와 아이템은 모두 내 것이다.

그리고 한 가지가 더 생각났다.

현재 나는 시체를 일으키는 직업을 갖게 됐다. 그렇다면 수호자 클래스인 필립의 시체는 과연 어떻게 될 것인가? 만약 그를 뱀파이어나 혹은 그 이상의 존재로 만든다면 생전의 강력함을 발휘할 수 있을까?

"이거 잘하면……."

강철 선제후란 수호자를 절대 배신하지 않는 수하로 들일 수 있는 기회가 아닌가 싶었다.

당장 뱀파이어로 만들 긴 아까우니, 나중에 고위 언데드 소환이 가능해졌을 때 써먹으면 된다. 생각지도 못한 가능성인데.

강철 선제후 필립은 인간성이 쓰레기라 그렇지 그 능력은 탁월하다. 말 잘 듣는 부하가 된다면 더없이 환영할 일이다. 인류의 수호자 중 하나를 언데드 부하로 만든다니, 무척이나 구미가 당기는군.

"그래…."

결심이 섰다.

마왕군은 제치고 나 혼자 일을 도모하기로 했다. 먹고 체해도 혼자 먹으리라. 맛있는 건 역시 나눠먹는 게 아니었다.

"들으라!"

"네! 주군!"

"오늘 밤 우리는 고귀한 혈통의 인간을 사냥한다."

"받들겠습니다!"

망자의 군대가 행진한다.

언데드들은 기괴한 소리를 내며 흥분해 있었다. 마치 축제와도 같은 분위기였다. 산 자를 사냥한다는 것은 우리에게 올바른 일은 한다는 생각이 들게 했다.

달빛이 망자를 축복하는 것처럼 빛나고 있었다.

모젤 강의 지류는 원래 인간들의 도시로 번성한 곳이었지만 마왕과의 오랜 싸움으로 초토화된 상태다. 툴, 낭시, 티옹빌, 룩셈부르크 등 모젤 강을 따라 있던 도시들은 모두 을씨년스러운 폐허가 됐다.

버려진 고성이나 장원도 많았는데, 그중 하나가 바로 강철 선제후가 숨어든 장소다. 모젤 강 일대에는 마왕 페자무트의 눈과 귀가 도처에서 필립을 찾고 있었다.

아마 필립은 사흘간 부하들을 모은 뒤, 단번에 포위망을 돌파해 팔츠로 돌아간다는 계획을 세운 상태겠지. 과거에 강철 선제후를 플레이 했던 경험 때문에, 나는 그의 계획은 손바닥 보듯 훤하게 알고 있었다.

"여기로군."

우리는 아무도 찾지 않을 거 같은 낡은 고성에 도착했다. 모젤 강 일대는 이런 폐허가 천지였다. 마왕의 군대가 여태 필립을 찾지 못하는 것도 이해할 만했다.

필립의 도주 예상 반경은 좌로는 낭시에서, 우로는 뇌르틀링겐까지 200킬로미터가 넘는다. 페자무트에게 아무리 부하들이 많아도 추적은 쉽지 않은 일이겠지. 특히나 그의 군대에는 승전 후의 느슨한 분위기가 만연할 테니까.

반면 나는 정답을 알고 있었다.

"모두 진입한다."

150여 마리의 언데드를 이끌고 고성의 무너진 성벽을 지나 안으로 들어갔다. 망을 보던 인원이 있었는데 우리를 보고는 놀라서 비명을 터뜨렸다. 달빛을 받으며 죽은 자들이 몰려오니 아마 까무러치고 싶은 기분이리라.

성의 건물 안쪽에서 소란이 일어났다. 그러거나 말거나 우리는 황폐화된 성의 중정을 지나 느긋하게 나아갔다. 무너진 망대에서 횃불이 오르고 있었지만 본관에 도착할 때까지 별다른 제지는 없었다.

"열어라."

내 말이 구울 도살자들이 가더니 본관의 문을 박살냈다.

콰앙!

낡은 문이 요란한 소리를 내며 안쪽으로 쓰러졌다. 언데드들이 우르르 들어가기 시작했다. 나는 느긋하게 그 꼴을 지켜봤다. 부하들이 어느 정도 정리한 뒤에 들어가려는 심산이었다.

안쪽에선 고함과 병장기 부딪치는 소리가 요란하게 들려왔다. 나는 거기에 귀를 기울이면서도 스펙터들에게 명을 내렸다.

"오늘 성을 빠져나가는 이가 없게 하라."

스펙터들은 홀연히 어딘가로 사라졌다. 아마 오늘 밤 운 좋게 도망치는 이는 없으리라. 저 냉기를 뿌리는 귀신들이 따라붙을 테니까.

"정리가 됐습니다. 주군."

안으로 들어갔던 뱀파이어 하나가 나와 공손히 알린다. 나는 고개를 끄덕인 뒤 필리를 몰아 안으로 들어갔다. 내 주위에는 할버드와 양손검을 든 뱀파이어 열이 따라붙어 호위했다.

다그닥. 다그닥.

주변은 조용했다. 석재 바닥을 울리는 말발굽 소리만 날 뿐이었다. 안으로 들어가자 많은 사내들이 피를 흘리고 죽어 있었다. 살아있는 자는 겨우 십여 명 정도로, 그 가운데 강철 선제후 필립이 보였다.

"웬 놈이냐!"

그는 궁지에 몰려서도 기세가 죽지 않고 있었다. 마왕을 상대로는 꼴사납게 도주하더니, 숨어 있던 사이 기개가 좀 되살아난 걸까. 아니면, 허세를 부리는 걸까?

나는 말 위에 올라 흥미롭게 그를 내려다보았다.

"재밌군. 불과 며칠 전에는 네놈이 날 말 위에서 내려다 봤었지."

"뭐? 아니, 잠깐! 네, 네놈은! 그때 그 용병!"

필립은 이제야 날 알아보고 경악에 찬 얼굴이 됐다. 날 가리키는 손가락은 파르르 떨리고 있었다. 그의 그런 태도가 내 허영심을 채워줬기에 입가에 절로 호선이 그려졌다.

"사는 건 참 재밌지 않나, 필립? 사람 처지란 게 금방 이렇게 뒤바뀌고 말이야."

그때 필립 옆에 있던 가신 하나가 분기탱천해서 외친다.

"이놈! 예를 갖추지 못할까! 선제후 전하의 이름을 막 부르다니."

나는 대답대신 뱀파이어 하나에게 엄지를 살짝 내려보았다. 그러자 뱀파이어가 순식간에 사라지더니 그 가신의 그림자에서 튀어나왔다. 그리고 단 칼에 그의 목을 날려버렸다.

서걱!

곧 뱀파이어는 잘라온 머리를 두 손을 받쳤다. 나는 그걸 받아들고는 아직도 부릅뜬 눈을 손수 감겨주며 그들에게 말했다.

"예를 갖춰라? 좋은 말이지. 그렇다면 네놈들부터 갖추라. 짐은 망자의 왕이니."

내 손에서 검은 연기가 흘러나와 죽은 자의 머리로 흘러들어갔다. 나는 그에게 물었다.

"안 그런가? 자네."

그러자 죽은 머리가 눈을 번쩍 뜨며 말해왔다.

"실로 그러하옵니다! 존귀하신 전하(Seine Durchlaucht)!"

아, 멋진 울림이구나.

권력의 맛이란.

존귀하신 전하란 선제후에게만 허락된 호칭이다.

난 그것을 진짜 선제후 앞에서, 그의 가신을 언데드로 만들어 사용하고 있었다.

노골적인 조롱이었다. 나는 잘린 머리를 옆에 건네주고 이죽 거렸다.

"필립. 자네 부하가 안목이 있군. 아무래도 짐은 제국의 선제 후 자리에 관심을 기울여봐야겠어."

갑자기 스스로를 짐이라 칭하는 것도 필립을 향한 도발이다.

"이놈! 비천한 용병 주제에 감히!"

분노로 돌아버린 필립이 장검을 빼들고 쇄도해 들어왔다. 하 지만….

카앙!

요란한 쇳소리와 필립의 장검이 저지되었다. 그의 앞을 십여 자루 이상의 양손검이 교차하며 막아섰기 때문이다. 뱀파이어들 이 날 보호하고자 양손검을 일제히 뻗은 것이다.

"이 비겁한 놈!"

"비겁하다니? 이 언데드들이야 말로 짐의 진정한 힘이다. 필립 자네가 검과 연설로 싸운다면, 짐은 죽은 자들로 싸우는 것이다."

"일대일로 겨뤄보자! 이놈!"

"거참 말귀를 못 알아먹는군."

솔직히 일대일로 그냥 싸우면 별 승산이 없었다. 아무리 필립이 마왕 페자무트와 싸우다 얻은 상처가 아직 낫지 않았다고 해도 레벨 차이가 심하니까.

물론, 대책이 있다면 얘기가 달라지지만.

"필립 네가 하기에 따라서 일대일로 겨루지 못할 것도 없다. 그것만이 아니다. 날 상대로 이긴다면 여기서 수하들과 안전히 벗어날 수 있게 해주지."

"그게 무엇이냐!"

필립은 내 제안에 반색한다. 저런, 어리석은 놈. 내가 지 좋은 조건을 순순히 제시할 리 없건만 궁지에 몰려서 사고가 정지한 모양이로다.

"주군, 진짜 놔주실 겁니까? 저놈이 이기면?"

옆에 있던 뱀파이어 하나가 다소 불만스러운 목소리로 묻는다. 나는 녀석을 손가락을 까딱까딱해서 불러서는 소근소근 답해주었다.

"그럴 리가 있겠느냐? 무대의 흥을 돋우기 위해 한 말이다. 혹시 짐이 얻어맞으면 너희가 나서 복수해 다오."

"…꽤나 비겁하시군요. 주군."

"짐의 주특기노라. 익숙해지도록."

"그냥 저희가 덮치는 게 빠르지 않을까요? 숫자 앞에 장사 없는 법입니다요."

"음… 합리적이나 그건 재미가 없구나. 듣거라, 여기선 짐의 복수심을 충족하는 게 더 중요하노라."

"허, 그것 참. 아무래도 저희는 이상한 분을 뫼시게 된 것 같습니다."

"거 쫑알쫑알 시끄럽구나. 어찌 사내가 그리 미주알고주알 말이 많더냐. 그러지 말고 권총이나 하나 다오. 기병이 쓰는 길쭉한 걸로."

내 말에 녀석이 주변을 수소문한다.

"누구 기병용 권총을 가진 이가 없나? 주군께서 원하신다."

이내 기병용 휠락 권총이 도착했다. 나는 말 위에서 그걸 받아서는 총구에 화약을 부었다.

"필립. 자네는 짐이 야속해 보이겠지만, 사실 짐은 꽤나 친절한 남자라네."

탄을 총구에 쏙 집어넣고 막대로 쿡쿡 쑤신 뒤, 스패너로 총의 바퀴(Wheel)를 돌렸다. 그리고 용두를 뒤로 당겼다. 휠락 권총의 장전을 마친 것이다.

"자, 우리 필립 전하께 이걸 가져다 드려라."

필립은 뱀파이어가 건넨 권총을 보며 의아하단 표정이었다.

"이게 무슨 개수작이냐? 네놈을 도륙하는데 이딴 권총은 필요 없다!"

"쯧쯧!"

필립의 말투에 절로 혀가 차졌다.

"도륙이 뭔가, 도륙이. 신사답게 말하도록 하게. 필립, 그대의 말투는 참 거친데 짐은 교양이 넘치니… 이거 원, 누가 용병이고 누가 귀족인지 모르겠구나."

"닥쳐라! 이놈!"

"정말 야만적이군."

"됐다! 이 빌어먹을 걸 준 이유가 뭐냐!"

난 손끝으로 필립의 다리를 가리켰다.

"뭐? 무엇을?"

필립은 이해하지 못하겠다는 듯 인상을 찌푸렸다. 그래서 확실히 말해줬다.

"쏴라. 네놈 허벅지를."

"그게 무슨?"

전혀 모르겠다는 듯한 그의 태도에 나는 마음이 차가워졌다. 지금껏 조롱하던 태도도 빠르게 사라졌다.

"기억이 안 나나?"

"이 허벅지가 뭐? 무슨 궤변이냐?"

"네놈이 발푸르기스 경의 허벅지를 쏘고 도망간 게 생각나지 않냐는 말이다! 이 쓰레기야!"

필립은 순간 허를 찔린 듯 주춤한다.

"네놈의 그 황당한 짓거리를 본 순간부터 가만두지 않겠다고 다짐했다! 어찌 자신을 위해 목숨을 걸고 분투한 기사의 허벅지를 권총으로 쏘고 도망갈 수 있는가!"

"크윽…."

뻔뻔하기 그지없는 필립이라도 이 순간만큼은 할 말이 없는 모양이다.

"네놈에게 양심이 남았으면 지금 스스로의 허벅지를 쏴라. 하면 기꺼이 네놈과 일대일로 붙어주마."

필립은 갈등에 빠진 얼굴이었다. 그는 자신이 일대일에서 날 압도할 수 있다는 걸 안다. 하지만 허벅지에 총알구멍이 난 상태로는 자신할 수 없겠지. 그래서 난 미끼를 좀 던졌다.

"이걸 보게. 필립."

나는 헤작스에게서 얻은 힐링 포션을 꺼내 흔들어 보였다.

"귀한 힐링 포션이라네. 만약 자네가 날 일대일로 이긴다면 덤으로 이것까지 주지."

찰랑찰랑.

어쩐지 힐링포션이 흔들리는 소리가 유혹적이었다.

"어차피 이대로 싸우면 자네의 패거리는 전멸이네. 그러니 돌파구를 찾아보는 게 어떻나?"

"실로 악마처럼 간교한 수작이로구나!"

"자신이 없나?"

"네깟 놈이 두려울 것 같냐! 좋다! 네놈이 무슨 생각을 하던, 그 건방진 혓바닥을 뽑아낼 기회를 놓칠 것 같냐!"

"그럼, 쏴라. 네놈의 허벅지를."

"크윽⋯."

필립은 주저했다. 막상 멀쩡한 허벅지에 총질을 하려니 쉽게 용기가 안 나는 모양이었다. 하지만 어쩔 수 없다고 생각했는지 결국 방아쇠를 당겼다.

타앙!

"크아악!"

불꽃이 터지며 허벅지 반대편으로 연기가 튀어나왔다. 동맥이 지나가는 쪽은 피한 듯했지만, 전투에 꽤나 지장이 생길 것 같았다.

"크으윽! 자, 이제 붙어보자!"

"좋다. 우리 고귀하신 전하께서 약속을 지켜주셨으니 뺄 이유가 없지."

나는 말에서 내려 망토를 떼어냈다. 그러자 옆에 있던 뱀파이어가 재빨리 받아내 땅에 떨어지지 않게 했다. 나는 필립의 앞으로 나아가 마법 물약 두 병을 까서 마셨다.

"흥! 강화 물약인가 보군! 네깟 놈은 몇 개를 마셔도 소용없다!"

비웃음을 머금으면서 필립은 장검을 내게 겨눈다. 위압감이 대단하구나. 마치 상처받은 맹수와 같았다. 마왕 페자무트에게 당하고도 이런 상태인가.

스르릉.

나 역시 장검을 뽑아들었다. 필립은 허벅지의 상처 때문에 속전속결로 끝내고자 하겠지. 지금도 피가 줄줄 흐르고 있었다.

"죽여주마!"

필립의 일갈에 나는 어깨를 으쓱했다. 그러자 그는 인상을 찌푸린다.

"놀라서 주둥이가 막혔나?"

나는 대답하지 않았다. 아니, 정확히 말하자면 대답할 수 없는 상황이었다. 대신 덤비라는 듯 손을 까딱까딱 거렸다. 그러자 필립은 그 태도에 분기탱천해서는 달려들어 온다.

'하앗!"

그는 실로 멋진 솜씨로 장검을 휘둘러왔다. 저 월영검법에 대해서는 나도 잘 알고 있다. 과거에 직접 해봤던 거니까.

먼저 리치가 긴 앞날로 섬광을 번쩍이며 베어온 뒤, 상대의 검과 접촉이 일어난 순간 은밀한 뒷날 공격으로 치명타를 넣는 게 저 월영검법의 기본이다.

월영검술의 오의를 담은 요결(Zedel)은 다음과 같으니, 기예를 아는 자라면 감탄을 금치 못했다.

- 장검의 앞날은 밤하늘의 빛나는 달이요.
- 장검의 뒷날은 희미한 달그림자로다.

월영검법의 대적자는 첫 수를 받아내고 방어에 성공했다 여겨 반격에 나서지만, 그 순간이 바로 그가 은밀한 달그림자 같은 뒷날 공격에 죽음을 맞이하는 때다.

하면 월영검법은 어떻게 파훼하냐?

간단하다. 그냥 도망 다니면 된다.

"이놈! 비겁하다!"

필립의 화려한 검술도 내가 상대를 해주지 않자 김이 새고 있었다. 도망 다닌다고 등을 보이고 뛰어다닌다는 게 아니다. 찌르기와 위협적인 베기를 하며, 상대와 검을 교차하지 않고 계속 거리 밖으로 퇴피(Abzug)를 반복하는 거다.

이 역시 훈련을 요하는 기예이며, 고수가 거리 안으로 들어오는 걸 견제하는 건 결코 쉬운 게 아니다.

그와 나의 실력 차이는 크기에 정상적인 상황이라면 이런 짓거리가 먹힐 리가 없다. 하지만 지금은 다르다. 그의 다리에 총알구멍이 뚫려 있으니까.

애초에 허벅지를 쏘라고 한 건 발푸르기스의 복수 때문이긴 하지만, 그와 나의 검술 실력 차이를 염두에 해둔 거다. 일대일로 싸우겠다고 장검을 들고 나선 건, 다 이런 안배가 있었기 때문이다.

이렇게 말하면 성격 나쁘다는 소리를 들을 것 같은데, 솔직히 자기 검술 잘난 것만 믿고 있는 그를 능욕할 자신이 있었다.

다리가 다치면 도망치는 상대를 잡기 어렵다. 게다가 나 같이 검술을 배워 물러나는 방법을 제대로 아는 자라면 더더욱 그렇다. 지금 필립은 속으로 열불이 터지고 있을 거다.

"허억! 헉!"

필립의 숨결이 거칠었다. 이미 바닥에 그가 흘린 피가 흥건했다.

"큭!"

비록 필립의 검술이 나보다 훨씬 강하다고는 하나, 100년간 수많은 검객을 본 내 지식과 경험은 그를 압도한다.

"그대는 검을 겨루고 싶은 건가! 비겁함을 자랑하고 싶은 건가!"

필립의 분노에도 나는 아무 말도 하지 않았다. 성격상 당연히 비아냥거려야 했지만 지금은 입을 열 수 없었으니까. 그리고 나는 다음 수에서 지금까지와 다르게 의도적으로 검의 접촉을 허용했다.

카앙!

우리는 서로 검을 교차한 상태로 바짝 달라붙었다. 극히 짧게 진행되는 이 접촉의 순간에 필립의 표정은 희열로 달아올랐다.

드디어 잡았다!

그의 표정은 말하고 있었다. 검과 검이 접촉한다는 건 내 검으로 상대의 검을 통제할 수 있단 얘기다. 검의 고수의 입장에선 그보다 더 좋을 수 없겠지. 그래서 내가 도망만 다닌 거고.

한데 지금 서로 바짝 붙어버렸다. 필립은 승리를 확신하고 있었다. 뭐, 썩 틀린 판단은 아니었다. 내가 따로 준비한 것만 없었다면.

"푸!"

나는 입에 머금고 있던 걸 필립의 얼굴에 뿜었다. 그건 순식간에 일어난 일이었다. 필립은 녹색의 액체를 안면에 뒤집어썼다.

"크아아아!"

그는 눈을 부여잡고 비명을 지르며 뒹굴었다. 눈알이 타는 것 같은 고통이 느껴지겠지. 지금 내가 뿜은 건 독룡 후르구마의 이빨 독이니까.

설마 입 안에 독을 머금고 기회를 보고 있었을 줄은 몰랐을 거다. 여태 이것 때문에 꿀 먹은 벙어리처럼 입 다물고 있어야 했다.

"괜찮으십니까? 독을 드신 거 같은데?"

뱀파이어 하나가 묻기에 해독제를 흔들어 보여줬다. 싸움 전에 포션을 두 개 마시는 척했는데, 실제로 먼저 해독제를 마시고 두 번째로 독을 입에 머금었다.

아무래도 싸우다 보면 독이 일부 넘어갈 수도 있어 해독제를 미리 마신 것이다. 내 비록 사령술을 쓰긴 하나 이 육체가 언데드인 건 아니라 독을 마시면 죽는다.

"으아아악! 이 비겁한 자식!"

필립은 독 때문에 고통에 찬 비명을 계속 내지르고 있었다. 그러면서도 어떻게든 검을 집고 일어난다.

"이 사악한 놈! 크으으윽! 용서치 않겠다!"

앞이 보이지도 않을 텐데 이쪽을 향해 검을 휘두른다.

쌔액!

파공음이 울릴 정도였다. 하지만 나는 간단히 한 걸음 물러나는 걸로 피한 뒤, 그를 향해 손바닥을 내밀었다. 그리고 갑옷이 가진 능력인 그림자 폭발을 사용했다.

콰앙!

짧은 폭음과 함께 폭발이 일어난다.

"크악!"

필립은 외마디 비명과 함께 데굴데굴 굴러갔다.

"그 정도로 근성이 있었다면 마왕을 향해 썼어야지. 어리석은 놈."

소지품 중에 움직이는 밧줄을 꺼냈다. 마왕군의 간부 헤작스를 죽이고 얻은 물건이다. 밧줄을 땅에 던지니 뱀처럼 기어가서 필립을 동여매기 시작했다.

나는 그 모습을 지켜보며 건틀렛을 벗어 던졌다. 그리고 소매를 걷으며 말했다.

"단검을 하나 다오."

"네, 주군."

뱀파이어 하나가 날이 바짝 선 단검을 건네준다. 난 그걸 들고 필립을 향해 걸었다. 밧줄로 꽁꽁 묶인 그는 독 때문에 괴로운지 벌레처럼 꿈틀거리고 있었다.

"주군."

그런데 뱀파이어 하나가 나를 부르기에 뒤돌아보았다.

"뭔가?"

"이것들은 어떻게 합니까?"

뱀파이어는 아직 남아있는 필립의 가신들을 가리키며 물었다. 공포에 질린 채 자기 주군이 개돼지처럼 구르는데도 나서지 못하는 자들이었다. 그들을 보고 있자니 어쩐지 히죽 웃을 수밖에 없었다.

"뭐야? 여태 안 죽였느냐?"

그 순간 뱀파이어들이 필립의 가신들을 덮쳤다.

"크아악!"

"살려줘! 아아악!"

뱀파이어들은 사정없이 놈들을 찢어버렸다. 초인적인 힘을 가진 뱀파이어들이 가신들의 팔, 잡아뜯어버리자 피가 쏟아졌다.

사람 몸에선 생각보다 피가 많이 나왔다. 사방이 흥건해졌다. 끈적끈적한 피가 바닥을 천천히 흐르더니 내 발까지 닿았다. 나는 괜히 피를 찰팍찰팍 밟아보았다. 마치 초여름의 깨끗한 빗물에 들뜬 사람처럼.

"과인이… 과인이… 크으윽! 어찌 이런 꼴을 당해야….."

독으로 눈이 멀어버리고 격통에 시달리면서도 필립은 분노로 몸을 떨고 있었다. 내가 그에게 해줄 말은 하나뿐이다.

"자네는 그녀를 버리지 말아야 했어."

돼지도 도축하기 전날에는 맛있는 걸 먹인다고 했지. 나는 단검을 혁대에 꽂아 넣고는 상냥한 말투로 조언하며 그의 투구를 벗기기 시작했다.

"안타까운 일이지만 자네처럼 자신의 용기와 힘, 젊음만 믿는 자는 쉽게 이용당하곤 하지. 자네는 그 점에선 마치 창녀와도 같네. 여러 사람이 거쳐 간다는 관점에서 말일세. 자네 숙부인 프리드리히가 먼저 이용했고, 그 다음은 페자무트가 이용했지. 마지막으로 짐이 이용하고 있으니 어찌 그리 헤픈 인생인 건가?"

철컥.

투구의 연결 부위가 풀려졌다. 나는 왼손으로 필립의 머리칼을 쥐고 오른손으로 단검을 들었다. 그러자 필립이 공포로 벌벌 떨며 애원해 왔다.

"사, 살려주게. 제발! 살려만 준다면 뭐든 줄 테니! 금은보화라면 넘칠 정도로 있다! 아니, 여자를 원하나? 팔츠 최고의 미녀들을 주겠다! 땅도! 작위도!"

발작하듯 말하는 그를 달래는 것처럼 단검으로 살짝 뺨을 두들겨줬다.

"미안하네. 자네는 어쩔 수 없이 죽어줘야겠어. 짐은 말일세."

나는 그의 귓가에 들릴 듯 말 듯한 목소리로 속삭였다.

"수호자인 자네를 죽이면 무슨 일이 일어날지 미치도록 궁금하거든."

푸욱!

단검의 날카로운 칼끝이 필립의 목 아래, 쇄골 쪽을 쑤시고 들어갔다.

"끄아아악!"

필립은 단검이 살을 헤집자 비명을 지른다. 그는 자신과 가신들이 흘린 피 웅덩이에서 발버둥 치고 있었다. 마치 뭍으로 올라와 뛰는 물고기 같았다.

하지만 그것도 오래가지 못했다. 그는 축 늘어져서 꿈틀거릴 뿐이다.

"끄윽… 제국의… 지존이 되어야 할… 과인이…."

비참한 몰골이었다. 이미 내 복수심은 충분히 채워졌다. 더는 필립을 괴롭히고 조롱할 생각이 들지는 않았다. 나는 떨어져 있던 장검을 쥐고 어깨 위로 들어올렸다.

"필립. 자네의 파멸은 삼인에게 기쁨을 주었군. 그대의 숙부인 프리드리히, 마왕 페자무트, 그리고 짐에게. 솔직히 말하자면 자네는 구제불능이었네. 하지만 말일세. 생전에는 자네 같이 못 써먹을 위인도 죽음 너머에 희망이 있을지 모르는 일이지."

"…그, 그게… 무슨 소리냐?"

필립은 희미해진 목소리로 내게 물었다.

"간단하네. 여기 있는 동량들처럼 죽은 후에 짐에게 봉사하라는 것이야. 살아서는 혈기방장하게 날뛰어 일을 망친 그대라도, 그 피가 차갑게 식고 나면 조금 쓸모 있어질지 모르잖은가?"

"…네놈은 악마다. 아무리 악독한 놈이라도… 죽음을 모욕하지 않는다. 네놈은 정말… 피도 눈물도 없는 놈이야……."

필립의 원한 섞인 말에 나는 깜짝 놀라 웃음을 터뜨렸다. 피도 눈물도 없는 자라니!

"필립. 하하핫! 역시 자네는 대단해! 어쩌면 자네는 짐이 알지 못하는 통찰력을 가진 건지도 모르겠구먼. 하지만 말일세. 짐은 선언한다네."

이 말은 필립에게 하는 말이면서도 내게 하는 말이기도 했다.

"해피엔딩을 보기 위해서라면 무슨 짓이든 할 것이라고."

퍼억!

내가 휘두른 장검이 필립의 이마를 쪼개버렸다. 그것이 수호자 강철 선제후의 끝이었다.

<강철 선제후 필립을 살해했습니다!>

시스템 메시지가 떴다. 경험치나 업적수치가 마구 올라갔다. 물끄러미 그걸 보던 나는 업적 알람을 그냥 꺼버렸다. 이미 2등을 훨씬 뛰어넘은 점수다. 내겐 그런 대회 따위보다 해피엔딩이 훨씬 중요했다.

"이건…!"

한데 지금, 그런 내 관심을 온통 잡아끄는 게 있었다.

<숨겨진 시나리오가 열립니다. >
<'수호자 살해'를 시작할 수 있습니다.>

수호자 살해? 이건 듣도 보도 못한 시나리오였다. 나는 뭔가 지금, 이제껏 경험하지 못한 특이점에 도달했다는 걸 깨달았다.

"주변을 정리하라."

일단 그리 명해 놓고는 한쪽 구석에 앉아 차분히 메시지를 살펴보았다.

<당신은 세계의 기둥인 수호자 중 하나를 살해했습니다.>

<일반인은 수호자를 죽임으로써 그들의 대표적인 능력이나 힘을 흡수할 수 있습니다.>

아니, 뭐야?

일반인이라서 수호자를 죽으면 그들의 능력을 얻을 수 있다니. 아, 이게 일반인 플레이의 진정한 특전이란 말인가. 아무것도 아닌 자처럼 보이지만 실제로는 수호자들의 힘을 모조리 빼앗을 수 있는 가능성을 가지고 있는 것인가.

참고로 내 캐릭터의 성인 '발러'는 제국어로 '풀 베는 사람'이란 뜻이다.

그야말로 깡촌 총각에게 딱 맞는 성 씨다. 스스로를 슈판다우의 발러라고 소개하곤 하는데, 슈판다우는 촌구석으로 유명하고 발러는 풀 베는 사람이니 그야말로 시골뜨기라고 사방에 광고하고 다니는 셈이다.

그런데 그 시골에서 풀 베는 사람이 사실 절세영웅을 뛰어넘는 진정한 사기 캐릭터가 될 가능성을 갖고 이 세계에 태어났던 것이다. 나는 새삼 이 게임을 만든 아퀼라의 짓궂음을 느꼈다. 이래서 일반인 플레이시에 세계에 수호자들이 모두 출현한다는 건가.

일반인이라고 해도 세계의 주인공은 플레이어다. 게임이 플레이어를 중심으로 돌아가지 않을 리가 없다.

그래서 무언가 분명히 방법이 있으리라 여겼었다. 한데 그게 수호자를 죽이고 힘을 빼앗는 것이었나. 기가 막힐 정도로 어렵긴 했지만 분명히 길이 있었던 거다.

<강철 선제후에게서 얻은 능력을 확인하시겠습니까?>

당연하지. 주저 없이 확인해 보자 5개의 신규 스킬이 생겨나 있었다.

월영검법 [S등급]

팔츠 선제후 가의 가전검법으로, 고귀한 혈통의 인물들 중에서도 선택받은 일부에게만 수련이 허락된다. 달그림자 같은 기기묘묘한 절학이 일품이다

프린체씬 코랄레(Prinzessin Koralle) [A등급]

팔츠 선제후 가의 유명한 여검객, 산호 공주가 사용했던 검법. 상승비기는 실전됐지만 남은 원형만으로도 훌륭한 검법이다. 만약 실전된 상승비기를 복원한다면, 월영검법마저 뛰어넘을 수 있다.

제국선동 [SS등급]

현란한 연설로 군중을 좌지우지할 수 있다. 숙련도가 올라갈수록 군중은 사용자의 마성에 빨려들어 간다. 극에 다다르면 제국 전체를 통제 불능의 광기에 빠뜨리게 된다. 황제부터 신민까지, 모두 당신의 도구로 전락한다.

메피스토펠레스의 연기 [SS등급]

악마와 같은 연기력으로 상대를 속이고, 희롱하고, 기만한다. 숙련도가

올라가면 당신은 악마 이상의 존재가 된다. 가장 현명한 마왕조차 속아 넘어갈 것이다. 세상천지가 당신의 노름판으로 전락한다.

위대한 영도자의 위엄 [SS등급]
숙련도가 올라갈수록 신을 방불케 하는 위엄과 카리스마가 휘감는다. 기사들은 당신을 위해 목숨을 바치고, 미녀들은 당신의 사랑을 끝없이 갈구하게 된다. 당신은 모든 이의 존경을 받게 될 것이다.

총 다섯 가지였는데, 이 스킬들은 강철 선제후가 가지고 있는 수많은 스킬 중 그를 대표하는 것들이었다.

"맙소사…."

나는 이미 최상위직인 피도 눈물도 없는 자라, 레벨만 오르면 사령술계열의 SS등급 스킬들을 얻을 거다. 그런데 그것과 별개로 강철 선제후의 SS등급 스킬을 이렇게 쏙 빼먹다니.

이대로만 진행하면 나는 전무후무한 존재가 될 것 같았다. SS등급 스킬이야말로 최상위직에게만 허락된 그 직업의 노른자다. 특히 저 제국선동은 그야말로 백미로, 오로지 세 치 혀로 인류를 뒤흔들 수 있었다.

용사나 절세검객의 무력이 강하다고 해도 절대 따라할 수 없는 강철 선제후만의 위엄이었다.

강철 선제후의 포텐셜이 후반에 터지게 되어 있고, 그의 무력이 수호자들 중 처진다지만 실제로는 나는 저 제국선동 때문에 강철 선제후가 가장 강력한 수호자 중 하나라고 생각해 왔다. 그런데 그 위험한 싹을 게임 초반에 잘라버렸다.

"후우…."

용과 같이 대단한 인물이라도 피어 보지 못하고 지면 끝이다. 실제로 필립은 저 SS등급 스킬을 아직 하나도 얻지 못했을 거다. 레벨이 그만큼 안 될 테니까.

"크흐흐흐흐…."

실로 비극이구나.

하지만 내겐 넘치는 기쁨이로다.

그런데 수호자를 죽이고 가장 큰 소득은 이 강력한 다섯 가지의 스킬이 아니었다. 나는 다음 메시지를 보며 심장이 제멋대로 뛰는 걸 억누를 수 없었다.

<수호자의 정수를 하나 얻었습니다.>
<5개 이상을 모으면 당신은 초월적인 존재로 거듭납니다.>

숨이 절로 가빠져왔다. 지금 이 흥분은, 게임에서 처음으로 아름다운 히로인을 발가벗겼을 때 이상이었다.

초월자라니. 그런 단계가 이 게임에 존재했던 건가? 만약 그런 힘을 얻을 수 있다면 수많은 마왕들을 모조리 쓸어버리는 게 가능하지 않을까?

스탯창에 수호자의 정수 획득이란 항목이 새로 나타나 있었는데, 1/5이란 표시도 보였다. 이건 확실히 일반인 플레이에서만 새로 생긴 부분인 듯했다.

게임 속 수호자는 총 7명이다.

만약 초월적인 존재가 되고 싶다면 그중 5명을 오늘처럼 죽여야 한다는 거다. 하지만 이어진 메시지를 보며 단순히 쳐 죽인다고 끝날 문제가 아님을 깨달았다.

<수호자들은 그 존재만으로 어둠의 대군을 막는 봉인과도 같습니다. 만약 수호자를 죽인다면 그들의 힘을 빼앗는 대신 세계의 봉인은 약해질 것입니다.>

이 무슨 절묘한 제약이람. 초월자가 되겠다고 날뛰다가 진짜 초월자를 제국에 풀어놓게 될지 모른다는 얘기였다.

"하하하."

나도 모르게 웃음이 터졌다. 마치 천 길 낭떠러지 위에서 줄타기하는 형세로구나. 하지만 이 모든 상황이 재밌어서 미소를 감출 수 없었다.

그간 답답하기만 했었다. 무슨 짓을 하던 패배였으니까. 하지만 지금 눈앞에 펼쳐진 난제 너머에 해피엔딩으로 향한 길이 있음을 직감적으로 느꼈다.

<수호자는 존재만으로 제국을 보호하고 있으나, 그들 자체가 선한 영웅이라 확신할 수 없습니다. 저마다의 목표가 있고, 하나 같이 야심만만합니다.>

<이들과 신중한 관계를 구축해야 합니다. 수호자들은 때로는 마왕보다도 인류와 당신에게 위험합니다.>

아퀼라가 수호자와의 관계가 중요하다고 언급했던 이유를 새

삼 알겠다. 나머지 수호자들을 만나봐야 알겠지만, 그중에는 적도 있을 거고 아군도 있을 거다. 옥석을 가려야 한다.

"이거… 깊게 생각하고 처신해야……."

혼자 그리 다짐하고 있는데 뱀파이어 하나가 묻는다.

"주군, 괜찮으십니까? 안색이 좋지 않습니다."

"창백한 언데드 주제에 내 얼굴을 걱정해 주는 것이냐? 난 괜찮다."

아무래도 중대한 비밀을 접하다보니 표정이 심각했었나 보다.

"괜찮으시면 다행입니다만… 한데 왜 짐이라 칭하시지 않으십니까?"

"그것은 선제후인 필립을 조롱하기 위해 일부러 그런 게 아니더냐. 나는 딱히 왕이나 황제도 아닌데, 필립이 죽은 마당에 짐, 짐 거리며 거들먹거릴 생각은 없다."

그런데 의외로 뱀파이어는 내가 짐이라 칭하는 게 어울렸다고 했다. 게다가 자기 눈이 이상한 건지, 갑자기 내 위엄이 숨 막힐 정도로 넘치고 있다고.

"소인의 비루한 머리로는 이해가 안 되옵니다만, 주군의 용안을 마주하는 게 태양을 보는 것처럼 어렵습니다."

아무래도 방금 흡수한 스킬인 '위대한 영도자의 위엄' 때문인 것 같다. 원래 피도 눈물도 없는 자란 직업 때문에 언데드에게 절대적으로 먹어주는 위치였는데, 그 스킬까지 중첩되자 뱀파이어들은 고개를 들기도 힘든 모양이었다.

"그런가?"

"그렇습니다. 게다가 주군께선 망자의 왕이십니다. 스스로 그리 칭하시는 게 당연하십니다. 부디 이 미천한 무리 앞에서 왕의 위엄을 보여 주십시오. 친근하게 나라고 칭하시면 저희가 감당하기 어렵습니다."

그 뱀파이어가 그리 말하며 한쪽 무릎을 꿇자, 다른 뱀파이어들이 일제히 조아리며 외쳐왔다.

"왕의 위엄을 보이십시오!"

"왕의 위엄을 보이십시오!"

"왕의 위엄을 보이십시오!"

하하, 요것들이 참, 피 빨아 먹고 사는 살벌한 놈들 주제에 아주 귀여운 구석이 있어요. 상급자 똥꼬를 잘 빨아주는 게 어디 가서도 성공할 놈들이로세.

"그리 말한다면 짐이 딱히 사양할 것 있겠느냐?"

"성은이 망극하옵니다! 주군!"

이게 얼굴에 금칠해준다는 느낌이로군. 이 녀석들이 24K 녹인 물을 아주 양동이로 끼얹었네. 나는 새로 열린 수호자 살해 시나리오 때문에 무거워진 마음을 털어버렸다.

"그나저나 네놈 이름이 무언인고?"

이제 보니 내게 말을 건 뱀파이어는 아까 휠락 권총을 건네준 이다. 그리고 땅 드레이크 때도 부하들을 다그쳤던 그 장교 뱀파이어였다.

"파펜하임에서 온 고트프리트 하인리히라고 합니다."

"뭐?"

파펜하임이라고? 나는 깜짝 놀라서 그의 얼굴을 유심히 살펴보았다. 그리고 내 짐작이 맞음을 확인하고 소름이 돋았다. 아직 젊긴 하지만 분명히 기억 속의 그 얼굴이로구나!

고트프리트 하인리히 추 파펜하임 백작.

정확히는 아직 백작이 되기 전이지만, 대전쟁 이후 나타나는 제국군 최고의 기병대장인 그 파펜하임이 틀림없었다. 부상을 당한 채 이동하다 말 위에서 죽었다는 그는, 마지막 순간까지도 기병이었던 자다.

이 파펜하임의 기병돌격에 무너진 마왕이 한둘이 아니다. 그의 기병대는 마족들에겐 공포 그 자체였다. 제국을 마치 자기 놀이터처럼 여기고 날뛰는 '미친' 할버슈타트 같은 마왕조차 파펜하임이 온다고 하면 군대를 물려서 도망갈 정도였다.

제국 최고의 기병대장이 죽어서 내 밑에 뱀파이어로 있다고? 이게 무슨……. 원래라면 그는 하르프하임 전투에서 죽을 일이 없었을 텐데.

나는 이미 역사가 꼬이고 있음을 깨달았다.

그건 그렇고…. 평범한 인간이던 시절에도 파펜하임은 최고의 기병대장이었다. 그런데 초인적인 힘을 가진 뱀파이어가 됐으니 앞으로 어떤 활약을 해줄지 정말 기대가 됐다.

나는 빨리 피도 눈물도 없는 자의 레벨을 올려 그를 데이워커(낮에도 활동 가능한 뱀파이어)로 만들어주겠다고 다짐했다.

"주군, 제가 뭔가 잘못이라도?"

"아니다. 그대는 충순하게 짐을 섬기라. 앞으로의 활약을 기대하지. 고트프리트 하인리히."

이름을 직접 불러주자, 그는 감격해서 어쩔 바를 몰라 하며 이

마를 땅에 박았다.

"신의 두 번째 죽음은 오로지 주군의 것이옵니다!"

"좋다."

나는 손수 그를 일으켜줬다. 그러자 주변의 뱀파이어들이 놀라서 웅성거렸다. 원래 사령술사란 부류는 무정하고 잔인하다. 죽음을 다루다보면 인성이 날아가고 메마를 수밖에 없으니까.

그들을 죽음에서 되살린 게 나인 이상, 그들의 운명은 내게 묶인 노예나 다름없다. 한데도 자애롭게 대하자 다들 퍽 감격한 얼굴이었다.

나는 즉각 SS등급 스킬 메피스토펠레스의 연기를 사용하며 웃어보였다.

"세상에 왕을 섬기는 신하들이 많다지만, 가장 충순한 이들은 여기에 모여 있구나!"

그 말에 순간 뱀파이어들이 오열할 것 같은 표정이 되더니 모두 일제히 이마를 조아리며 외쳤다.

"신들의 두 번째 죽음은 오로지 주군의 것이옵니다!"

"신들의 두 번째 죽음은 오로지 주군의 것이옵니다!"

"신들의 두 번째 죽음은 오로지 주군의 것이옵니다!"

악마적인 연기와 영도자의 위엄이 겹쳐서 이들의 정신을 완전히 사로잡았다. 절대적인 충성. 나는 그것을 느끼며 만족했다.

"좋다. 그러면 이제 필립이 뭘 남겼는지 뒤져볼까?"

6. 갖고 튀었다고 합니다

마왕 페자무트는 최근의 승리에도 불구하고 기분이 영 찝찝했다. 마치 똥을 싸지르다 중간에 끊긴 기분이다.

"크음⋯."

지도 위의 결과는 만족스러웠다. 하르프하임 전투에서 승전한 그는 라인 강 상류의 서쪽을 대부분 차지했다.

현재 인간과 마왕은 라인 강을 경계로 대치하고 있다. 서쪽은 마왕령이 됐고, 동쪽은 여전히 인간의 땅이었다. 훌륭한 성과였다.

그런데 마무리가 영 아니었다. 불안 요소를 남겨놓고 대강 덮어버렸다는 느낌이었다. 그래서 페자무트의 미간은 펴질 줄 몰랐다.

"전하."

그때 한 마족 장교가 페자무트의 군막으로 들어왔다.

"오, 발렌슈타인. 어서 오라."

멋진 수염을 기른 장교는 머리 위에 염소 뿔이 돋아 있었다.

그의 이름은 알브레히트 폰 발렌슈타인. 전도유망한 마족 장교로, 후일 마왕의 위까지 얻을지도 모른다는 소문이 도는 기린아였다. 현재 마왕 페자무트의 진중에서 중용되고 있었다.

"발렌슈타인, 헤작스를 죽인 흉수를 찾았는가?"

"백방으로 알아봤습니다만, 찾아내지 못했습니다."

그 말에 페자무트는 안색이 변하더니 발작하듯 성질을 냈다.

"빌어먹을…. 어떤 놈이 수를 썼어! 수를 썼다고! 필립의 도주를 돕고 헤작스를 죽였단 말이다! 우리는 놈들의 정체를 알아내야 해!"

필립만 확보했다면 페자무트는 다음 작전을 진행할 예정이었다. 바로 숙부에게 권력을 빼앗긴 필립을 후원해서 팔츠 선제후령의 내전을 유도하는 것이었다. 그가 자신에게 원한을 갖고 있을 테지만 잘 설득할 자신도 있었다.

페자무트는 필립의 숙부인 프리드리히와 마법으로 맺은 계약이 있어 앞으로 3년간은 정전을 유지해야 했다. 그렇기에 페자무트는 그 기간 동안 내전을 유도해 팔츠 선제후령을 잘 요리할 작정이었다.

"계획대로만 됐다면 팔츠가 자멸하는 걸 즐겁게 지켜볼 수 있었을 텐데! 그리고 정전이 끝나는 날 출진하여 한 입에 집어삼키면 그 얼마나 간단한 일이겠는가."

"누가 개입했는지 짐작하는 바가 있으십니까?"

발렌슈타인의 진정하라는 듯 와인을 따라 권하자 페자무트는 단번에 그걸 들이키고는 인상을 찌푸린다.

"그렇지. 아마 그 창녀가 틀림없다."

"장미의 마왕 로엘린님 말씀이십니까?"

"그래."

서열 6위 장미의 로엘린은 제국 남쪽 경계 너머에 자리를 잡고 있는 마왕이다. 그녀는 정치적인 이유로 서열 12위 피와 죽음의 마왕 페자무트와 사이가 험악했다. 그 둘이 충돌한 건 한두 번이 아니었기에, 페자무트의 의심은 합리적이었다.

하지만 그건 거한 헛다리기도 했다. 페자무트는 피도 눈물도 없는 자의 존재는 전혀 모르고 있었으니까.

"최근 그년의 허영심 가득한 영지인 로제란트에 파견해 놓은 세작들이 쓸만한 소식을 보내왔다. 이미 몇 년 전부터 그년이 필립을 후원하고 있었다고 한다."

"역시 그랬군요. 하긴 그분 입장에서는 전하를 견제하기 위해 전하의 적을 후원하는 게 당연하겠지요."

페자무트는 로엘린이 끼어들어 강철 선제후 필립을 빼돌렸다고 확신하고 있었다. 그녀가 아니라면 어찌 자신의 포위망을 뚫고 귀신 같이 사라졌단 말인가.

"빌어먹을 년이…."

이를 가는 페자무트였지만 표정은 창백했다. 그도 그럴 게, 페자무트는 로엘린을 진심으로 두려워하고 있었기 때문이다.

장미의 마왕 로엘린은 마왕 중에서도 손꼽을 정도로 강대한 세력을 일구고 있었다. 세력뿐 아니라 개인의 무력 역시 로엘린이 페자무트보다 위다. 사사건건 시비가 붙고 있는 그의 입장에 선 두려울 수밖에. 페자무트가 비옥한 제국 서남부를 원했던 것도 로엘린의 세력에 밀리기 싫어서였다.

"전하, 심기가 불편하실 테지만 안 좋은 소식이 하나 더 있습
니다."

"뭐라?"

페자무트는 또 무엇이냐는 듯 얼굴을 일그러뜨렸다. 그러거
나 말거나 발렌슈타인은 덤덤할 뿐이다. 보통 마족이란 마왕 앞
에서 한없이 비굴해지는 걸 생각해 볼 때, 발렌슈타인의 태도는
특이했다. 자기 능력만 발휘할 뿐, 마왕의 비위를 맞추려는 듯한
모습은 일절 없었다.

페자무트는 자신의 위엄에도 눈 하나 깜짝하지 않는 발렌슈
타인을 건방지다 여겼지만 딱히 책하진 않았다. 워낙 그의 군사
적 능력이 출중했기 때문이었다. 이번 하르프하임 전투도 발렌
슈타인의 공이었다.

"무엇이냐?"

페자무트가 성질을 부리는 걸 포기하고 얌전히 묻자 발렌슈
타인이 대답했다.

"병상에 누워있던 발푸르가 수녀회의 대수녀원장이 회복했다
고 합니다."

"뭐라!"

페자무트는 깜짝 놀랐는지 와인잔을 내던지며 벌떡 일어
났다.

"그, 그럴 리가 없다! 분명 되살아날 수 없을 텐데!"

마르가레타에게 보낸 함정이 얼마나 강력한 것이었는지 페자
무트 본인이 제일 잘 알았다. 탐나는 힘이었음에도 불구하고 감
당이 안 되어 함정으로 썼다.

마르가레타가 함정에 당했다고 했을 때 환호성을 질렀다. 이미 그녀가 죽은 목숨이라고 확신했으니까. 그런데 되살아나다니?

"그, 그년이 분명 본왕이 수를 쓴 걸 알 텐데…."

페자무트는 보복에 대한 두려움으로 안색이 파랗게 질려가고 있었다.

"참, 하나 더 알려드겠습니다. 그녀가 대수녀원장의 직위를 내놓고 물러났다고 하더군요."

"뭐? 뭐라!"

페자무트는 전신을 파르르 떨었다. 그건 오랜 세월 자리를 지키던 마르가레타가 본격적으로 움직인다는 소리와도 같았다.

"빌어먹을… 그 미친년이…."

공포에 질린 페자무트의 모습을 보며 발렌슈타인은 속으로 고소를 머금었다. 그가 필요로 잠시 섬기고 있는 이 마왕은 겉으로 보이는 것과 다르게 겁쟁이였다. 마왕이라기보다 쥐새끼 같은 자라고 발렌슈타인은 생각했다.

"그렇게 위험합니까?"

"자네는 마르가레타를 몰라서 하는 말이야. 그년은 상식이 없어. 그냥 마왕이고 뭐고 걸리는 건 다 썰어버린다고. 서열 13위 마왕이 왜 공석인지 아느냐? 그년이 과거에 죽여 버렸기 때문이다."

"그렇습니까? 칩거중이라고 들었습니다만."

"대외적으로 그리 알렸을 뿐이다. 서열 13위였던 아우프님이 죽을 때 본왕도 있었다."

당시 페자무트는 지금처럼 마왕이 아니라, 서열 13위의 마왕 아우프 밑에서 종군하고 있었다.

"그 또라이 같은 년이 뭐라고 하면서 아우프님을 죽였는지 아나? 마왕은 별 모양으로 예쁘게 썰어야 해, 라고 했었다."

"네?"

발렌슈타인은 황당한 말을 들었다는 듯 반문했다. 하지만 페자무트는 진지한 얼굴이다.

"나중에 마왕들의 겨울연회에 아우프님의 시체가 도착했다. 그년이 칼로 자르고 바늘로 꿰매서 정말 별모양으로 만들어버린 아우프님이 말이다. 그때 같이 보내온 편지에 뭐라 적혀있었는지 아느냐? 우리 인간은 겨울이면 전나무로 트리를 만들어 장식해요. 그리고 꼭대기에는 별을 올려놓는답니다. 마왕 전하님들께도 꼭 한 번 해보시길 바라며 여기, 별을 하나 보냅니다, 라고."

"……."

발렌슈타인 정도 되는 남자도 이 비사에는 입을 다물었다. 현재는 마왕들끼리 쉬쉬하여 알려지지 않은 얘기였다.

"그년이 대수녀원장직에서 내려왔다는 게 뭐겠는가! 빌어먹을! 그 함정으로 보내 버렸어야 하는데 대체 왜 일이 이렇게 꼬인 거지? 누가 그년을 살린 거야! 아아아악!"

페자무트는 패닉 증상을 보이고 있었다.

"전하, 진정하지요."

"시끄럽다! 당장 군에 1급 경계령을 발동한다. 모두 본왕을 수호하라 명해!"

"하오나, 전하! 하면 점령지 주위를 방어하기가 어려워…."

"시끄럽다! 네놈이 날 가르치려 드느냐! 돈을 주면 일이나 하라! 용병 장교 주제에!"

"…알겠습니다. 전하."

발렌슈타인은 속으로 황당함을 감추지 못했다. 점령지를 안정화하는 등 이어져야할 후속 작전이, 마르가레타란 인물 하나 때문에 엉망이 된 것이다.

그는 군령을 전하기 위해 막사를 나오면서 깊은 한숨을 내쉴 수밖에 없었다.

'우리가 모르는 곳에서 공작이 벌어지고 있구나. 누군가 필립을 빼돌리고 마르가레타를 살려냈다. 마치 다 된 밥에 재를 뿌리는 격이다.'

발렌슈타인은 페자무트와 다르게 이 일이 모두 마왕 로엘린이 벌였다고 생각하지 않았다. 그의 뛰어난 두뇌는 베일에 가려 보이지 않는 적이 있을 가능성도 염두에 두고 있었다.

'설마 이 일을 한 사람이 다 한 건가?'

문득 떠오른 생각에 발렌슈타인은 피식 웃으면서 고개를 저었다.

'말도 안 된다. 만약 흔적도 남기지 않고 그런 일을 할 수 있는 자라면 능히 제국의 패자가 될 터. 하면 이 발렌슈타인은 언제나 2인자에 머물고 말 것이다.'

그럴 리가 없다고…, 발렌슈타인은 직감을 부정했다. 누가 뭐래도 자신은 제국의 정점에 설 사내였기에. 하지만 그러면서도, 가슴 한 구석에서는 그런 적수가 등장하길 바라는 마음이 없지 않았다.

잘난 그가 보기에 세상천지가 다 바보 같았다. 마왕이란 부류들은 일신의 힘만 믿고 설치는 얼간이들 그 이상, 그 이하도 아니었다.

하지만 자기가 짐작만 하는 그 인물이 진짜 있다면, 제국을 걸고 건곤일척의 승부를 할 만한 자가 아닐까 생각 됐다.

"크크큭… 재밌는 망상이 아닌가."

"웅? 누가 내 얘기하나? 갑자기 가렵네."

나는 귀를 좀 후비적거린 뒤, 뱀파이어 35명만 남기고 언데드들의 소환을 해제했다.

"수고가 많았노라. 편히 쉬도록."

무리하게 소환을 한 탓에 몸에 부담이 심했기 때문이다. 나는 사라져 가는 그들에게 감사를 표한 뒤 뱀파이어들에게 명했다.

"죽인 놈들을 뒤져서 쓸 만한 것들을 찾아내라."

그들에게 일을 맡겨 놓고 적당한 곳에 걸터앉았다. 스탯창을 살피기 위해서다. 아니나 다를까, 강철 선제후 필립을 죽인 탓인지 레벨이 하나 올라 있었다.

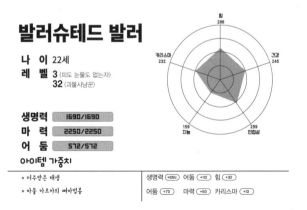

능력치가 크게 뛰었다. 신규 스킬도 생겼는데 S등급 스킬인 <언데드 회복>이다. 이 스킬은 숙련도가 오르면 회복뿐 아니라 버프까지 같이 넣는 강력한 기술이었다.

"주군, 수거가 끝났습니다."

"아? 그래?"

어느새 뱀파이어들이 회수한 적의 장비들을 마치 장비 사열을 받는 것처럼 늘어놓고 있었다. 필립의 가신들은 귀족이라 꽤나 좋은 마법 무구가 많았다. 이건 A등급이군. 이건 B등급인데 효과가 제법이야. 나는 혼자 고개를 끄덕이며 살펴보았다.

무구 외에도 통신용 수정구가 여러 개 나왔다. 필립이 가신들과 연락하기 위해 갖고 있던 물건 같았다. 그 외에도 힐링 포션을 5개 찾았다.

이것들을 어떻게 할까 고민하던 나는, 힐링 포션만 챙기고 무구는 뱀파이어들에게 나눠주기로 했다.

"필립의 것을 제외하고는 그대들에게 주겠다."

생전에 보지 못한 귀한 장비를 받는다고 하니 뱀파이어들은 입이 헤벌쭉 벌어졌다.

"주군의 은혜에 감사드립니다!"

"전심전력! 주군을 섬기겠습니다!"

"감사합니다! 주군!"

저마다 씩씩하게 한 마디씩 하며 무구를 받아간 그들은 새 신을 산 어린애들처럼 좋아하고 있었다. 내 입장에서도 충복들의 전투력을 크게 강화했으니 흡족했다.

"자, 그러면 이건…."

나는 필립의 각종 장비를 보며 고민했다. 호화찬란한 장비였는데, 문제는 너무나 호화찬란하다는 것이었다. 이건 도저히 가리거나 할 수준이 아니었다.

황금으로 장식된 이 무구들은 누가 봐도 팔츠 선제후의 물건이라고 온몸으로 말하고 있었다. 지금처럼 필립의 행방에 사방에 눈에 불을 켠 이때, 이런 무구들을 직접 쓰는 건 자살행위였다.

"그냥 필립 놈에게 주지 뭐."

간단하게 결론지었다. 지금은 기술이 부족해서 어렵지만 나중에 언데드 소환의 숙련이 오르면 필립을 언데드화 할 작정이었다. 그때 놈에게 그대로 쓰게 하면 된다.

언데드 필립은 정치적으로 매우 쓸모가 많을 터. 복장이 신분을 증명하는 시대니만큼 지금의 무구를 유지하게 하는 게 좋다.

게다가 언데드 필립은 내 가장 강력한 영웅 중 하나가 될 테니 장비를 충실하게 갖추게 해야 한다. 그래서 필립의 온통 S등급 투성이인 초호화 장비를 그냥 내버려 뒀다.

"이 장비는 필립에게 도로 입히거라."

"네, 주군."

뱀파이어들이 필립의 시체에 다시 갑옷을 입히고 검을 차게 했다. 그 일이 끝나자 나는 필립을 마법 지퍼 안에 넣었다.

"주군. 강철 선제후를 샅샅이 뒤지던 중 특이한 게 하나 나왔습니다."

파펜하임이 공손하게 무언가를 내밀었다.

"마법지퍼로군."

"네, 그런데 강력한 마법이 걸려 있어 열리지 않습니다."

"음, 정말 안 열리는데?"

마법지퍼에 무슨 이렇게 강력한 보안 마법이 붙어 있어? 지퍼의 장치 자체를 망가뜨리려고 대마법사급의 마력을 퍼부어 봤지만 전혀 소용이 없었다.

지금까지 많은 보안장치를 봤지만 이렇게 대단한 건 처음이었다. 필립이 입고 있던 S등급 마법 무구보다 이 마법지퍼가 더 대단한 게 아닐까 싶을 정도였다.

뭐지? 대체 안에 뭐가 든 거야?

일단 이 보안 마법은 엄중해서 내 솜씨로는 어림없었다. 하지만 나는 이 문제를 해결해줄 곳을 알고 있었다.

바로 발푸르가 수녀회다.

발푸르가는 수호의 여신격이다. 그래서 그녀들은 수호에 필요한 봉인이나 보안, 결계의 전문가다. 마르가레타나 안젤라에게 부탁하면 이게 아무리 단단해도 파훼할 수 있겠지.

이 마법 지퍼에는 분명히 중요한 게 들었을 거다. 다만 내가 원하는 건 근사한 장비 같은 게 아니다.

필립이 생전에 누구와 연락했는지, 어떤 목표를 가졌는지 알아낼 수 있는 서류나 편지를 원했다.

7인의 수호자 출현한 것 때문에 제국의 정치구도는 내가 알던 것과 많이 달라졌다. 필립의 동맹자들이 누군지 정확히 파악할 필요가 있었다.

일단 떠나기 전, 뱀파이어들에게 따로 임무를 부여했다.

"짐을 위해 중요한 일을 맡아줘야겠다."

"하명하십시오!"

나는 이 35명의 뱀파이어들을 제국 서남부를 감시하기 위해 배치할 작정이었다. 일단 팔츠 선제후령의 수도인 하이델베르크에 20명을 보내기로 했다.

"프리드리히가 정권을 잡았다고 하나 아직 필립의 가신단이 완전히 무너진 게 아니다. 하이델베르크에서 분명히 갈등이 있을 것이니 면밀히 살피라."

"알겠습니다!"

그 다음은 이번 하르프하임 전투 이후 졸지에 최전선이 된 비텐바이어에 15명을 배치했다.

"너희는 마왕 페자무트의 군대를 감시한다. 그 외에도 전선에 특이점이 있다면 언제든지 보고하도록."

"알겠습니다!"

이 두 집단의 총책임자로 파펜하임에게 맡겼다. 그에게 수정구 여러 개와 헤작스에게서 얻은 보물을 건네줬다.

"연락은 수정구로 하도록. 그리고 이 금화와 보물은 2,000플로린가량 되니 활동자금으로 삼으라."

"전력으로 수행하겠습니다!"

"좋다. 성과를 기대하마. 일단 짐은 먼저 떠나겠다. 너희는 이 폐성에 남은 흔적을 완전히 제거하고 움직이도록."

"알겠습니다. 살펴 가십시오! 주군!"

나는 뱀파이어들의 배웅을 받으며 발푸르가 수녀회가 있는 라인펠덴으로 향했다.

페성을 떠난 이후, 나흘이 걸려 발푸르가 수녀회의 본원에 도착했다.

　"생각보다 빨리 돌아왔구나? 아직 페자무트를 칠 작정은 아닌 거 같은데?"

　"물론 아직 아니죠."

　마르가레타는 웃는 얼굴로 날 환영해 줬다. 그녀는 신이 난 아이처럼 내 곁에서 재잘거리며 짐을 풀어준다. 그리고 뽀르르 달려가서 포도주를 따라 내밀었다.

　"마셔, 마셔. 얼른."

　"감사합니다. 건강해 보여서 다행입니다. 마리."

　"그대 덕이다. 안색이 확실히 좋아지긴 했지. 간만에 검을 휘두르고 사니 굽었던 허리가 다 펴지는구나. 하하핫!"

　웃던 마르가레타는 날 보며서 고개를 갸우뚱거렸다.

　"그건 그렇고, 발러. 며칠 사이에 상당히 달라졌구나. 흐음… 심후한 마력이 느껴지는 게 가히 대마법사급?!"

　내게 대마법사급의 마력이 있다는 걸 파악하자 마르가레타는 황당하다는 표정을 감추지 못했다.

　"대체 며칠 사이에 무슨 짓을 하고 다닌 것이냐!"

　그녀는 눈이 휘둥그레져서 놀란 모습이다. 하긴 나라도 며칠 안 보였던 사람이 갑자기 대마법사급의 마력을 갖고 나타나면 놀라겠지.

　"그럴 일이 있었습니다. 마리, 차분히 설명할 테니 들어주시겠습니까?"

이제부터 중요한 용건이었다. 내가 필립을 죽였음을 말해야 하니까. 내 진지한 태도에 그녀는 의자에 조용히 앉았다.

"듣겠다."

"감사합니다. 사실은 며칠 사이에…."

나는 그간 있었던 일을 가감해서 설명했다. 언데드 소환 같은 부분은 이 성직자를 자극할 수 있기에 얼버무렸다. 그래서 필립을 처리할 때는 아는 용병들을 동원했다는 식으로 말을 바꿨다.

"필립을 죽였단 말인가…."

"그렇게 됐습니다. 제가 실수했다고 보십니까?"

"아니다. 만약 필립이 살아있었다면 팔츠의 정치적 혼란은 더욱 심해졌겠지. 마왕이 턱밑까지 치고 올라온 상황이다. 이럴 때일수록 자중지란을 일으켜서는 곤란하다."

성직자답지 않은 냉정한 의견이었다. 하지만 저런 성격이기에 발푸르가 수녀회를 이끌어 온 거겠지.

"게다가 그자는 본회의 수녀를 배신하고 총으로 쏜 악당이다. 본회에서 자비심을 가질 리가 없다."

"그렇게 생각해 주시니 다행입니다."

"발러, 단순히 이 사실을 본인에게 보고하려고 온 것 같지는 않고 뭔가 도움이 필요하구나?"

"맞습니다. 이걸 혹시 풀어줄 수 있겠습니까?"

나는 마법지퍼를 내밀었다.

"필립에게서 얻은 것입니다. 이례적일 정도로 강력한 보안이 걸려있더군요. 내용물은 마리와 같이 확인하고 싶습니다."

발푸르가 수녀회는 앞으로 계속 함께 가야 할 파트너다. 같이 비밀을 공유해 신뢰를 더 쌓고자 했다. 당연히 그녀도 이런 태도를 좋게 받아들였다.

"좋다. 본인도 필립이 뭘 감추고 있었는지 궁금하구나."

마르가레타는 마법지퍼를 한동안 살피더니 결론을 내렸다.

"강력한 보안이로구나. 하지만 잘 찾아왔다. 이런 분야라면 본회가 제국에서 제일 정통하지. 일주일 정도 시간을 준다면 풀어 보이마."

그녀는 그동안 수녀회에서 머물며 쉬라고 권해왔지만 나는 가볼 곳이 있다고 일어났다.

"비텐바이어에 다녀오겠습니다. 거기 부상당한 지인들이 있습니다. 가서 얼굴 좀 비추고 와야 살펴봐야겠습니다."

"알겠다. 그렇다면 일주일 뒤에 돌아 오거라. 마법지퍼는 발러 네가 온 뒤에 같이 풀어보겠다."

발푸르가 수녀회에 맡겼으니 걱정할 것 없었다. 나는 그 사이 샬츠 상사와 일행을 만나볼 작정이었다.

그들과 헤어진 지 아흐레 9일

밖에 안 됐는데, 그 사이 하도 일이 많아서 몇 달은 지난 것 같았다. 이번에 가면 거하게 술이라도 사야지.

비텐바이어에는 샬츠 상사 일행뿐 아니라 내가 파견한 뱀파이어 15명도 있다. 도시에 들어서자 날이 이미 늦었으므로, 먼저 뱀파이어를 보기로 했다.

파견 보낸 놈들이 사고 안치고 잘하고 있는지 확인할 필요가 있었다. 수정구로 연통을 하자 몇 놈이 헐레벌떡 마중을 나왔다.

"주군! 어찌 직접 예까지."

"도시에 지인이 있어 들렀다. 머무는 곳으로 안내하라."

"옛!"

한 놈이 필리의 말고삐를 잡고 다른 놈들은 곁에서 호위를 하며 걷는다. 나는 뱀파이어들에게 둘러싸여 느긋하게 나아갔다.

"여기로군."

뱀파이어들은 건물을 빌려 숨어 지낸다고 했다. 천성적으로 매혹 능력을 갖고 있는 뱀파이어라 주변 거주민을 홀려서 속이는 건 일도 아닐 거다.

"주군! 어서 오십시오!"

안에 들어가 보니 작전상황실 같은 풍경이 펼쳐지고 있었다. 보내 놓은 지 얼마 되지 않았건만 벌써 이런저런 서류를 쌓아놓고 열심히 작업 중이었다. 벽에는 각종 계획표나 참고할 자료들이 가득했다.

"현재 저희가 파악한 마왕군의 배치도입니다. 용병들의 증언을 기초로 밤마다 몰래 정찰을 해 완성하고 있습니다."

"오, 이건 정말 대단하군."

은밀한 뱀파이어들이라 인간 첩자들로는 알아내기 어려운 수준까지 세밀히 작성된 자료였다. 가만히 앉아서 페자무트의 군사 배치를 확인할 수 있다니 뱀파이어들을 굴리길 참 잘했다.

"그건 그렇고 놈들의 진영이 이상한데? 이래서는 허점투성이야."

"저희도 수상쩍게 여기고 있어서 몇 번을 확인했습니다만 틀림이 없습니다."

나는 뱀파이어의 자료를 보며 영 이상한 느낌이 들었다. 페자무트의 부대 배치는 점령지를 지키기 절대 좋은 게 아니었다.

"그렇다고 함정 같지도 않고…. 왜 이리 본진 주위로 몰려있지?"

"저희도 의문입니다."

"잘은 모르겠지만 이건 써먹을 수 있겠어. 이 배치도. 반드시 완성하라."

"알겠습니다!"

아무래도 이건 기회였다. 만약 어디서라도 군대를 끌어올 수만 있다면 지금 페자무트를 개박살내기 충분하다고 여겨졌다.

원래 계획대로라면 제국 서남부는 한동안 소강상태일 테니 손을 떼려고 했다. 그런데 적이 이렇게 태만한 상황이라니 생각이 좀 달라졌다.

어딘가 군사를 끌어들일 곳이 없나?

발푸르가 수녀회는 일당백의 용사들이긴 하나 군대 규모는 아니고.

바이에른은 팔츠 너머라 거리가 멀다.

용병을 모집하자니 시간이 오래 걸려 그 사이에 적의 배치가 바뀔 확률이 높다.

당장 좋은 기회가 왔는데 뾰족한 수가 보이지 않았다. 어떻게 방법이 있을 거 같기도 하고 말이지. 그렇게 혼자 고민하고 있을 때 갑자기 수정구가 울린다.

"음?"

꺼내보니 팔츠 선제후령의 수도인 하이델베르크에서의 연락이다.

"파펜하임. 무슨 일인가? 정시 보고는 아닌 것 같네만."

"주군! 죄송합니다! 그렇지만 특이사항이 발생해서 연락드렸습니다!"

파펜하임은 그답지 않게 잔뜩 흥분한 기색이다.

"대체 무슨 일인가?"

"튀었습니다!"

"튀다니?"

갑자기 무슨 봉창 두들기는 소리야. 의아해서 되묻자 예상을 뛰어넘는 대답이 들려왔다.

"수도에 남아 있던 필립의 잔당들이 금인칙서를 빼돌려서 튀었습니다!"

"뭐?"

그 순간 나는 멍해졌다.

뭐라고? 금인칙서(Goldene Bulle)?

금인칙서란 제국의 황금옥새가 찍힌 문서로, 총 31페이지로 구성되어 있는 칙서를 말한다. 이것은 단순히 칙서 이상의 의미를 갖고 있었다.

왜냐?

간단하다. 금인칙서가 선제후들의 신성한 권리인 '황제 선출권'을 규정하고 있기 때문이다. 선제후들이 투표로 황제를 뽑을 수 있다는 협의가 이 금인칙서에 담겨있는 것이다.

제국에 일곱 명뿐인 선제후들은 각자 이것을 한 부씩 갖고 있다. 선제후에게 금인칙서가 가지는 상징적 의미는 왕이 갖고 있는 옥새나 다를 바 없어서 매우 소중하다.

옥새가 없다고 왕이 아닌 건 아니지만, 체면은 크게 상한다. 금인칙서도 마찬가지. 자신의 황제 선출권을 규정한 칙서를 잃어버렸다가는 그야말로 개망신이다.

특히 프리드리히처럼 조카를 밀어내고 새로 선제후에 오르려는 자에겐 더더욱 그렇다. 가족끼리 다툰 것도 흉잡을 일인데 칠칠맞게 금인칙서까지 잃어버렸다.

제국이 그를 얼마나 비웃을지 안 봐도 뻔하다. 심지어 황제는 금인칙서가 없음을 이유로 선제후 임명을 질질 끌거나 새 금인칙서를 내리는 대신 엄청난 대가를 요구할 확률이 높았다.

즉, 필립의 남아있던 총신들이 프리드리히에게 최고의 한 방을 먹인 셈이었다. 나 역시 생각지도 못한 상황에 고성이 나올 정도로 흥분했다.

"어디로 튀었다고 하는가!"

"확실한 건 동남쪽으로 달아났다고 합니다."

"그것만으로는 정보가 부족하다!"

조급한 마음에 수정구를 눈앞까지 가져와 노려보았다.

"다소 불확실한 정보가 있습니다만….."

"시간 끌 수 없다. 어서 말해보라!"

파펜하임에 말에 의하면 며칠 전부터 필립의 총신인 마르다 경의 하인에게 접촉 중이었다고 한다. 그리고 그 하인이 말하길 주인이 여행 준비를 하는데 아마 짤츠부르크로 가는 것 같다고 했다고.

"짤츠부르크인가!"

"확실치 않습니다. 다만 동남쪽으로 도망가면 짤츠부르크임은 맞습니다."

"언제 놈들이 튄 건가?"

"세 시간이 채 안 됐습니다. 프리드리히는 지금에서야 상황을 파악하고 추적대를 꾸리고 있습니다."

"알겠다! 더 자세한 정보가 나오면 연락하라."

그렇게 수정구 통신을 끊으니 주위의 뱀파이어 모두가 나를 보고 있었다. 나는 벌떡 일어나며 소리쳤다.

"검을 차라! 이 자식들은 우리가 잡는다!"

뱀파이어들이 우르르 움직이며 장비를 챙기기 시작했다.

"서둘러라! 프리드리히의 추적대가 곧 붙을 거다! 그들을 따돌리고 우리가 놈들을 먼저 잡아야 한다!"

"알겠습니다! 주군!"

흥분으로 손이 파르르 떨렸다. 입가에는 일그러진 미소가 떠나지 않는다. 지금 내 머릿속에 어떤 행복한 그림이 그려지고 있었다.

필립은 내 손에 있다.

거기에 금인칙서까지 굴러 들어온다.

하면 팔츠는 누구의 땅인가?

"일단 하르프하임으로 간다."

"네? 그쪽은 북서쪽입니다만?"

내 명령에 뱀파이어들은 의아해 했다. 그도 그럴 게, 필립의 총신(寵臣)들은 남동쪽으로 튀었으니까. 한데 정반대로 가지니 어리둥절해 할 수밖에.

"가보면 알 것이다."

재차 말하자 뱀파이어들은 더는 군말하지 않았다. 우리는 달빛을 받으며 바람 같이 나아갔다. 하르프하임에 도착하자마자 나는 명했다.

"주변을 뒤져 페자무트 군의 장교들이 입던 코트와 망토를 찾아내라. 마왕 페자무트의 문장이 새겨진 것이어야 한다."

그제야 뱀파이어들은 여기 온 목적을 알아챘다.

"마왕의 군대로 위장하려는 것이군요!"

"그렇다. 우리는 스스로의 정체를 숨길 필요가 있다. 제국 서남부에서 벌어지는 이 복마전에게 우리가 가진 가장 큰 이점이 무엇이겠느냐? 바로, 아직 아무도 우리의 정체를 알지 못했다는 데 있다."

"실로 영명하십니다! 주군!"

장창 숲과 화약안개로 가득 찬 이 세계에서 살아남으려면 비밀이 많아야 했다. 교활한 토끼는 굴을 세 개 파놓는다는 말은 이럴 때를 위해 있는 것일 터.

곧 우리는 페자무트의 군대로 완전히 탈바꿈했다. 게다가 마왕중에 사령술로 가장 유명한 이는 페자무트다. 언데드가 페자무트 장교들의 코트를 입고 있으니, 이건 변명의 여지가 없었다.

"병사로 온 죽음의 투사들이여, 그대들의 주인 앞에 진을 짜라!"

나는 뱀파이어로는 부족하다 여겨 스펙터 100마리를 추가로 소환했다.

"좋다! 준비가 끝났으니 놈들을 사냥하자."

뱀파이어들에게 군마는 필요없다. 이들은 한 번 뛰면 10미터 20미터씩 도약하고, 수준이 높은 자는 반쯤 날아다녔다. 유령인 스펙터는 말할 것도 없었다.

이곳 하르프하임에서 짤츠부르크까진 약 270킬로미터 정도. 필립의 총신들이 출발한 하이델베르크에서 짤츠부르크도 직선으로 280킬로미터니까 크게 차이가 안 난다.

다만 우리에게 유리한 점이 있었으니 하이델베르크에서 짤츠부르크 사이에는 마왕령이 하나 있다는 점이었다.

필립의 총신들은 어쩔 수 없이 우회해야 하니 실상 짤츠부르크까지 가는 길은 우리보다 훨씬 멀다. 따라잡기에는 충분한 상황이다.

"사흘이다. 사흘 안에 따라잡겠다!"

추격전에 나서자마자 스펙터 100마리를 사방에 뿌렸다. 갑자기 넓은 범위의 레이더가 생긴 셈이었다. 이것이야 말로 검만 휘두르는 무식한 놈들은 따라할 수 없는 사령술사의 위엄이었다. 그리고 그들은 자기 몫을 톡톡히 해줬다.

추격 둘째 날에 스펙터들이 프리드리히가 보낸 추격대를 찾아냈기 때문이다. 나는 즉각 스펙터 50마리를 놈들에게 보냈다.

"너희들은 이제부터 놈들의 발목을 잡아라! 원거리에서 주특기인 얼음 마법만 쏘고 도망가길 반복하도록."

끼에에에에- .

스펙터들은 섬뜩한 귀곡성을 울리며 멀어져갔다. 세상에 제일 무서운 게 유령이 게릴라전을 하는 거다. 신출귀몰이란 말이 있는데, 귀신처럼 자유자재로 나타났다 숨는다는 말이다.

그런데 지금은 그 귀신이 직접 출동했다. 아마 프리드리히의 추격대는 심각한 문제에 봉착하게 될 것이다. 이게 바로 피도 눈물도 없는 자, 최상위직의 힘이었다. 단 한 명만으로도 경쟁의 판세를 뒤집어버리는 존재였다.

"하나 치웠고."

프리드리히의 추격대를 처리한 나는 더욱 속도를 올렸다. 그리고 사흘째 밤, 다뉴브 강 너머의 울름 평야에서 드디어 도망자들의 흔적을 발견했다.

"주군, 말발굽 자국입니다!"

말에서 내려 자세히 살펴보니 여기 지나간 지 몇 시간이 안 지난 것 같았다. 내겐 숙련10단계에 이른 추적술이 있다.

아무리 작은 흔적이라도, 순간이동으로 중간에 사라지지 않는 이상 내게 걸리면 그걸로 끝이다. 게다가 평야에 이렇게 대놓고 말발굽 자국이 찍혀 있으면 도로의 이정표 수준이다.

"짐을 따르라."

오랜만에 괴물 사냥꾼의 기술을 발휘해서 자신 있게 앞으로 나섰다. 내 기술 덕에 우리는 헤매지 않고 정확하게 도망자들에게 따라붙었다. 그리고 네 시간 뒤, 필립의 총신들을 발견했다.

"전력으로 따라붙는다!"

사냥감을 찾아내자 우리는 기세가 올랐다. 반면 도망자들은 놀라서 허둥대는 기색이 역력했다. 추적자가 붙을 걸 예상했겠지만 설마 그게 언데드일 줄은 몰랐겠지.

야밤에 뒤에서 죽은 자들이 기괴한 비명을 지르며 쫓아오면, 아무리 강심장이라도 정신줄 놓을 수밖에 없었다.

"뱀파이어다!"

"으아아아! 저것들 뭐야!"

추격전이 시작됐다. 놈들은 뒤쪽으로 성급하게 권총을 쏴 댔다.

타당! 탕! 탕!

야밤에 앞쪽에서 선명한 불꽃이 터져 나왔다. 하지만 요란하기만 할 뿐, 유효 사거리가 짧은 권총은 아무 소용없었다.

"놈들이 점점 느려진다! 단번에 따라잡는다!"

그들의 말이 며칠간의 도주로 상당히 지쳐있었다. 반면 여기는 언데드들이라 쌩쌩했다. 몇이 쳐지긴 했는데 내가 언데드 회복을 걸어주자 기력이 폭발했다.

"은혜에 감사드립니다! 주군!"

이윽고 15미터까지 따라잡자, 나는 손을 뻗어 피눈물 흡수를 사용했다. 그러자 뒤쪽에 있는 도망자 몇이 미라처럼 말라비틀어져 죽었다.

"끄아아아!"

처절한 비명을 울리며 생명력이 빨려 죽는 동료들을 보자 그들은 결국 말을 반전할 수밖에 없었다. 이대로는 아무 것도 못해 보고 죽을 것 같단 판단이겠지. 내가 뒤에서 이 짓만 반복해도 다 끝장날 테니까.

"이 사악한 어둠의 무리들! 어찌 우리를 쫓느냐!"

책임자로 보이는 한 장년의 사내가 나서 호통을 쳤다. 콧수염을 멋지게 기른 그는 딱 봐도 귀한 신분으로 보였다.

"그대는 누군인가?"

"하나우 백작이다!"

흠… 하나우라. 기억에 없는 걸 보니 별 볼일 없는 자로군.

"좋다. 하나우 백작. 우리의 용건은 간단하다. 마왕 페자무트 전하께서 금인칙서를 원하신다."

나는 천연덕스럽게 거짓말을 했다. 일은 내가 벌이고 책임은 페자무트에게 떠넘기기 위해서였다. 나는 이런 일이 정말 좋았다. 똥 싸는 사람 따로 있고 치우는 사람 따로 있다. 이 얼마나 근사한 일인가.

"무슨 소리를 듣고 왔는지 모르나 그딴 건 갖고 있지 않다!"

"모른 척해도 소용없다. 관심도 없고. 그냥 다 쳐 죽이고 품을 뒤져보면 될 일이다"

내가 인정사정없이 나가자 그들은 완전 질려버린 얼굴이었다. 대화나 타협의 여지도 없이 그냥 여기서 몰살시켜버리겠다는 선언이었다.

어떻게든 여지를 만들어 보려던 하나우 백작은 얼굴이 딱딱하게 굳었다. 나는 그에게 마지막으로 경고했다.

"주제도 모르고 감히 나와 타협할 생각하지 말라. 금인칙서를 내놓고 떠나라. 아니면 그 뻣뻣한 모가지를 하나하나 꺾어주마."

"크윽…!"

하지만 하나우 백작은 아직 정신을 못 차렸다.

"잠시만, 진정하게. 우리는 마왕과 다툴 생각이 없다. 분명히 타협점을……."

타앙!

안장에서 권총을 꺼내 하나우 백작 옆에 있는 청년을 쏴 죽여 버렸다. 그는 허망하게 죽었다. 귀한 집안의 자제가 마지막으로 한 일이라고는 땅바닥에 흙먼지를 일으키는 게 다였다.

"후!"

권총 끝의 연기를 불어 날리고는 안장의 권총집에 다시 꽂아 넣었다.

"타협은 없다고 말했다. 한 번 더 헛소리를 하면 혀를 뽑아버리겠다."

대화나 타협은 서로 주고받을 수 있는 관계에서 하는 거다. 하지만 지금 하나우 백작과 내 관계는 일방적이다.

"금인칙서를 내놔라. 아니면 그대에게 줄 건 죽음뿐이다."

"대체… 대체… 그대는 누구인가!"

일부러 면갑을 내리고 있으니 내 정체가 들킬 리는 없었다.

"페자무트 전하를 위해 봉사하는 자일뿐이다. 더는 알 필요 없다."

"크으윽…."

하나우 백작의 얼굴이 굴욕으로 일그러진다. 폭력이나 다름없는 일방적인 요구에 몸을 파르르 떨고 있었다. 존귀한 삶을 살아온 그에게 이런 경험은 처음이겠지.

"절대 내어줄 수 없다!"

결국 그는 마음을 독하게 먹기로 한 모양이다. 상관없었다. 시원하게 끝내버리면 되니까. 즉각 뱀파이어들에게 명했다.

"모조리 죽여라."

고성이 밤하늘을 쩌렁쩌렁 울리는 전투가 벌어졌다. 나는 그 싸움터의 한가운데로 돌격했다. 호위병들 뒤쪽에 있는 하나우 백작을 잡기 위해서였다.

"놈을 막아라!"

하나우 백작은 주변에 그리 명하고 말머리를 돌린다. 수하들이 시간을 끄는 사이 자기라도 탈출하려는 수작 같았다. 금인칙서는 저놈이 들고 있는 모양이로군.

"막아!"

잘 무장한 기병들이 일렬로 방벽을 만든다. 그리고 일제히 내게 마상권총을 겨누었다. 하지만 무의미한 짓이었다. 그림자 폭발을 사용했다.

콰아아아앙!

검은 그림자가 폭발하며 인마가 하늘로 날아오른다. 사람과 말로 만들어졌던 장벽은 단번에 터져나갔다. 그리고 그 사이로 피를 흥건히 뒤집어쓴 내가 질주했다.

"하나우 백작!"

"이런! 미친 자가!"

그는 설마 이럴 줄은 몰랐다는 듯 황급히 말을 달린다. 우리는 달밤에 추격전을 벌이기 시작했다.

나는 즉각 피눈물 흡수를 사용했지만 소용이 없었다. 어떤 마법이 하나우 백작을 보호하고 있었다. 아마 출발 전에 고명한 사제에게 축복을 받은 듯했다. 그래서 안장에 장전된 다른 권총을 뽑아 쐈다.

카앙!

그의 등에서 불꽃이 튀었다.

"크악!"

비명을 지른 하나우 백작은 휘청거렸지만 낙마하지 않고 버텨냈다. 아무래도 입고 있는 갑옷의 품질이 무척 훌륭한 듯했다. 어디 공방 제품이지?

"이대로 도망칠 수 있다고 생각하면 오산이다! 백작!"

갑옷이 단단하다고 해서 방법이 없는 건 아니다. 품에서 움직이는 밧줄을 꺼내서 던졌다. 그러자 공중으로 날아간 밧줄이 살아있는 뱀처럼 움직이더니 하나우 백작의 한쪽 팔을 잡아챘다.

"크악!"

짧은 비명과 함께 하나우 백작이 허공으로 떠올랐다. 낙마해서 땅에 무참하게 뒹굴렀다. 그러거나 말거나 그의 말은 주인을 버리고 저 멀리로 열심히 달려간다. 오히려 뚱뚱한 백작이 사라지자 엄청난 속도를 내고 있었다.

"그으으윽…."

낙마의 충격으로 정신을 못 차리는 하나우 백작을 보며 말에서 내렸다.

"흠…."

나는 잠시 그의 갑옷 메이커를 살폈다.

"졸링겐의 군터 갑옷 공방이라. 이거 작품이로세."

그것만 확인하고 바로 검을 박아 넣었다. 그걸로 끝이었다. 사람 목숨이 이렇게 허무했다. 그의 품을 뒤지자 금인칙서를 쉽게 찾을 수 있었다. 나는 그걸 죽은 백작의 얼굴에 흔들어 보였다.

"그러게 왜 그리 열을 냈소. 이거 하나 주고 가면 그만인 것을."

좋아. 이번 일은 이대로 마무리….

부우우웅-. 부우웅-.

그런데 그때 뿔나팔이 울었다.

"뭐, 뭐야?"

깜짝 놀라 소리 난 쪽을 보니 한 무리의 기병들이 이쪽을 향해 질주해 오고 있었다. 환한 달빛 아래 그들이 갖고 있는 깃발이 보였다. 장미 문양이 들어간 문장. 저것은 틀림없이 서열 6위 마왕, 로엘린의 문장이었다.

"저놈들이 갑자기 왜…?"

의아해 하던 내 머릿속이 빠르게 굴러가기 시작했다.

저 로엘린이란 마왕은 제국 남부의 패자로 서열 12위 페자무트와 앙숙이었지.

그렇다면 페자무트의 적인 필립과의 관계는 어떨까? 적의 적은 친구라지 않나. 설마 로엘린이 필립과 모종의 관계에 있던 걸까?

필립의 총신들이 금인칙서를 들고 동남쪽으로 튄 것도 이해가 된다. 그들은 짤츠부르크가 아니라 그보다 좀 더 남쪽에 있는 마왕 로엘린의 영지 로제란트로 가려고 했던 건지도 모른다.

설마 저들은 필립의 총신들을 마중 나왔던 건가? 아마 전투의 소음을 듣고 급하게 쫓아온 모양이었다.

"주군! 마왕의 군대입니다! 적으로 생각됩니다!"

"물러나겠다."

"아직 필립의 총신들이 몇 남았습니다! 오래 걸리지는…"

"아니다. 그들은 살려 보내라."

내 말에 뱀파이어는 의아한 듯 되물었다.

"아직 적이 도착하려면 여유가 있습니다. 그 사이 도망간 놈들을 쫓아서 정리하고 물러나도…."

나는 고개를 저으며 말머리를 돌렸다. 필리가 앙탈을 부려 목덜미를 상냥하게 쓰다듬어 줬다.

"괜찮다. 생각해 보거라. 지금 우리가 어느 부대의 복장을 하고 있느냐?"

이내 뱀파이어는 내 말 뜻을 알아들었다.

"하오면!"

"그래. 누군가 로엘린의 진영에 가서 페자무트의 졸개들에게 습격 받았다고 말해줘야 하지 않겠느냐?"

서열 6위 로엘린은 자신에게 와야 할 금인칙서를 앙숙이던 서열 12위 페자무트가 빼돌렸다는 보고를 받게 될 것이다.

이후 그녀는 어떻게 반응할까?

분명히 제국 서남부의 상황은 점입가경의 혼란으로 빠져들겠지. 내게 그런 아비규환은 환영이었다.

역사가 언제나 증명하고 있지 않나. 그런 혼란이 나 같이 그림자에서 웅크린 음모가에게 기회와 성공을 선물해 왔음을.

상대가 서열 6위의 아름답고 무시무시한 마왕님이라고 해도 상관없다. 나는 원래 장기 말이 예쁜 걸 좋아하니까.

어쩐지 즐거워져 철수하면서 허공에 소리쳤다.

"위대하신 페자무트 전하! 신이 전하께 지금 큰 선물을 갖고 가옵니다!"

주변의 뱀파이어들은 내 말을 이해하고 자지러지며 웃어댔다. 내 선물이란 서열 6위 마왕 로엘린의 분노였다.

"캬하하하하!"

"끼끼끼끽! 히히힛!"

그렇게 달밤에 죽은 자들이 광소를 터뜨리며 달음박질쳤다.

우리는 제국에 피와, 음모와, 죽음을 몰고 간다.

장미의 나라 로제란트. 제국의 남쪽 경계선에 면해 있는 이곳은 서열 6위의 마왕 로엘린이 다스리는 땅으로, 상업이 크게 번성했다.

부유한 만큼 도시는 화려하고 아름다웠다. 그리고 그 아름다움의 극치가 로엘린이 머무는 장미궁이었다. 한데 어찌된 일인지 이 장미궁에서 봉두난발의 사내들이 고성을 지르고 있었다.

"어서 로엘린 전하를 뵙게 해주십시오!"

"그 페자무트 놈이 벌인 혈겁을 낱낱이 말씀드려야겠습니다!"

목소리의 주인공은 간밤에 간신히 살아남은 필립의 총신들이었다. 그들은 마왕궁의 관료들을 붙잡고 울분을 토하고 있었다.

아직 얼굴에 묻은 흙과 피도 닦지 않은 걸 보아 어지간히도 분했던 모양이었다. 간밤에 도착해선 여태 로엘린의 배알을 요청하고 있었다.

"자자, 진정하십시오. 로엘린 전하께서는 곧 오실 겁니다. 사보이 공작 전하와 몇 달 전부터 약속하신 회담을 진행 중입니다. 공식 일정은 잠시 뒤면 끝이 날 테니 기다려주십시오."

로엘린은 바쁜 마왕이었다. 그녀의 스케줄은 빈틈없이 꽉꽉 채워져 있었기에 한 번 만나는 것도 쉬운 일이 아니었다.

"아니! 이런 긴급한 상황에 일정을 운운하시오!"

사정은 알지만 받아주는 것도 한계가 있었다. 몇 시간 동안 시달린 마왕궁의 마족들은 급기야 쌍심지가 켜졌다.

"어찌 장미궁전에서 이런 무례시오! 공들은 전하의 기병들이 아니었다면 지금까지 살아있지 못할 것이 아니오이까!"

"뭐요!"

점점 양측의 실랑이가 심해지던 그때 다정하고 따뜻한 목소리가 들려왔다.

"멋진 신사분들. 일단 마음을 가라앉히시길."

그녀는 그것만으로 칼이라도 뽑을 것 같은 분위기를 단번에 정리해버렸다. 간밤의 사단에 흥분해 날뛰던 필립의 총신들도 처음 보는 절세가인의 모습에 눈이 휘둥그레졌다.

"전하…."

누군가 신음하듯 외치는 소리에 홀에 있던 사내들은 일제히 한쪽 무릎을 꿇어 이 존귀한 여자에게 예를 갖췄다.

서열 6위, 장미의 마왕 로엘린이 등장한 것이다.

"자, 일어들 나세요."

도저히 마왕의 입에서 나온 것이라 생각할 수 없는 따뜻한 목소리였다. 마치 그 목소리는 오후의 따뜻한 햇살을 머금은 커튼

처럼 살랑살랑 부드럽고, 기분 좋게 느껴졌다

"오오! 로엘린 전하!"

필립의 총신 중 늙은이 하나가 옛 기사가 그랬던 것처럼 멋지게 로엘린에게 인사하며 그녀의 손등에 입을 맞췄다. 그리고 감정에 겨워 울먹이며 간밤의 비극을 늘어놓았다.

로엘린은 조금의 흔들림 없는 기품으로 그 이야기를 경청했다. 늙은 귀족의 말이 구구절절하고 꽤나 청자를 지치게 했음에도 말이다.

"그들은 틀림없이 페자무트의 군대였습니다. 이 늙은이가 똑똑히 기억하나이다. 하니 세상에서 제일 아름다운 분이시여, 부디 저희를 위해 정의를……."

늙은이의 말이 계속되는 사이 로엘린은 생각에 잠겼다. 사실, 간밤의 일은 보고 받아서 알고 있다. 늙은이의 말에 더 필요한 정보는 없었다. 그래서 그녀는 간밤의 습격이 과연 페자무트의 짓이 맞는지 검토에 들어갔다.

- 로렌스, 어떻게 생각하시나요?

늙은이가 떠들거나 말거나 로엘린은 근처에 있는 자신의 수석비서관에게 물었다.

- 페자무트가 전하께 시비를 걸 이유는 얼마든지 있지요. 원래 험악한 사이가 아닙니까?

- 그렇긴 합니다만….

로엘린은 아무리 사태가 명확해도 한 번 더 생각해 보고 결론을 내리는 버릇이 있었다. 그래서 바로 동의할 수는 없었다.

- 아마 자신의 동맹자인 프리드리히를 위해 나섰겠지요. 프리

드리히 측에서 도움을 구했겠지요. 먼저.

- 소녀의 생각도 다르지 않아요.

마왕 중에 자신을 '소녀'라고 칭하는 이는 로엘린 하나 밖에 없었다.

- 전하, 사령술이란 현재 매우 찾아보기 힘든 힘입니다. 우리들조차 그 죽음의 힘을 꺼리고 있지 않습니까?

- 그렇죠. 그 칙칙한 페자무트나 열중하는 분야입니다. 그래서 마왕들 사이에서 따돌림 당하는 거구요.

마왕도 기본적으로 생물이다. 죽음을 다루는 주문이 반가울 리가 없었다.

- 인간 쪽은 더 심합니다. 그들의 사령술 계보는 거의 끊겨 사라졌습니다. 현재 인간의 선제후 중 둘이나 세속성직제후입니다. 트리어와 마인츠의 선제후들은 대주교의 직위도 겸하고 있지요.

트리어 선제후와 마인츠 선제후는 몇 백 년 동안 사령술사를 모두 불태워 버렸다. 불로 태울 수 없으면 맷돌로 갈아버렸다. 그 여파로 인간 사령술사들은 모두 삼류로 전락했다.

- 홍수는 뱀파이어를 십여 명 이상 부렸다고 합니다. 이것만 봐도 절정의 경지임을 알 수 있습니다. 페자무트의 끄나풀이 아니라면 불가능하다는 게 신의 생각입니다.

로엘린도 그 점에 대해선 동의하고는 결론을 내렸다.

- 쓸데없는 의심은 일의 추진력을 떨어뜨리죠. 더 고민할 필요 없겠네요.

하지만 이것은 거한 헛다리였다. 얼마 전엔 페자무트가 헛발

질을 하더니 이번에는 로엘린이 그러고 있었다. 페자무트도 로엘린도 이 모든 일의 원흉이 따로 있다는 걸 아직 알지 못했다.

"진정하시길. 이 일에 대해 소녀가 페자무트에게 정식으로 항의하겠어요. 금인칙서를 돌려달라고 요구할 테니 너무 걱정하지 마세요."

"오오! 전하! 자비로우십니다!"

로엘린의 확언에 필립의 총신들은 감격해 했다. 만약 페자무트가 금인칙서를 내놓지 않는다면 저 항의가 단순히 항의로 끝나지 않을 걸 알기 때문이다.

제국에는 로엘린을 가리키는 유명한 금언이 있다.

<장미에는 가시가 있다.>

로엘린의 따뜻하고 아름다운 외형 때문에 그녀를 얕잡아 보면 곤란하다. 그녀의 업적은 오로지 힘으로 이룬 것이다.

"신사 분께서는 우선 궁전에서 휴식을 취하세요. 멋진 분들이 먼지를 뒤집어쓰고 계시니 소녀의 마음이 아프네요."

그런데 그때 전령으로 보이는 마족 하나가 다가오더니 로렌스에게 무언가를 건넸다. 그걸 살핀 로렌스는 급히 자신의 주인에게 알렸다.

- 전하. 라이테르의 개새끼들이 또 우리 상인들을 털었다고 합니다.

- 하아… 야만스러운 기사 놈들! 좋아요. 가지요.

로엘린은 새로운 소식에 표정이 일그러질 뻔했으나 용케 수습하고 미소 지었다.

"나머지는 소녀에게 맡기시길."

하루 뒤, 페자무트는 로엘린에게 마법으로 일방적인 통보를 받았다.

"뭐? 금인칙서를 내놓라? 이게 무슨 소리야!"

가신들을 긴급 소집한 회의에서 이 마왕은 분노를 감추지 못하고 길길이 날뛰고 있었다.

"아니, 금인칙서가 대체 뭔데?"

심지어 그는 이번 사건의 핵심인 금인칙서가 뭔지도 몰랐다. 그런 세세한 부분은 참모들이 신경 쓰는 거지 자신은 알 바 아니라는 게 그의 평소 지론이었다.

페자무트는 늘 매복과 배신이란 원칙을 강조해, 발러에게 두뇌파로 고평가 받고 있지만 실상은 그런 위인은 아니었다. 중요한 계책은 항상 참모들이 마련해 줬던 것.

그는 결정적일 때 나서서 자신의 무력과 사령술을 과시하며 거들먹거리면 만족하는 자였다. 매복과 배신이 없으면 싸우지 않는다는 원칙도 사실은 겁쟁이의 똥고집 같은 거였다.

"전하, 금인칙서라 하오면…."

이어진 참모의 설명에 페자무트는 그제야 그 물건이 뭔지 이해했다.

"아니, 망할. 그걸 왜 본왕에게서 찾아?"

"음… 저쪽 통보에 의하면 그걸 전하께서 갖고 있다고 합니다."

"방금 전까지만 해도 존재 자체도 몰랐던 그런 종이쪼가리를?

페자무트는 억울하고 분해서 심장이 터질 것 같았다. 역시 로엘린은 쌍년이란 자신의 판단은 절대적으로 옳았다. 살다 살다 이런 황당한 일은 처음이었다.

"그냥 시비를 거는 것 아니겠습니까? 최근에 전하께서 빛나는 성공을 거두시어 제국 서남부를 획득하셨죠. 로엘린의 속이 뒤집어졌음이 뻔합니다. 좀 토해내라 그런 뜻 같습니다. 솔직히 이때다 하고 치고 들어오는 게, 전부터 기다리고 있었던 모양입니다."

"아우! 이 빌어 처먹을 허벌구멍이!"

급기야 페자무트는 뒷목을 잡고 옥좌에 주저앉았다. 그러자 전하! 전하! 하는 소리와 함께 신하들이 우르르 몰려들었다. 페자무트는 흥분된 얼굴로 그들을 모두 물리치고는 외쳤다.

"좋다! 본왕도 참을 만큼 참았다. 로제란트와 접경지에 아군의 부대 배치를 강화한다! 1만 정병을 이동시키겠다!"

그 선언에 가만히 사태를 지켜보고 있던 발렌슈타인이 깜짝 놀라서 끼어들었다.

"전하! 그리 하오시면 제국 서남부 방어에 심각한 차질이 생깁니다. 지금도 문제인데 1만이라니요!"

요즘 발렌슈타인은 밤에 잠도 잘 못 자고 있었다. 서남부 방어가 허술해져서 누가 이 틈을 노려 쳐들어올까 노심초사였다. 다행히 그의 허장성세가 먹히고 있었지만, 이를 간파할 적이 나타나지 말란 법도 없었다. 하지만 페자무트는 발렌슈타인의 의견을 간단히 무시했다.

"서남부? 하하핫! 그깟 인간 따위가 뭘 할 수 있다고 걱정인가! 발렌슈타인! 그대는 심장이 작은 사내였구나!"

"그런 문제가 아닙니다! 전하!"

"시끄럽다! 전부터 그대는 시키면 시키는 대로 하지 말이 많아! 어찌 매번 그리 뻣뻣한 것이야!"

"…송구하옵니다."

"그 수녀회의 정신 나간 여자가 라인강을 넘어와도 막을 병력은 충분하다. 그 외에 인간 제후들이야 아무래도 좋다. 단번에 쳐부술 수 있는 것들이니 신경 쓸 거 없다. 지난 번 하르프하임 전투 이후 모두 겁에 질려 벌벌 떨고 있는데 뭐가 그리 신경 쓰이는가. 지금 중요한 건 그 장미 향수나 뿌리고 다니는 창녀란 말이다!"

발렌슈타인은 점점 상황이 이상해지고 있음을 깨달았다. 그리고 그는 자신이 품었던 의심이 확신이 되어가는 것을 느꼈다.

'누군가 있다. 우리가 모르는 누군가가!'

언제나 자신만만하던 발렌슈타인도 지금만큼은 두려움을 느꼈다.

필립의 총신들에게 금인칙서를 넘겨받은 우리는 비텐바이어로 돌아왔다. 그리고 성대한 파티가 열렸다. 벽에는 누가 써놨는지 이런 문구가 보였다.

<경축! 존엄하신 우리 전하께서 금인칙서를 획득하시다!>

뱀파이어들과 나는 부어라, 마셔라 놀자 판이었다.

"주군. 감축드립니다. 이로써 주군의 대계에 한 발 더 다가서
게 되었습니다."

"고맙구나. 파펜하임."

파펜하임은 원래 하이델베르트에 있었지만 복귀하던 중 수정
구로 연락해 비텐바이어로 내려오게 했다.

금인칙서를 챙긴 이상 마왕 페자무트의 군대가 코앞에 있는
이쪽이 더 중요하게 됐기 때문이다. 현재 내 최고 관심사는 페자
무트 마왕군의 부대 배치였다.

"각별히 신경 쓰라. 파펜하임. 큰 거 한방의 기운이 느껴지노라."

"사력을 다하겠습니다."

파펜하임은 제국에서 손꼽을 인재다. 믿고 맡길 수 있었다. 그
리고 그 효과는 사흘 만에 바로 나타났다. 마르가레타를 만나러
갈 채비를 하는데 파펜하임이 보고할 게 있다고 온 것이다.

"주군, 최근 페자무트의 진중에서 특이사항이 발생했습니다."

"무엇인가?"

"1만에 가까운 정예병이 부대 이동을 준비하고 있습니다."

"뭐?"

"여기 새로 갱신한 부대 배치도입니다. 완벽하진 않습니다만
보시는데 무리가 없을 것입니다."

나는 탁자 위에 놓인 마왕군의 부대 배치도를 보며 고개를 갸
웃거렸다.

"허… 갈수록 이상하구나? 이건 군사적으로 불안하기 짝이
없는 배치다. 혹시 고도의 함정인 것인가?"

그도 그럴 게, 지금 부대 배치가 곳곳에 약점이 많았다. 1만 정

예병만 내게 있다면 이대로 라인강을 도강해서 커다란 타격을 줄 수 있을 것 같았다.

서남부의 마왕군 전체를 몰아낼 수야 없겠지만 도시 하나를 점령해서 농성에 들어갈 자신은 있었다. 그렇게만 하면 페자무트는 엄청나게 난처해진다.

"짐은 지금처럼 군대가 갖고 싶은 적이 없도다."

"신도 그러하옵니다."

"페자무트는 왜 1만 대군을 빼낸단 말이냐."

"송구하옵니다만, 거기까진 파악을 못했습니다."

나는 지난 플레이의 기억을 되짚어 봤다. 하지만 짚이는 구석이 없었기 때문이다.

"흐음…."

"크음…."

군신이 머리를 맞대고 지도삼매경에 빠졌다. 이유는 왜 마왕군이 계속 이렇게 삽질을 할까란 주제였다. 그러다 나는 한 가지 결론에 도달했다.

"설마 페자무트와 로엘린을 이간질을 한 게 이 정도로 성과를 거둔 건가?"

그러나 파펜하임은 부정적이었다.

"설마 그렇게 아둔하겠습니까? 그래도 마왕입니다."

"…그, 그렇겠지?"

"물론입니다. 만약 로엘린과 갈등이 심화된다면 차라리 서남부 일부를 떼어주는 게 현명합니다. 이런 식으로 부대를 운용하면 전체를 잃을 지도 모르기 때문입니다."

지당한 얘기에 고개를 끄덕일 수밖에 없었다. 내가 너무 편의적으로 생각했구나. 그래도 서열 12위 마왕인데 그렇게 멍청할리가 없지.

지난 싸움들을 생각해 봐도 페자무트는 늘 간교한 수작질을 부려 온 두뇌파 마왕이다. 두렵구나, 역시 피와 죽음의 마왕이란 명성이 헛된 게 아니었다.

"이게 마왕인가. 뭔가 심모원려한 계획이 있는 거 같은데 알수가 없으니 사방에 안개가 낀 기분이다."

"진정 그렇습니다. 마왕이란 존재는 정말 무섭군요."

새삼 과거 배드엔딩들이 기억났다. 절대 그걸 또 반복할 생각은 없었다. 페자무트에게 두려움을 느낀 나는 금인칙서를 얻어서 다소 나태해진 기분이 싹 가시는 걸 느꼈다.

안 그래도 지금 목표가 제국 서남부에서 페자무트를 몰아내고, 팔츠 선제후령에서 프리드리히까지 쳐낼 작정이다. 결코 쉬운 일이 아니었다.

안 되겠다. 바짝 조이자. 내 자신을 한계까지 몰아붙이는 거야. 나는 결연한 마음으로 각오를 다졌다.

라인 강 너머의 일은 답이 안 보였다. 이럴 때는 머리 싸매고 있어봐야 소용없었다. 결국 나는 뱀파이어들에게 뒤를 맡기고 발푸르가 수녀회로 향했다.

"마리, 저 왔습니다."

"오! 왔느냐!"

작은 마르가레타는 반색하며 뽀르르 달려왔다.

"이 녀석! 며칠 늦지 않았냐!"

"미안합니다."

"진작 마법지퍼를 풀어보았으나, 발러 너와 함께 보기로 해서 기다리고 있었단 말이다. 엄청 궁금해서 혼이 났다!"

"하하하."

어지간히 애가 탔던 듯 마르가레타는 마법지퍼를 열더니 탁자 위에 그대로 부어버렸다.

와르르르!

안에서 엄청난 금화가 쏟아져 나왔다. 마르가레타는 앙증맞은 두 주먹을 불끈 쥐며 감탄한다.

"오옷! 반짝반짝 아름다운! 본인이 세상에서 제일 좋아하는 거다!"

"수녀가 그런 말을 해도 됩니까?"

"이만큼 내꺼!"

마르가레타는 마치 모래성에서 흙을 덜어가는 아이처럼 금화 한 뭉치를 자기 팔로 끌어 모았다. 그런데 워낙 팔이 짧아서 별로 가져가지 못했다. 그녀가 도와준 것에 비하면 보잘 것 없는 대가였다. 그래서 내가 양손으로 왕창 밀어주려고 하자 그건 또 거절한다.

"더 받으셔도 됩니다만?"

"애초에 공짜로 해주려고 한 일이다. 이건 나중에 마을에 나가면 빵이랑 사탕을 사먹으려고 챙긴 거다. 고얀 안젤라 녀석이 수녀에게 용돈은 필요 없다고 간식비를 끊어버렸다. 대수녀원장이 되더니 폭군이 되었어."

"…간식비가 필요하면 제게 언제든 말씀하십시오."

"정말이냐? 발러 너는 혹시 천사냐?"

뭐랄까, 이 작은 소녀의 환심을 사는 건 너무나도 간단했다. 동전 몇 개면 관계를 다질 수 있었던 거다.

그나저나 마법지퍼에서 나온 돈은 정말 엄청나구나. 테이블 아래로도 왕창 쏟아져 내렸다. 갑자기 주위가 드래곤의 둥지로 변한 느낌이었다. 필립 녀석… 선제후 아니랄까봐 엄청 갑부였군.

"대략 얼마인지 셈해보자. 발러, 이 필립의 마법지퍼는 줄 테니 여기에 도로 넣거라."

우리는 쏟아진 금화를 마법지퍼에 다시 담으며 계산에 들어 갔다. 총금액은 보석류를 빼고도 무려 10만 플로린이었다. 세는 데만 두 시간 이상 걸렸다.

"과연 선제후인가… 이 정도 돈을 용돈으로 들고 다니다니 믿을 수가 없구나. 대체 얼마나 비싼 간식을 사먹으려고? 사탕으로 집이라도 지을 속셈이었나!"

마르가레타는 질렸다는 얼굴이다. 검소하게 사는 수녀인지라 충격을 받은 것 같다.

"원하시면 나눠드리고요."

"됐다. 발러, 그대는 큰일을 하려고 하지 않느냐. 이 돈이 요긴 하게 쓰일 테니 잘 간수하거라. 사실 마왕군과 싸우려면 이 정도 도 한참 부족하다."

"배려에 감사합니다."

금화와 보석을 치우고 나자 편지 여러 통과 낡은 검 한 자루만 남았다. 마르가레타는 무인이라 그런지 검에 관심을 보였다.

"낡은 검이구나. 소박함을 넘어 궁박하게까지 생겼다. 막 만들어졌을 때는 꽤 쓸만했겠지만, 지금은 너무 낡아서 사용할 수 없겠지. 으음… 검신에 룬 문자가 적혀있군. 류블…라냐?"

나는 이미 그 검이 무엇인지 알아본 상태다. 류블라냐. 팔츠 선제후가의 가보이며 제국 12대 명검으로 이름 높은 칼이다.

그런데 재밌게도 겉으로만 보면 아주 낡은 칼 그 이상도, 이하도 아니다. 심지어 검에 안목이 높은 마르가레타 역시 류블라냐의 비밀을 알아보지 못했다.

아마 필립 역시 마찬가지였겠지. 그가 계속 성장했다면 가문에 내려오는 지식을 바탕으로 류블라냐의 비밀을 파헤쳤을 거다. 하지만 가엾게도 그 전에 죽고 말았다.

"이상하구나. 본인이 알기로 류블라냐는 제국 12대 명검의 이름인데, 어찌 이런 낡아빠진 검에 그게 적혀있을꼬?"

"마리, 그게 그 류블라냐가 맞기 때문입니다."

"뭐! 정말인가?"

놀란 마르가레타는 검을 다시 요리조리 살피기 시작했다. 하지만 앓는 소리를 내더니 검을 탁자에 도로 내려놓는다.

"발러, 뻥치지 말거라. 마법으로 위장된 건가 살폈지만 아니지 않나."

저런 반응은 당연하다. 이건 검이면서도 검이 아니니까.

"류블라냐의 사용법을 몰라서 그러십니다. 겉모습에 현혹되지 마십시오."

"엥? 그게 무슨 소리냐?"

"류블라냐는 검이면서도 검이 아닙니다. 겉모습과 다르게 사실 강한 힘이 감춰진 검이 아닐까 생각하셨죠?"

마르가레타의 입이 삐죽 나오는 걸 보니 정답인가 보군.

"흥… 생긴 거랑 다른 용도란 말이냐?"

"맞습니다. 이건 소환의 도구입니다."

직접 보여주는 게 빠르겠다 싶어 류블라냐를 든 채 팔츠 선제후 가에 내려오는 비밀스러운 구결을 외웠다.

"차원을 건너는 빛이여. 베어 죽이고, 꿰어 죽이고, 썰어 죽이는 빛이여. 여기 그대를 바라는 검객의 손에 깃들라."

그 말과 함께 낡은 검은 어딘가로 사라지더니 한눈에도 휘황찬란한 장검이 모습을 드러냈다. 마르가레타는 놀라서 두 주먹을 불끈 쥐더니 벌떡 일어난다.

"오오오옷!"

명검을 본 그녀의 두 눈은 별처럼 반짝이고 있었다.

"이게 진짜 류블라냐구나!"

"맞습니다. 다른 차원 어딘가에 보관되어 있어서, 그 낡은 검을 사용해 소환할 수 있습니다. 바꿔치기하는 원리라는데 자세한 건, 저도 모르겠습니다."

나는 차원을 넘어 날아온 류블라냐를 집어보았다.

<류블라냐>
200년 전의 팔츠 선제후였던 발라트가 '뜨겁지도 차갑지도 않은' 용 골

디락스를 구해주고 사례로 받았다는 검. 다른 차원의 기술로 만들어진 장검이다. 결코 부러지지 않는다.

S등급 마법무기.
공격력 +1,342
생명력 +310
힘 +120
건강 +122
카리스마 +110

스킬
태양의 랜스- 강력한 빛을 쏘아낸다.
정화의 빛- 독을 해독한다.

사기라고 할 스펙이었다. 잔뜩 좋은 것만 걸려있고 아무런 제약도 없다. 보통 S등급 아이템이라면 무언가 대가를 요구하는 게 보통이었다.

하지만 드래곤이 은혜를 갚기 위해 준 거라 그런지, 소유자에게 조금도 해가 되지 않는 게 이 류블라냐의 특징이라 할 수 있었다.

"결코 부러지지 않는 게 장점인 검이죠."

"이것보다 더 강력한 검과 부딪쳐도 말이냐?"

"그렇습니다."

"정말 대단한 검이구나⋯. 대단해. 그대와 잘 어울린다. 발러.

그나저나 이 검의 비밀을 어찌 안 것이냐?"

마르가레타는 정말 놀란 기색이었다. 하지만, 매번 그렇게도 대답해 주기 곤란했다.

"누구에게나 사정은 있는 법이지요."

"그, 그런가? 묻지 않길 원하는 듯하니 그러려니 하겠다. 하지만 발러… 그대는 정말 매번 본인을 놀라게 하는구나. 살만큼 살았다고 생각했는데 그대를 만나면 심장이 이렇게 콩닥콩닥 뛸 정도로 놀라니…."

"칭찬으로 알겠습니다."

마르가레타는 나를 슬쩍슬쩍 보는 게 저거 진짜 정체가 뭐야, 란 얼굴이었다.

"호, 혹시 드래곤이냐?"

"아닙니다."

"…뭐, 아니면 말거라. 그러면 혹시….."

"묻지 않으신다면서요."

다시 마르가레타의 입이 삐죽 나왔다. 아까보다 훨씬 튀어나왔다.

"흥. 아무튼 잘 된 일이다. 강한 마왕 중에는 그런 특별한 힘을 가진 무기가 아니면 상처입지 않는 부류가 많다. 앞으로의 싸움에 도움이 되겠구나. 아마 페자무트는 류블라냐 정도로 베지 않으면 금방 재생해 버릴 거다."

맞는 얘기다. 과거에 싸워봐서 안다. S등급 무기가 아니면 페자무트는 쉽게 재생한다. 다친 척하며 빌빌대다가 갑자기 힘을 회복해 반격하는 게 페자무트의 주특기였다.

과연 지력이 높은 간교한 악당이다. 나도 페자무트의 교활한 수작질에 넘어가지 않게 주의해야지.

"장점이 더 있죠. 평소에는 낡은 무기라 누가 훔쳐갈 생각도 안 한다는 점입니다."

진짜 류블라냐를 돌려보내자 낡은 류블라냐가 돌아왔다. 마르가레타는 신기한지 연신 감탄을 터뜨리며 시선을 떼지 못했다. 결국 그녀도 직접 소환과 소환 해제를 해보고 나서야 직성이 풀렸다.

"하하하! 아주 재미있다."

"자, 다음 것도 살펴보죠."

그 다음은 편지다발이었다. 마르가레타와 나는 차분히 그것을 살폈다.

"로엘린이군요."

"그렇네. 로엘린이다. 필립과 뜨거운 편지를 주고받는 사이였구나."

연애관계로 뜨거웠다는 말은 아니다. 둘은 정치적으로 뜨거웠다.

"세상에, 로엘린이 필립을 황제로 밀어붙이려고 했구나."

"정말입니까?"

마르가레타가 편지 하나를 흔들어 보였다. 살펴보니 정말이었다.

"흠… 이해가 안 되는 건 아닙니다. 장미의 마왕 로엘린은 황제와 사이가 무척 안 좋으니까요."

현 인간 제국의 황제 프란츠 4세는 장미의 마왕 로엘린과 서로 못 잡아먹어서 안달인 관계다. 황제의 직할령과 로엘린의 로제란트가 붙어 있는 것도 원인이었지만, 제일 큰 문제는 돈 때문이었다.

"최근에 그녀는 무역 문제로 고생 중이라고 한다. 황제 프란츠 4세가 로제란트를 압박하기 위해 경제 봉쇄에 들어갔기 때문이다."

현재 로제란트에서 생산되는 유려한 예술품과 마족제 마법 물품은 제국에서 최고 인기였다. 수많은 상단이 로제란트로 향했다.

이에 제국 황제인 프란츠 4세는 세금을 요구했는데, 당연히 로엘린은 반발했다. 인간 황제가 왜 마왕한테 세금을 걷는 것이었다.

"경제 봉쇄요?"

"그렇다. 우리 황제 폐하께서는 옆동네 사는 장미의 마왕이 돈을 쓸어 담는 게 배 아프셨던 거지. 그래도 그렇지. 하하하! 마왕에게 세금을 걷으려 하다니 폐하는 배포가 큰 건지, 멍텅구리인 건지."

자신할 수 있는데 프란츠 4세라면 높은 확률로 후자다.

"폐하의 입장에서는 제국이라는 수요 덕에 돈을 버는 로엘린에게서 뭐라도 뜯어내고 싶으셨겠지. 마왕과의 오랜 갈등 때문에 제국의 살림살이가 엉망이니까."

그래도 황제라고 다 망했어도 그 부유한 로엘린과 치고받을 여력은 남아있었다. 그러다보니 돈 좀 토해내라고 시비를 걸었던 것.

"로엘린의 성격상 어림없었을 텐데요. 어떻게 경제봉쇄에 들어간 겁니까?"

"그게 말이다."

황제가 경제봉쇄를 위해 동원한 방법이 참으로 원초적이었다. 세금도 안 내는 여자에게 관세를 물려봐야 소용없다는 걸 안 황제는 머리를 쥐어짜냈다.

"무역로 근처에 있는 기사 가문들에게 사략 나포 면장을 발급했다. 황제 폐하께서 말씀하시었지. 마왕 로엘린과 연관 있는 상단이나, 로제란트로 향하는 인간의 상단은 제국법에 의거 압류하라. 그래서 지금 제국 남부에서 기사들이 미쳐 날뛰고 있지."

맙소사. 황제의 경제 봉쇄가 이렇게 세련미가 넘치는 방법이었을 줄이야. 말이 압류지 마음껏 약탈해도 좋단 소리다.

"그 날뛰는 기사 중에 특이한 자가 하나 있다고 하더구나."

"누군데 그렇습니까?"

"본인 말로는 대검호의 마지막 전인이라고 주장하고 있다. 실제로 엄청난 검술 솜씨에 다들 혀를 내두르고 있다고 한다."

그 말은 들은 순간 나는 주먹을 꽉 쥐었다. 대검호의 마지막 전인, 그게 의미하는 바가 명확했기 때문이다. 그건 바로 절세검객. 수호자 클래스를 의미한다.

강철 선제후인 필립을 해치운 지 얼마 안 된 상황에서 또 다른 수호자의 행적을 알게 된 것이다. 수호자가 끼어든 걸 안 이상 이번 일에 반드시 개입해야겠단 생각이 들었다.

"자세히 좀 알려주시죠."

7. 사략 나포 면장

한데 의외로 그 절세검객에 대한 정보는 거의 없었다. 역시 직접 가서 알아봐야 할 것 같았다. 수호자란 존재를 모르는 마리는 그다지 신경 쓰는 기색이 아니었다.

"그 대검호의 마지막 전인보다 중요한 일이 있다. 발러. 이번 사략 나포 면장 때문에 커다란 사건이 터졌다. 지금 제국 전체가 주목하고 있다고 해도 과언이 아냐."

"그렇습니까?"

"그래, 심지어 발푸르기스도 이번 일에 어느 정도 휘말려 있어."

발푸르기스란 말에 나는 이 일을 가볍게 들을 수 없게 됐다. 이후 마르가레타가 자세히 들려준 사건의 전말은 복잡하기 짝이 없었다. 하지만 내 결론은 간단했다.

"발푸르기스 경을 도우러 가겠습니다."

"정말인가? 발러? 지금까지 주구장창 본인이 떠드는 걸 한 귀로 흘려버린 것이냐? 이번 건에는 제국의 거물들이 다수 끼어들었다. 심지어 저 위로는 황제까지 얽혀 있는데 작위도 없고, 세력도 없는 그대가 나설 셈이냐?"

마르가레타는 걱정하는 목소리였다. 하지만 이미 결정했다. 나라면 이 실타래처럼 꼬인 이 일을 풀어낼 수 있단 확신이 들었기 때문이다.

"할 수 있습니다."

발푸르기스도 돕고 제국의 정치판에 데뷔할 기회라고 생각됐다. 계산보다 빠르긴 하지만 조만간 이런 날이 올 거라고 생각했다. 언제까지 암중에서 사령술사로 살 수는 없다. 그늘 밑에서 음모를 꾸미려면 양지에서 가면을 쓴 채 살아갈 필요가 있었다.

"그런가. 참으로 모를 사내로다."

결국 마르가레타는 고개를 흔들더니 말리는 걸 포기했다.

"하긴, 그대는 특별하니까."

"특별하긴요. 그냥 촌놈입니다."

"허! 참 대단한 촌놈이구나. 칠마성전을 본 촌놈은 그대가 처음일 테니."

마르가레타는 이번 일은 정치적인 문제라 발푸르가 수녀회에서는 끼어들지 않을 작정이라고 했다.

"발푸르기스 수녀의 문제가 아니라 니더바이에른의 영주가 겪고 있는 문제니까."

"이해합니다. 당연한 판단이십니다."

마르가레타는 다소 불만어린 표정으로 손등을 턱에 대고 생각에 잠긴다.

"흠… 그래서 그대를 도울 방법이 마땅찮구나."

"말씀이라도 감사합니다."

"아니다. 맨입으로 힘내라고 하는 건 누구나 할 수 있는 일이다. 본인은 그런 걸 싫어한다. 성의는 반짝이는 물질로 표현하는 거다."

"…수녀다운 언행을 부탁드립니다."

"하하핫! 자, 이걸 받거라."

마르가레타가 내민 것은 붉은 보석이 박힌 반지였다.

"이건 본회의 순간이동 마법진을 이용할 수 있는 물건이다. 미리 얘기해 둘 테니 필요할 때마다 쓰거라."

아주 좋은 걸 얻었다. 앞으로 기동력이 왕창 올라가겠구나.

"감사합니다. 이런 배려를 해주시다니요."

발푸르가 수녀회의 지부 중 규모가 큰 곳은 순간이동 마법진이 설치되어 있다. 이 반지만 있으면 총 12개의 도시를 순간이동으로 오갈 수 있다. 주로 서쪽과 남쪽에 위치한 도시로, 발푸르가 수녀회의 영향권이 미치는 범위 안이었다.

"일단 뮌헨까지는 편하게 가겠군요."

뮌헨에서 발푸르기스가 머물고 있는 도시인 란츠후트까지는 이자르 강을 따라 50킬로미터 정도밖에 안 된다. 마르가레타 덕에 시간을 상당히 벌 수 있게 됐다.

"우리 작은 천사를 도와달라고 주는 거다. 가서 확실히 하고 와라, 발러."

"맡겨만 주십시오."

"그래, 그래야 사내지."

쇠뿔도 단김에 뺀다고 필리와 함께 곧장 뮌헨으로 이동했다.

거기서 란츠후트까지는 반나절도 걸리지 않았다.

"워, 워."

여길 다시 올 줄은 몰랐는데. 스토리상 그다지 중요한 장소가 아니라 란츠후트에는 몇 번 방문한 적이 없다.

이곳은 니더바이에른의 행정 중심지로 조용하고 평화로운 도시다. 발푸르기스는 바이에른의 동남부에 위치한 니더바이에른의 백작이라 주로 이곳에 머물며 영지를 다스렸다.

니더바이에른은 그녀가 후일 바이에른의 선제후가 되기 전에 후계자 수업을 받는 장소라고 할 수 있었다. 나는 바로 발푸르기스가 머물고 있을 관저로 향했다.

"멈추시오! 무슨 일로 방문하신 것이오?"

입구를 지키고 있던 병사들이 앞을 막아선다.

"니더바이에른 백작님을 뵈러 왔다."

수녀기사로 종군할 때야 발푸르기스 경이라 칭하지만, 평시에는 엄연히 니더바이에른 백작이시다. 호칭을 조심할 필요가 있었다.

"사전에 약속이 되시었소?"

다짜고짜 관저에 가서 백작을 만난다고 했지만 병사들은 날 무시하지 않았다. 그도 그럴 게, 내 차림새가 매우 훌륭했기 때문이다.

S등급 갑주인 저주받은 태생은 사이한 느낌을 줬지만 겉모습은 극히 아름답다. 게다가 발푸르기스에게 받은 명마 필리의 외형도 비범했다. 한눈에 봐도 말이고 갑옷이고 엄청 비싸 보이니 나를 당연히 귀족이라 생각하는 것 같았다.

"약속은 되어 있지 않다."

"그러면 곤란하오이다. 일단 신분을 밝히시오."

잘 훈련된 듯 문지기를 맡은 병사들이 강단이 제법 있었다. 차림새에 좀 기가 죽긴 했어도 할 말은 다 한다.

어떻게 할까? 발푸르기스가 준 목걸이를 꺼내 보이면 어렵지 않게 통과할 것도 같지만… 내 능력을 한 번 실험해 볼까?

나는 즉각 SS등급 스킬, <위대한 영도자의 위엄>을 발동했다.

구우우웅-.

내 전신에서 압도적인 기운이 뻗어나가 문지기들을 사로잡았다. 그러자 그들은 깜짝 놀란 표정이 되어 허둥거렸다.

"죄송합니다. 귀한 분을 몰라보고 무례를!"

"용서해 주십시오!"

문지기들은 혼이 달아난 표정이 되더니 일제히 한쪽 무릎을 꿇었다. 스킬의 압도적인 영향력 때문에 뭐가 뭔지 모르겠지만 일단 꿇고 보는 거다.

저들에게 나는 인세의 영웅이자 한없이 위대한 이로 보일 테니까. 이 스킬은 아직 숙련도가 낮긴 하지만 100명 이하의 일반인을 상대로는 완벽하게 들어간다.

"내 이름은 발러슈테드 발러다. 오늘 약속을 잡지는 않았지만 일전에 니더바이에른 백작님에게 초대를 받았다. 하여 이렇게 찾아왔으니 안내해다오."

"여, 여부가 있겠습니까! 제가 앞장서겠습니다!"

선임으로 보이는 병사가 황급히 일어나더니 할버드를 든 채 앞장섰다. 그는 내가 무척이나 대하기 어려운 듯 허둥지둥댔다.

그런데 지금 사용하고 있는 스킬 덕에 관저 앞에 있던 많은 사람들의 주목을 끌고 말았다. 관료에 고용인, 병사들까지 북적북적했는데 모두 일제히 날 쳐다봤다.

이 스킬 진짜 어그로가 엄청난데…. 민감한 내 귀에, 내게 고개를 숙여 보이며 자기들끼리 수군거리는 소리가 들려왔다.

"손님이신 거 같은데 누구시지?"

"어딘가의 공작이 아닐까?"

"그 정도의 위엄이긴 한데…. 별다른 문장이 안 보이는걸."

"공작이 아니라 나는 저 분이 황자 전하라고 해도 믿겠어."

"아니야, 내가 빈의 황궁에 갔다가 황자 전하를 뵈었는데 저 정도 위엄은 아니더라."

나에 대한 경외의 시선을 느낀 건지 안내하던 문지기가 괜히 목이 뻣뻣해져서 당당하게 걷는다. 나는 상냥하게도 그의 허영심을 채워주기로 했다.

"그대를 비롯해 관저의 병사들이 하나 같이 훌륭하구나. 니더바이에른 백작님께서도 든든하시겠네."

물론 내 평판을 위해서기도 하다.

"그리 말씀해주시니 감사합니다! 발러님!"

"발러 경이라고 부르면 되네."

"알겠습니다! 발러 경!"

정확히 따지면 기사도 아니고 슈판다우 촌놈이지만, 기사 작위야 발푸르기스에게 달라고 할 거니 썩 틀린 건 아니겠지. 좀 미리 경이라 칭해 달라 그거뿐이다. 누이 좋고 매부 좋은 거 아닌가.

"이쪽으로 들어가시면 됩니다. 군마는 여기 하인이 맡아줄 겁니다."

"고맙네."

관저 안은 검박하면서도 기품 있었다. 건물이 주인을 꼭 닮아 있구나. 3층까지 올라가 커다란 방 앞으로 안내 되었다. 문이 열려있기에 안을 들여다보니 발푸르기스가 보였다.

지도가 놓인 커다란 탁자 앞에서 관료들과 회의를 하고 있었다. 여전하구나. 평시임에도 완전 무장한 채 지휘봉을 들고 열심히 설명을 하고 있다.

그 모습을 보며 나도 모르게 미소가 지어졌다.

"안내하느라 수고가 많았네. 회의 중인 듯하니 잠시 기다리면 될 것 같군."

"알겠습니다."

병사가 떠나자 슬쩍 방 안에 들어갔다. 안에는 사람들이 많아서 뒤쪽에 서 있으면 문제없을 듯했다.

혹시나 존재감이 문제를 일으킬까 싶어 위대한 영도자의 위엄 스킬도 끄고는 얌전히 기다렸다. 아직 회의가 끝나려면 좀 걸릴 듯했다.

하지만 지루하지 않았다. 열심히 일하고 있는 발푸르기스의 모습을 보기만 해도 기분이 좋다고 할까. 게다가 자꾸 투구 쓴 그 모습 위로 그날 봤던 여신 같은 미모가 오버랩 됐다.

아무도 모르겠지. 저 투구 아래 그런 얼굴이 숨겨져 있는 것을.

흠… 그런데 그녀의 얼굴에 있던 그건 무슨 저주였을까? 분명히 어둠의 대군과 관련이 있어 보이는데 칠마성전을 본 나조차 모르겠단 말이지.

바이에른 선제후 가에는 무슨 비밀이 있는 걸까? 여러 회차를 다 합쳐 100년이나 이 세계에 있어도 아직 파악하지 못한 부분이었다. 그렇게 혼자 고민하고 있는데 갑자기 사방이 조용해짐을 깨달았다.

"음?"

뭔가 싶어 앞을 보니 방 안에 있는 수많은 관료들이 날 쳐다보고 있었다.

아니, 정확히 말하면 나와 발푸르기스를 번갈아 보는 중이다. 그도 그럴 게, 어느새 그녀가 내 쪽을 뚫어져라 쳐다보고 있었기 때문이다.

"발러……."

어쩐지 방해해 버린 것 같아서 어색한 웃음이 나오려는 그때 갑자기 그녀가 날 향해 달려왔다.

"발러!"

갑옷 입은 여기사가 관료들을 밀치고 일직선으로 뛰어오더니 그대로 날 껴안았다.

"윽!"

철갑으로 무장한 소녀의 돌진에 몸이 일순간 휘청했다.

"발러! 어쩐 일이냐! 언제 온 것인가!"

반가움이 가득 묻어나는 목소리가 면갑 안쪽에서 터져 나왔다. 그녀는 건틀렛을 낀 손으로 내 볼을 어루만진다.

"건강했나? 별 일은 없었고? 밥은 잘 챙겨먹었나?"

"저, 저기….."

"그대가 떠날 때 얼마나 아쉬웠는지 모른다!"

"저기 백작님…

"배는 안 고픈가? 같이 밥 먹겠나?"

"그 열정적인 태도는 무척 감사합니다만….."

"응?"

나는 대답대신 손가락으로 앞쪽을 가리켰다.

"무엇이냐? 지금 그대보다 중요한 건… 아!"

발푸르기스는 황급히 내게서 떨어지더니 입을 막는다. 그도 그럴 게, 큰 방 안에 모여 있는 많은 관료들이 귀신이라도 본 것 같은 표정이었기 때문이다.

모두 완전히 얼어붙어 버렸다.

나는 저런 반응을 이해한다. 발푸르기스가 공적으로 어떤 모습인지 과거 그녀의 동료로 지내며 많이 봤기 때문이다. 그녀는 공정하고 엄정한 군주다.

원래 대외적으로 감정 표현을 안 하는데다가 여자라 얕잡아 보이기 싫었던 탓에 더더욱 그런 경향이 강했다. 아마 지금은 그게 더하겠지.

어려서 얕잡아 보이기 쉬운 상황에, 사회경험이 적어 여유가 없으니 더더욱 엄격하게 굴었을 지 모른다. 한데 이런 모습을 보였으니…….

"아…아…."

발푸르기스는 어쩔 바를 모르고 말문이 막힌 듯했다. 나는 그녀에게 속삭였다.

"경은 기본적으로 껴안는 걸 너무 좋아하십니다. 저야 경 같이 귀여운 소녀가 안겨오는 걸 환영합니다만, 다음부터는 둘만 있을 때 부탁드리고 싶습니다."

"시, 시끄럽다!"

뺙 소리를 지른 그녀는 회의를 파하고 서둘러 나가버렸다.

"오늘 회의는 여기까지다! 해산!"

그러자 문제가 생겼는데, 방 안 모두의 시선이 자연히 내게 향하게 됐다.

"……."

"……."

한참이나 어색한 침묵이 감돌았다. 그때 한 나이 많은 귀족이 내게 조심스레 묻는다.

"귀하께서는 뉘시오? 백작님과 무슨 관계인….."

어떻게 대답해야 할까. 심히 곤란하다. 나는 그냥 적당히 둘러댔다.

"보시는 대로의 관계입니다."

해석하기 나름의 말이었다. 과연 이 니더바이에른의 관료들은 어떻게 받아들일까? 괜히 회의장에 들어와 실수한 건가 싶어 마음이 무거워지는 그때 내게 물었던 늙은 귀족이 환호성을 터뜨렸다.

"좋아! 백작님께서 드디어 시집가신다!"

그 말에 주변에 있던 관료들도 모자를 위로 던지며 기뻐했다. 심지어 울음을 터뜨리는 자까지 보였다.

"니더바이에른 만세! 포기하지 않길 잘했습니다!"

"드디어 근심을 덜었습니다! 백작님께서 반 년 전에 하노버

공자를 발로 걷어찬 이후 혼담이 완전히 끊겼었는데….”

“어흐흐흑! 제가 잘 우는 남자가 아닌데 눈물이 납니다.”

설마 이런 반응이 터질 줄이야. 저마다 어깨를 두들기며 축하하고 있었다.

“하하핫! 해냈습니다.”

“이제 영지의 후사 문제도 해결이니 바이에른도 탄탄대로입니다. 경, 오래 오래 사십시오. 앞으로 꽃길만 펼쳐지겠습니다.”

“아, 물론이죠! 경께서도 좋은 날을 함께 보십시다.”

왜 지들끼리 덕담을 하고 난리야. 그들은 곧 어깨동무를 하더니 란츠후트 도시가를 부르며 의기투합했다.

“퇴근들 합시다! 맥주홀로 직행입니다!”

“오늘 일찍 들어가는 분은 없으리라 믿겠습니다!”

뭐랄까… 이 정도였습니까.

발푸르기스 경. 지금 당신의 충신들이 기뻐하고 있네요.

떠들썩한 난리가 진정되고, 시종의 안내를 받아서 조용한 방으로 안내되었다. 손님을 맞이하는 방인 듯 관저의 다른 곳과 다르게 신경 써서 꾸며져 있었다.

“잠시 기다리면 백작님께서 오실 겁니다.”

그렇게 시종이 떠나고 얼마나 기다렸을까?

똑. 똑. 똑.

노크 소리가 들려왔다.

"음?"

당연히 발푸르기스라고 생각했는데 아니었다. 발푸르기스라면 건틀렛으로 나무문을 쿵쿵 치는 소리가 나야 했다. 그런데 맨손으로 가볍게 두들기는 게, 마치 귀족가의 정숙한 숙녀처럼 나긋나긋하다.

"들어오세요."

발푸르기스가 늦는다고 누군가 말하러 온 걸까? 그런 생각을 하며 차를 마시던 나는, 방 안에 들어온 인물을 보고 그대로 뿜고 말았다.

"푸읍!"

그러자 그녀도 놀라 허둥댄다.

"발러! 괜찮은가!"

황급히 손수건을 꺼내 내 입가를 닦아준다. 더없이 다정다감하며 봄바람 같은 몸짓이다.

하지만, 그럼에도 불구하고.

나는 황당한 기분을 감추지 못했다.

"니더바이에른 백작님."

"음? 왜 그렇게 정색을 하면서 부르는가?"

"어떤 여자가 드레스를 입고 투구를 씁니까?"

지금 발푸르기스는 예쁜 드레스를 챙겨 입고 나타났는데 머리에는 철제 투구를 단단히 착용하고 있었다. 괜히 이리저리 포즈를 잡아보는 게 자기 딴에는 멋을 부린 것 같았다. 세상에 이런 기괴한 차림은 처음이었다.

"안 어울리는가?"

이제 보니 상당히 신경 쓴 기색이 역력하다. 나는 속으로 꽤 놀랐는데, 안 하던 팔찌나 여타 장신구를 하고 왔다. 모두 소녀를 위한 귀여운 물건이었다.

지난 회차의 100년을 모두 회상해도 발푸르기스의 이런 모습은 처음 봤다. 그녀에게 저런 액세서리는 가문의 인장인 반지나 신분을 증명하는 목걸이 같은 게 전부였었다.

"아닙니다. 귀엽습니다."

"정말이냐!"

나도 바보도 아니고 눈치가 있다. 발푸르기스가 왜 저런 차림으로 나타났겠는가.

뭐, 아무튼 다 좋은데… 저 투구만 없으면 정말 완벽하겠군. 그래도 어쩌겠는가. 이 정도면 그녀 나름대로 미지의 영역에 한 발 내딛은 거니 감사하도록 하자.

"리본이 많은 드레스가 잘 어울립니다."

내 말에 그녀는 가슴에 손을 얹으며 안도한다.

"그런가… 다행이다. 본녀에게 리본 같은 건 어울리지 않는다고 생각했다. 용기를 내 입었는데, 잘 어울린다고 해주니까 기쁘구나."

노출이 적은 기품 있는 드레스. 요즘 귀족가의 영애들이 즐기는 가슴이 확 파인 것과는 다른 종류였다. 옛 스타일이라고 해야 할까?

"어머니의 드레스다. 다행히 체형이 같아서 그대로 입을 수 있었다."

그녀에겐 의미 있는 드레스인 것 같았다.

"제게 보여주셔서 감사합니다."

"아, 아니! 특별한 의미가 있어서 보여준 건…."

"특별한 의미는 없지만 저한테만 보여주신 건 맞지요?"

"그, 그건 사실이긴 하지만…."

나는 막 한 가지를 깨달았다. 말로 그녀를 허둥대게 만드는 게 의외로 즐거웠던 것이다. 이대로 발푸르기스와 노닥거리고 싶었지만 오늘은 중요한 용건이 있다.

"곤란을 겪고 있다고 들었습니다."

"역시 그 일 때문에 온 건가?"

그녀는 가볍게 한숨을 내쉬는 게 현재 상황이 많이 답답한 듯했다. 워낙 권력자들이 얽힌 상황이긴 하지.

"발러, 오해하지 말고 들어라. 그대의 성의는 감사하나 이번 건은…."

"할 수 있습니다."

나를 배려해서 한 그 말은 단호하게 잘라버렸다.

"발러…."

"황제나 선제후가 개입했다는 건 알고 있습니다. 하지만 제 대답은 같습니다. 이 문제를 해결할 수 있습니다."

이건 결코 허세가 아니었다.

"정말인가?"

"네. 황제가 문제겠습니까? 전 어둠의 대군이 끼어 있던 문제도 해결했습니다. 거기에 비하면 황제 따위는 아무 것도 아니지요."

말은 이렇게 했지만 정치란 게 때로는 훨씬 더 어려울 수 있음을 잘 알았다. 하지만 발푸르기스는 날 믿어주었다.

"그렇게까지 말한다면 알겠다. 발러 그대가 할 수 있다면 할 수 있는 거겠지."

이렇게까지 금방 결론을 내리다니. 이 신뢰가 내 기분을 묘하게 만들었다.

"발푸르기스 경."

"응?"

"어째서 가능한지 더 추궁해야 정상 아닙니까?"

"글쎄… 그게 정상인가?"

발푸르기스는 고개를 약간 갸웃거린다.

"이상한 말을 하는구나. 그대가 할 수 있다고 했으니 본녀는 알겠다고 한 것뿐이다."

"역시 경은 괴짜입니다."

"…후훗. 뻔히 사정을 알고도 돕겠다고 쫓아온 그대가 더 괴짜가 아닌가?"

그런 식으로 말하니 할 말이 없긴 하다.

"일단 마르가레타님에게 다 들었습니다만, 그래도 당사자에게 한 번 더 듣고 싶군요."

"물론이지."

고개를 끄덕인 발푸르기스는 면갑의 숨구멍으로 빨대를 꽂아넣어 차를 마신 뒤 설명에 들어갔다.

얘기는 간단하면서 복잡했다.

그녀의 영지인 니더바이에른에는 파사우란 도시가 있다. 도검의 생산지로 유명한 곳으로, 파사우의 '달리는 늑대' 마크가 그려진 도검은 제국뿐 아니라 외국에도 명성이 높았다.

심지어 마왕령에서도 인기라, 석 달 전에 파사우에서 생산한 수많은 검신이 로엘린이 다스리는 로제란트로 판매되었다.

"이그니스 상단이 판매를 맡았지. 파사우의 도검장들이 위탁 판매를 하는 상단이다."

그런데 판매 대금이란 게 바로 지불되는 게 아니란다.

"이그니스의 상인들은 로제란트에 머물다가 한 달 전에 대금과 로제란트에서 구입한 교역품을 잔뜩 싣고 파사우로 귀환을 하고 있었다. 총 12대의 마차였다."

"그런데 그걸 기사가문이 습격한 거고요?"

"맞다. 라이테르 기사가문이다. 더러운 놈들이지."

로제란트를 출발해 북상하다가, 짤츠부르크를 지날 때 행렬이 습격을 받았다고 한다. 그런데 여기서 문제가 생긴 거다. 황제가 봉쇄령을 내린 게 두 달 전이니, 이 거래는 봉쇄령 전에 이뤄진 셈이다.

다만 대금의 지급이 봉쇄령 이후에 이뤄졌을 뿐이다. 당연히 칙령을 소급적용할 수 있는가에 문제가 생겼다.

"이 무슨 문명인답지 않은 폭거인가. 기사란 작자들이 제국의 상인을 공격해 약탈하다니. 그래서 이그니스 상단은 본녀에게 도움을 요청해 왔다."

그녀라면 즉각 개입했겠지. 자기 식구를 감싸고 도는 발푸르기스 성격상 가만있을 리가 없다.

한데 여기서 또 문제가 생긴다. 발푸르기스가 라이테르 기사가문을 압박하려고 하자, 이번에는 짤츠부르크 대주교가 관할령을 핑계로 끼어들었다. 자기 앞마당에서 벌어진 일이라 그거다.

"짤츠부르크 대주교는 친황제파의 대표 중 하나다. 그러니 라이테르 기사가문의 편을 든 거지. 현재 압류된 물품은 짤츠부르크 법정에 있다. 제국의 공식적인 압류가 된 셈이다."

"그래서 숙부인 바이에른 선제후님께 도움을 요청하신 거군요?"

이번엔 발푸르기스가 반격에 나서 숙부님을 불렀다. 위엄 넘치시는 바이에른 선제후의 출동으로 다시 상황은 발푸르기스 쪽으로 기운다. 하지만 그걸로 끝이 아니었다.

"그 망할 것들이 이제는 황제 폐하께 일러바쳤더구나."

전형적인, 애들 싸움이 어른 싸움이 된 경우다.

급기야 황제까지 끼어들었다. 결국 바이에른 선제후와 황제가 으르렁거리는 상황이 됐다. 하지만 황제에겐 카드가 하나 더 남아 있었다.

"그런데 어떻게 된 영문인지 작센 선제후가 끼어 들어서 황제 폐하의 편에 섰다."

가만히 있던 선제후가 하나 더 난입했다. 바이에른 위쪽에 있는 작센령의 선제후 요한 게오르그가 나선 것이다. 결국 다시 힘의 균형은 저쪽으로 넘어갔다.

그래서 현재 발푸르기스는 불합리한 합의를 강요받고 있다고 한다. 그녀로써는 분통이 터질 일이었다.

"순 날강도들이다. 합의란 이름으로 이그니스 상단의 돈과 물품을 다 집어삼킬 속셈이다."

이에 발푸르기스는 마왕 로엘린에게 SOS를 보냈고 로엘린까지 가세할 상황이라는 것. 상황이 산 아래로 굴러가는 눈덩이처럼 불어나고 있었다.

일단 쉽게 정리해 보면 이렇다.

제국 황제		바이에른 선제후
작센 선제후	VS	니더바이에른 백작
짤츠부르크 대주교		로제란트 마왕
라이테르 기사가문		이그니스 상단

그야말로 4:4 빅매치.

제국의 관심이 쏟아질 수밖에 없다. 주조연급의 대표만 추려도 이 정도고, 지지표명 등으로 간접적 개입한 귀족은 훨씬 많았다.

"연일 제국에선 이 소식을 다루는 주간지와 팸플릿들이 인기다. 다들 신이 났지."

"그 정도면 다행이게요. 이대로 잘못했다가는 상상도 하기 싫은 일이 벌어질 지도 모릅니다."

자칫하면 대전쟁이 5년 일찍 터져도 이상하지 않다. 애초에 대전쟁이란 것도 인류 VS 마족이란 갈등으로 발발한 게 아니다.

권력문제였다. 누가 왕관의 주인인가를 두고 싸웠을 뿐이다. 인간과 마족이 이념과 종족 갈등으로 성전을 벌이던 시절은 이미 수백 년 전에 끝났다. 제국에서 중요한 건 생활이었고, 그것보다 더 중요한 건 권력이었다.

애초에 이게 마왕을 무찌르자는 단순한 게임이었으면 진작 해피엔딩을 봤겠지.

"맞다. 이번 건은 정치적으로 아주 복잡하다. 화약고를 향해 심지가 타들어가고 있는 것과도 같지. 발러, 무언가 할 생각이라면 신중히 움직여야 한다."

솔직히 가장 훌륭한 모사꾼조차 지금의 뒤죽박죽인 상황에선 계책을 내기 어려울 정도다. 하지만 나는 다르다.

이번 에피소드는 익히 겪어보지 못한 것이지만 그럼에도 해결책을 찾지 못할 건 없었다.

지금 이 매치에 참여한 인물들의 비밀과, 과거 이 시기에 벌어졌던 시나리오를 기본으로 생각해 보면 되기 때문이다.

"발푸르기스 경."

"응."

"이번 싸움을 두려워하지 마십시오. 걱정하지도 마십시오."

내 단언에 그녀는 꽤 감탄한 기색이었다.

"그렇게 말해주니 정말 든든하구나. 솔직히 그대가 오기 전까지 의기소침해졌다. 검을 휘두르는 싸움은 자신 있다만 이런 싸움은 어렵더구나."

나는 그녀의 고운 손을 잡았다. 건틀렛을 낀 손이 아닌 맨손을 잡자 발푸르기스는 움찔했다. 부끄러운 지 손가락을 살짝 움츠렸지만 빼지는 않는다.

"제가 여기서 약속드리겠습니다. 이번 싸움에서 최종적으로 승리할 사람은 지금 여기에 있는 우리 두 명이라고요."

"그게 정말인가?"

"믿으십시오. 제가 그렇게 만들 겁니다."

"알겠다."

발푸르기스는 그리 대답하더니 손을 마주잡아 왔다. 따뜻하다. 어쩌면 신뢰란 손바닥의 온기를 통해 전달되는 건지도 모르겠다.

"지금부터 그대를 전폭적으로 돕겠다. 필요한 것은 모두 말하라. 본녀가 어떻게 하면 되겠느냐?"

"일단 발푸르기스 경께서는 최대한 합의를 할 의사가 있다는 태도를 보이십시오. 저쪽의 요구를 수용해서 상황을 마무리 짓고 싶어 한다는 연기를 하시면 됩니다."

"시간을 끌라 그 말인가?"

역시 척하면 딱이다. 과거에도 나랑 제일 상성이 좋은 영웅이 발푸르기스였다. 벌써부터 손발이 이렇게 잘 맞으니, 그녀와 함께 할 앞으로의 싸움이 기대된다.

"맞습니다. 저쪽 요구를 들어줄 것처럼 하면서 계속 이런저런 핑계로 차일피일 미루라 그것이죠. 본디 소송이란 작정하면 한없이 늘어지게 만들 수 있지 않습니까?"

"그건 자신있다. 이번 일을 위해 유능한 변호사들을 여럿 고용했다. 법률적인 기술이라면 어디가서도 안 밀리는 자들이다."

"잘됐군요. 그렇게 시간을 끌어주시면 제가 일을 하나씩 해결하겠습니다."

"대체 어떻게 하려는 것이냐?"

아무리 복잡한 일이라도 사실은 그 본질만 안다면 해결책은 의외로 간단한 경우가 있다. 지금 일이 전형적으로 그런 경우다.

하나씩 풀어간다면 결국 황제니 선제후니 하는 양반들이 개입할 틈도 없이 끝날 거다.

"이럴 때는 일단 문제의 근원을 파악하는 게 중요합니다."

"음… 라이테르 기사가문 말인가?"

"맞습니다. 이번 일, 좀 이상하지 않습니까? 아무리 나포 면장 때문에 눈이 돌아가서 날뛰는 기사가문이라고 해도 봉쇄령 전에 끝난 거래까지 건드리는 건 이상한 일이지요. 심지어 대금만 받아서 돌아오는 상단이었습니다. 상당히 무리수를 둔 거지요."

발푸르기스는 맨손으로 투구의 턱 부분을 쓰다듬는다.

"확실히 이상하긴 하구나. 라이테르 놈들이 안하무인이긴 해도 이그니스 상단을 건드린다면 본녀가 가만있지 않을 걸 알 것인데……."

요컨대 라이테르 기사가문으로도 상당한 모험이었다. 게다가 이번 일이 잘 끝나도 장기적으로 좋을 게 없다.

왜냐? 발푸르기스가 미래의 바이에른 선제후이기 때문이다. 거대한 바이에른을 물려받을 후계자가 자신들을 증오의 눈으로 본다면 밤에 잠이나 오겠는가?

아무리 유명한 무가라고 해도 결국 일개 기사가문에 불과하다. 선제후가 기침만 해도 날아간다.

즉, 라이테르 기사가문은 무언가에 의해 상당히 궁지에 몰려있다는 소리였다. 나는 그 점을 지적하며 발푸르기스에게 물었다.

"왜 그들은 무리수를 뒀을까? 이번 사건을 해결한 단초는 거기에 있는 겁니다."

"발러, 그렇다면 그대는 그걸 알고 있는 건가?"

나는 고개를 끄덕였다.

"물론입니다. 발푸르기스 경."

약속하겠습니다. 석 달 뒤에, 라이테르 기사가문의 가주가 당신 발밑에서 무릎 꿇게 만들겠다고.

그냥 꿇는 것도 아니고.

아주 개처럼 기게 만들어 드리겠습니다.

발푸르기스와 헤어진 나는 작센령의 수도인 드레스덴으로 향했다. 그곳에 이번 문제를 해결할 실마리가 있었기 때문이다.

대략 북으로 140킬로미터 정도인데, 중간에 거치는 도시인 플젠이 마왕령이긴 하지만 큰 문제는 아니었다.

플젠은 서열 26위 마왕 쿠발트가 다스리는 곳으로, 그는 온건파 마왕이라 인간과도 평범하게 교류하고 있었다. 통행료만 내면 무사통과다.

출발하고 사흘 뒤 플젠에 도착하자 도시를 지나는 라드부자 강을 만나게 됐다. 강이라고 하기엔 폭이 상당히 좁긴 하지만 다리를 건너려면 어쨌든 통행세를 내야했다.

"얼마인가?"

"나리께선 어디서 오셨습니까요?"

통행세를 받는 고블린 병사가 날 흥미롭게 쳐다본다.

"그게 중요한가? 하루에도 강을 건너는 자가 수도 없을 텐데."

"워낙 비범해 보이셔서 그렇습니다요. 그런 분들을 체크하는 게 쇤네가 할 일 아니겠습니까?"

"그대는 자기 일에 충실한 자로군. 나는 비텐바이어에서 왔네."

"멀리서도 오셨군요. 성함을 알 수 있겠습니까?"

"발러슈터드 발러라고 하네. 그저 일개 용병일뿐일세."

그 말에 고블린은 재밌다는 듯 웃으며 끼고 있던 안경을 한 손을 살짝 들어올린다.

"키키킥. 제 평생 많은 용병을 봤지만 나리 같은 '일개 용병'은 본 적이 없습니다요."

"음, 나도 많은 고블린을 봐왔지만 자네 같이 신경 쓰이는 고블린은 처음이군."

나는 슬쩍 고블린이 낀 반지를 봤다.

"쇤네야 길가에 돌멩이처럼 흔한 자일뿐입니다요. 지나가시지요."

"고맙네. 이곳은 멋진 도시로군."

내 말이 마음에 들었던 걸까? 떠나는 내 뒤에서 고블린이 외친다.

"좋은 여행 되십시오. 나리!"

나는 손을 흔들어주고는 필리를 몰았다. 마왕령의 이색적인 모습은 구경거리가 많았다.

할버드를 든 오크 경비병, 이리저리 추파를 던지며 호객 행위를 하는 서큐버스, 어릴 때 잡힌 듯 노예로 부려지고 있는 오거까지, 다양한 광경들이 한 가득이었다.

플젠은 관광만으로 와도 괜찮을 거 같단 생각을 하며 나아가는데 한 덩치 큰 미노타우르스가 앞을 막아선다.

훌륭한 의복을 입고 있는 그는 미노타우르스답게 키가 무척 컸다. 체고가 높은 군마인 필리에 탄 나와 눈높이가 같은 정도였다.

"실례하오이다."

말머리를 옆으로 돌리려 하는데 미노타우르스가 뜻밖의 말을 했다.

"발러슈테드 발러 경."

이건 또 무슨…. 이 자가 어찌 날 아는지 짐작 가는 게 없는 건 아니지만, 그래도 아직 내 이름은 별로 알려지지 않았을 터인데.

"귀하께서는 누구시오?"

"저는 '위대하신 분'을 섬기고 있는 기사, 구람이라고 합니다. 그분께서 발러 경을 모셔오라 하셨습니다."

"이 도시의 주인께서 말이오?"

"네, 허락하신다면 안내하겠습니다."

보니까 주먹이 솥뚜껑만하다. 허락 안 했다가는 무슨 일이 일어날지 두려울 정도다.

"알겠소이다. 쿠발트 전하를 뵐 수 있다면 영광이겠소."

구람은 고개를 한 번 끄덕이더니 앞서나갔다. 호화로운 마왕궁까지는 오래 걸리지 않았다.

"접견실에서 기다리고 있으시면 됩니다."

호박으로 장식된 화려한 방으로 안내받았다. 구람은 내게 인사를 하고는 사라졌다.

그 뒤 얼마나 기다렸을까? 노크 소리와 함께 웬 고블린 시종이 하나 들어왔다.

"아니, 자네는?"

"또 뵙는 군요. 일개 용병님."

그 고블린은 바로 다리를 건널 때 통행세를 징수하던 자였다.

나는 이제야 일이 어떻게 돌아간 건지 알 수 있었다.

"마왕 전하께서는?"

"그분께서는 갑작스러운 일 때문에 약간 늦을 듯합니다."

재밌군. 이런 식으로 나올 줄은 몰랐는데.

"쇤네가 나리에 대해 밀고했다고 생각하십니까?"

차를 쪼르륵 따라주며 묻는 고블린에게 나는 고개를 가로 저었다.

"그건 중요한 게 아니라네."

"하면 뭐가 중요한 것입니까요? 쇤네는 잘 모르겠습니다요."

"단순히 자네가 밀고자라고 판단하는 건 누구나 할 수 있는 거겠지. 하지만 조금 더 생각한다면 그 이상을 볼 수 있을 걸세."

"그 이상 말입니까?"

"그렇네."

고개를 끄덕인 나는 고블린을 지그시 보며 되물었다.

"안 그렇습니까? 마왕 전하?"

일순간 고블린이 멈칫한다. 하지만 다시 유들유들 웃기 시작했다.

"경께선 멀리서 오셔서 잘 모르시나 보군요. 쇤네 같은 고블린이 이 훌륭한 도시의 주인일 리가 없지요. 마왕님께서는 저리 생기신 분입니다."

고블린은 벽 한쪽에 걸린 초상화를 가리켰다. 그림 속에선 뿔이 돋은 미남자가 부드러운 미소를 짓고 있었다.

"멋진 분이시군."

"저분이 마왕 쿠발트님이십니다. 쇤네 같은 고블린과는 조금도 관계없으신 분입죠."

"이보게. 지혜란 감으로 때려 맞추는 게 아닐세."

"하오면?"

"나는 자네가 마왕이라는 근거를 몇 가지 갖고 있다네."

내 말에 고블린은 낄낄거리며 웃는다.

"매우 재밌는 견해입니다요. 전하께서 오시려면 시간이 남았으니 쉰네가 말상대가 되어드립죠."

나는 고블린의 앞에서 손가락 세 개를 펴보였다.

"자네가 마왕 전하라는 근거는 세 가지가 있네. 일단 첫 번째는 쿠발트 마왕 전하께서 변신술의 귀재시라는 거지. 그분은 온갖 모습을 하고 도시를 살피길 좋아하신다고 하네. 특히 처음 만나는 사람은 고블린이나 아이 같은 외형으로 마주하곤 한다고 하지."

"왜 그렇습니까요?"

"간단하네. 얕잡아 보일 외형을 하고는 상대가 어떻게 나오는지 지켜보기 위해서네."

고블린의 얼굴에 흥미가 가득 어렸다.

"재밌는 견해시군요. 하지만 그것만 가지고 제가 마왕이란 근거로는 부족합니다."

"인정하네. 두 번째, 지금 자네 손에 끼고 있는 홍옥 반지일세."

"이 반지 말입니까?"

고블린이 손을 들어 보인다.

"그래, 겉으로는 어디서나 볼 수 있을 것 같은 평범한 반지지. 하지만 그게 마왕 전하께서 늘 끼고 다니는 물건이란 걸, 주의 깊은 사람이라면 알고 있을 테지."

"재밌는 견해긴 하지만 여전히 부족합니다. 이런 홍옥 반지는 돈만 있으면 쉽게 구할 수 있는 것입니다. 비슷하게 생겼다고 해도 특별한 일이 아니지요."

"글쎄, 그게 단순한 홍옥 반지라면 그럴 수도 있겠지만 세상 어떤 고블린이 케이시트 산에서 캔 불멸의 홍옥을 마왕과 우연히 같이 끼고 있겠는가?"

내 말에 고블린은 놀라는 모습을 감추지 못했다.

"경께선 케이시트 산을 알고 계신 겁니까?"

"마계의 유명한 산인데 알지 못하리란 법도 없지. 그대들은 인간들이 마족에 관심이 지대하다는 걸 때때로 까먹는 것 같구먼."

"뭐, 좋습니다. 마지막 근거는 무엇입니까?"

마지막 근거가 가장 확실한 거였다.

"나는 낯선 이방인으로 보이겠지만, 실제로 이 도시의 예법에는 어느 정도 알고 있다네. 플젠의 마족은 쿠발트 전하를 '위대하신 분'이라고 칭하게 되어 있지."

이건 까먹고 있었는데 미노타우르스 기사 구람 때문에 기억난 것이다.

"전하라는 호칭 자체는 인간에게서 유래한 것이라 제국민의 경우에 한해서 사용이 허락되지. 반면 마족은 예외 없이 위대하신 분이라고 해야 하네."

그게 이 마왕령의 법칙이었다.

"한데 일개 고블린이 위대하신 분을 '그분'이나 혹 '저분'이라고 칭할 수 있다고 보는가? 아까 자네는 초상화를 가리켜 저

분이라고 했지. 무엄하게도 말일세."

"……."

이제 고블린은 별다른 말이 없이 날 지켜본다.

"그렇다면 필히 그 고블린은 마왕과 맞먹을 존재일 수밖에. 하지만 자네도 알잖나? 고블린이 마왕의 위에 오르는 건 불가능에 가까울 정도로 어려운 일임. 게다가 쿠발트 전하께서 변신술에 조예가 깊으니, 내 눈앞의 고블린은 마왕이라고 생각해도 괜찮지 않겠나."

나는 자리에서 일어나 유려하게 인사했다.

"전하, 인사가 늦었군요. 발러슈테드 발러라고 하옵니다."

마치 확정 짓는 듯한 이 몸짓에 결국 고블린은 웃음을 터뜨렸다.

"하하핫!"

검은 연기가 고블린을 휘감자 이마에 뿔이 돋은 훌륭한 미남자가 나타났다.

"플젠의 지배자 쿠발트라고 한다. 과인의 마왕궁에 온 걸 환영하노라. 그대 같이 지혜로운 자의 방문은 늘 기꺼운 법이지."

"영광입니다. 전하."

쿠발트는 웃는 낯인 게 내가 마음에 든 눈치였다.

"발러, 자네는 박학하고 지혜롭군. 아까 다리 앞에서 과인의 손을 슬쩍 본 게 이런 이유였군. 설마 불멸의 홍옥을 알고 있는 인간이 있을 줄이야. 그 배움이 정말 놀랍도다. 보통 마도사를 자처하는 이들도 모르거늘."

"오래 전에 한 현인에게 들어 구별할 줄 알게 됐을 뿐입니다."

"그래도 이것 하나 때문에 눈치 챈 것 같지는 않다. 발러, 그대는 마치 과인의 행동 자체를 예상한 듯하는구나."

틀린 말은 아니었다. 플젠에 오면서 어쩌면 마왕 쿠발트가 날 부를 가능성을 염두에 두고 있었다.

"조금 생각해 보면 어려운 문제도 아니지요."

"허허! 어찌 그런가. 그대의 지혜를 듣고 싶군."

"지혜랄 것도 없습니다. 전하. 전하처럼 소문이 빠른 분들이 라면 벌써 니더바이에른 백작의 신랑감이 나타났다는 말을 들으시었겠지요."

"그 점은 과인도 꽤나 놀랐다."

쿠발트가 세작왕이란 별명이 붙었을 정도로 정보 수집에 골몰하는 자이지만, 이번 일은 꼭 그가 아니더라도 파악하기 어려운 건 아니었다.

이미 란츠후트의 백작 관저에서 많은 사람이 날 목격했다. 게다가 그날 저녁, 맥주홀에서 잔뜩 들떠있던 발푸르기스의 관료들에게 귀를 기울이기만 해도 알아낼 수 있는 부분이었다.

"아마 전하께서는 제게 흥미가 생기셨겠죠."

"부인하지 않겠네. 그 백작이 남자에게 관심을 보일 거라고 생각은 못했거든. 대체 어떤 인물인가 싶었다."

"현재 니더바이에른에는 이번 사태 때문에 파견된 온갖 정보원들이 드글드글합니다. 그 중에는 전하의 정보원도 있었겠죠. 아마 그들이 제가 북상하고 있다고 알렸을 겁니다."

"정답이네."

아직까지는 내 정보적 가치가 크게 높은 건 아니다.

그래서 정보원들은 니더바이에른 백작의 남자가 등장했다는 사실 정도는 체크했겠지만, 내가 늦은 밤 몰래 성을 빠져나가는 것까지 주시하진 않았다.

하지만 주변의 정보에 극히 민감하고 꼼꼼한 세작왕 쿠발트라면 다를지도 모른다고 생각하긴 했다. 그의 정보원은 사소한 것까지 모두 체크하는 걸로 유명하니까.

"어쩌면 전하라면 이 발러라는 정체불명의 남자가 갑자기 튀어나온 것에 주목하실 수도 있다고 생각했습니다. 강변을 느긋하게 따라온 제 동선을 파악하는 건 일도 아니셨겠죠. 그래서 아예 이 플젠으로 온 겁니다."

쿠발트는 기가 막힌다는 표정이 된다. 그는 감탄한 듯 입을 살짝 벌리고 있었다.

"하! 놀랍군. 참으로 담대한 자로구나. 하지만 자네의 예측이 틀렸을 수도 있지 않은가?"

"만약 이 도시에서도 별다른 일이 없다면 전하께서 절 별로 신경 쓰지 않는다는 방증일 테니, 그것도 나쁘지 않았습니다. 아직 세작왕의 민감한 더듬이에 걸리지 않았다는 건 기쁜 일이니까요."

급기야 쿠발트는 손뼉을 치며 웃어댔다.

"하하하핫! 참으로 재밌는 사내로다!"

"기왕 이렇게 만난 거 전하께 도움을 좀 받아야겠습니다."

"배포가 보통이 아니군. 마왕을 보자마자 뭘 내놓으라고 하다니."

이 세작왕의 정보력은 가히 제국 최고 수준이다. 이번 사건에서 도움을 받을 수만 있다면 더없이 든든한 아군이 될 거다.

"세상에 돈이 도는 것처럼 어찌 좋은 게 한쪽으로만 흐르겠습니까? 전하께서 소인을 도와주신다면 보답할 날이 있을 겁니다."

"오늘 그대를 만나길 잘했군."

즐거워하던 그는 차를 한 잔하며 덧붙인다.

"그 니더바이에른의 백작이 왜 그대를 택했는지 알 것 같구나. 이런 비범한 자는 찾아보기 어렵지."

"딱히 백작님께서 절 택하신 건 아닙니다만….."

그 말에 쿠발트는 혀를 찬다.

"원, 그런 부분에는 둔한 건가? 모른 척하는 건가?"

"네?"

"백작 관저에서 있었던 일은 자네가 의도하지 않은 것 같네만, 이미 터진 사건이란 말일세. 조만간 바이에른 선제후도 이 소식을 듣겠지."

"아…….."

깜빡했군. 나는 바보인가. 이번 사건에 온통 정신을 집중하고 있어서 백작 관저에서 있었던 일의 여파를 전혀 생각하지 못했다.

"과인의 말은 그대가 변명거리를 잘 준비해야 한다는 소리일세. 자네도 알다시피 바이에른 선제후는 조카딸 바보로 유명해. 들리는 소문이 결코 과장이 아니란 말일세. 만약 그분 마음에 들 자신이 없다면 그냥 얌전히 목 씻고 기다리는 게 편할 거야."

"허…….."

그제야 나는 바이에른 선제후 막시밀리언의 불같은 성정이 떠올랐다. 아니, 그 양반은 성격이 불같은 걸 넘어 실제로 뭐든 태우는 걸 좋아했다.

그게 전쟁 포로든, 자기 조카딸과 추문을 일으킨 사내이든 별

다른 인내심을 발휘하지 못하겠지.

부르르-.

갑자기 오한이 들며 이 사건을 한 치의 오차도 없이 풀어내야 한다는 생각이 들었다. 그래야 화형은 간신히 면할 것 같았다.

"응? 설마 자네 몰랐던 건가? 니더바이에른 백작이 왈가닥으로 유명해서 혼처가 끊긴 게 사실이지만… 근본적인 이유는 그게 아닐세. 바이에른의 후계자인데 성격이 드센 거나 추녀라는 점이 뭐 그리 큰 하자겠는가?"

"하오면?"

"바이에른 선제후가 조카를 주십시오! 하고 달려온 놈들을 하나같이 제대로 푸닥거리해버렸거든."

아무래도 바이에른 선제후께선 조카에게 추근덕 거리는 사내를 '잡귀'라고 생각하는 것 같다. 푸닥거리라니…. 아무래도 그게 평범한 푸닥거리 방법이 아님을 짐작하는 건 어렵지 않았다.

내가 당혹감을 감추지 못하자 쿠발트가 혀를 찬다.

"쯧쯧! 이거 전도유망한 젊은이긴 한데, 동시에 전도유망한 장작이로세."

잠시 쿠발트의 <장작론>에 대해 얘기하던 우리는 본론에 들어갔다.

"어쨌든 과인에게서 얻고자 하는 게 무엇인가?"

나는 순순히 내뱉을 생각은 없었기에 명확히 선을 그었다.

"그것보다 전하께서 절 부르신 이유는 무엇입니까? 어찌 소인의 용건이 전하의 용건보다 중하겠습니까. 전하의 말씀 먼저 들은 후에 사정이 허락하면 소인의 생각도 말해볼까 하옵니다."

말투는 정중했지만 뜻은 명확하다. 네놈부터 말해라, 그 전엔 '말할 수 없다.'다. 아니나 다를까, 쿠발트의 표정이 이놈 봐라?로 변한다.

먼저 날 초대한 건 그다. 그래서 멋대로 하라는 듯 느긋하게 차향을 음미했다. 결국 쿠발트가 한 수 물렸다.

"다름이 아니라 자네가 북쪽으로 가는 이유가 궁금해서네."

여기서 어떻게 대답해야 할까? 이번 사건에 쿠발트의 협력을 얻는다면 확실히 유리하긴 할 거다. 그는 어디까지나 중립이긴 하나, 이번 일은 니더바이에른 백작의 편을 들 확률이 높다.

왜냐? 이 자는 인간을 죽이는 것보다 인간과 교역하는 게 더 이득이라고 판단하는 온건파 마왕이기 때문이다. 로엘린과 같은 파벌은 아니지만 심적으로 동감하고 있다는 거다.

그의 입장에선 마왕을 툭툭 건드리는 황제가 짜증날 수밖에 없다. 처세술에 능한 자라 대놓고 누구 편을 들진 않겠지만 은근히 이쪽을 지원할 확률이 높다.

내가 애초에 순순히 마왕궁으로 온 것도 그런 기대 때문이고.

"관광입니다."

일단 한 번 튕겼다.

"물론 관광일 수도 있겠지. 하지만 북쪽의 도시를 둘러보고 처리하고자 하는 일도 있지 않은가?"

"그 점은 전하께서 맞춰보셔도 좋을 것 같습니다. 소인 같이 아둔한 자도 전하의 의중을 짐작했으니 전하께서도 그러실 수 있으리라 믿어 의심치 않습니다."

나는 계속 속내를 밝히지 않고 상대의 의중을 떠봤다. 쿠발트는 점점 미간이 좁혀지더니 결국 두 수 물렸다.

"좋아, 이번에는 과인이 추리해 보지. 어차피 과인이 밑천을 드러내지 않으면 자네 입이 열리지 않을 것 같으니."

"경청하겠습니다."

"자네는 이번 일이 어디서 시작됐는지 알고 있는 거야. 그래서 그 부분을 해결하기 위해 움직이는 중일세. 목적지는 당연히 작센령의 수도 드레스덴이야."

"오….."

나직이 감탄하자 그는 자신만만한 표정이 됐다.

"정확히 말하자면 드레스덴에 위치한 벨리아 상단일세."

과연 세작왕 쿠발트구나. 그는 이번 사태의 본질을 정확히 보고 있었다.

"왜 벨리아 상단입니까?"

"간단한 문제일세. 이번 사건의 시작인 라이테르 기사가문이 벨리아 상단에게 거액의 빚을 지고 있기 때문이네. 이미 채권 만기일이 지난 대다가 이자는 눈덩이처럼 불어나고 있지. 라이테르 기사가문의 가주는 잠도 제대로 못 자고 있을 걸세."

나는 고개를 끄덕였다. 맞다. 라이테르 기사가문이 무리수를 둔 건 돈문제 때문이었다.

"전하의 말이 맞습니다. 하지만 라이테르 기사가문을 압박하는 요소가 하나 더 있지요."

"후훗. 자네의 설명이 기대되는군."

우리는 주거니, 받거니 서로의 통찰력을 시험해 보고 있었다.

"바로 벨리아 상단의 뒤를 봐주는 이가 바로 작센 선제후란 점입니다."

내 말에 쿠발트는 빙그레 웃는다.

"역시 자네는 보통 인물이 아니로군. 점점 자네에게 흥미가 생기네."

"전하께선 매력적인 분이십니다만 정중히 사양하겠습니다. 제게는 니더바이에른 백작뿐입니다."

"하핫! 마왕 앞에서도 농담할 여유도 있고 말이야. 볼수록 맘에 드는 사내로군. 백작의 안목이 틀리지 않은 것 같네."

"과찬이십니다."

어쩐지 쿠발트랑 나는 상성이 좋단 생각이 들었다. 이 양반이랑은 대화가 술술 잘 풀린다.

"이번 일에 작센 선제후가 뜬금없이 끼어 든 게 그 이유입니다. 벨리아 상단으로 부터 그 많은 상납금을 받았으니 힘 한번 써준 거죠."

작센 선제후는 체면상 나섰지만 이번 일에 적극적인 건 아니다. 벨리아 상단이 괜찮다고 하면 언제든지 빠질 인물이었다.

"일단 작센 선제후부터 치울 수 있다면 꽈배기처럼 꼬인 이번 일도 해결 방향이 보이겠지요."

"자네의 혜안이 놀랍네, 발러. 그 정보력 또한. 하지만 어찌 벨리아 상단을 설득해 작센 선제후를 떼어낼 건가? 과인은 답이 보이지 않는데."

쿠발트는 이미 이 문제로 고민한 듯했다.

"그건 소인이 해결할 부분입니다."

"드레스덴으로 가고 있다는 건 해결책이 있다는 거로군?"

나는 그저 웃음으로 대답을 대신했다. 그가 우리 편을 들 거라고는 생각하고 있긴 하지만, 확실한 건 아니니 모두 말할 수는 없는 일이다.

"흐음……."

쿠발트는 그런 나를 보며 혼자 생각에 잠겼다. 나름대로 고민스럽겠지. 하지만 이제 그가 판단할 때다.

"솔직히 말하지. 과인은 이번에 황제의 봉쇄령에 대해 불만이 크네. 로엘린과의 교역도 지장이 생겼어. 그 미친 황제는 마왕끼리 교역하는 것도 중간에 가로막고 나선 거야."

플젠엔 석탄이 풍부하게 나는데, 로제란트로도 많이 수출된다. 한데 이번 봉쇄령으로 수출에 차질이 컸다.

"그래서 니더바이에른 백작을 지원하고 싶네. 하지만 어떤 식으로 도와야할지 고민만 컸지. 니더바이에른 백작과 별다른 끈이 없기도 하고."

"그러던 중 제가 나타난 거고요?"

"맞네. 그 백작이 반한 사내라면 분명히 훌륭한 가교가 되어줄 거라고 생각한 거야. 한데 만나보니 과인의 생각보다 훨씬 대단한 자로군."

"부끄럽습니다."

쿠발트는 이번 건을 시작으로 장기적으로 발푸르기스와 동맹 관계를 원하고 있었다.

"향후 바이에른의 선제후가 될 그녀와 손을 잡으면 과인의 앞날도 훨씬 안정되리라 생각하네."

"직접 의사를 타진해 보실 생각은 없으셨습니까?"

"아무래도 때가 때이잖나. 온갖 협잡꾼들이 연락할 텐데, 그런 놈들과 도매금으로 넘어가긴 싫었네. 게다가 니더바이에른 백작이 마왕을 꺼리기 때문에 더욱 그래."

실제로 발푸르기스가 장미의 마왕 로엘린과 협조 관계를 구축하기까지 상당한 시간이 걸렸다고 한다. 발푸르기스의 입장에선 쉽지 않은 결정이었겠지. 발푸르가 수녀회의 수녀 신분을 고려하면 마왕과의 동맹은 옳지 않다. 하지만 그녀에겐 니더바이에른 백작이란 신분도 중요한 것이었다.

"로엘린은 그녀답지 않은 인내심으로 니더바이에른 백작의 신뢰를 얻어냈어. 과인 역시 차분히 관계를 다지면 좋겠군. 일단 이번 일에 도움을 주고 장기적인 관계를 구축하고 싶다네. 그 가교 역할을 자네에게 기대하는 거고."

"결정은 어디까지나 니더바이에른 백작님이 하실 겁니다."

"당연한 일이지. 발러, 모쪼록 이 일을 부탁하겠네."

쿠발트의 태도는 꽤 간곡해 보였다. 생각해 보니 그럴 법도 했다. 이 플젠은 4개 강의 지류가 만나는 교통의 요지이자 철광석과 석탄이 풍부한 금싸라기 땅이다.

사방에 그의 적이 있었다. 게다가 탐욕스러운 황제가 언젠가 이곳을 노리리란 건 자명한 사실이었다. 쿠발트는 때가 늦기 전에 동맹자를 찾고 싶은 듯했다.

"이번 일이 잘 성사되면 자네에게 보답하는 걸 잊지 않겠네."

그의 말과 함께 시스템 메시지가 떴다.

<쿠발트의 의뢰 시나리오가 열렸습니다.>
<의뢰를 완수한다면 그의 특별한 보상을 받을 수 있습니다.>

쿠발트에게서 기대할 수 있는 보상으로는 강력한 불멸의 홍옥이 있다. 마계에서만 나는 저 홍옥은 나로서는 굉장히 탐나는 물건이었다.

"우선 이걸 받게."

쿠발트는 통신용 반지를 하나 내밀었다. 일종의 직통전화 같은 물건이다.

"필요할 때 과인에게 연락하게. 과인의 정보가 자네에게 도움이 될 걸세. 이번 일에 관련된 것이라면 공짜로 알려주지."

그에게 정보를 사려면 많은 돈을 줘야한다. 과거에도 그런 식으로 쿠발트의 정보력을 이용하곤 했었다. 한데 이번 건에 관해서 공짜로 정보를 제공하겠다고 하니, 그가 상당히 적극적인 걸 알 수 있었다.

"감사합니다. 유용하게 쓰도록 하지요. 참, 한 가지 궁금한 게 있습니다. 혹시 대검호의 마지막 전인이라 주장하는 검객에 대해 들으셨습니까?"

"아, 갑자기 나타나 검술 실력을 뽐내는 자를 말하는 거로군. 아직 알려진 게 거의 없다네. 혹시 알아낸 게 생기면 알려주겠네."

"감사합니다."

"좋네. 그럼 일 얘기는 이쯤하고, 과인과 함께 만찬을 즐기도록 하세!"

쿠발트의 성대한 연회를 즐긴 나는 다음날 새벽에 바로 출발했다.

사흘 뒤.

드레스덴에 도착했다. 앞뒤 잴 것 없이 벨리아 상단의 정문으로 쳐들어갔다.

"상단주를 뵙고자 한다."

"뉘십니까? 약속이 되어 있지 않다면….."

<위대한 영도자의 위엄 발동!>

"으아아아! 죄송합니다! 귀하신 분을 몰라 뵙고 미천한 소인이 감히!"

문지기를 맡고 있는 용병이 엉덩방아를 찧은 채 허둥댔다.

"들어가서 상단주에게 전하라. 그대가 자식 때문에 겪고 있는 문제를 해결할 수 있는 분이 오셨다고."

"알겠습니다요! 알겠습니다요!"

허리를 굽실거리며 두 번이나 대답한 용병은 저택 안으로 달려서 사라졌다. 그러더니 잠시 뒤, 집사를 맡고 있는 것 같은 남자가 뛰어나왔다.

"귀하께서는 뉘시기에….."

<위대한 영도자의 위엄 발동!>

"으아아아! 죄송합니다! 귀인을 몰라 뵙고 미천한 소인이 감히!"

품격 있어 보이던 집사가 엉덩방아를 찧으며 뒤로 넘어졌다.

"아, 안내하겠습니다!"

결국 상단주 벨리아 상단주와 쾌속으로 만나게 되었다. SS등급 스킬을 계속 켜놓고 있었기에 그는 나를 보자마자 깜짝 놀라서 허리를 굽힌다.

"귀하신 분의 성함이 어찌 되십니까?"

"발러슈테드 발러라고 하오. 그대가 아들을 구해줄 사람을 찾는다는 소식을 듣고 왔소."

"정말 아들놈의 문제를 해결해 주실 수 있습니까?"

벨리아 상단주의 아들이 깊은 병환에 시름한다는 건 잘 알려진 일이다. 그는 천금을 들여 하나뿐인 후계자를 살리기 위해 노력했지만 모두 소용이 없었다.

그래서 나는 벨리아 상단주에게서 원하는 걸 얻기 위해 그의 아들을 구해주려는 것이다. 그의 아들을 구하는 건 과거에 몇 번이고 했던 일이라 어려움은 없었다.

"물론이오. 나만 믿으시오."

"알겠습니다. 일단 제 아들을 살펴보시지요."

가서 보니, 역시나 예상하던 모습 그대로였다. 온몸의 근육이 줄어들어가는 괴이한 증상이었다.

이 근육병의 해결책은 찾기 위해서는 제국 동남쪽 경계선 너머에 있는 산, 그로스글로크너에 갈 필요가 있었다.

해발 3,798미터나 되는 장엄한 그로스글로크너는 온갖 영약이 가득한 별세계였다. 그곳에 있는 영약 하나가 상단주의 아들에게 특효약이었다. 내가 그곳에 다녀오겠다고 하자 그는 깜짝 놀란다.

"어찌 그 위험한 금지로 가시려 하십니까!"

저리 놀라는 것도 무리는 아니다. 그로스글로크너는 인간이고 마족이고 감히 가볼 생각을 못하는 장소였기 때문이다.

"그로스글로크너는 마룡 슈바르체토이펠이 사는 곳입니다! 인간이고 마족이고 입산했다고 돌아온 이가 아무도 없으니 귀인께서는 부디 자중하십시오! 저 또한 아들 때문에 귀하신 분이 헛되게 목숨을 잃길 원하지 않습니다."

꽤 양심적인 사람이 아닌가. 자기 아들만 살 수 있다면 무슨 짓이든 하는 자가 대부분일 텐데, 내가 개죽음 당할까 걱정해 주고 있었다.

달리 생각하면 그로스클로크너에 가는 게 그 정도로 정신 나간 짓이란 소리기도 했다. 하지만 제국에서 가장 현명한 학자도, 소문에 민감한 마왕도 아직 알지 못하는 사실이 하나있다.

바로, 그 슈바르체토이펠이 지금 노령으로 죽기 직전이란 점이었다.

원래는 워낙 위험한 존재라, 아무리 숨넘어가기 직전이라고 해도 나중에 자연사 한 뒤에 찾아갈 계획이었다. 하나 기왕 이렇게 된 거 영약을 얻는 김에 가서 막타를 치고 올 생각이다.

게다가 피도 눈물도 없는 자란 최상위직을 얻은 탓에 생긴 자신감도 있었다. 직접 싸울 필요도 없었다.

놈이 죽을 때까지 몇날며칠이고 언데드를 계속 밀어 넣을 작정이었다. 그렇게 늘씬하게 두들겨 패다가 임종 직전에 가서 검을 꽂아야지. 팔츠 선제후 가의 명검 류블라냐라면 슈바르체토이펠의 단단한 비늘을 뚫기 충분하다.

뭐, 드래곤 슬레이어가 별 건가. 밑에 애들이 고생한 뒤에 가서 검 꽂아주는 사람이 드래곤 슬레이어지. 흔히 왕자님 중에 드래곤 슬레이어라고 불리는 분들은 다 이런 방식이었다.

모르긴 몰라도, 마룡 슈바르체토이펠이 줄 경험치는 엄청나겠지? 원래 경험치란 적이 가진 명성에 비례한다. 수백 년 동안 슈바르체토이펠이 쌓은 악명은 상상을 초월한다.

그걸 내가 다 꿀꺽 먹을 작정이었다.

8. 드래곤의 재산을 노리는 사기꾼

그로스글로크너^{거 대 한 종}

제국 남동부 너머에 위치한 그곳은 그림 같은 풍광을 자랑하는 거대한 산이자, 마룡 슈바르체토이펠의 영지였다.

오직 그의 허락을 받은 마족과 마물만이 거주할 수 있었는데, 그들은 그 대가로 산지를 순찰하며 침입자를 감시하는 파수꾼이 됐다. 그로스글로크너에 갔다가 돌아오지 못하는 이들은 용을 만난 것 보다 파수꾼에게 당했을 확률이 높았다.

나의 경우도 마찬가지였다. 힘든 여행 끝에 산에 도착하자마자 흉흉한 무기를 들고 나타난 홉고블린 무리를 만날 수 있었다. 산줄기를 타고 내려오던 20마리가 날 발견하더니 일제히 달려왔다.

야밤이었지만 만월이었고 눈으로 덮인 산지는 사방이 훤했다.

"쿤다르 하담!"

홉고블린 대장의 외침이 산지를 쩌렁쩌렁 울린다. 그들의 언어에 의하면 저놈 죽여라! 란 뜻이다. 파수꾼 산지를 침입한 자라면 대화고 뭐고 일단 그냥 쳐 죽이고 본다.

"쿠에에! 크아아!"

"케요요요!"

기합을 지르며 뛰어오는 홉고블린의 뒤로 보이는 산에 걸린 커다란 달이 아름답구나.

부웅!

부우웅! 푹!

홉고블린이 던진 손도끼나 투창이 날아와 근처에 꽂힌다. 놀란 필리가 앞발을 들고 일어나기에 목덜미를 어루만지며 달랬다.

우우우웅.

한데 그때 손에 끼고 있던 반지가 진동했다. 마왕 쿠발트가 준 것이다.

- 전하. 평안하셨습니까?

- 하하하. 자네는 별일 없는가?

사람 좋은 목소리가 반지에서 흘러나온다. 마법이 역시 좋긴 좋구나. 여기서 플젠까지의 거리가 상당함에도 선명하게 들린다.

"케에에에!"

20미터 앞까지 달려온 홉고블린의 기합성이 쩌렁쩌렁 울린다.

- 음? 누가 근처에 있나? 시끄러운 소리가 들리네만?

- 아, 현지인입니다. 저를 환영해 주고 있습니다.

뭐, 마왕 전하께 이 땅의 야만성을 적나라하게 보고할 필요는 없겠지. 내 순화된 말에 쿠발트는 감탄했다는 듯 칭찬해 왔다.

- 역시 자네는 매력적인 사내야. 요즘 세태가 각박해서 타지인은 환대받기 힘든데 말일세. 언뜻 듣기에 아주 열렬한 환영인 거 같구먼?

- 다들 정이 많은 자들 같습니다.

그와 평범하게 대화하면서 안장에서 권총을 뽑아서 쐈다.

타앙!

화승총 사격 숙련5단계인 내 솜씨는 용서가 없었다. 달려오던 홉고블린 하나가 이마에 구멍이 나서는 풀썩 쓰러진다.

- 뭔가 요란한 소리도 나는데?

- 환영 폭죽입니다. 제가 어지간히 반가운 것 같아요.

쿠발트는 다시 한 번 감탄했다.

- 오오! 귀빈으로 대접받고 있구먼! 폭죽까지 쐈준다니, 역시 발러 자네답군.

- 하하하. 좋게 봐주셔서 감사합니다.

콰아아앙!

놈들이 접근하자 그림자 폭발을 사용했다. 홉고블린 전사들이눈, 흙먼지와 함께 피떡이 되어 날아오른다.

이 소리에 쿠발트는 껄껄 웃었다.

- 부유한 도시로 갔나 보구먼? 이번에는 예포까지 터뜨려준다니! 혹시 단찌히나 리가로 간 건가?"

- 아닙니다. 좀 남쪽입니다.

- 그런가? 어딘지 모르겠는데 화끈한 친구들이구먼. 손님을 환영할 줄 알아. 요즘은 그렇게 예의바른 사람들이 점점 드물어져 가고 있는데 말이야.

- 옳으신 말씀이십니다. 전하.

쿠발트에게 동조하면서 손바닥을 앞으로 뻗었다.

구우웅!

S등급의 강력한 스킬, <피눈물 흡수>가 발동하자 홉고블린 10마리가 미라처럼 빼빼 말라간다.

"키에에에!"

"꾸에에에엑!"

고통에 찬 비명이 작렬하기에 나는 황급히 변명했다.

- 사방에 환호가 가득하군요. 사람들이 죽을 것처럼 소리 지르고 있습니다. 이런 열광의 도가니라니! 마침 축제일인 거 같습니다. 전하.

죽을 것처럼 외치다 정말 다들 죽어버렸다. 하지만 사정을 모르는 쿠발트는 영 부러운 기색이었다.

- 그것 참 재밌겠군. 우리 플젠도 12월에 축제를 열 걸세. 혹시 여유 되면 들리게나. 자네라면 환영일세. 하하핫!

- 영광입니다. 전하.

피눈물 흡수의 무서운 점은 희생자를 언데드로 되살아나게 만든다는 점이었다. 죽은 홉고블린들은 바짝 마른 살점이 떨어지더니 해골병사 되어 일어났다.

부웅! 퍽! 퍼억!

그들은 도끼를 휘둘러 방금 전까지 동료였던 홉고블린의 이

마를 쪼개놓고 있었다. 나는 느긋하게 그 광경을 구경하면서 죽은 홉고블린은 언데드 소환으로 일으켰다.

상황은 순식간에 정리됐고 내 주위에는 알뜰하게 되살린 언데드들이 늘어섰다. 피눈물 흡수로 죽인 10마리 외에는 언데드 소환으로 살려냈다.

홉고블린 뱀파이어가 3마리.

홉고블린 독좀비가 5마리.

홉고블린 해골병사가 10마리였다.

원래 뱀파이어를 5마리 만들려고 하였으나, 홉고블린 중 2마리가 종교를 갖고 있어서 실패했다. 믿는 신격의 수호를 받으면 영혼을 사로잡아야 하는 고등 언데드 제조는 실패하는 까닭이다.

뭐, 그렇다고 딱히 아쉬운 건 아니었지만.

"너희가 사는 부락이 어디에 있느냐?"

그러자 홉고블린의 대장이 나서 공손하게 대답했다.

"안내하겠습니다. 주인이시여."

언데드가 된 이상 홉고블린과 나는 말이 통했다. 우리는 죽음의 언어로 얘기하고 있었기에.

"좋다. 앞장서도록."

언데드 홉고블린을 느긋하게 뒤따랐다.

- 전하. 오늘 묵을 곳은 걱정하지 않아도 좋을 것 같습니다. 서로 앞 다투어 소인을 자기 집에 데려가겠다고 합니다.

- 어느 고장인지 참 인심이 좋은 동네로군.

그런 잡담을 하고 있는데 새로운 시스템 메시지가 떴다.

<축하드립니다!>
<피눈물 흡수 숙련2단계에 오를 수 있게 됐습니다!>

S등급 스킬부터는 그 특별함 때문에 숙련도를 올리려면 실제로 많이 사용할 필요가 있었다. 참으로 감사하게도 산 밑까지 마중 온 좋은 친구들 덕분에 성취가 올랐다.

나는 앞서가는 해골들에게 가슴에 손을 얹어 감사를 표하고는 숙련2단계를 찍었다.

<축하드립니다!>
<피눈물 흡수가 숙련2단계에 다다랐습니다!>
<더 많은 생명력을 흡수할 수 있습니다! 희생자들은 이제 좀비로 되살아납니다!>

- 전하. 방금 좋은 선물까지 받았습니다.
- 그러면 이 사람아. 자네 돈도 많은 것 같은데 섭섭지 않게 뿌리도록 하게. 인심이란 게 주고받는 거야.
- 과연! 상생에 관한 마왕 전하의 말씀이 실로 지당하십니다.

그런 얘기를 하던 중 무슨 일로 연락한 건지 물어 보았다.

- 아니, 다른 건 아니고 반지가 잘 작동하는지 궁금해서 말일세.

말은 저렇게 하지만 내가 먼저 연락 안 해서 달아올랐던 모양이었다. 그는 발푸르기스와 동맹을 원하기 때문에 뭔가 해주려고 안달이다.

한데 딱히 도움을 청하지 않자 저런 핑계로 연락해 온 모양이다. 속으로 웃음이 나왔지만 내색하지는 않았다. 쿠발트에겐 미안하지만 내가 쉬운 남자가 아니라서 말이지.

- 그렇군요. 아, 전하! 마을 사람들이 잔뜩 있습니다. 가서 돈이라도 좀 뿌리고 한바탕 어울려야겠습니다. 이만 끊겠습니다.

먼저 연락을 끊겠다고 하자 그의 목소리에 당혹감이 묻어났다.

- 그, 그런가? 어, 어쩔 수 없지. 바쁜 사람 붙잡고 계속 얘기할 순 없으니까.

- 네, 그러면 소인은 이만.

반지에 주입했던 마력을 해제하고는 전방을 내려다봤다. 산지의 골짜기 안에 소규모의 홉고블린 부락이 보였다.

"전하의 말대로 인심을 베풀어야지."

나는 언데드들에게 명했다.

"모조리 죽여라."

개인적으로 홉고블린은 싫어한다. 이들은 인간을 증오하며 인간과 타협하지 않기 때문이다. 오크들이 교활하긴 해도 상황에 따라 인간과 평범하게 지내는 것과는 정 반대다.

유난히 인간에게 모질고 잔인하기에, 온건파 마왕 밑에선 홉고블린을 구경도 할 수 없을 정도였다.

"살려줘! 살려줘!"

한 나이 많은 홉고블린이 내 앞에서 무릎을 꿇고 사정을 한다. 어설픈 제국어를 정신없이 남발하고 있는 이 늙은 홉고블린은 이 작은 부락의 족장이었다.

원래 자기 집이었던 조잡한 건물에 잡혀와 무릎을 꿇은 상태다. 그리고 평소 그가 앉던 커다란 의자는 내가 차지하고 있었다.

"살려달라고 했나? 자네."

"그렇다! 살려줘!"

그의 간곡한 의지에 나는 대답대신 손가락으로 벽에 걸린 장식을 가리켰다. 그건 사람의 머리로 만든 박제들이었다. 한두 개가 아니다. 수십 명이 그의 집에 장식 역할을 하고 있었다.

얼굴에선 죽기 직전의 공포와 고통이 느껴졌다. 딱 봐도 인간 영주를 피해서 이 근처까지 도망 온 화전민들이었다. 홉고블린은 재미로 그런 자들을 사냥하곤 했다. 그래서 나는 이들 종족 자체를 좋아하지 않았다.

"저들이 자네 죽음을 원하는 것 같네만?"

"제발! 부탁이야!"

"이보게. 죽음 앞에서 용기를 잃지 말게. 그래도 자네는 이 부락의 족장이 아니었나?"

"끼아아아!"

홉고블린 족장은 급기야 울음을 터뜨리며 바지를 지렸다. 그도 그럴 수밖에 없겠지.

지금 그의 주위에는. 평소 같이 살던 부락의 홉고블린들이 시체가 되어 그를 내려다보고 있었으니까. 수많은 홉고블린 언데드들이 족장을 증오에 가득차서는 노려보는 중이다.

원귀 가득한 죽은 자의 눈동자였다.

"이런, 자네는 평소에 인심이 좋지 않았나 보네."

짐작하기 어렵지도 않다. 홉고블린은 인간에게 잔인하지만 동족에게도 잔인하다. 힘있는 자가 힘없는 자를 마음껏 핍박하는 사회 구조를 갖고 있었다.

그래서 그들은 자신들보다도 작은 고블린이 왕조를 이룰 때도, 부족 사회를 벗어나지 못했다.

"아니야! 이건 아니야! 악몽이야! 악몽!"

눈물을 쏟아내며 우는 족장을 보고 나는 흥미가 사라져버렸다. 귀찮다는 듯 손짓을 하자 언데드들이 족장을 끌고 나간다.

"끼아아아아악!"

밖에서 족장이 찢어지는 비명을 질렀다. 하지만 그걸로 끝이었다. 그의 부락민들은 죽어서야 평소의 원한을 갚은 셈이다.

"주인이시여. 족장에게 복수할 수 있게 해주셔서 감사합니다. 그가 평소 우리를 핍박한 일이 말도 못할 정도입니다."

홉고블린 뱀파이어 하나가 내 앞에서 무릎을 꿇고 고개를 숙인다. 나는 그에게 인자하게 고개를 끄덕였다.

"짐의 온정이 신민들에게 닿았으니 실로 기쁜 일이다."

"성은이 망극하옵니다!"

미담이로다. 미담. 후일 누군가 나의 행적을 기록한다면 압제의 해방자라고 해주겠지. 시스템도 나를 축복해 주고 있었다.

<축하드립니다!>

<피눈물 흡수가 숙련3단계에 다다랐습니다!>

<더 많은 생명력을 흡수할 수 있습니다! 덩치 큰 오거라도 단번에 말라비틀어지게 할 수 있습니다! 희생자들은 이제 구울 도살자로 되살아납니다!>

부락에서 수백의 홉고블린을 피눈물 흡수로 죽였더니 결국 3단계에 올랐구나.

사실 이 부락은 언데드 20마리만 가지고 밀어버릴 수 있는 곳은 아니었다. 하지만 이쪽은 싸울수록 언데드가 늘어나고 저쪽은 싸울수록 죽어간다.

그 단순한 차이가 일방적인 학살로 이어졌다.

아군의 기습이 성공하자 언데드는 순식간에 40마리로 불어났고, 뒤늦게 홉고블린 전사들이 무기를 들고 뛰어나왔을 때는 이미 80마리가 된 상태였다.

뻔한 싸움이었다. 나는 그저 피눈물 흡수의 숙련3단계에 올랐다는 것에 만족했다.

"그대의 이름이 무엇인가?"

"쿠르라크라고 하옵니다. 주인이시여."

이 홉고블린 뱀파이어는 꽤 머리가 돌아가기에 옆에 두고 써먹을 작정이었다.

"좋다. 쿠르라크여. 이 근처의 마족 부락들의 위치를 모두 알고 있느냐?"

"빠짐없이 파악하고 있습니다."

"좋다. 아주, 좋아. 흐흐흐."

마룡 슈바르체토리펠을 잡으려면 지금 이대로 부딪쳐서는 무리다. 지난 땅 드레이크와의 싸움은 거대 괴수가 얼마나 무서운지 큰 교훈을 주었다.

하물며 슈바르체토리펠은 땅 드레이크 따위와는 비교도 안 되는 고룡이다. 아무리 죽기 직전이라 골골거린다고 해도 결코 만만한 상대가 아니었다.

이대로 홉고블린 언데드 100마리 정도 가지고 밀어붙여 봐야 안타깝게도 1분 컷일 거다. 아니, 1분이나 버티려나 모르겠군.

놈이 삼나무보다도 훨씬 두꺼운 꼬리만 휘둘러도 뼈다귀의 잔해가 내 머리 위로 장대비처럼 쏟아져 내릴 테니까.

그래서 결정했다.

이 그로스글로크너에 있는 마족 부락을 순회하면서 피도 눈물도 없는 자로서의 내 힘을 강화한 뒤에 덤비기로.

<언데드 소환>

<언데드 통솔>

<피눈물 흡수>

<언데드 회복>

이 네 가지 스킬은 모두 S등급이다. 숙련도만 올린다면 내 힘은 지금까지와 비교할 수도 없게 될 거다.

"쿠르라크여."

"네, 주인이시여."

"짐은 이 일대 주민들의 삶에 참 관심이 다대하다네. 그들 모두를 힘든 삶에서 해방시켜 주고 싶구나."

"참으로 그 뜻이 높으십니다! 소인이 뫼시겠습니다."

나는 그로스글로크너에 살고 있는 오거, 오크, 홉고블린, 버그 베어 부락을 깡그리 쓸어버릴 작정이었다.

"병사로 온 죽음의 투사들이여, 그대들의 주인 앞에 진을 짜라!"

습격한 부락에 시체가 아직 많았기에 언데드 소환을 사용해 보았다.

"흐음…."

상태창을 살펴봤지만 숙련도가 전혀 오르지 않았다. 역시 이 제는 홉고블린 정도로는 소용이 없구나. 숙련4단계에 이른 언데 드 소환은 더 강력한 몬스터로 언데드를 만들라고 요구하고 있 었다.

더 강한 몬스터라….

없는 건 아니다. 마침 이 산에 적당한 게 있다. 바로, 마룡 슈 바르체토이펠. 그 악명 높은 마룡의 사체를 사용해서 언데드 소 환을 연습하면 숙련도가 엄청나게 올라갈 것 같았다.

그걸로 끝이 아니었다.

드래곤 하트.

산더미 같은 보물.

막대한 경험치.

그야말로 종합선물세트, 미래의 용사님을 위한 디럭스 에디 션이라 할 수 있었다. 이번 일만 잘 끝낸다면 나는 커다란 성취를 이뤄낼 듯했다.

"쿠르라크여."

"네, 주인이시여."

"이제부터 짐을 부를 때는 전하라 칭하라."

"네, 전하."

5음절보다는 2음절이 낫다는 실용적인 이유에서였다.

"이 산지의 세력에 대해 설명해 보라."

"알겠습니다. 이곳은 여러 종의 몬스터들이 살고 있으나 크게 두 개의 파벌로 나뉘어 있습니다."

멧돼지바위 파벌과 벼락나무 파벌이라고 한다.

"이름이 왜 그렇게 붙은 것이냐?"

"간단합니다. 이 파벌들이 모임을 갖는 장소에서 따온 것입니다."

멧돼지바위 파벌이 모이는 곳에 멧돼지를 닮은 큰 바위가 있고, 벼락나무 파벌이 모이는 곳에 벼락을 맞아 죽은 고목이 있단다.

쿠르라크 같은 홉고블린은 대부분 멧돼지바위 파벌이라고 했다.

"두 파벌의 동향은 어떠한가?"

"매우 안 좋습니다. 조만간 한 판 붙어도 이상하지 않습니다."

"너희는 이 산에서 평소 싸움질을 벌이고 했던 것이냐? 마룡이 가만두지 않았을 텐데?"

"물론 그렇습니다. 마룡이 활동하던 시절에는 엄두도 내지 못했지요. 하지만 마룡과 연락이 끊긴지도 벌써 10년이 넘었습니다."

"허? 그렇게나?"

마족들은 어떤 지시도, 요구도 없어진 마룡과 연락하기 위해 갖은 애를 썼다고 한다.

"정해진 방법으로 공물을 바치거나, 목숨을 걸고 탄원을 해보기도 했습니다. 하지만 마룡의 응답은 없었습니다."

몇 년 정도가 아니라 무려 10년이다. 아무리 마룡이 무서워도 산지의 마족들은 딴 생각이 들기 시작한 상태라고. 드래곤에게 10년은 별 것 아닐지 모르나 마족들에겐 의미가 다르다. 슈바르체토이펠이 이걸 모를 리가 없다. 그런데도 안 나타났다는 건 역시 무슨 일이 생겼다는 증거겠지.

"그래서 결국 두 파벌이 한 판 붙을 기세라 그것이냐?"

"맞습니다. 아직은 마룡에 대한 두려움으로 인내심을 유지하고 있습니다만 터지는 건 시간문제라고 봅니다."

쿠르라크의 설명에 나는 고개를 끄덕였다.

"그렇다면 짐이 그들의 번뇌를 덜어주면 되겠군."

"그 말씀은?"

"한 발 내딛으려는 백성의 등을 상냥하게 떠미는 것도 왕의 역할이니라."

그래.

가서 모두에게 용기를 주자.

야밤에 홉고블린 뱀파이어인 쿠르라크를 대동하고 길을 나섰다. 늦은 밤이라고 산지의 마족들을 못 만날까 걱정할 필요는 없다. 이놈들은 대체로 야행성이니까.

"전하, 어디로 가시겠습니까?"

"일단 그 벼락나무로 가자."

세 시간 정도 산을 타니 저 멀리 시커먼 고목이 보였다. 그리고 그 아래 모닥불이 몇 개나 피어져 있었다. 모닥불 주위에는 오크들이 꽤 많았는데 대강 50마리는 넘어보였다. 그들은 술을 마시며 시끄럽게 떠드는 중이다.

"전하. 저들과 대화를 나눠보시겠습니까? 하오면 제가 미리 가서…."

"아니다."

나는 고개를 저었다.

"대화는 됐다. 짐은 말뿐인 자를 경멸한다. 뭐든 행동으로 보여주는 게 좋겠지."

쿠르라크에게 필리를 맡긴 뒤, 그들을 향해 걸어갔다.

뽀득. 뽀득.

밟을 때마다 느껴지는 쌓인 눈의 느낌이 좋았다. 오크들은 저마다 신이 나서 떠들다가 나를 발견하고는 놀란 표정이 됐다.

옆에 친구를 툭툭 건드리며 이쪽을 향해 손가락질한다. 이상하겠지. 야밤에 인간이 홀로 나타나 다가오고 있으니까. 게다가 그 인간의 기세가 심상치 않다면 더더욱. 본래라면 당장 덤벼 와야 하겠지만 그들은 기이한 느낌을 받는 듯 움직임이 없었다.

"……."

그저 매서운 눈으로 이쪽을 지켜보고 있다. 그 수많은 시선에도 나는 담담하게 그들 무리 한 가운데 들어갔다. 그리고 모닥불에서 굽고 있는 꼬치 하나를 들고는 허락도 없이 뜯어먹었다.

"음, 맛이 없어."

나는 꼬치를 바닥에 버리고 짓밟았다. 그 순간 주위의 오크들이 약속이나 한 것처럼 무기를 잡아들고 달려든다.

"쿠아아!"

거대한 도끼를 들고 뛰어오른 오크들이 나를 내리찍으려는 그때, 그림자 폭발을 사용했다.

콰아아앙!

검은 폭발에 모닥불까지 휘말려서는 불티와 장작이 사방으로 흩날렸다.

"크아아악!"

"쿠악!"

덩치 좋은 오크들이 땅바닥을 뒹굴었다. 곧장 전투가 시작됐다.

카앙!

누군가 던진 손도끼를 검을 꺼내 쳐냈다. 그리고는 왼손을 뻗어 피눈물 흡수를 사용했다.

"크아아아!"

"아아아! 끄아!"

숙련3단계에 이르는 피눈물 흡수는 위력 자체가 완전히 달라져 있었다. 삽시간에 30마리의 오크들이 목을 부여잡고 절명했다.

그들은 구울 도살자가 되어 일어났다. 남은 오크들은 구울 도살자의 파상공세를 힘겹게 버틸 뿐이었다. 싱거운 싸움이구나.

"음?"

옆을 보니 한 덩치 좋은 오크가 망연자실한 표정을 짓고 있었다. 지금 상황 자체가 안 믿기는 얼굴이었다. 나는 그에게 뒹굴고 있는 도끼를 걷어 차줬다.

"그대의 도끼와 내 검, 뭐가 더 강한지 겨뤄보겠나?"

순간 오크의 표정이 변했다. 언어는 달랐지만 의미는 전달된 것 같다. 그는 분노한 얼굴로 도끼를 쥐어든다. 그리고 오크어로 나를 부정하고 사악한 존재라고 비난했다.

분명 사령술사는 그들이 생각하는 전사의 긍지에 한참 벗어나 있겠지. 그런 나를 단죄하겠다는 듯 도끼든 오크가 맹렬하게 달려왔다.

달빛을 반사하는 그의 두 눈이 혈기로 타오르고 있었다. 실로 저것은 한평생 전사로 살아온 사내의 긍지. 그렇다면 나도 그에 상응하는….

타앙!

총성이 한 번 울리자 그 긍지 높은 전사가 풀썩 쓰러졌다. 그리고 다신 움직이지 않았다. 나는 그에게 고개를 숙여 사과했다.

"약속을 어겨 미안하네. 깜빡했는데 허리춤에 장전한 권총이 있지 않은가. 자네도 알겠지만, 총이란 있으면 쏘지 않을 수가 없다네."

이미 싸움은 끝나가고 있었다. 몇몇 오크가 도망쳤으나 구울 도살자들이 던진 도끼를 얻어맞고는 눈밭으로 쓰러져 구른다. 순식간에 오크 50여 마리가 전멸했다.

"전하. 이제 어찌시겠습니까?"

쿠르나크의 물음에 오크의 시체들을 벼락나무에 매달라고

했다.

"마침 트리를 만들 때니 정성껏 하게."

명령만으로 성이 차지 않아서 직접 감독에 나섰다.

"아니, 그쪽에 몰리지 말고 간격을 두라고. 이런! 쿠르나크! 자네가 가서 줄을 묶어보게. 에잇! 구울 놈들은 싸움은 잘하는데 이런 일은 꽝이군!"

목에 줄이 묶인 오크들이 시커멓게 타버린 고목에 장식처럼 하나씩 매달린다. 나는 가장 마지막으로 묶을 시체에 다가갔다.

"나이프 좀 줘보게."

"여기 있습니다."

죽은 오크의 상의를 벗겨낸 뒤 놈의 몸에 나이프로 글씨를 썼다.

[우리의 인내심은 한계. 너희는 된다. 이 나무에 예쁜 장식.]

홉고블린어로 썼다. 내 홉고블린어는 문법이 엉망이었지만 크게 상관없었다. 원래 홉고블린은 자기들 말도 제대로 쓰질 못했으니까.

굳이 누가 했는지 밝힐 필요는 없겠지. 이 산에는 벼락나무 파벌을 죽어라 미워하는 무리들이 있으니까.

"다 했네. 자, 매달아."

부욱! 주욱!

거친 밧줄이 나뭇가지를 흔들자, 죽은 고목에 쌓여있던 눈들이 사방으로 흩날렸다. 달빛에 작은 수정처럼 아름답게 반짝이고 있었다.

"정말 분위기 있는 밤이군!"

나는 멋진 트리에 감탄했다.

이번에는 멧돼지바위라는 곳으로 움직였다. 벼락나무에서 다섯 시간 정도 산을 타고 나서야 도착했다.

"필리. 힘들지? 돌아가면 편히 쉬게 해줄게."

산을 오래 탄 탓에 필리 코에서 하얀 숨결이 잔뜩 나오고 있었다. 나는 필리에게 충분히 물을 먹였다. 가여운 녀석. 마음이 좀 아파졌다.

"전하. 저곳입니다."

"정말 큰 멧돼지처럼 생겼군."

어둠 탓에 시커멓게 보이는 큰 바위의 실루엣은 영락없이 멧돼지처럼 생겼다. 그리고 그 앞에 오거 몇 마리와 홉고블린들이 모여서 무언가를 게걸스럽게 뜯어먹고 있었다. 보니까 커다란 곰이었다. 머리가 뭉개진 게 오거의 몽둥이에 한 방 맞은 모양이다.

"크릉?"

곰의 넓적다리를 통째로 뜯어먹던 외눈 오거가 나를 발견하고는 흥미를 보였다. 입가에는 피가 번들번들한 게 참으로 무섭게 생겼구나.

"츄읍."

외눈 오거는 나를 보며 입맛을 다셨다. 저 녀석, 아무래도 사람 맛을 아는 놈인 것 같다.

히이잉!

놀란 필리가 펄쩍 뛰었다. 그러자 오거는 쿵! 쿵! 달려오더니 이쪽으로 손을 뻗는다. 애초에 내가 반항할 거라고는 생각도 안 하는 모양이었다.

마치 그 모습이 선반에서 음식을 집어먹는 느낌이었다. 그래서 같이 손을 뻗었다. 그러자 오거와 나는, 그 유명한 미켈란젤로의 <아담의 창조>처럼 서로의 손이 마주 닿았다.

그 접촉은 짧았지만 결과는 확실했다.

쿠웅!

바짝 말라비틀어진 오거가 눈밭 위에 쓰러졌다. 그러자 지켜보던 다른 놈들이 깜짝 놀라서 벌떡 일어났다. 그 꼴을 보며, 좀 고민스러워 혼자 턱을 쓰다듬었다.

"이곳은 트리가 없으니 토막을 쳐 버려야겠군."

그리고 말 그대로 생선 다듬듯 놈들을 토막냈다. 전멸시키는 데 5분도 걸리지 않았다.

"여기도 전언을 남기겠다."

나는 흥건한 피를 먹물삼아 멧돼지바위에 글씨를 적었다.

[겁쟁이들에게 경의를 담아.]

아마 두 파벌은 누가 이간질을 했다고 생각 못하겠지. 워낙 산지에서 오랜 시간 고립된 채 살아온 그들이다. 사고가 편협해지기 십상이었다. 설령 무리 중에 지혜로운 자가 있다 해도, 양 파벌의 맹목적으로 타오르는 분노를 막지는 못할 거다.

다음날.

쿠르라크가 재밌는 소식을 들고 왔다.

"전하. 멧돼지 바위 파벌에서 항의 겸, 해명을 듣겠다고 파견한 오거를 벼락나무 파벌에서 돌로 때려죽였다고 합니다. 지금 양쪽의 감정이 폭발했습니다."

이제는 마룡이든 뭐든 신경 쓰지 않고 전투 준비가 한창이라고 했다. 그들은 정면 승부를 결정했다고 한다.

"설마 싸울 날과 장소도 정한 건가?"

"맞습니다."

"어쩜, 이리 정직한 자들이란 말인가."

인간들끼리 싸움이었다면 불시에 기습으로 전투가 시작됐을 거다. 그런데 이들은 이틀 뒤 단체로 만나 칼과 도끼로 문제를 풀기로 했다고.

"몇 시라더냐?"

"이른 새벽이라고 합니다."

야행성인 놈들의 기준으로 이른 새벽이라 하면 보통 오후 3~4시. 쿠르라크는 좋은 장소가 있다고 했다.

"싸움터가 잘 보이는 높은 곳을 알고 있습니다. 그곳에서 내려다보면 상황을 한눈에 파악할 수 있을 것입니다."

"그것 참 잘 됐구나. 쿠르라크, 짐을 위해 그곳에 미리 탁자와 의자를 설치해 주지 않겠나?"

마침 티타임을 갖기 좋은 시간이었다.

오후 3시. 초겨울의 햇살이 따뜻하고 기분 좋았다. 나는 싸움터가 잘 보이는 장소에서 느긋하게 차를 즐겼다.

아래쪽에서는 이 산을 양분하는 멧돼지바위 파벌과 벼락나무 파벌의 전사들의 전투 준비가 한창이다. 야행성인 이들에게 오후 3시면 새벽이라고 할 수 있었다.

인간의 감각으로 따지면 오전 3시라고 봐도 괜찮다. 이런 꼭두새벽부터 연장을 들고 나선 걸 보면 이번 일로 얼마나 달아올랐는지 짐작하기 어렵지 않다.

가뜩이나 언제 붙을까 간을 보던 두 파벌이다. 내심 차라리 잘되었다고 생각하는 자들도 적지 않으리라.

"쿠라 무스투 구모라 후단 하라사(치고 도망가는 비겁한 자들은 들으라)!"

벼락나무 파벌에서 덩치 큰 오크가 하나 나오더니 상대방을 비난하기 시작한다. 그러자 이번에는 멧돼지바위 파벌에서 쌍두오거가 나오더니 받아친다.

양측이 시끄러워지고 함성과 욕설이 난무했다. 전투 전에 기세를 확보하기 위한 행동이었다. 이어서 전투의 의식이 펼쳐지면서 전고를 둥둥! 두들기는 소리가 요란했다.

마치 원시인의 싸움을 보는 느낌이었다. 본격적으로 붙기 전에 이런저런 의식이나 말다툼이 상당히 오래 이어졌다. 그러다 보니까 벌써 뉘엿뉘엿 해가 져가고 있었다.

이러려고 일찍 만난 거로군. 아무래도 날이 저물어야 싸울 거 같다.

우우웅-. 우웅-,

그때 반지가 다시 울렸다. 쿠발트였다. 이 양반 할 일이 없나, 연락이 잦네?

- 전하.

- 발러. 별일 없는가?

- 신격들께서 보우하시어 무탈합니다.

- 하핫! 어울리지 않은 농담을 다 하는군. 오늘은 한 가지 정보를 입수해서 알려주려고 연락했네.

쿠발트는 좋은 소식을 전해왔다. 라이테르 기사가문 내에서 다툼이 일어나고 있다는 것. 발푸르기스가 내가 요구한 대로 기존의 자세와 다르게 너그러운 합의안을 제시했기에 이걸 받아들이자는 쪽과 끝까지 황제의 뜻대로 하자는 쪽으로 갈려서 다투고 있다는 것.

이쪽의 시간 끌기가 잘 먹혀들고 있었다. 발푸르기스의 성격상 절대 굴욕적인 합의는 하지 않을 것이지만 이를 모르는 라이테르 기사가문에선 제대로 낚여서 서로 아웅다웅하고 있는 것이다.

- 일부러 소식을 전해주셔서 감사합니다.

- 자네가 마음에 들어 할 것 같아서 말이야. 음, 그런데 웅장한 소리가 들리는구먼?

양 파벌은 이제 본격적으로 부딪치고 있었다. 산지가 떠날 것 같은 함성과 함께 서로에게 파도처럼 밀려간다.

- 아, 지금 단체 토너먼트 경기를 구경 왔습니다. 멧돼지바위

팀과 벼락나무 팀이 맞붙고 있습니다. 오늘의 빅매치죠.

- 그것 참 볼만 하겠군. 팀명도 재밌어. 자네는 어느 팀에 걸었나? 설마 내기의 재미를 모른다고 하지 않겠지.

- 하하하. 그럴 리가 있겠습니까?

나는 쿠발트에게 양팀이 다 패한다는 것에 걸었다고 말했다. 그러자 그는 의아해했다.

- 단체 토너먼트에서 양팀 다 패하는 일은 극히 드물 텐데? 그런 경우도 있나?

- 변수가 있으면 가능할 겁니다.

- 두 팀 다 반칙으로 실격패 하는 것에 걸었나 보군? 확률이 엄청 낮을 것 같네만. 자네는 의외로 도박에선 화끈하군.

- 하하하. 확률이야 올리면 되죠.

그래, 확률이야 올리면 된다. 게임의 결과를 얌전히 기다리는 건 내 취향이 아니었다. 잠시 더 쿠발트와 잡담을 하다 통신을 끊었다. 그러자 뒤에서 기다리고 있었다는 듯 쿠르라크가 나타났다. 해가 떨어지자마자 뱀파이어인 녀석이 활동을 시작한 것이다.

"겨울은 뱀파이어가 좋아하는 계절일 것 같군. 이렇게 해가 빨리 떨어지니까."

"신은 뱀파이어가 되고 맞이하는 첫 겨울이라 잘 모르겠습니다만, 듣고 보니 실로 그렇습니다."

"앞으로 많은 겨울들을 보도록 하게."

나는 병력이 준비됐는지 물었다. 현재 휘하에는 언데드 70마리가 있다. 해가 떨어지면 싸울 준비를 하라고 일러놨다.

"물론입니다. 때를 봐서 저들을 치실 생각이십니까?"

쿠르라크가 치열하게 싸우고 있는 양 파벌을 내려다보며 묻는다. 나는 고개를 저었다.

"무리다. 대략 봐도 1천이 넘는다. 양쪽이 지칠 때를 노려도 전력의 차이가 크다."

"저희는 모두 전하를 위해 죽을 준비가 되어 있습니다."

"각오는 고맙다만 저들이 언데드인 우리를 발견한다면 싸움을 멈출 것이다. 죽은 자란 존재는 원수끼리도 손을 잡게 만드는 힘이 있지."

아무리 불사의 군대라고는 하나 1천 마리의 마족 한 가운데 뛰어들면 순식간에 녹아버릴 거다. 애초에 저들이 진을 뺄 때까지 기다렸다가 끼어 들 생각도 없었다.

"하오시면 어찌해야 합니까? 신이 아둔하니 전하의 명을 따를 뿐입니다."

"이럴 땐 좀 더 간단한 수가 있다네. 쿠르라크, 자네도 앞으로 짐의 요령을 배웠으면 좋겠군."

"부디 가르침을 주십시오."

나는 의자에서 일어나 필리를 향해 걸었다. 그러자 뱀파이어 하나가 엎드렸다. 나는 그의 등을 밟고 말에 올랐다.

"전쟁에서 가장 재밌는 게 바로 텅텅 비어있는 본진을 터는 것이다. 저들이 싸움질에 골몰하는 사이, 만만한 부락을 돌며 털어버린다. 부락에는 비전투인원이 주로 남았을 터. 그들을 남김없이 몰살시킨다."

내 말에 쿠르라크는 감탄한 표정이 됐다.

"분명 저들은 격노할 것입니다! 신성한 전투로 승부를 가리기로 했으면서 상대가 별동대를 운용해 부락을 습격했다고 믿겠지요!"

"맞다. 그게 짐이 노리는 바다. 남김없이 처리할 수 있는 적당한 규모의 부락을 습격하겠다. 목격자가 있어선 안 된다."

"명을 따르겠습니다!"

신성한 전투를 하든, 남자답게 승부를 하든, 알아서 하라고 해라. 나는 그들 부락에서 볼 일을 좀 볼 뿐이니까. 우리는 먼저 멧돼지바위 파벌에 속한 부락으로 갔다.

"싸그리 죽여라. 다만 불을 지르진 말라. 멀리서 불빛이 오르는 걸 보면 놈들이 싸움을 멈출 수도 있으니까. 그저 조용히 해치우라."

"알겠습니다!"

나는 스펙터를 10마리 소환해서 숨거나 도망치는 자가 없게 방비했다. 이 유령들은 살아있는 자라면 귀신 같이 찾아내는 재주가 있었다.

"다락이든, 지하실이든 몰래 몸을 감춘 자가 있으면 찾아내 죽이라."

스펙터들은 내 명을 받고 홀연히 사라졌다. 곧 부락에 비명이 가득 찼다. 나는 차분히 언데드들을 지휘했다. 전사들도 없는 이런 부락을 쓸어버리는데 직접 나설 필요는 없었다. 한데 그때 시스템 메시지가 떴다.

<S등급 스킬 언데드 통솔이 숙련2단계에 오르는 게 가능해졌습니다!>

오, 숙련2단계인가. 최근 언데드 무리를 이끌고 이리저리 다닌 게 효과를 본 모양이었다. 망설일 것 없이 스킬 포인트를 투자했다.

<반경 150미터 안의 언데드는 생명력 +15%, 방어력 +15%, 공격속도 +7%를 얻습니다!>

어둠의 오러가 나를 중심으로 한층 강해져 일대의 언데드들을 휘감았다. 그러자 그들은 새로운 힘에 흥분해서 빠르게 부락을 정리했다. 일대를 울리던 비명은 거짓말처럼 모두 사라졌다.

"남김없이 처리했느냐?"

"네, 전하. 숨을 쉬는 이가 없습니다."

"좋다. 이번에는 벼락나무 파벌의 부락을 습격하자."

그렇게 우리는 몇 개의 부락을 전멸시켰다. 5시간 이상 걸렸지만 돌아오는 길에는 꽤 만족스러운 기분이었다.

"수고해 일하고 돌아가는 길은 언제나 보람이 있구나."

"실로 그러합니다. 전하."

"옛 성현이 이르길 이마에 땀이 배어 나와야 빵을 먹을 자격이 있다고 했다."

"노동하는 자야말로 먹을 자격이 있다는 말씀이시군요. 신은 전하의 사업을 위해 피땀을 바치겠습니다."

쿠르라크는 공손히 고개를 숙였다. 나는 그게 아주 질 나쁜 농담이란 생각이 들었다. 지금 내 주위로 피와 땀이 없는 해골들이 가득했기 때문이다.

우리가 몰래 부락을 쓸어버린 일 때문에 양 파벌이 완전히 뒤집어졌다. 이제 돌이킬 수 없는 강을 건넌 셈이 됐다.

　며칠이 지나자 상황은 수습되기는커녕 더욱 악화일로였다. 어쩌면 양측의 지도부는 한 번의 전투로 승패를 정하고, 이후 원만한 합의를 생각했을지도 모른다.

　하지만 이제 멧돼지바위 파벌과 벼락나무 파벌은 불구대천의 원수가 됐다. 그날부터 잔인하기 짝이 없는 섬멸전이 벌어졌다. 양 파벌은 상대방이라면 완전히 씨를 말리려고 했다. 산지가 피와 죽음으로 물들었다. 그리고 그럴수록 내 진영은 살이 쪘다.

　"왜 언데드의 도시가 주로 추운 곳에 있는지 알겠다. 시체가 썩지 않고 얼어붙으니 언데드를 만들기 참 좋도다."

　나는 눈밭에 파묻혀 있던 한 덩치 큰 오거를 뱀파이어로 되살렸다. 이미 산지의 마족들은 재기불능이었다. 나는 괜찮은 시체들을 언데드로 살리는데 집중하며 그들에게 신경을 껐다.

　이제 그들은 전혀 중요하지 않았다. 마룡 슈바르체토이펠을 잡을 구상이 머릿속에 가득 찼다.

　"전하. 양쪽의 희생이 돌이킬 수 없는 수준이 됐습니다."

　쿠르라크의 보고에 의하면 양 파벌을 다 합쳐도 몸이 성한 전사가 200을 넘지 못한다고 했다. 그야말로 끝장이다. 며칠 전만 해도 그들의 전사는 1천이 넘었었다.

　"남김없이 정리하게 좋은 때입니다."

　"아니다. 남은 자들은 내버려 두라."

왜 남겨두는지 쿠르라크가 의아한 표정이라 부연설명을 해줬다.

"너희 뱀파이어들이 먹을 가축이 남아있어야 하지 않겠느냐?"

"아! 신의 생각이 짧았습니다."

"그것보다 들어보라. 짐은 이 산을 짐의 첫 영지로 삼을 작정이다."

언데드의 도시를 하나 세울 작정이었다. 이 거대한 산지는 외부와 격리되어 있으며 방어에 유리하다. 새로운 터전으로 삼기 딱 좋았다.

제대로 된 도시를 만들기 위해선 앞길이 구만리겠지만, 로마도 하루아침에 이뤄진 것이 아니잖은가.

"실로 훌륭하신 계획이십니다!"

"상상해 보라! 쿠르라크!"

나는 산의 오솔길을 가리켰다.

"저 보잘 것 없는 길에 포장도로가 만들어질 것이다. 그리고 그 도로를 위풍당당한 데스나이트 기사단이 행진하겠지."

이어서 산등성이 쪽을 가리켰다.

"병풍처럼 산이 둘러싸인 저곳에는 리치들의 마탑이 올라갈 것이다. 분명 이 도시는 사령술 연구의 중심지로 발돋움할 터!"

이번에는 창공을 가리켰다.

"하늘에는 장엄한 해골용들이 날아다니며 모두를 수호할 것이다! 생각해 보라! 쿠르라크! 그 위대한 도시를! 산 자들은 공포에 빠져 이 도시의 이름조차 언급하길 두려워할 것이다!"

쿠르라크는 이 장대한 계획에 크게 감탄해 홀린 듯한 표정이었다.

"전하! 그 위대한 도시의 이름이 무엇입니까?"

"자네에게 처음으로 들려주지. 도시의 이름은 모르스 솔라(Mors Sola)."

"신이 감히 묻습니다. 그 뜻이 무엇입니까?"

그것은 간단하고도 명확한 뜻을 담고 있었다.

"오직 죽음만이!"

산의 마족들은 완전히 정리되었다. 남은 이들은 더는 싸울 생각도 못하고 피해 복구에 골몰할 뿐이었다. 이제 그들은 죽은 자의 존재를 알아챘지만 이미 모든 게 늦은 후였다.

일부는 산을 떠나고 일부는 계속 억척스럽게 살아가겠지. 아무래도 상관없는 문제였다. 그저 많은 시체가 산지 곳곳에 꽁꽁 얼어붙어 있단 게 중요했다. 그들은 마룡 슈바르체토이펠과 싸우기 위한 귀중한 자원이었다.

"흠, 역시…."

죽은 오거를 언데드로 만들어 봤지만 언데드 소환은 숙련4단계에서 꿈쩍도 안 한다. 산지의 마족으로는 더는 숙련도를 올릴 수 없었다. 그렇다면 지체할 필요 없이 슈바르체토이펠을 토벌하기 위해 나설 때였다.

나는 언데드 80마리를 이끌고 전투 준비했다. 더 소환할 수 있겠지만, 그랬다가는 쌍코피가 터질 거다. 적정선을 유지하며 계속 들이받는 게 나을 것 같았다.

"모두 들으라! 이곳은 역사상 가장 위대한 도시가 될 장소이다. 오로지 죽은 자의! 죽은 자를 위한! 죽은 자에 의한!"

나는 이것이 전설의 시작이 될 것임을 약속했다. 언데드들은 열광적으로 환호해 왔다.

"하지만 이 영광의 여정을 시작을 위해서는 반드시 슈바르체토이펠을 토벌해야만 한다. 이것은 우리 앞에 준비된 단 하나의 길이기에 어떤 이론(異論)도 있을 수가 없다!"

"케이에에에!"

이제 전투만이 남았다.

승자가 이 산을 지배할 것이다.

휘이이잉-.

나는 눈바람을 즐기며 산지의 풍경을 감상하고 있었다. 날씨는 벌써 한겨울이었지만 피도 눈물도 없는 자가 된 탓인지 별로 춥지 않았다.

"이곳에서 맞이한 몇 번째 겨울인지…."

문득 그런 생각이 들자, 갑자기 게임 속에서 보낸 100년의 회한이 밀려왔다. 수많은 실패가 주마등처럼 스쳐지나갔다. 그것들은 내 마음에 차곡차곡 응어리처럼 쌓여 있었다.

사람이 10년을 준비한 일이 실패해도 그 마음의 사무침이 이루 말할 수가 없다. 하물며 100년 세월이니 그 한을 누가 다 헤아리겠나. 그래서인지 해피엔딩에 대한 내 집착은 날이 갈수록 커져가고 있었다.

"이번에는……."

전과 다르게 희망이 있다.

일반인 플레이로 인한 수호자 살해 시나리오.

어둠의 대군 중 하나인 '무덤에서 웅크리고 있는 자'와의 접촉.

발푸르기스의 진짜 이름을 알게 된 것 등.

전과는 많이 다른 행보를 걷고 있었으니까. 게다가 내가 일반인 플레이를 도전하게 된 계기인 세계의 비밀도 비장의 한 수였다.

이제까지와는 다르다. 안타깝게도 과거의 나는 엔딩의 조건 자체를 착각했을 확률이 높았다.

"흐음……."

그건 그렇고 좀 이상하단 생각이 들었다. 이 세계, 갈수록 느끼는 건데 너무 리얼하지 않나…. 처음 들어와서 슈판다우에서 똥 푸던 날부터 위화감이 들긴 했다.

하지만 워낙 바쁘게 플레이하느라 신경 쓰지 않았는데, 지금 저 산봉우리에 휘몰아치는 눈은 그래픽이라고 믿을 수 없을 정도로 현실적이다.

고민하던 나는 어쩌면 아퀼라가 전면적인 그래픽 리마스터링을 했을지도 모른다는 생각이 들었다. 하루가 다르게 기술이 발전하고 있으니 아마 그럴 수도 있겠지.

더 신경 쓰지 않기로 했다. 지금은 슈바르체토이펠 공략에 집중해야 한다. 앞으로의 플레이를 위해 이번 건은 정말로 중요하니까.

"그래, 마룡부터 처리하자."

총 80마리의 언데드를 이끌고 산에 올랐다. 목적지는 슈바르체토이펠의 둥지다. 놈의 둥지는 무척 찾기 쉬웠다.

산 7부 능선쯤에 뚫린 거대한 동굴로 들어가면 된다. 대놓고 여기 드래곤의 둥지가 있어요, 라고 광고하고 있었지만 누구도 침범하지 않았다.

"쿠르라크. 그대는 전투에 참가하지 말도록."

"어찌 그리 명하십니까? 신은 전하의 패업을 위해 죽을 각오가…."

"그게 곤란하단 말이네."

쿠르라크는 힘만 쎈 찐따로 가득한 이 산의 마족 중 드물게 영리한 자였다. 이런 쓸만한 인재가 드래곤의 주둥이에 소모되면 내 입장에서도 아깝다.

"언데드 군대가 용맹하다고 하나 상대는 그 마룡이다. 몇 번이고 계속 부딪쳐야 하니 그대는 현명히 처신하라."

사정을 설명하고 계속 날 보좌해 줄 것을 명했다.

"신은 전하의 뜻대로 할 것입니다."

나는 고개를 끄덕이고는 그의 어깨를 격려차 한 번 두들겨 줬다.

"저기로군."

산 중턱에 드래곤이 드나들 수 있을 정도의 거대한 동굴이 보였다. 나는 거침없이 안으로 들어갔다. 동굴은 산 아래로 내려가게 파져 있었다.

당연히 자연적인 게 아니다. 드래곤이 드나들 수 있는 이런 터널은 마법으로 창조된 것이다.

아래로 내려가는 동안 몇 번이고 둥지를 지키는 존재들을 만났지만 숫자 앞에 장사 없는 법. 떼로 몰려가고 있는지라 어려움은 없었다. 그리고 마침내 최심처, 슈바르체토이펠이 머무는 공동에 도착했다.

"저게 마룡인가…."

공동 한 가운데 거대한 드래곤이 수많은 금화를 깔고 잠들어 있었다. 덩치가 엄청났다.

나는 그 장대한 체구에 감동하면서도 한편 실망감을 감출 수 없었다. 이렇게 늙은 용은 처음이었다. 날개 피막은 성한 게 없어 과연 날아다닐 수 있을지 의문이다. 검은색 비늘은 듬성듬성 빠진 게 굉장히 그를 볼품없이 만들고 있었다.

구아아아.

입을 쩍 벌리고 하품할 때 보니까 이빨은 거의 없고 잇몸만 남았다. 이래서는 고기를 씹지도 못하고 핥아먹는 게 아닐까 싶을 정도다.

나는 항상 이 드래곤을 반쯤 썩어서 죽은 모습으로만 만나왔다. 수호자로 플레이할 때는 초반 스토리들이 꽉꽉 채워져 있어 이 외딴 곳까지 올 여력이 없었기 때문이다.

수호자들은 초반부에 배신, 성장, 사랑 등의 이야기로 눈코 뜰 새 없이 바쁘다. 반면 일반인인 나는 정해진 일정 자체가 없다.

자유도면에서는 최고다. 내키는 대로 움직여도 된다는 거니까. 그래서 난생처음 슈바르체토이펠이 살아있는 모습을 봤지만 생각 이상으로 볼품없는 모습에 크게 실망하고 말았다.

분명히 전성기에는 대단한 드래곤이었을 거다. 하지만 지금은 잔뜩 웅크린 채 추운지 살짝살짝 떨고 있는 모습이 짠하기까지 했다.

"어쩌면 생각보다 쉬운 상대일지 모르겠군."

오늘 밤이라도 자다가 숨넘어갈지도 모를 노인네의 기운이 물씬 풍긴다고 할까.

"저런 노인은 계절이 바뀌면 견디질 못하지. 아무리 길어도 봄이 오면 가시겠구먼."

"제가 보기에도 그렇습니다. 전하."

그냥 봄이 올 때까지 기다리는 게 어떨까 하는 생각이 들 정도였다. 하지만 사내가 칼을 뽑았으면 무라도 썰어야 하는 법. 여기까지 와서 그냥 돌아갈 수는 없다.

"모두 공격하라!"

몸을 들썩들썩하던 언데드들이 귀곡성을 울리면서 쏟아져 나간다.

"이 정도라면…."

자신감이 없다면 거짓이겠지. 그런데 언데드들은 한참 달려가는 거 같으면서도 아직 슈바르체토이펠에게 가 닿지 못했다.

"꽤 걸리네…."

그의 덩치가 워낙 커서 원근감이 왜곡되어 있었다고 할까. 언데드들이 개미처럼 달라붙고 나서야 사이즈가 실감났다.

"키에에엑!"

섬뜩한 고함을 지르는 언데드들도 막상 그의 곁에 붙자 아기자기할 만큼 귀여워보였다. 그러자 그들의 귀곡성도 어쩐지 깜찍한 느낌이다.

투닥투닥.

언데드들이 사력을 다해 누워있는 드래곤을 두들겼다. 그럼에도 슈바르체토이펠은 한동안 반응이 없었다. 그러다 결국 귀찮다는 듯 손을 휘저었다.

쿠아앙! 와르르르-!

그걸로 끝이었다. 나의 자랑스러운 언데드 군세는 슈바르체토이펠이 잠결에 휘두른 손에 휘말려서 전멸했다.

"이 무슨……."

저 멀리 수많은 뼈다귀가 굴러다니고 있었다. 설마 이렇게 전멸할 줄이야.

이건 땅 드레이크보다도 더했다. 차원이 다르다. 누가 본다면 땅 드레이크 때 겪어 보고 또 삽질한다고 할지 모르겠지만 그때와는 전력 자체가 다르다. 언데드의 질이 한참 높아졌다.

게다가 나는 과거 드래곤과의 전투 경험 역시 있다. 솔직히 이 정도면 골골거리는 드래곤 괴롭혀 주긴 충분하다고 여겼다. 한 번에 처리할 수 있다고 생각하진 않았지만, 이런 식으로 5~6번 박으면 끝나겠지 싶었다.

"이! 빌어먹을 드래곤 놈이!"

이대로 물러날 순 없다. 즉시 더 많은 언데드를 이끌고 돌아오기 위해 달려 나갔다.

"전하!"

"뱀파이어 비율을 최대한 늘리겠다!"

언데드 소환 숙련4단계에서의 최고 병종은 뱀파이어다. 이놈들의 비율이 높이면 몸에 무리가 와서 자제했는데, 화가 나서 더는 못 참겠다. 아무리 지가 드래곤이라 잘났다고 해도 눈도 안 뜨고 전멸시키다니, 속에서 울화통이 터졌다.

"그것도 오거 뱀파이어들 위주로!"

언데드로 만들 시체가 크면 클수록 부담이 커진다. 대신 분명히 강하긴 강하다. 그러니 감수할 수밖에. 지금은 저 슈바르체토이펠을 향해 의미 있는 피해를 주는 게 중요했다.

"병사로 온 죽음의 투사들이여, 그대들의 주인 앞에 진을 짜라!"

구우우웅!

죽어있던 오거들이 뱀파이어가 돼 되살아났다. 그렇게 오거 뱀파이어 30마리를 만들고 나자, 나는 결국 쌍코피가 터졌다.

주륵.

옆에서 보던 쿠르라크가 놀라서 말려왔지만 아직 포기할 순 없었다.

"병사로 온 죽음의 투사들이여, 그대들의 주인 앞에 진을 짜라!"

오거 뱀파이어 30마리를 추가로 더 만들었다. 그러자 이번에는 입에서 피가 터져 나왔다.

"쿠억! 쿨럭!"

턱을 따라 비릿한 피가 줄줄 흘러내렸다. 이러다 진짜 죽겠다 싶어서 오거 뱀파이어를 더 만들어내는 건 포기했다. 대신 구울 도살자와 스펙터로 채웠다.

그렇게 만든 병력이 제국 서남부에 파견해 놓은 뱀파이어 30

마리를 빼고, 최대한 쥐어짠 120마리였다. 진짜 바글바글했다.

"좋다… 오거 뱀파이어만 60마리. 짐이 할 수 있는 최대 전력이다. 이 정도면 분명히 놈도 어쩌기 힘들 것."

오거가 60마리는 재앙 그 자체다. 생각해 보라, 오거 60마리가 미쳐 날뛰는 전장을. 피의 광풍이 몰아치는 장소일 거다. 그런데 생전보다 더 강해진 오거 뱀파이어다.

슈바르체토이펠이라고 해도 여유를 부릴 수 없을 터. 놈의 전투력을 마음속에서 대폭 상향했다. 죽기 전이라 기력이 없다고 해도 일반적인 성년 드래곤과 동급으로 올려 잡았다.

하지만, 아무리 성년의 드래곤이라 해도 오거 뱀파이어 60마리가 두들기면 결코 쉽지 않을 터. 과거의 경험에 비추어 봐도 이건 확실했다.

"가, 가자…."

"전하. 진정 괜찮으신 겁니까?"

이럴 때는 괜찮다고 해줘야 하지만 대답할 기운조차 없었다. 좀만 정신을 놔버리면 언데드 소환이 취소될 것 같은 기분이었다. 나는 필리에 매달려서는 슈바르체토이펠의 둥지로 내려갔다.

"돌격하라! 승리를 가져와다오!"

감정이 다분히 섞인 외침과 함께 언데드 웨이브 2차가 출발했다. 그들은 힘차게 달려가더니 슈바르체토이펠에게 달라붙어서 열심히 패기 시작한다.

이번에는 분명 다르겠…….

"아, 아니?"

슈바르체토이펠은 미동도 없었다. 오거가 두들기고 있는데?

쿵! 쿵! 크웅!

오히려 슈바르체토이펠은 재채기를 할 듯 코를 씰룩 씰룩거린다. 주변에 난동을 부리는 언데드 때문에 오랜 시간 쌓인 먼지가 자욱이 일어났던 까닭이다.

푸에—취이이!

결국 슈바르체토이펠이 성대하기 재채기를 했다. 그리고 그 순간 드래곤의 몸 안에서 극악한 산성액이 쏟아져 나와 언데드를 덮쳤다.

그리고 그걸로 모든 게 끝났다.

"이보게. 쿠르라크여."

"…네, 전하."

"저기 녹색 산성액 속에 떠다니는 뼈마디가 짐의 자랑스러운 군대란 말인가?"

"……."

충직한 쿠르라크는 차마 대답하지 못하고 침묵했다. 슈바르체토이펠은 언제 재채기를 했냐는 듯 다시 잠든 모습이다.

"쿨럭!"

입에서 피가 다시 토해져 나왔다. 나는 그만 정신을 잃고 말았다.

"전하! 전하!"

얼마나 지났을까 쿠르라크가 날 흔드는 바람에 정신을 차릴 수 있었다.

"끄응… 얼마나 지난 건가?"

"채 20분이 되지 않았습니다. 신이 전하를 이곳까지 모셔왔습니다."

주변을 보니 둥지로 내려가는 터널 한가운데였다. 계속 거기 있을 수 없어 여기까지 데려온 모양이었다.

"하아…."

온몸에 힘이 하나도 없었다. 나는 그대로 털썩 쓰러져 컴컴한 터널의 천장을 보고 있었다.

이게 드래곤인가. 이게 마룡이라 악명 높은 슈바르체토이펠이란 말인가. 내가 놈을 너무 과소평가했던 모양이다.

"음?"

그런데 시스템 메시지가 떠 있었다.

<히든 스킬의 조건을 만족했습니다!>
<새로운 스킬을 획득했습니다!>

아니, 이게 무슨 소리야? 황당한 마음에 눌러보니 다음과 같은 설명이 떴다.

<세상에 당신처럼 단기간에 언데드 무리를 많이 잃어버린 사령술사도 없습니다! 비정한 지도자 스킬을 획득합니다!>

<비정한 지도자-S등급 스킬. 당신은 수하들을 소모품으로 쓰는 비정한 지도자입니다! 언데드의 잠력을 폭발시켜 일시적으로 강한 힘을 내게 합니다. 대신 전투가 끝나면 모두 사라집니다.>

난생처음 보는 스킬이었다.

"허허……."

게다가 설명 문구가 상당히 거슬렸다. 그래도 한 가지만은 알겠네. 일단 다 꼴아 박으면 된다는 것 같다. 숙련도를 올리려면 언데드들의 잠재력을 폭발시켜 강적과 붙이는 게 틀림없었다.

마침 산중에는 시체라면 산더미처럼 많았다. 그걸 언데드로 만들어 들이받은 강적도 있고.

자고 있어서 그렇지…….

나는 다음날 3차 웨이브를 준비했다. 못 이길 거면 숙련도라도 올려야겠다는 심산이었다. 어차피 이건 게임이다. 게임에는 일정한 법칙이 있고 나는 그런 패턴에 익숙하다.

저런 상태면 분명히 일어나지 않는다. 이건 뭔가 내가 알지 못하는 시나리오가 틀림없었다. 그 조건을 발동하면 시나리오가 열리는 식이겠지.

이런 건 얼마든지 있었다. 특정 아이템을 가지고 가야 겨뤄주는 보스, 특정 영웅을 대동하고 가야 시작되는 전투, 필수 퀘스트를 먼저 끝내야 발동되는 이벤트 등.

이것도 분명히 그런 것 중 하나다.

애초에 오거 뱀파이어 60마리가 한 번에 산화한 것도 다시 생각해 보니까 이상한 일이다. 뭔가 조건을 충족하지 않았는데 슈바르체토이펠을 요령 좋게 죽이려니까 시스템상 쓸려나간 거겠지.

틀림없다. 내 안에서 지난 100년의 경험이 외치고 있다. 안전을 보장합니다!

안심하고 다시 두들겼다. 하지만 상황이 이상하게 흘러갔다.

"이럴 리가 없는데…?"

"크르르릉-!"

예상을 뒤집고 슈바르체토이펠이 깨어난 것이다. 그의 커다란 노란 눈동자는 근처에서 알짱거리는 언데드가 아닌, 거리를 두고 숨어있던 나를 똑바로 노려보고 있었다.

"으윽!"

바위에 숨어 고개만 빠끔 내밀고 있던 나는 순간 심장이 멈추는 듯한 공포를 느꼈다. 심후한 절대자의 눈이 이쪽을 샅샅이 살펴보고 있었던 것이다.

그리고 그가 말했다.

"그만 좀 해라. 해골쟁이 새끼야."

그 순간 도망치기 위해 즉각 몸을 돌렸다. 하지만 어느새 목에 겨눠진 서늘한 검에 얼음처럼 굳고 말았다. 앞으로 보니 흑의를 입은 무시무시한 인상의 노인이 보였다.

"어느 틈에…."

사람의 모습을 하고 있지만 이 존재의 정체가 무엇인지 굳이 물을 필요 없으리라. 하지만 그것 말고 진짜 궁금한 게 하나 있었다.

"하나만 묻겠소."

"좋다. 죽이기 전에 자비를 베풀어 대답해 주지."

"당신은 임종 직전 아니었소?"

내 말에 인간으로 변신해 있던 슈바르체토이펠은, 신선처럼 멋지게 기른 흰수염을 쓰다듬으면서 껄껄 웃는다.

"크하하핫! 누가 그래? 앞으로 500년은 거뜬한데!"

"허……."

이게 대체 어떻게 된 걸까. 분명히 이 양반은 자연사하는 게 원래 시나리오인데. 실제로 과거 플레이에서 죽어버린 슈바르체토이펠의 사체를 확인했었다.

"당신은 분명 시나리오상 죽게 되어 있는데."

"시나리오? 이 정신 나간 해골쟁이가 무슨 소리를 하는 거야?"

…뭐가 어디서부터 잘못된 걸까.

"질문에 답해줬으니 그 목숨을 거두겠다. 간덩이도 부었군. 이 몸의 둥지에서 난동을 부리다니."

이렇게 된 이상 나도 자존심이 있다. 자비를 구걸하는 대신 허리춤에서 류블라냐를 뽑아들었다.

"오호? 그 검은?"

슈바르체토이펠은 내가 쥔 낡은 검의 정체를 알아보는 모양이었다.

"차원을 건너는 빛이여. 베어 죽이고, 꿰어 죽이고, 썰어 죽이는 빛이여. 여기 그대를 바라는 검객의 손에 깃들라!"

그우우우웅!

새하얀 빛과 함께 팔츠 선제후 가의 명검인 류블라냐의 진신이 드러난다. 슈바르체토이펠은 감탄을 터뜨렸다.

"정말로 팔츠의 검이로군! 이 해골쟁이야! 네놈이 어찌 그걸 갖고 있느냐?"

"궁금하면 그 검을 거두는 게 어떻겠소?"

"흐흐흐. 그 정도 흥미를 끄는 걸로는 어림없다!"

슈바르체토이펠는 장검을 들고 용서 없이 짓쳐들어왔다. 단 번에 목이 달아날 것 같은 그 순간, 나는 필립에게서 흡수한 팔 츠 가의 비전검술인 월영검법의 반격을 전개했다.

카앙!

검과 검이 부딪친 순간 슈바르체토이펠이 놀란 눈을 하며 뒤 로 물러났다.

"이놈! 어찌 월영검법까지! 네놈 설마 팔츠 가의 후계자더냐!"

운이 좋았다고 밖에 할 수 없다. 나는 아직 월영검법을 제대로 사용하지 못한다. 겨우 숙련1단계에 머물고 있는 실정이다.

솔직히 방금 반격이 밑천의 전부다. 또 같은 상황이 벌어진다 면 더 받아치긴 무리였다.

"볼수록 범상치 않은 놈이구나! 받아라!"

다시 한 번 날아오는 공격. 그림자 폭파를 사용해 저지해 보려 했지만, 폭발의 위력은 단번에 흩어졌다. 슈바르체토이펠의 장 검이 연달아 쏟아졌다.

카앙! 캉! 캉!

드래곤이라 생각하기 어려운 검술 실력이었다. 세 번 막고 네 번째에 결국 일격을 허용했다.

"크윽!"

하지만 내 갑옷이 워낙 뛰어난 물건이라 중상은 피할 수 있었다. 허리 부분의 철이 찢어지긴 했으나 검상이 얕다.

"흥! 귀물을 입고 있군!"

이때 기회를 보던 뱀파이어 쿠르라크가 끼어들었지만 일격에 날아가서는 동굴 한구석에 쳐 박혔다.

쿠웅!

하지만 덕분에 틈이 났다. 곧장 앞으로 손을 뻗어 피눈물 흡수를 사용했다. 그러자 슈바르체토이펠은 검면에 손바닥을 댄 채 일갈한다.

"어림없다!"

콰아앙!

마력끼리 충돌하는 폭음이 터지더니 피눈물 흡수가 파훼되었다. 이런 황당한! S등급 스킬을 이렇게 간단히 없애버리다니.

"별 요사스러운 짓을 다하는구나! 역시 네놈을 살려둬선 안 되겠다!"

끝장이다. 도저히 상대가 안 된다. 드래곤의 본신을 쓰지 않고 인간으로 변한 상태에서도 이렇다. 심지어 그는 별다른 주문도 사용하지 않고 있었다. 오로지 검술로만 나를 압도했다.

이대로 있으면 죽는다는 생각에 나는 발악하듯 외쳤다.

"당신은 몇 년 안에 살해된단 말이오!"

순간 사방천지를 두 동강낼 기세로 휘둘러져 오던 슈바르체토이펠의 검이 딱 멈췄다. 바로 내 이마 앞이었다. 정말 간발의 차이.

쿵쿵쿵!

심장이 미친 듯이 뛰었다.

스르륵.

머리카락 몇 가닥이 잘려 얼굴을 스치고 흘러내렸다.

"뭐라?"

겨우 슈바르체토이펠의 흥미를 끈 모양이다. 하지만 이제부터가 진짜 중요했다. 이 난국을 헤쳐 나가는 건 오로지 내 세 치혀에 달렸으니까.

나는 마음속으로 결정했다. 기왕 이렇게 된 거, 이 전설적인 드래곤을 상대로 사기를 치기로. 이럴 때 자비를 구하는 건 멍청한 짓이다. 오히려 상대를 쌈 싸먹겠다는 의지가 필요하다.

게다가 슈바르체토이펠이 나보고 팔츠 가의 후계자냐고 물은 걸 고려해 보건대 세상 물정에 어두운 게 틀림없다.

이건 드래곤의 지혜와 상관없는 부분이다. 강대한 힘 때문에 누가 건드리지도 않는 마룡이 오랜 세월 산지에 처박혀 있었다. 당연히 세상 돌아가는 걸 모를 수밖에 없다.

즉, 그건 사기 치기 좋은 대상이란 소리기도 했다.

"언제든지 내 목을 벨 수 있으니, 일단 들어나 보시오. 듣는데 당신의 황금이 드는 것도 아니니."

"…흠, 헛소리나 지껄이는 거라면 편히 죽을 생각하지 마라."

분명히 몇 년 뒤에 슈바르체토이펠은 시체로 변한다. 이미 수도 없이 확인했던 진실이다. 고요히 잠든 그 모습에 나는 자연사라고 생각해 왔는데 오늘 이 자를 보니 그건 아닌 것 같았다.

하면 남은 건 자살, 타살, 사망으로 위장 등이 있는데 오늘 본 그의 성격을 고려하면 자살은 논외로 치는 게 좋겠다. 또한 싸우다 죽으면 죽었지 궁색하게 사망으로 위장할 것 같지도 않다.

그렇다면 타살로 생각하고 밀어붙여 보자.

"어찌 이 몸이 몇 년 안에 살해된다고 주장하는 것이냐?"

당연히 지난 회차에서 봤다고 할 수 없다. 적절한 구실이 필요했다. 짧게 고민하던 나는 예지몽이라 주장하기로 했다.

마침 이럴 때 쓰기 딱 좋은 스킬이 있다. 나는 SS등급 스킬인 메피스토펠레스의 연기를 사용했다.

<목숨을 건 연기를 발동합니다!>

아직 숙련도가 낮아 혹시 그가 알아챌까 걱정됐지만 SS등급 스킬의 힘을 믿어보기로 했다. 여기서 실패하면 곧장 목이 달아날 것이다. 긴장감에 침을 꿀꺽 삼킨 뒤 예지몽이라고 설명했다.

과연 슈바르체토이펠은 어떻게 받아들일 것인가?

"흐흠… 예지몽인가. 귀찮은 능력을 갖고 있군."

먹혔다! 정말로 이 마룡에게 내가 예지몽이 있다고 믿게 만든 것이다.

<운이 좋게 강력한 존재를 속였습니다!>
<메피스토펠레스의 연기의 성취가 오릅니다!>
<숙련2단계까지 올릴 수 있습니다!>

주저할 거 없다. 즉각 숙련2단계를 찍었다. 지금은 그 어떤 때보다도 이 스킬이 간절했다.

<축하드립니다!>
<메피스토펠레스의 연기가 숙련2단계로 올랐습니다!>

　연기는 상대에게 피해를 주거나, 모순이 있으면 실패할 확률
이 급격히 올라간다. 하지만 이번 경우는 슈바르체토이펠에게
유용한 내용인 데다가 모순의 정도가 약해 간신히 성공했다.

　애초에 이런 강대한 존재를 속인다는 건 정말 어려운 일이었
다. 천운이라고 할까. 아직 내 목이 떨어질 때가 아니란 생각이
들자 혓바닥이 더욱 매끄러워졌다.

　"나는 이 예지몽으로 많은 재난을 피했소이다. 내 말에 귀를
기울인다면 당신 역시 그럴 것이오."

　"흥! 이 몸의 둥지에서 소란을 피운 주제에 이젠 재난을 피하
게 해주겠다는 것이냐?"

　슈바르체토이펠은 내가 일으킨 언데드 무리에 목숨의 위협조
차 느끼지 않은 듯했다. 그 필살의 공격들을 소란이라고 표현하
다니….

　"아니, 일이 이렇게 될 줄 나도 몰랐잖소. 목숨이 경각인데 숨
기고 있던 거라도 꺼내야 하지 않겠소."

　내 뻔뻔함에 슈바르체토이펠은 어이없다는 표정을 감추지 못
했다.

　"허허! 기가 막히군. 좋다. 네놈은 예지몽에서 봤던 걸 떠올려
봐라. 그 기억을 확인해 진실을 파악하겠다."

　슈바르체토이펠은 다른 이가 떠올린 기억을 같이 볼 능력이
있다고 했다. 그가 내 머리에 손을 올리자 나는 과거 회차에서

봤던 기억을 떠올렸다.

죽어서 말라비틀어진 슈바르체토이펠의 모습과 황량한 둥지의 모습을 말이다. 나는 그게 예지몽이었다고 스스로조차 속였다. 진정한 연기력이 필요한 순간이었다.

"이 무슨!"

내 기억을 살펴본 슈바르체토이펠은 놀란 기색을 감추지 못했다. 그 정도로 충격적인 광경이겠지. 파르르 떨리는 그의 수염을 보아 자살이나 사망으로 위장한 건 아니라는 확신이 들었다.

그는 죽거나 죽은 척할 생각이 없었던 것이다. 자신이 사망하는 광경에 동요를 감추지 못하고 있었으니까. 나는 그 모습에 자신감이 생겼다. 전설적인 힘을 가진 마룡도 죽음이 두려운 건 마찬가지였다.

"내 기억에 속임수가 없다는 것을 알 것이오. 분명히 보았던 광경이오."

"……흠. 조작된 기억은 아니니 네놈이 정말로 본 것이로군."

그는 깊은 생각에 잠겼다. 그러다 무심히 내뱉는다.

"짐작 가는 바가 없는 건 아니지."

믿기 힘들지만 슈바르체토이펠의 목숨을 노리는 자들이 있는 모양이었다. 대체 왜? 이건 내가 전혀 알지 못하는 이야기였기에 호기심이 동했다.

"누구요? 당신의 목숨을 노리는 게."

"알 것 없다."

매몰차게 말한 그는 여전히 깊은 생각에 잠겨 있었다. 한동안 고민하던 슈바르체토이펠은 툭 던지듯 내뱉는다.

"꺼져라. 목숨만은 살려주지. 예지몽의 대가다."

드래곤의 주둥이까지 들어갔지만 겨우 살았다. 안도의 한숨이 나왔지만 이대로 물러날 생각은 없다. 기왕 사기 치기로 결정한 거 목숨줄만 건져서 튀면 수지가 안 맞는다.

"당신에게 제안이 하나 있소."

"뭐라? 얌전히 들어주니까 건방이 하늘을 찌르는구나! 이놈!"

으르렁대는 슈바르체토이펠의 모습에도 나는 별로 겁먹지 않았다.

"기왕 얘기를 들어준 거 조금 더 듣는다고 달라질 것 있겠소? 당신 목숨을 구할 방법에 대한 얘기요."

"흐음……. 좋다."

"일단 가장 좋은 수는 이 그로스글로크너를 버리고 숨는 것이오. 당신의 위치는 제국만민에게 알려져 있으니 다가올 재난을 피할 길이 없단 말이오."

내 상식적 제안에 대해 슈바르체토이펠는 단호하게 고개를 저었다.

"불가."

나는 이런 태도로 중요한 사실을 짐작해 볼 수 있었다. 모종의 이유로 슈바르체토이펠이 이 산을 떠날 수 없단 점이다. 소문에 의하면 그는 무언가를 지키고 있단 말이 있었다. 하지만 확인되지 않은 이야기일 뿐이다. 진실은 아무도 알지 못한다.

다만 확실한 건, 목숨의 위기에도 슈바르체토이펠이 이 산을 포기하지 않는다는 것이다. 하면 거기에 맞는 해결책을 제시하면 될 터. 사기의 기본은 상대가 필요한 이득을 제시하는 것으로

부터 시작된다.

"그렇다면 다른 건 산의 방비를 강화하는 방법이오. 충분한 병력과 대규모 방어시설을 갖추는 것이오. 하지만 그것에는 문제가 있지. 인간과 마족 모두 당신을 위해 봉사하지 않을 것이란 사실이오."

"크으······."

아픈 곳을 찔렸는지 슈바르체토이펠는 인상을 찌푸린다.

"이 산에 있는 마족은 마왕의 휘하에서 이탈한 도망자 무리에 불과하오. 마왕은 자신들의 지배를 벗어난 마족 무리를 좀처럼 묵과하는 법이 없음을 알 것이오."

이 산의 마족은 그 수가 많지 않은데다가 슈바르체토이펠의 힘 때문에 건들지 않고 있을 뿐이다. 만약 본격적으로 마족을 끌어들인다면 마왕들의 생각이 달라질 것이다.

"인간 쪽은 적당하지 않지. 그들은 마룡인 당신을 두려워하고 믿지도 않소이다. 수백 년 전이긴 하지만 당신이 인간의 도시를 불태우고 약탈한 일을 기억하고 있는 것이오. 게다가 이 산지는 아름답긴 하나 많은 인구를 수용하기에는 척박하오이다."

"그래서 무슨 말이 하고 싶은 것이냐?"

"간단하오. 당신에게 적당한 무리가 있소이다."

이쯤 되면 슈바르체토이펠은 내가 말하고자 하는 게 무엇임을 깨달았을 것이다. 아니나 다를까 그의 얼굴에 황당함이 묻어난다.

"설마 언데드를 얘기하는 것이냐?"

"맞소. 언데드라면 이 척박한 산지에서도 번성할 수 있지. 그들은 지치지도 않고 봉사할 수 있소이다. 생각해 보시오. 강력한 언데드로 번성한 도시를! 그로스글로크너의 앞마당이 언데드로 가득 찬다면 미래에 당신의 적들이 감히 쳐들어올 수 있겠소?"

"하하하하하!"

슈바르체토이펠은 결국 웃음을 터뜨렸다.

"네놈은 발상이 황당하구나. 만약 여기에 언데드들의 도시가 생긴다고 해보자. 제국이 가만히 있겠느냐?"

그 말에 나는 어깨를 으쓱였다.

"지들이 불만이면 어쩔 거요? 막말로 쳐들어오기라도 할 것 같소?"

"……."

배째라는 듯한 내 태도에 슈바르체토이펠은 입을 다물었다.

"제국은 자기 앞가림하기도 벅찬 형편이오. 당신은 여기 박혀 있어서 제국 정세에 어둡겠지만 본인은 아니오이다. 제국의 유력한 제후들과 긴밀한 관계를 맺고 있으니 잘 알고 있지."

별다른 대꾸를 못하고 듣는 걸 보니 슈바르체토이펠 정말로 제국 사정에 어두운 게 틀림없구나.

"현재 제국은 인간 제후와 마왕의 혼란한 정치판이오. 한 치 앞을 모르는 상황인데 이 산 구석에 언데드 도시가 생긴다고 누가 신경이나 쓸 것 같소이까?"

"흐음…."

"설령 쳐들어와도 뭐가 걱정이오? 산세가 방어하기 유리하니 요충지에 요새만 세워도 너끈히 막아낼 것이오. 마룡이라 불리는 당신은 참 걱정이 많구려."

"그건 알겠다."

거기까지 납득한 슈바르체토이펠은 도시와 요새를 만들기 위해서 드는 천문학적 비용은 어떻게 감당할 거냐고 묻는다.

"그 역시 어려움이 없소."

"귀족가의 인물 같은데 재산이 많은 것이냐?"

"아니오. 본인이 가진 건 보잘 것 없소이다. 하지만….."

나는 손가락으로 옆쪽을 가리켰다. 그쪽에는 산더미처럼 쌓여있는 슈바르체토이펠의 보물이 있었다.

"저기 많이 있잖소이까?"

"아니, 이 미친놈이?!"

황금에 대한 드래곤의 집착은 더 설명해 봐야 입만 아프다. 그런데 내가 그 돈으로 도시를 만들겠다고 하자 슈바르체토이펠은 황당하다는 표정을 감추지 못했다.

"네 얘기를 공연히 들었구나! 정신 나간 작자로다!"

"맘대로 생각하시오. 하지만 이건 알아둬야 할 것이오이다. 당신의 그 많은 재산이 당신을 지켜주지 못한다는 것을!"

"크윽….."

기왕 사기를 치는 거 거하게 치는 게 좋다. 마침 돈줄이 나타났으니 그를 이용해서 언데드 도시를 거창하게 만들어 보는 것도 괜찮겠지.

이미 내 머릿속에는 장엄한 도시의 공사가 착공한 상태였다.

<2권에서 계속>

글 : 빅제후 / 그림 : GAMBE

가격 : 10,000원

납골당의 어린왕자 5권

군인의 본분을 기억하십시오!

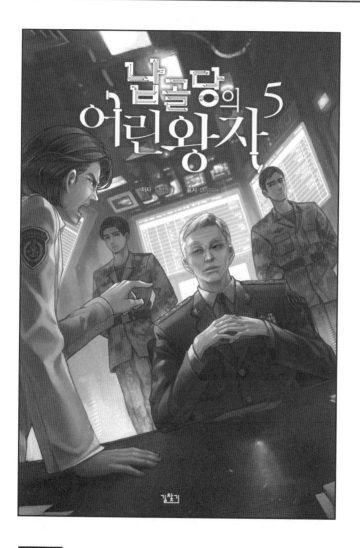

글 : 통구스카 / 그림 : MARCH
가격 : 10,000원

피도 눈물도 없는 용사 1

1판 1쇄 발행   2017년 07월 30일
1판 2쇄 발행   2018년 10월 25일

저자 박제후
그림 GAMBE

편집 전준호
디자인 윤아빈
주간 홍성완
마케팅 김정훈
발행인 원종우
발행처 (주)이미지프레임

주소 (13814) 경기도 과천시 뒷골1로 6, 3층
영업부 02-3667-2653 **편집부** 02-3667-2654 **팩스** 02-3667-2655
메일 edit03@imageframe.kr   **웹** vnovel.co.kr

ISBN 979-11-6085-229-5 02810 (세트) 979-11-6085-228-8 02810